Bibliothek der
phantastischen Abenteuer
Herausgegeben von
V. C. Harksen

Über das Buch Ein rasanter Roman aus dem Orient der Legenden, gespickt mit irrsinnigen Einfällen, in blumenreicher Sprache erzählt von der überaus pragmatischen Steppenprinzessin Rasa. Aus ihrem Blickwinkel sieht die romantische Märchenwelt von 1001 Nacht ziemlich realistisch aus – ob Zauberteppich, ob Geisterkönig, Prinzessin Rasa nimmt die Dinge, wie sie nun einmal kommen. Die handelnden Personen – u. a. Aman Akbar, ein Emporkömmling, und dessen Ehefrauen: Amollia, eine afrikanische Königstochter, Rasa, die Steppenprinzessin, und Aster, eine chinesische Schauspielerin – dazu ein höchst philosophischer Djinn –, denen nichts Menschliches fremd ist, agieren und reagieren ganz unerwartet und lehnen es entschieden ab, sich am Verhaltenskodex klassischer Märchen zu orientieren. Trotzdem kommt nach vielen Abenteuern das Happy-End nicht unerwartet ... Die ironisch-amüsante Zärtlichkeit, mit der Elizabeth Scarborough ihre Figuren auftreten läßt, verleiht dem Roman eigenen Reiz. Aus konventionellen Motiven wird ein ganz unkonventionelles, witziges Buch, eine köstliche Lektüre.

Über die Autorin Mit nur vier Romanen hat sich Elizabeth Scarborough unter Kennern bereits einen Namen gemacht, der für eine ganz spezielle Sorte heiter-ironischer Phantasien steht. Wie keine andere versteht sie es, mit altbekannten Versatzstücken des phantastischen Genres zu jonglieren und daraus höchst originelle, neuartige Geschichten zusammenzusetzen. Sie wurde in Kansas City/USA geboren. Nach der Schule arbeitete sie fünf Jahre als Militärkrankenschwester, darunter auch ein Jahr als Sanitäterin in Vietnam. Neben ihrer schriftstellerischen Tätigkeit pflegt sie häusliche und musische Hobbies – weben, spinnen, Gitarre und Hackbrett spielen. Von ihr erschienen außer heiteren Gedichten noch drei andere Romane, die ebenfalls in dieser Reihe veröffentlicht werden. Elizabeth Scarborough lebt heute in Fairbanks/Alaska.

Elizabeth Scarborough
Aman Akbars Harem

Roman

Aus dem Amerikanischen
von V. C. Harksen

Fischer Taschenbuch Verlag

Deutsche Erstausgabe
Veröffentlicht im Fischer Taschenbuch Verlag GmbH,
Frankfurt am Main, Januar 1986

Die amerikanische Originalausgabe erschien 1984 unter dem Titel
›The Harem Of Aman Aman Akbar or The Djinn Decanted‹
bei Bantam Books, Toronto, New York, London, Sydney

Umschlaggestaltung: Die Titelillustration von Claus-Dietrich Hentschel, Konstanz,
zeigt einen Ausschnitt seines Acrylbildes »Turmstätte« (1984; 74 x 93 cm);
die Typographie besorgte Manfred Walch, Frankfurt am Main
Gesamtherstellung: Clausen & Bosse, Leck
Printed in Germany
1280-ISBN-3-596-22706-2

Allen meinen feministischen Freundinnen, die die Tänze des vorderen Orients kennengelernt und dadurch Interesse an Leben und Kultur der Frauen dieser Länder bekommen haben, allen meinen Lehrerinnen in diesen Tänzen, besonders Jeannie und Naima, und allen Freunden, die je einen Harem gehabt haben, noch haben oder gern hätten, ist dieses Buch liebevoll zugeeignet.

Die Hauptpersonen

Aman Akbar	ein junger Mann aus der Stadt Kharristan, der durch das Eingreifen eines Djinns zuerst reich, dann aber ein Esel wird
Samira Um Aman	seine ebenso energische wie sittenstrenge Mutter
Hyaganusch	seine hübsche, hohlköpfige junge Base
Amollia	die schwarze, schöne 135. Tochter des Großen Elefanten, Amans Gattin Nr. 1, Besitzerin der gefleckten Katze Kalimba
Rasa	eine Steppenprinzessin, weißblond und von praktischer Denkweise, Amans Gattin Nr. 2, Erzählerin der Geschichte
Aster	eine niedliche chinesische Schauspielerin von einschmeichelnder Gerissenheit, irrtümlich für eine Prinzessin gehalten und darum Amans Gattin Nr. 3
Fatima	eine heilige Einsiedlerin, vormals im Harem des Königs
Marid Khan	ihr Neffe, ein Beduinenfürst
Abad	der junge König des gewaltigen Reichs
Onan Emir	Statthalter von Kharristan, ein Schurke
Sani	König der Divs, auch der Ewig-Wandelbare genannt, ein rachsüchtiger Geisterfürst
Der Djinn	ein wohlwollender, gelegentlich aber überforderter Flaschen-Genius

I

Im zweiten Jahr der Herrschaft des Knabenkönigs befahl Aman Akbar seinem Djinn, sich in die Lüfte zu erheben und nach Gattinnen auszuschauen, die der Stellung, die unser ruhmreicher Gebieter damals erstrebte, angemessen wären. Aman, ein ehrgeiziger, jedoch gutherziger Mann, der entsprechend dem Geschmack jener Zeit eine Vorliebe für das Exotische hatte, erklärte dem Djinn, der ihm diente, mit großer Genauigkeit, daß eine Frau für seinen Harem hübsch zu sein hätte, in allen weiblichen Fertigkeiten wohlerfahren und zudem im eigenen Volke von edlem Geblüt, jedoch hinwiederum nicht von solcher Beliebtheit, daß der Verlust ihre Familie in allzugroße Trauer verfallen lassen würde.
Man könnte nun meinen, ein solches Verfahren müßte zwar für Aman Akbar durchaus von Vorteil, für die betroffenen Frauen jedoch geradezu verabscheuungswürdig sein. Aber dieser Gedanke wäre in der Mehrzahl der Fälle falsch, wenn auch ein verzeihlicher Irrtum. Anders ist es bei jemandem, der wie ich die dritte Tochter und das mittlere der Kinder des obersten Fürsten unseres Stammes ist. Wir Yahtzeni sind zuallerst Krieger (aus Neigung) und in zweiter Linie Hirten (das ist unser Beruf). Darum sind gute Männer bei uns eine Seltenheit, weil wir einen gewaltigen Verschleiß haben.
Unsere Feinde sind entfernte Verwandte meiner Mutter. Sie leben vorwiegend auf den Höhenzügen des Gebirges und fallen jedes Frühjahr und jeden Herbst bei uns ein, töten viele Männer und rauben Schafe und Frauen. Wir versuchen, sie genauso zu überfallen, können aber nicht so gut klettern, so daß wir bei unseren Raubzügen nur noch mehr Männer verlieren. Inzwischen bekommen die zu Hause gebliebenen Frauen aber trotzdem Kinder, und diese Kinder scheinen in den letzten Jahren öfter Mädchen zu werden als Knaben. Das bedeutet, daß die Mädchen bei uns, wenn sie heranwachsen, nicht auf eine Heirat hoffen dürfen, sondern mit einem Leben ständiger Jungfernschaft im Dienst an ihren Eltern

und dem Stamm rechnen müssen. Die einzige Abwechslung, die wir gewöhnlich überhaupt erwarten können, ist, entführt, versklavt, geschändet und allenfalls dann geheiratet zu werden, wenn wir unseren Entführern Söhne gebären und uns so ihres Schutzes würdig erweisen.

Zu der Zeit, als ich, die dritte Tochter, meinem Vater geboren wurde, hatte er angefangen, die Hoffnung auf Söhne aufzugeben und verlor in seinem Kummer derart den Verstand, daß er *mir* beibrachte, wie man mit dem gebogenen Bronzedolch und der Lanze kämpft, mit Pfeil und Bogen jagt und die wilden Pferdchen einfängt und reitet – so wie er es einen Sohn gelehrt hätte. Meine Mutter hielt ihn für verrückt und erklärte ihm wieder und wieder, daß die Sache böse enden würde; die älteren Männer des Stammes, soweit noch am Leben, verspotteten uns alle beide und betrachteten mich als unnormal, wild und fremdartig. Groß war daher die Erleichterung meiner Mutter, als sie meinen Bruder zur Welt brachte und mich nunmehr an Spindel, Wollflocken und Webstuhl fesseln und in den Heiltränken und Gebeten unterweisen konnte, die als für die Erziehung einer Tochter unentbehrlich angesehen wurden. Immerhin kam mir das, was ich zuvor, als ich noch meines Vaters Sohn war, gelernt hatte, entschieden zustatten, als das Lager überfallen, mein Vater erheblich verletzt und meine Schwester – nicht undankbar darüber – fortgeschleppt wurde. Meine eigene Abneigung gegen die Hochzeitsbräuche der Feinde meines Volkes brachte ich mit meinem Dolch unmißverständlich zum Ausdruck.

So kam es, daß ich, als ich das erste Mal den Blick auf mir spürte, während ich dasaß, spann und auf die Schafe aufpaßte, bei meinem Stamm schon als zum Heiraten ungeeignet galt und man mir einen unnatürlich heftigen Charakter nachsagte.

In dieser Jahreszeit gab es wenig Regen, und der Himmel, der Schnee verhieß, sah aus wie eine Filzdecke. Unsere Schafe streiften auf der Futtersuche weit umher, und ich folgte ihnen. Ich hatte einen bequemen Felsblock gefunden, gerade so hoch, daß die Spindel an meinem Schenkel lehnen konnte. Als ich die Augen auf mir fühlte, hielt ich die Spindel mitten in der Drehung an, indem ich sie an die Hüfte preßte. In den Hügeln und um meine Herde wimmelte es von Wölfen und Bären, nicht zu vergessen die ewig unzufriedenen Verwandten meiner Mutter. Ich legte die Spindel beiseite und griff zum Dolch; vor den zweibeinigen Tieren hatte ich mehr Angst als vor den vierbeinigen. Hätte ich damals gewußt, woher das unbehagliche Gefühl kam, wäre ich wahrscheinlich so entsetzt gewesen, daß mich das Messer auch nicht mehr getröstet hätte.

Später sollte ich mich darüber freuen, daß ich an diesem Tag mein neues Gewand hatte anziehen müssen; das alte, geflickte, das mir meine Mutter genäht hatte, als ich zum ersten Mal als Frau mittanzen durfte, war beim letzten Scharmützel so zerfetzt worden, daß man es nicht mehr reparieren konnte. Schon davor war es allerdings so abgewetzt gewesen, daß es an den intimsten Stellen hauchdünn war und durchschien; ich schämte mich fast, damit vor den Schafen herumzulaufen. Die Fäden des neuen Kleids waren auch feiner gesponnen als die des alten, denn in den Jahren, die dazwischenlagen, war ich mit der Spindel zunehmend geschickter geworden. Ich hatte es in ein Bad aus Eisenholz gelegt und dadurch tief rostrot gefärbt. Dem Lager zu entfliehen und mit den Schafen umherzuwandern, versetzte mich in festliche Stimmung. Diese Stimmung und die Kälte, die den Morgen beißend machte, hatten mich dazu veranlaßt, meinem Putz noch die Filzweste hinzuzufügen, die ich meiner Schwester vor ihrer Entführung bestickt hatte – innen mit dem Fell eines schwarzen Lamms gefüttert, außen Stickgarn in verschiedenen Gelbtönen und sanftem Rosa. Aman sagt, er habe den Gegensatz zwischen meiner damaligen Festkleidung und meiner wilden Erscheinung im Kampf höchst erotisch gefunden – Aman sagt manchmal solche Sachen. Denn obwohl er sein ganzes Leben lang in Kharristan gewohnt hat, hat er immer eifrig den Marktplatz beobachtet und besitzt außerdem eine lebhafte Phantasie. Er findet die merkwürdigen Leute, die an jenem Mittelpunkt der zivilisierten Welt zusammenströmen, unendlich faszinierend und ihre Verschiedenartigkeit reizvoll. Dadurch war

er auch darauf vorbereitet, mich schön zu finden und nicht nur ungewöhnlich.
Ich habe erfahren, daß der Djinn sich beschwerte und mich unwürdig fand – welche Edelfrau, soll er eingewendet haben, achtet so wenig auf ihr Äußeres, daß sie ihr Haar in Zöpfe mit Lederbändern flicht, anstatt Perlen hindurchzuwinden? Woraus man sieht, wie wenig der Djinn von weiblichem Putz versteht – meine Haare sind fast weiß, und Perlen würden mir gar nicht stehen. Außerdem hielt er meine beachtliche Nase für scheußlich; aber das ist typisch für den Djinn, der ein überwiegend recht behütetes Leben geführt hat, eingesperrt in seiner Flasche. Darum neigt er nämlich oft zu prüden und konservativen Anschauungen. Obwohl er groß darin ist, andere Leute hierhin und dorthin zu bringen, hat er am Leben dieser Welt so gut wie niemals aktiven Anteil genommen, so daß es ihm gelungen ist, trotz seiner Reisen relativ unberührt und unaufgeklärt zu bleiben. Bei dem hier erwähnten Anlaß jedoch stieß sein dünkelhaftes Gemecker auf taube Ohren, denn Aman antwortete ihm: »Ihre Nase ist gekrümmt wie der Schnabel des Falken und paßt darum vorzüglich zum Funkeln ihrer Augen – wisse, o Djinn, daß der Falke ein edler Vogel ist, stolz und, wie ich glaube, außerdem auch nützlich.« Es gab noch weitere Diskussionen dieser Art, der Aman huldigt, wenn er sich in seinen quasi-poetischen Vergleichen ergeht, etwa über weiches Gefieder und zarte Farben; aber selbst wenn er mit glatter Zunge und ohne Verstand daherredet, kann er doch scharf beobachten. Man kann das schon daraus ersehen, daß er zum Vergleich mit mir nicht irgend so ein leichtfertiges Vögelchen heranzog.
Jedenfalls fühlte ich mich den ganzen Morgen gereizt wie ein noch nicht zugerittenes Pony; ohne es zu wissen von unsichtbaren Blikken gestört.
Die neue Weide lag auf einer ansteigenden Bergwiese, und der Weg war lang und ermüdend. Schon bald zog ich die Weste aus, denn die angenehme Kühle verwandelte sich in unbehagliches Jucken, als die Sonne und ich gemeinsam höherstiegen. Als ich den Bach erreichte, wo ich Wache halten wollte, während ringsum

die Schafe grasten, lief mir der Schweiß von der Stirn wie Tau, und das neue Gewand klebte unter den Achseln. Das sprudelnde Wasser sah erfrischend aus, und ich roch nach Ziege. Meine neuen Sachen wollte ich nicht verderben, indem ich sie schon am ersten Tag verstänkerte; also legte ich sie dankbar beiseite und watete in den Bach. Das eisige Wasser belebte mich zwar einen Augenblick, aber sofort begann ich vor Kälte zu zittern – einer Kälte, die meinen Körper durchdrang, als wollte sie mir das Fleisch von den Knochen schneiden. Ich schoß aus dem Wasser, schnaubte durch Nase und Lippen wie ein Pferd und schnatterte in meiner blauen Haut.

»Wer kann den Geschmack meines Gebieters begreifen?« jaulte eine Stimme, die über mir aus der Luft zu kommen schien. Ich blickte scharf aufwärts und machte einen Satz auf meine Kleider zu, weniger, um mich zu verhüllen, als um meinen Dolch zu suchen, der noch in meinem seidenen Gürteltuch steckte. Trotz der fremdklingenden Aussprache fürchtete ich, in die Hände unserer Feinde gefallen zu sein und war entschlossen, möglichst vielen davon das Lebenslicht auszublasen, bevor sie mich von meiner Unschuld trennen konnten.

»Ja, ja, Rasa Ulliovna, bedecke dich nur unbedingt«, fuhr die nörgelnde Stimme fort. Ich war so verblüfft darüber, meinen Namen zu hören, daß ich die Klinge fahren ließ, um nochmals nach dem Sprecher zu suchen. Sobald ich ihn entdeckt hatte, machte ich mir keine Sorgen mehr. Ein solches Geschöpf, dachte ich, könnte ich mit bloßen Händen erledigen. »Gehorche, Mädchen«, befahl der Djinn in strengerem Ton. »Wir haben noch viel zu tun, ehe ich dich dem Gebieter übergeben kann.«

»Du Wichtigtuer wirst mich überhaupt niemandem übergeben«, erwiderte ich und zerrte mir das Kleid über den Kopf, mit einem Ruck, um nicht länger blind zu sein als unbedingt nötig. »Wie kannst du es wagen, eine Prinzessin der Yahtzeni beim Baden zu bespitzeln?«

»Um Vergebung, Hoheit«, antwortete das Wesen, erhob sich von dem Felsen, auf dem es balancierte wie ein Ball, und bemühte sich nach besten Kräften, seine nicht vorhandene Taille zu einer Verbeugung einzuknicken. »Ich wollte dich allein sprechen. Die Vorhänge deines Badezeltes waren meinen Augen unsichtbar.« Trotz seines Spottes wirkte der Djinn verlegen. »Du brauchst nicht zu fürchten, von meinem Blick entehrt zu werden. Ich bin ein Ifrit, kein Mann, der dich hier in deiner eher unverdaulichen Nacktheit sieht.«

Ich kannte damals die Bedeutung des Wortes *Ifrit* nicht und wußte genausowenig, was ein *Djinn* oder ein *Genius* ist; denn die Überlieferungen der Yahtzeni wissen nichts von solchen Wesen. Aber auch ohne das war mir klar, daß dieses Geschöpf keiner meiner gewöhnlichen Feinde war. Zwar hatten von diesen einige vielleicht guten Grund, sich meinen Namen zu merken, aber keiner hätte sich so gewählt ausdrücken können wie der Djinn. Hinzu kam, daß sich keiner von ihnen, ganz gleich aus welchem Grund – es sei denn vielleicht Wahnsinn oder die Androhung von Folter besonders geliebter Personen – jemals so merkwürdig angezogen hätte: weite, wallende Hosen aus scharlachroter Seide, ein indigoblaues Wams und eine Weste von einer Farbe, die ich überhaupt noch nie gesehen hatte, außer allenfalls bei Sonnenuntergängen – ein weithin leuchtendes Blaugrün wie das der Steine, die mir später so ans Herz gewachsen sind, daß Aman sie zu meinen ganz speziellen Glücksbringern ernannt hat. Um die gesamte, üppige Leibesmitte des Wesens schlang sich eine Schärpe aus Goldtuch. Ein weiteres Stück Goldtuch war um seinen Kopf gewickelt wie ein Verband. Es trug keine Waffen, und seine Füße verloren sich in einer Dunstwolke, die auf dem Felsen lag wie ein Bodennebel. Dieses letztere hätte mich wahrscheinlich vorsichtig gemacht, wenn ich darauf geachtet hätte; aber das glatte, bartlose Gesicht des Djinns und seine weiche Rundlichkeit erweckten mir den Eindruck, daß er – wenn überhaupt ein Feind – wohl kaum ein ernstzunehmender Gegner wäre. Freilich war es immerhin möglich, daß er Freunde rufen konnte, und ich mußte mich ja um meine Schafe kümmern.

»Hebe dich von hinnen«, erklärte ich ihm und schwang meinen

Dolch. »Verschwinde, oder ich lasse die Luft aus dir.« Und dann blitzte mein Dolch nicht mehr, sondern verschwand mir aus der Faust. Ich fing an zu bibbern wie ein Kind und wich vor ihm zurück, denn ich begriff, daß ich einen schweren Fehler gemacht hatte.

»Schon besser«, sagte der Djinn selbstzufrieden und zerfloß, nur um sofort neben mir aufzutauchen, in seiner ganzen Größe, wenn auch ohne Füße.

Diesmal betrachtete ich seinen Mangel an sichtbarem Unterbau mit größter Ehrfurcht, warf mich vor dem nicht vorhandenen Detail auf den Boden und fraß Staub. Dies ist die einzige Verhaltensmaßregel, die die Überlieferung der Yahtzeni für den Umgang mit Dämonen vorschreibt. »Vergib mir, o Fürchterlicher«, brachte ich schließlich hervor. »Ich wußte nicht, daß ich vor dem Angesicht eines Wesens, wie du es bist, stand.«

»Nichtsdestotrotz ist es so«, versetzte der Djinn, »und ich könnte noch hinzufügen, daß du meine Zeit vergeudest. Wenn du die Freundlichkeit haben würdest, dich von der Erde zu trennen, so wie du ja auch das Wasser aufgegeben hast, so will ich mich daran machen und dich sofort verzaubern, auf daß dein Gebieter dich in deinem zweifelhaften Glanz erblicken möge, bevor dieser Tag endet und ein neuer beginnt.«

»Gebieter?« fragte ich, trotz meines Entsetzens neugierig. »Meinst du meinen Vater? Ich habe keinen anderen Herrn.«

»*Hast* gehabt«, berichtigte mich der Djinn, ein wenig müde. »Und wahrlich, ein beklagenswerter Zustand muß das gewesen sein. Aber fürchte dich nicht, dank meiner Macht und dank dem Willen deines Gebieters wird auch dafür Abhilfe geschaffen werden. Denn der gewaltige Aman Akbar hat dich erblickt und Gefallen an dir gefunden, auch wenn nur Gott allein weiß, wieso; und er hat mir den Auftrag erteilt, dich noch heute zu ihm zu bringen.«

»Alles schön und gut«, sagte ich (denn meine Ehrfurcht nahm bereits wieder ab, weil ich anfing, mich an das seltsame Wesen zu gewöhnen). »Nur bin ich gar nicht so sicher, daß ich einen Gebieter haben möchte. Ich bin die Tochter eines Anführers und keine

Sklavin – was ist das überhaupt für ein Mann, dieser Ak- – das hört sich ja an, als ob man niest – und selbst wenn ich bereit wäre, hier fortzugehen, was wird aus meinen Schafen?«

Der Djinn schnaubte, daß die Hängebacken wackelten. »Du bist sogar noch törichter, als du aussiehst, Weib, an Schafe zu denken und von Sklaverei zu faseln, wenn dir eine so hohe Ehre zuteil wird. Sprich nicht über solche Dinge zu dem Werkzeug deiner Befreiung aus Schmutz und Unwissenheit. Denn du sollst aufgenommen werden in den Harem Aman Akbars, des reichsten Mannes von Kharristan nach dem Emir selbst, dem – äh – Helden von tausend Abenteuern. Seinem Geheiß folge ich, wenn ich dich für diese große Gunst und Gnade auswähle.«

»Was heißt hier Gunst und Gnade?« fragte ich und richtete mich auf, um mir die Hosen hochzuziehen. »Du bespitzelst mich wie ein Lüstling und versuchst mich zu entführen – zu irgendeinem fremden Mann und seinem Harem, was immer das sein mag, ohne daß von einer Heirat auch nur die Rede ist – ganz zu schweigen von einem Brautpreis. Und ich vermute, daß ich, um dir und deinem Herrn gefällig zu sein, auch noch zulassen soll, daß die Schafe meines Stammes sich hier in den Bergen verlaufen? Und wer soll in unserm Zelt die Arbeit tun, nachdem meine Schwestern nicht mehr bei uns sind, mein Vater verwundet ist und meine Mutter täglich älter und schwächer wird?«

Der Djinn schlug die Augen nieder, als wollte er all seine Geduld zusammenraffen, und gab einen Seufzer von sich, der dort, wo vermutlich seine Füße hätten sein müssen, den Nebel spaltete.

»Du bist nicht nur ein häßliches, sondern auch ein halsstarriges Weib, und ich bemitleide meinen Gebieter. Aber er will dich nun einmal haben und ist keiner, den man unehrenhaft nennen könnte. Deine Schafe werden selbständig zur Herde deines Vaters zurückkehren. Und ich nehme an, ich kann deinem Vater eine Entschädigung für den Verlust deiner Arbeitskraft anbieten, wenn das bei deinem Volk Sitte ist – selbst wenn nur krasse Barbaren so etwas fordern würden. Richtig wäre, daß der Gebieter von deinem Vater eine Mitgift verlangen müßte, weil er deinen unglücklichen

Erzeuger von der Bürde deines Appetits und deiner schwatzhaften Zunge befreit.«

»Es wäre sinnlos, etwas von meinem Vater zu verlangen«, erklärte ich. »Die Herden und die Pferde gehören dem ganzen Stamm, und so ist es auch mit der Arbeit meiner Hände.«

»Aha. Nun, ein Kästchen Juwelen dürfte mehr als ausreichend sein. Ich schicke es mit den Schafen mit.«

»Pferde«, sagte ich kühn. »Meine Leute brauchen keinen Schmuck; aber Pferde würden meiner Mutter ihre Lasten erleichtern und beim Hüten der Herden und dem Transport der Zelte helfen. Zehn wären genau richtig.«

»*Zehn*!« Der Djinn explodierte fast. Aber trotzdem schaffte er sie im Nu herbei, in einer Art und Weise, die mir wie ein Wunder erschien. Ich protestierte nicht weiter, als die Tiere, schwarz, mit Schwanenhälsen, die Schafe von uns fort und bergab trieben, dem Lager meines Vaters zu. Ich platzte fast vor Stolz über den Handel, den ich abgeschlossen hatte, und nahm nun allen Mut zusammen, um dem Djinn zu folgen.

Zehn Pferde – das war der höchste Brautpreis, der in meinem Volk jemals für eine Frau gezahlt worden war. In Wirklichkeit war es auch, ganz wie der Djinn vermutet hatte, längst nicht mehr Sitte, überhaupt einen solchen Preis zu entrichten, weil es so wenig Männer gab. Der Djinn bemerkte meinen schlecht verhehlten Triumph und brummte etwas, aus dem hervorging, der Preis wäre hoch genug, um dafür zwanzig wesentlich pflegeleichtere Houris zu erwerben. Dann aber schnalzte er mit den Fingern, und der Nebel um seine Füße verdichtete sich zu einem Teppich. Nachdem er darauf Platz genommen und mich überredet hatte, das gleiche zu tun, sprach er eine schnelle Zauberformel und wir erhoben uns in höchst erstaunlicher Weise in die Luft.

Daß der Djinn eine ungewöhnliche Art zu reisen hatte, überraschte mich nicht. Eher wäre ich enttäuscht gewesen, hätte ein so mächtiges Wesen vorgeschlagen, wir sollten zu Fuß losmarschieren oder auf einem der neuen Pferde reiten. Aber je höher wir

flogen, desto mehr verlockten mich die Berge und Gletscherspalten dazu, seitlich über den Teppichrand zu schauen; und wenn ich die Augen abwendete, mußte ich schnell den Kopf in den Nacken werfen, damit der Wind die Tränen verwischte, die in mir aufstiegen, als ich meine heimatlichen Ebenen zu einer dünnen, grüngelben Linie zusammenschrumpfen sah. Ich erspähte das Lager unserer Feinde und lehnte mich bei dem Versuch, meine Schwester dort zu entdekken, so weit über den Rand des Teppichs, daß er gefährlich zu kippen anfing. Der Djinn streckte hastig den Arm aus, und eine magische Kraft zog mich zurück und begradigte unseren Kurs wieder.
Wir flogen über ein anderes Gebirge, hinter dem weite Felder lagen und Meere, noch mehr Berge, große Städte; und wieder andere Ebenen und Gebirge; und das alles dauerte nur einen Augenblick.
Als wir höher aufstiegen, dachte ich, wir würden nun noch wundervollere Dinge sehen, aber das war nicht der Fall. Über den Wolken gab es keine Paläste und Gärten und Herden der Götter, und nicht einmal die Krieger, die wir im Kampf verloren hatten, saßen dort und wetzten ihre Messer und Äxte und warteten darauf, das nächste Gewitter losprasseln zu lassen. Oder wenn sie doch dort waren, dann blieben sie für mich unsichtbar, denn alles, was ich sah, waren die Gipfel der Wolken und sonst nichts. Der Djinn hockte still da, Arme und Beine gekreuzt, und wollte nicht mit mir reden. Nach einiger Zeit wurden die Wolken dünn wie ein Tüllschleier und hüllten uns kurze Zeit in ihr Gefieder, bevor unser Gefährt sie durchschnitt. Ich sah, daß wir uns zwischen den verhangenen Gipfeln riesiger Berge befanden. Von dort senkten wir uns zu einem Vorgebirge hinab, von dem zwei Flüsse zu Tal strömten. Zwischen ihnen lag eine gewaltige Stadt – rund gebaut, mit muschelförmigen Kuppeln verziert und stachlig von Türmen; glänzend wie blasser Bernstein im Licht des sichelförmigen Mondes, der gerade darüber aufging.
»Kharristan«, sagte der Djinn und verharrte kurze Zeit schwebend, um sich am Anblick meiner Verblüffung über das, was seine Kultur hervorgebracht hatte, zu weiden.

Die Städte, die ich bisher gesehen hatte, waren die ummauerten Stadtsiedlungen, die wir von Zeit zu Zeit aufsuchten, um unsere Felle, Hornknöpfe, Webereien und Garne gegen Messer, Nadeln, bestimmte Nahrungsmittel und gelegentlich gegen Farben, die wir nicht hatten, einzutauschen. Ein- oder zweimal hatte ich meinen Vater begleitet, um an den Hintertüren feiner Häuser mit den Dienern der Mächtigen zu handeln; dabei hatte ich vielleicht eine schöne Rolle Seidenstoff gesehen, eine Porzellanschale, mit Figuren bemalt, oder eine tragbare, aus Marmor gemeißelte Göttin. Aber das meiste von dem, was ich dort erblickt hatte, waren rohe Haufen aus Stroh und Lehm oder gemörtelten Steinen, umgeben von Mauern aus dem gleichen Material – übelriechende, ekelhafte Fallen für die Milchgesichter aus den Städten, die in ihrem eigenen Dreck hausten – wie mein Vater es gern beschrieb. Nichts davon war wie dieses Gebirge aus Mauern im Mondlicht, diese goldenen Türme und wogenden Kuppeln, deren im tiefen Schatten liegende, anmutig geschwungene Fenster und Türen die Stadt luftig und leicht aussehen ließen wie eine Schneeflocke.

Verwirrt vom Mondlicht und der Anstrengung der ungewöhnlichen Ereignisse dieses Tages achtete ich gar nicht auf den anderen prunkvollen Palast Kharristans, denn die ganze Stadt kam mir vor wie ein einziges, gewaltiges und herrliches Bauwerk. Schließlich fand der Djinn, ich hätte genug Zeit gehabt, mich beeindrucken zu lassen, und wir flogen zu Aman Akbars Wohnsitz. Ich erkannte gar nicht, daß es ein Wohnsitz war. Ich dachte, wir wären mitten in der Stadt auf einer freien Wiese gelandet, denn Blumen blühten, es gab Bäume und ein Tier, das inmitten eines rechteckigen Beckens stand und Wasser verspritzte. Das Wetter war nicht mehr winterlich wie zu Hause. Der Wind, der meine Wangen umfächelte, als wir landeten, war warm wie menschlicher Atem. Mein Wollgewand begann von neuem, mir Hautjucken zu verursachen.

Aster, von der ich später noch erzählen werde, hätte jetzt Wert darauf gelegt, genau zu beschreiben, welche Art Blumen dort blühte, und wie viele es waren, und sie würde auch darauf hinweisen, daß die Bäume anders aussahen, als ich es gewöhnt war. Sie würde noch viele andere Dinge erwähnen, die nebensächlich wären und wahrscheinlich insgesamt auch nicht völlig der Wahrheit entsprechen würden. Was aber wirklich wichtig war: neben dem Teich stand Aman Akbar und wartete auf mich.

Im innersten Herzen der Frauen aller Zeiten gibt es den Traum von Aman Akbar oder jemandem wie ihm.

Nicht daß ich mir davor einen Mann ausgemalt hätte, der aussah wie er – ich hatte noch nie einen Mann gesehen, der zugleich so dunkel und doch so strahlend schön war. Aber ein Mann, dessen Berührung so weich ist wie ein Pferdemaul, dessen Atem süß ist wie Klee und nicht säuerlich von den Resten der letzten Mahlzeit, ein Mann, der nach sauber gewaschener Kleidung riecht und in dessen Haar sich jedes Licht weit und breit widerspiegelt – ach! ach! ach! Er war so viel hübscher als ich, daß ich vor lauter Starren kaum ein Wort herausbrachte. Als er nach meiner Hand griff, versteckte ich beide Hände in den Falten meines Rockes und schämte mich wegen des Staubs, der tief in den Runzeln meiner Knöchel lag, und wegen der Narben so vieler Brombeeren und so vieler Kämpfe, die sich in blassen Mustern auf meinem Handrücken und bis hinauf zu den Handgelenken und Armen kreuzten. Seine Hände waren wohlgeformt, mit langen Fingern, die Haut war honigfarben, weich und glatt, obwohl ich die Rauheit von Schwielen spürte, als es ihm gelang, mein unwilliges Handgelenk zu fassen.

Nicht daß sein ganzer Charme in Schönheit und Gepflegtsein bestanden hätte. Meiner Erfahrung nach verdankt ein Mann seine Reinlichkeit weit häufiger der Frau, die seine Kleider scheuert und das Wasser für seine Waschungen heranschleppt. Aber darüber hinaus umgab Aman Akbar ein Hauch staunender Verwunderung – über seine Umgebung, über den Djinn (hier freilich mit dem Hochmut vermischt, der dem Herrn eines solchen Hauses anstand), über das Leben und – das war das Seltsamste – über mich.

Seine Augen waren schwärzer als Schlehen, aber groß und warm. Sein Lächeln war zugleich sanfter und zärtlicher als das meiner Mutter und verständnisvoller und beschützender als das meines Vaters. Nicht daß einer meiner Eltern je gelächelt hätte. Unsere Leute sind meist keine großen Lächler. Aber sein Lächeln war noch viel schöner, als ihres gewesen wäre, hätten sie je davon Gebrauch gemacht. Ich spürte, daß hier ein Mann stand, der mich niemals verprügeln würde, weil ich ein Schaf verloren oder einen Wasserkrug zerbrochen hätte, denn ich würde ihm kostbarer sein als alles andere. Wie sich von selbst versteht, gefiel er mir auf den ersten Blick.

Er redete mich mit leiser, sanfter Stimme an. Ich verstand seinen Namen und meinen, obwohl er den Namen »Rasa« in so melodischem Tonfall aussprach, daß es völlig anders klang, als wenn ich ihn sonst über die Steppe gebrüllt oder an den Kochfeuern geschrien hörte. So wie Aman es sagte, hätte es »erste Blüte des Frühlings« oder »Antlitz des neuen Mondes« bedeuten können, anstatt, wie in Wirklichkeit, »Wildgras« oder auch »Unkraut«. Abgesehen von den Namen begriff ich jedoch kein Wort von dem, was er sagte. Trotzdem nickte ich hoffnungsvoll. Er blinzelte, lächelte mitfühlend und gab dem Djinn einen Befehl.

Dieser rollte die Augen und verbeugte sich mit allen Anzeichen des Widerwillens, wobei er murmelte: »Wo aber bleibt der Nutzen ausländischer Gattinnen, wenn man ihnen das Reden beibringt? Ist nicht die Haupttugend solcher Frauen ihre Unfähigkeit zu schelten oder zu klatschen?«

»Die Herrin Rasa soll das Herz meines Herzen sein, das Licht meiner Seele, o Ifrit. Wie aber soll ich ihr Vertrauen gewinnen, wenn sie keines meiner Worte verstehen kann? Ich muß ja auch nicht nur ihre Liebe erringen, sondern sie auch mit ihrer neuen Umgebung und mit dem einzigen wahren Gott und seinem Wort bekanntmachen.«

»Es ist geschehen. Jedes Wort, das aus deinem Munde fließt, hat sie verstanden. Trotzdem kann ich immer noch dafür sorgen, daß sie zwar alles begreift, was du sagst, aber nicht selber reden kann«, bemerkte der Djinn hoffnungsvoll. Aman warf ihm einen strengen Blick zu. Der Djinn zuckte die Achseln, löste sich übergangslos in Rauch auf und wehte von dannen.

»Wohin ist er gegangen?« fragte ich, zum einen, um zu erfahren, ob der Dämon getan hatte, was man ihm befohlen hatte, zum anderen, weil es mich interessierte. In der Tat hatte er gehorcht. Aman streichelte erfreut meine Hand mit seinem Daumen und antwortete: »Zurück in seine Flasche, Geliebte, um dort zu warten, bis ich ihn wieder herbeirufe.«

»So bist du ein großer Zauberer, daß dir ein solcher Dämon gehorcht?«

Daran hätte ich vorher denken sollen. Der Handel, den ich eingegangen war, hatte schon sehr viel weniger für sich, wenn mein Mann mich das erste Mal, wenn ich ihn erzürnte, sofort mit einem Feuerstrahl töten konnte oder sich zur Schlafenszeit aus seiner jetzigen, männlichen Gestalt in irgend etwas Abscheuliches verwandelte. Es war üblich, daß eine Yahtzenifrau nach der Heirat ein paar Zähne verlor; aber ich hatte mir ausgerechnet, daß ich – immerhin ein großes und kräftiges Mädchen – mit den Männern unseres Stammes, aber auch denen der Feinde, durchaus fertigzuwerden imstande war. Hatte ich mir ahnungslos einen zu starken Gegner ausgesucht?

»Nicht mehr als jeder andere Mann von ungewöhnlichem Verstand und Mut«, meinte er, warf sich in die Brust und machte ein paar bedeutende Handbewegungen, um mir dann einen schnellen Seitenblick zuzuwerfen, um nachzuschauen, ob ich auch genügend beeindruckt war. Ich war schlicht und einfach verwirrt und muß auch so ausgesehen haben, denn er entspannte sich, grinste und streichelte meinen Arm.

»Was ich sagen will, Rasa, mein Liebling, ist, daß es von beidem eine ganze Menge brauchte, um die Dienste des Djinns zu erringen – und beträchtliches Glück. Obwohl natürlich alles durch das Beobachten der Leute zustandekam. Mir war aufgefallen, daß ein gewisser, schwerreicher Mann offenbar irgendetwas suchte; und ich dachte mir, daß das, was er suchte, offenbar sehr wertvoll sein müßte, denn warum sollte er sich sonst soviel Mühe geben. Mit ein paar geschickten Schachzügen fand ich das Ding schneller als seine Beauftragten. Es entpuppte sich als eine alte Flasche.« Er lächelte, und seine Zähne blitzten wie die Kante des Mondes. »Kein Kharristani, der seine fünf Sinne beisammen hat, würde so einen Schatz liegenlassen. In manchen alten Flaschen ist gar nichts, in anderen alter Wein, aber viele – und das sind die wichtigen, die, von denen wir alle schon als kleine Kinder hören – enthalten Gefangene, die zum Geschlecht der Djinni gehören. Sie müssen dem, der die Flasche besitzt, drei Wünsche gewähren.«

»Warum?«

Er breitete die Arme aus und hob die Brauen, eine elegantere Geste als ein Achselzucken. »So steht es geschrieben. Manche sagen, die Flasche enthalte nicht nur die Gestalt des Djinns, sondern auch seine Seele, und um diese vor Schaden zu bewahren, verrichte der Djinn seine magischen Dienste.«

Die ganze Sache klang mir nicht recht sauber, aber ich wollte so früh in unserer Beziehung um keinen Preis mit Kritik anfangen. Immerhin konnte man verstehen, warum der Djinn nicht unbedingt ein vergnügter oder besonders eifriger Diener war.

Aman Akbar führte mich nun in den Palast, und beileibe nicht durch den Hintereingang, sondern durch offene, von gewölbten Decken überdachte Laubengänge, die auf weißen Säulen ruhten, in die herabhängende Weinreben eingemeißelt waren. Die laue Nachtluft war durchtränkt vom süß-würzigen Duft von Blumen, die ich nie zuvor erblickt hatte, und das schimmernde Mondlicht ließ unsere Schatten vor uns hertanzen. Innen entzündete sich von selbst eine Lampe und verbeugte sich vor uns, bevor sie uns weiter hinein führte. Ich riß Mund und Nase auf.

Aman Akbar sah so zufrieden aus wie ein Sechsjähriger, der zum ersten Mal mit seiner Schleuder etwas getroffen hat: »Du wirst bemerken, daß ich, als ich diesen Palast befahl, ihn mit der allerneuesten magischen, arbeitssparenden Ausstattung bestellt habe. Es gibt nirgends Dienerschaft. Ich brauche nur über die Schwelle zu schreiten, und jeder Wunsch wird mir durch Zauber erfüllt.«

Er legte die Hand in meinen Nacken und drehte mich hierhin und dorthin. Zuerst mußte ich die Federfächer bewundern, an deren Spitzen Augen saßen. Wenn wir in ihre Nähe kamen, begannen sie sofort, sich auf und ab zu bewegen. Bücher klappten einladend ihre Seiten auf. Im Baderaum zischte Dampf aus den Wänden und Wasserstrahlen sprangen in die Höhe, als wir an ihnen vorbeigingen, als wollten sie uns fangen.
Hier meinte Aman Akbar: »Vielleicht möchtest du dich nach der langen Reise ein wenig erfrischen, mein Liebes.«
»*Hier drin?*« fragte ich, denn ich bin weniger angriffslustiges Wasser gewöhnt, außer natürlich zur Überschwemmungszeit.
»Es *ist* schließlich das Badezimmer«, entgegnete er, was einleuchtend war, und wischte mir einen Finger voll Schweiß von der Stirn. Das beschämte mich zutiefst. Aman Akbar schwitzte nicht, und ich war überzeugt, daß hierzulande nie jemand so etwas tat. Er lächelte wieder sein sanftes, tröstendes Lächeln und schob mich auf die Wasserfinger zu, die sogleich nach mir schnappten. »Geh nur. Du wirst vom ...«, und hier machte er eine bedeutungsvolle Pause, die ahnen ließ, daß er jetzt nicht alles sagte, was er wirklich meinte, »... Abendessen viel mehr haben, sobald du erst gebadet hast.«
Ganz bestimmt. Im Kampf gegen soviel Wasser würde ich auf alle Fälle einen heftigen Appetit bekommen. Einerseits war ich in Versuchung, das schnellste Bad aller Zeiten zu nehmen; andererseits verspürte ich – wenn ich nämlich an die Pause dachte, die dem Wort »Abendessen« vorangegangen war – den Wunsch, mich recht lange dabei aufzuhalten, einmal, um alles so gründlich zu erledigen, daß ich mich nachher vor meinem eleganten neuen Herrn nicht zu genieren brauchte, und zum andern, um die verfluchte Angelegenheit, die dann wohl folgen würde, so weit wie möglich hinauszuschieben.
Aber ich gab mir Mühe, das Meinige zu tun. Wirklich. Nach und nach hatte ich begonnen, die Meinung des Djinns zu teilen, daß es nämlich eine außergewöhnliche Ehre bedeutete, von Aman auserwählt zu werden; und ich wünschte um keinen Preis, dadurch auf

diese Auszeichnung zu reagieren, daß ich gleich seinem ersten Wunsch nicht nachkam. Also zog ich mich aus und legte meine Kleider zusammen, der Tür so nahe und dem Wasser so fern wie nur irgend möglich.

Es mag sein, daß die Bäder von Kharristan in der ganzen Welt berühmt sind, aber in meinem von der Reise verwirrten Zustand wurde ich einfach nicht mit ihnen fertig. Kaum hatte ich die am harmlosesten aussehende Apparatur betreten, ein täuschend stilles Wasserbecken, als sich das Gewässer auch schon in einen Strudel verwandelte und der auf dem Grund hausende Dämon mich hinabzuziehen versuchte. Beim eiligen Hinausklettern trug ich eine nicht unansehnliche Prellung davon und stand dann keuchend da und schaute über den Rand. Vielleicht war das eine Mutprobe, die Aman von mir forderte – mich diesen Wasserdämonen zu stellen? Ich hatte zwar von einem derartigen Brauch noch nichts gehört, aber andere Länder, andere Sitten. Es hatte auch noch nie jemand aus meiner Bekanntschaft fußlose Dämonen auf fliegenden Teppichen auf Brautschau geschickt.

Das Betreten der Bäder als Probe dieser Art war keine sonderlich verlockende Aussicht, wenn man nicht wußte, wie sie funktionierten und den Dolch nicht gebrauchen konnte. Daß ich nackt war, half auch nicht weiter. Ich entschied, daß mir nur eines übrigblieb: mich ihnen zu unterwerfen wie Göttern und das Beste zu hoffen. So nämlich handeln, wie man mir oft erklärt hat, die wahrhaft Tapferen, wenn die Schlacht verloren, ihr Anführer erschlagen und der Feind so zahlreich ist wie Wassertropfen im Meer – von meinem augenblicklichen Standpunkt aus ein eher unglücklicher Vergleich.

Ich marschierte also tapfer voran und erduldete den erstickenden Dampf und die Nadelstiche der Wasserstrahlen. Als weiter nichts Gräßliches passierte, drehte ich mich sogar um, damit sie sämtliche Stellen meines Körpers erreichen konnten. So konnten sie sehen, daß sie mir das Schlimmste antun durften, ohne daß ich verzagte. Entmutigt löste der Dampf sich auf, und nach einer Weile tröpfelten die Wasserstrahlen nur noch und versiegten dann. Statt dessen schickten sie einen Schwarm grober Schwämme gegen mich, die durch die Luft sausten und mich von allen Seiten attakkierten, mir das Fell schabten und polierten, alte Wunden neu schmerzen ließen und mir die Krusten von Knien und Ellbogen kratzten. Heißes Wasser folgte, das ich jedoch stoisch ertrug. Nur das kalte Wasser hätte mich fast aufkreischen lassen. Danach umzingelten mich dicke Handtücher, die mich schier erstickten und sich unter meine Füße und an intime Stellen drängelten, ein obszöner Versuch, mich zu entmutigen. Diesem Vorgang folgte ein Angriff von Öl- und Parfümflaschen, die ihren Inhalt über mich ausgossen und auf meiner Haut verteilten, bis ich in dem Zeug schwamm wie in einer Marinade.

Und dann – unglaublich! – hörte der ganze Spuk einfach auf. Das Wasserbecken glättete sich, und ein Deckel schob sich darüber. Die Handtücher zogen sich in eine Nische zurück, in die auch das Licht einer Lampe mich einlud, das auf die weichen, blauen Falten eines leichten Gewandes schien, als Ersatz für mein eigenes, das auf einem Silberhaken hing und trocknete. Es war ein hübsches Kleid und kühler als meines, darum zog ich es an und folgte dann der Lampe und meiner Nase. Ich konnte bereits den Duft gebratenen Fleischs und andere, unvertraute Gerüche spüren, die trotz ihrer Fremdartigkeit recht deutliche Bilder von dampfenden Schüsseln, in deren Mitte Aman Akbar saß, in mir heraufbeschworen.

II

»Du hast den Gürtel vergessen«, empfing er mich und schmollte vor Enttäuschung wie ein Kind. »Das Kleid sieht ja aus wie ein Zelt!«

Ganz schön mies, so etwas zu jemandem zu sagen, der es um seinetwillen gerade erst mit den Wasserdämonen aufgenommen hatte und ihnen nur knapp entkommen war. Ich hatte gar keinen Gürtel für das Kleid gesehen – das leider wirklich an ein irgendwie durchsichtiges Zelt erinnerte –, und selbst wenn, hätte ich mich wahrscheinlich nicht noch erst damit aufgehalten, mich so aufzutakeln. Schließlich hatte ich es eilig, da herauszukommen. Ich hockte mich auf die Fersen, damit ich ihn nicht überragte und auch, damit er mich zum Essen auffordern konnte.

Er klopfte auf ein Kissen neben sich und pickte als weiteren Anreiz ein zart aussehendes Stückchen aus der nächsten Schüssel, das er mir entgegenstreckte, wobei er direkt unter meiner Nase herumwedelte. Ich lehnte mich ins Kissen zurück und wollte das Fleisch packen, aber er zog es wieder zurück und bestand mit eifrigem, amüsiertem Blick darauf, daß ich den Mund aufsperrte, um es entgegenzunehmen. Ich spürte, daß ich vor Verlegenheit errötete. In unserm Volk füttert man nur kleine Kinder so, oder Kranke. Aber zweifellos war das wieder einer von den abseitigen Bräuchen meines Gatten. Darum schloß ich die Augen, öffnete den Mund und bekam nun das Fleisch, das so köstlich war, daß ich es fast ohne zu kauen verschlang. Danach nickte er in Richtung Schüssel und deutete auf seinen Mund, woraus ich entnahm, daß ich jetzt ihn füttern sollte. Ich wünschte mir von Herzen, er hätte nicht plötzlich die Sprache verloren und sich dafür dieses gezierte, dünkelhafte Lächeln angewöhnt, aber ich ging davon aus, daß das ebenfalls der Sitte entsprach und bemühte mich um Geduld. Also fütterten wir einander, bis der Inhalt der silbernen Schüssel merklich abnahm, mit Kumqats und Reis, Pistazien und Lamm, in Honig getränkten Orangen und Fruchtgetränken, die er »Sorbets« nannte.

Als wir beim Traubenschälen angekommen waren, einer klebrigen Prozedur, die vom Hammelfett schmierige Finger nicht sonderlich erleichterten, war aus dem Schweigen längst häufiges Gekicher geworden. Als mir die letzte Weinbeere aus der Schale schoß und von Amans Nase abprallte, ging es mir viel besser als am ganzen Rest des Tages.
Nachdem sich das Gekicher bis auf einen gelegentlichen Ausbruch beruhigt hatte, schnippte er zweimal mit den Fingern, und kleine Schalen mit parfümiertem Wasser erschienen. Damit wuschen wir uns das Hammelfett ab, und die Schüsselchen verneigten sich und verschwanden. Gleichzeitig setzte ein unterdrückter Lärm von wiehernden Hörnern, verstimmten Saiteninstrumenten und pochenden Trommeln ein, die das unordentlichste Musikstück vor sich hinprügelten, das ich je gehört habe. Allerdings war es zweifellos recht suggestiv, und ich brauchte Aman Akbar nur in die Augen zu sehen, um zu wissen, in welche Richtung diese Suggestion ging.
Er nahm mich wieder bei der Hand und sagte: »Ich weiß eine Art der Unterhaltung, Liebste, für die wir keinen andern Zauber brauchen als unsern eigenen.«
Aus dieser Rede erkannte ich, daß er mit mir vorhatte, was Männer mit ihren Gattinnen und Sklavinnen zu tun pflegten. Und da ich wußte, daß ich mich zu einem guten Preis verkauft hatte, fand ich mich damit ab, nun auch meinen Teil des Vertrags zu erfüllen.
Jedes Yahtzeni-Kind weiß, was in der Ehe geschieht – niemand, der mit sechs bis zwanzig anderen Leuten in einem Zelt lebt, kann es vermeiden, diese Dinge zu registrieren – auch wenn die Beteiligten zumeist versuchen, ihr Tun hinter Vorhängen und Decken zu verbergen. Nur sind diese Versuche oft genug erfolglos, so daß ich jetzt die Paarungshaltung einnehmen konnte, die ich gelernt hatte, indem ich meiner Mutter dabei zuschaute; wie alle meines Volkes wußte sie von der Liebe, was es zu wissen gab – nämlich alles, das einem Schafe beibringen können.
Einen Augenblick lang machte Aman Akbar keine Bewegung in

meine Richtung, und ich krümmte mich innerlich und überlegte, ob unsere so unterschiedlichen Sitten nicht zu einem weiteren, peinlichen Mißverständnis geführt hatten. Vielleicht mußte ich ihm auch erst einmal ein paar Schafe vorführen? Dann aber versetzte er mir einen scherzhaften Klaps auf die Hinterbacke. Ich drehte mich um und betrachtete mein Hinterteil, um den Grund seines Zögerns festzustellen; und er lächelte mich an, nahm mich bei den Schultern und schloß mich von neuem in die Arme. Dann lehrte er mich viele Dinge, die Schafe nicht kennen, weil ihre Körper ihnen die Vergnügungen, denen sich die unseren jetzt voller Freude hingaben, gar nicht gestatten würden.

Danach fiel ich in einen tiefen und traumlosen Schlaf. Traumlos jedenfalls, bis das Klagegeheul anfing, sanfter zwar als das Heulen von Wölfen, aber lauter als der Wind. Ich konnte nicht sagen, ob es geträumtes oder wirkliches Geheul war, aber auf alle Fälle war es lästig. Meine Mutter hält sowieso das, was man träumt, immer für wichtiger als die Wirklichkeit und schreibt den Träumen alle möglichen Vorzeichen und Omen zu. Ich wurde soweit wach, daß ich merkte, wie Aman Akbar stöhnte und sich umdrehte, wobei er mir den Arm über die Schultern warf.

Von allem, was mir widerfahren war, seit ich dem Djinn begegnete – der Reise, dem Palast, den Wasserdämonen, der Mahlzeit mit den merkwürdig schmeckenden Speisen – schien nur dieser Mann der Wirklichkeit anzugehören. Das spürte ich nicht nur an der fast unbehaglichen Wärme seines wohlgenährten Fleischs an meinem eigenen, sondern auch am Schweiß, der jetzt auch seine Haut feuchtete, und an den Schwielen, die seine wohlgeformten Füße und Hände rauh machten. So bedeuteten auch die Dinge, mit denen er mich zu beeindrucken suchte – der Palast, der Djinn, seine blumenreichen Reden, die Prahlerei mit dem »ungewöhnlichen Verstand und Mut«, sein Talent im Bett – mir viel weniger als seine ganze Art. Er, der schöne, reiche Gebieter all dieser Pracht wünschte vor allem, mir mit diesen Dingen zu gefallen, wollte unbedingt, daß ich – eine Fremde, eine Ausländerin, von Bedeutung eigentlich hauptsächlich für meine Feinde – ihn gern hatte. Ich erkannte, daß ich ihn mochte, wenn auch vielleicht nur deshalb, weil er nicht davon überzeugt war. Ein Yahtzeni, der Eindruck auf eine Frau machen wollte, hätte mit der einen Hand ein Pferd, mit der anderen die Betreffende gepackt und wäre gar nicht auf die Idee gekommen, nach ihrer Ansicht über die Sache zu fragen.

Aman fing an zu schnarchen. Nach und nach verstummte das Geheul. Ich beruhigte mich mit der vagen Erklärung, daß es ja nur natürlich war, wenn in einem von Dämonen erbauten Palast Geister spukten.

Ein ganz anderes Heulen weckte mich am nächsten Morgen. Dieses Geräusch bestand aus einem an- und abschwellenden, sich wiederholenden Singsang und schien aus dem Gitterfenster in der Mauer zu dringen, das von unserer Matratze – deren alleinige Bewohnerin ich inzwischen war – am weitesten entfernt lag. Ich stand auf und zog das blaue Kleid über meinen Körper, der von den Anstrengungen der Nacht noch klebrig und von der ersten, frühen Morgenhitze bereits schweißfeucht war. Die Straßen unter mir waren still, und die wenigen Leute, die man drüben in der Stadt sehen konnte, schienen auf ihren Teppichen ein Nickerchen zu machen. Mehrere Straßen weiter brachte ihnen der Sänger, von dem das eintönige Gedudel herrührte, vom Turm aus ein Ständchen. Mit Hilfe meines gerade erst erworbenen Verständnisses der hiesigen Sprache konnte ich sogar ein paar Worte ausmachen. Ich hörte dieselben Laute viermal an diesem Tag und lernte später, daß der Gesang den Ruf zum Gebet bedeutete.

Was ich von der jetzt ihres Mondesglanzes beraubten Stadt erkennen konnte, sah im harten Gleißen des Sonnenlichts schon eher nach den Städten aus, die ich gewöhnt war. Die Bernsteinfarbe hatte sie von den gebleichten Lehmziegeln, aus denen die Mauern bestanden, und sie waren vielfach beschmiert, abgeplatzt und verdreckt. Aber nicht nur das. Bei der großen Hitze stank alles zum Himmel, und obwohl die Leute noch schliefen, waren die Fliegen

doch längst wach. Trotzdem gefielen mir die bunten Farbflecke und die lebhaften Streifenmuster, die auf den Decken und Wollsträngen auftauchten, die in der Sonne trockneten, auf Teppichen und Sonnenschutzdächern vor Läden. Vielleicht würde mir Aman Akbar erlauben, ein wenig solche Wolle zu kaufen, um einen Mantel für ihn zu weben – wir Yahtzeni verwenden meistens Pflanzenfarben, und bei den leuchtenden Scharlach- und Indigotönen juckte es mich in den Fingern, damit zu weben. Am besten, wenn mir hier alles gefiel. Nachdem ich ja nun eine richtige Ehefrau war, würde ich bestimmt viel mit solchen Dingen zu tun haben.
Das Licht, das durchs Fenster hereinsickerte, fand auf unserem Lager einen glitzernden Spiegel. Ein schmales Armband, ganz aus Gold, dort, wo Aman gelegen hatte. Ein weiteres Hochzeitsgeschenk. Bei all meiner Ahnungslosigkeit konnte ich doch nicht ganz versagt haben, denn sonst hätte er mich sicher nicht so belohnt? Ich ließ das Armband über mein Gelenk gleiten, nahm es dann aber wieder ab und legte es aufs Kissen. Ich hatte ein Bad nötiger als Schmuck. Der Schreckenskammer von gestern abend wollte ich mich allerdings nicht aussetzen. Der seltsame, symmetrische Teich auf der Lichtung, bei dem ich Aman zuerst gesehen hatte, war mir sympathischer. Wenn ich ihn wiederfinden konnte, würde ich dort baden. Unterwegs würde ich den Wasserdämonen kühn entgegentreten, zumindest bis ich meine eigenen Kleidungsstücke geholt und vielleicht auch den Gürtel gefunden hätte, der an dem blauen Gewand fehlte.
Offenbar hatte ich die Wasserdämonen am Abend zuvor ordentlich eingeschüchtert, denn heute zeigte sich keine Spur von ihnen. Da war nur das zugedeckte Becken und das Zimmer selbst; auf dem Silberhaken hing noch mein Gewand, darunter das Gürteltuch, das zu dem blauen Kleid gehörte; daneben in einem Regal lag ein weißes Kleid, ebenso leicht, aber aus feinerem, glänzenderem Stoff. Auch die Fächer an der Tür verhielten sich still, was mich weniger freute, denn der Morgen war längst nicht mehr nur warm, sondern inzwischen schier unerträglich heiß. Auch von den Büchern begrüßte mich keines, und ich begann mich zu fragen, ob

wenigstens der Teich noch dort sein würde. Zum Glück gab es ihn noch, auch wenn das Tier in der Mitte kein Wasser mehr verspritzte. Doch verbreiteten die Blumen und Bäume nach wie vor ihr Parfüm und ihren köstlichen Schatten, der gut die Hälfte des Ortes schützte. Ich wusch mich gründlich, zog das weiße Kleid statt meines dicken Hausgewebten an und schaute mich um.
Ein angenehmer Frühstücksplatz, dachte ich bei mir. Aber obwohl gewisse, aufreizend würzige Düfte von den gekachelten Giebeln des übrigen Palastes aufstiegen, erschien als Antwort auf meine Wünsche mitnichten etwas Eßbares. Ich versuchte es mit Wünschen ohne Worte, mit laut gesprochenen Wünschen und zuletzt mit kräftigen Verwünschungen, nachdem ich begriff, daß es nur Amans Wünsche waren, die Essen und auch all die anderen, heute morgen nicht vorhandenen Annehmlichkeiten des Palastes herbeischafften. Offensichtlich hatte er doch nicht an alles gedacht – aber natürlich hatte er ja auch bisher allein gelebt und war nicht gewöhnt, darauf Rücksicht zu nehmen, was eine zweite Person in seiner Abwesenheit anfangen sollte. Es war auch nicht so schlimm, denn die Reste des Festmahls von gestern abend lagen ja noch in unserem Hochzeitsgemach herum. Ich ging dorthin zurück, sammelte alles Eßbare auf und trug es hinaus zum Springbrunnen. Den ganzen Tag – und den nächsten – sah ich von Aman Akbar keinen Schimmer, und in der Nacht dazwischen auch nicht.
Als Kriegerin verfügte ich über durchaus gute Nerven. Als Ehefrau waren dieselben Nerven mittags um zwölf bereits ruiniert. War er fortgegangen, um die Schafe zu hüten? Oder in die Stadt? Nachts schlief ich nur wenig, marschierte im Zimmer auf und ab, lief in Abständen in den Garten, um zu sehen, ob er vielleicht gerade ankam, und lauschte, ob unten auf der Straße nicht seine Stimme zu hören wäre, wobei ich nicht einmal sicher war, ob ich sie auch erkennen würde.
Im Zimmer war es erstickend heiß. Ich schob das Armband – den Ring, den mein Herr mir gegeben hatte – mißmutig am Arm auf und ab und versuchte, zu einem Entschluß zu kommen, was ich

tun sollte. Ein so reicher Mann würde doch gewiß nicht selber seine Herden hüten oder auf die Jagd gehen? Und wenn ihn Geschäfte aufhielten, warum schickte er keine Nachricht? Und wieso nahm er mich nicht mit? Ich hätte so gern die Stadt kennengelernt, auch wenn sie mir zu heiß war.

Als er am folgenden Tag immer noch nicht kam, erwog ich, in der Stadt nach ihm zu suchen, denn langsam bekam ich Angst um ihn. Mein Vater hatte immer gesagt, daß in den Straßen der Städte Diebe und Mörder umherschlichen, Männer, übler als die Vettern meiner Mutter. Wenn mein neuer Gatte nun mit so einem Kerl zusammengestoßen war? Was sollte dann aus mir werden? Ich kannte in diesem fremden Land keine Seele außer ihm und dem Djinn, und der letztere würde ohne seinen Gebieter kaum eine große Hilfe sein.

Aber als der Tag verging und ich wiederum erwartete, ihn plötzlich am Teich oder auf der Straße vor meinem Fenster stehen zu sehen, sagte ich mir, daß die Stadt mir zwar bedrohlich vorkäme, schließlich aber doch seine Heimat wäre. Er hatte hier jahrelang ohne meinen Schutz gelebt und würde mir höchstwahrscheinlich alles andere als danken, wenn ich ihn störte, während er mit anderen Männern trank, spielte, Geschäfte machte oder was immer ihn sonst abhalten mochte, nach Hause zu kommen. Dieses sein Fernbleiben war nicht gerade ein Hinweis auf die heitere Zukunft, die vor uns lag, wenn auch das, was er bisher für mich getan hatte, vorbildlich genannt werden konnte. Dennoch nahm ich mir fest vor, wenn er auch das Abendessen versäumte (das ich leider auch versäumen mußte, denn die Reste der vorvorgestrigen Abendmahlzeit waren jetzt kaum mehr als Kerne, Samen und von Fliegen umschwärmte Abfälle), dann würde ich ihn suchen gehen, ihn und etwas Eßbares.

Ich war gerade im Begriff, diesen Entschluß auszuführen und hatte bereits mein heimatliches Gewand wieder angezogen und ein Messer, das ich in dem Zimmer mit den Büchern gefunden hatte, in den Gürtel gesteckt, als ich plötzlich merkte, daß die Seiten sich umzublättern begannen und die Lampen angingen – und tatsächlich – den Korridor entlang wedelten die Fächer mit den Augen auf ihren Spitzen zur Begrüßung, als Aman Akbar durch die Bogen und Säulen draußen hereintrat. Er war schöner denn je, in einen grünen Mantel gekleidet, der am Saum und an den Aufschlägen dick mit Blau, Scharlachrot und Gold bestickt war. Darunter bauschten sich weite blaue Hosen. An den Füßen trug er Pantoffeln mit aufgebogenen Spitzen in goldgesticktem Purpurrot. Sie paßten zu der Binde, die in unzähligen Windungen sein Haupt umschlang. Diese Binde, die man Turban nennt, war mit einer Agraffe verziert, die aus blauen, in Gold gefaßten Juwelen in Gestalt einer Blume bestand, und aus der drei weiße Federn sproßten, so daß Aman Akbar groß und stattlich aussah. In seinem Gesicht stand das zärtliche Lächeln, das mir freilich etwas müde vorkam, und in der Hand trug er ein in Seide gewickeltes Päckchen.

»Mein Gebieter!« rief ich aus, rannte auf ihn zu und hielt dann inne, unsicher, ob ich ihm nun den Mantel abnehmen, ihn umarmen oder ihm sonstwie meine Ehrerbietung bezeugen sollte. Ich wußte zwar, was sich bei meinem Volk geziemte, aber ich kannte ja die Bräuche der Reichen und Mächtigen dieses Landes nicht, und vielleicht wäre sogar mein nachgiebiger Gatte gekränkt, wenn ich mich ungebührlich benahm. Aber er befreite mich selbst aus dieser Zwickmühle.

»Geliebte«, seufzte er, breitete die Arme aus und umfing mich.

»Wo warst du?« fragte ich und erkannte aus dem harten Blick, mit dem er mich bedachte, daß meine völlig verständliche Frage hier nicht gestattet war. Ich versuchte mich aus der Affäre zu ziehen, indem ich fortfuhr: »Denn wenn du deine Herden hütest – ist es da nicht meine Pflicht, dich abzulösen oder dir mittags das Essen zu bringen – oder macht das der Dämon?«

Der harte Ausdruck schwand aus seinem Antlitz und die braunen Augen schmolzen vor Mitgefühl. »Aber mein Liebling, du hast dich meinetwegen gegrämt! Das sollst du nicht. Meine Geschäfte rufen mich oft unerwartet ab, aber auch wenn ich nicht an deiner

Seite weile, bin ich gut versorgt. Sieh nur, ich habe dir ein Geschenk mitgebracht.«
Er streckte mir das gelbe Seidenpäckchen entgegen. Ich löste den Knoten, und ein Medaillon aus Gold, an dem einer der blaugrünen Steine hing, fiel mir in die Hand. Aman legte es mir zärtlich um den Hals und sagte: »Ach, wie herrlich es dir steht. Und ich sehe, daß du auch das Armband gefunden hast. Freust du dich?«
»O ja, und ich danke dir, aber ...«
»Und was möchtest du heute abend speisen? Ich dachte an in Honig und Mandeln geröstete Wachteln und vielleicht einen Granatapfelsorbet, dazu Reis mit Datteln.«

Und so verging diese Nacht so vergnüglich wie die erste, nur mit dem Unterschied, daß Aman, vom Abendessen gestärkt, redselig wurde und anfing, mir mehr über die Stadt und die Leute darin zu erzählen. Manches von dem, was er berichtete, war recht unterhaltsam, über andere Dinge wollte er wohl auch nur einmal sein Herz ausschütten, denn er war voller Zorn über die Verhältnisse, in denen die Armen der Stadt – Amans alte Freunde – leben mußten, weil der neue Emir sie dazu zwang. Die königliche Wache war zur Geißel des einfachen Volkes geworden und plünderte deren Behausungen nach Lust und Laune. Die Soldaten machten sich nichts daraus, Frauen zu entführen, fromme Gläubige zu überfallen oder die Schalen der Bettler auszurauben. Der Emir kümmerte sich nur insoweit um die Regierungsgeschäfte, als er sich mit ihrer Hilfe bereichern konnte und strebte statt dessen nur danach, magische Dinge anzuhäufen, dazu schöne Frauen – sogar wenn sie mit anderen verlobt waren; hier zeigte Aman ganz besondere Empörung – und Reichtümer, die das rechtmäßige Eigentum alter und angesehener Familien waren, die dem früheren König durch Generationen treu gedient hatten. Amans eigener Vater, so erklärte er mir, war ein Abenteurer im Dienste des Königs gewesen und hatte so einiges Vermögen und Ansehen errungen. Dieses bescheidene Erbe hinterließ er bei seinem Tode

Aman, der es bekommen sollte, sobald er zum Manne herangereift war. Aber als der König dann Sindupur eroberte, hielt er es für erforderlich, die Hauptstadt in das noch immer unruhige Herz seines neuen Herrschaftsgebietes zu verlegen und die anderen großen Städte unter die Aufsicht mehrerer Statthalter zu stellen. Unter ihnen gab es einige von der Sorte des Emirs, die anscheinend ihren Posten nur deshalb erlangten, weil sie zu unzuverlässig oder zu unfähig waren, dem König innerhalb der neuen Grenzen, in denen der Aufruhr noch tobte, von Nutzen zu sein. Von diesen Statthaltern wurden solange die Steuern erhöht und das Eigentum der Bevölkerung beschlagnahmt, bis auch das Vermögen von Amans Vater gänzlich dahin war. Aman hatte, um sich fortzubringen, die allerniedrigsten Arbeiten verrichten müssen – bis er die Flasche entdeckte.

Ich fand diese Ausführungen höchst aufschlußreich, erinnerte mich jedoch an meinen Vater, der immer gesagt hatte, jeder Mensch, der nicht selber herrschte, hätte wahrscheinlich das Gefühl, daß sein Herr nicht immer gerecht handelte; so daß ich von Amans Bericht einiges abzog, weil ich dachte, das, worüber er sich so beschwerte, wäre vielleicht auch von dieser Art. Außerdem konnte ich meine eigenen Fragen nicht vergessen, die er trotz seiner vielen Worte noch nicht beantwortet hatte. Nicht daß diese Worte nicht mit anscheinend tiefster Aufrichtigkeit gesprochen worden wären. Aman Akbar war eindringlicher denn je und gab sich die größte Mühe, mir alles so darzustellen, daß ich es auch begriff und eine gute Meinung von ihm bekam, weil er sich durch all diese Widrigkeiten wieder nach oben gekämpft hatte. Und natürlich gelang ihm das auch, denn er war ungemein bezaubernd und in der Tat sehr überzeugend, und gewiß strengte es meine Ohren nicht an, seiner sanften und schmelzenden Stimme zu lauschen. Und trotzdem lag etwas allzu Glattes in der Art, wie er seine Geschichte erzählte, eine Andeutung von Ausweichen im schnellen Abwenden seines Blicks und im plötzlichen Wechsel des Themas immer dann, wenn mir eine Frage einfiel, die ich ihm stellen wollte. Ich fühlte mich ungefähr so, als wollte mir jemand ein

Pferd verkaufen, das ich noch nie zu Gesicht bekommen hatte und nur aufgrund des Zeugnisses seines Eigentümers erwerben sollte.

Er hatte auf dem Rücken gelegen, Handbewegungen zur Zimmerdecke vollführt und gelegentlich eine Weinbeere in den Mund gesteckt; plötzlich aber drehte er sich zur Seite und betrachtete mich von ganz nahe. »Du bist so still, Rasa, mein Liebling«, meinte er.

»Ich könnte wohl kaum etwas zu deiner Beredsamkeit beitragen, o mein Herr«, antwortete ich. Die Worte kamen etwas schief heraus und klangen gar nicht so schmeichelhaft, wie ich es beabsichtigt hatte. Er stieß ein wenig vornehmes, brüllendes Gelächter aus und umarmte mich.

»Ich habe wirklich geredet wie ein Lehrer, nicht wahr? Aber es plaudert sich so angenehm mit dir, ganz wie ich es geahnt habe. Als ich dich zum ersten Mal erblickte – du sprangst gerade über euer Lagerfeuer, um den Schuft zu erschlagen, der eine deiner Gefährtinnen zu Boden geworfen hatte –, habe ich gleich zu dem Djinn gesagt: Das ist das richtige Mädchen für mich.«

»Und wann war das, o Herr?« fragte ich. »Warum sah ich dich nicht auch?«

»Weil ich nicht wirklich dort war, mein Herz. Wäre ich dortgewesen, glaubst du, ich hätte gezögert, vorwärtszustürmen und dir und deinem edlen Vater beizuspringen, um dadurch eure Achtung zu erwerben? Nein, der Djinn hat mich nicht wirklich an die Orte – äh – an den Ort gebracht, wo ich dich sah. Vielmehr warf er ein Bild der Ereignisse in eurem Lager auf das Wasser eines der Gartenteiche und ließ mich so dich zur Braut erwählen.« Er sah mir tief in die Augen, hob eine Locke meines Haares hoch und ringelte sie um seine Finger.

»Ich bin so glücklich, daß du eingewilligt hast, dem Djinn zu folgen. Sonst hätte ich eine Reise unternehmen müssen, um zu dir zu kommen und dich auf weit weniger geschwinde Weise zu gewinnen. Da du aber so weit entfernt von mir gewohnt hast, wären wir vielleicht beide erst als uralte Leute zusammengekommen; aber ich hätte es dennoch getan. Mit Hilfe des Djinns habe ich viele Frauen von hoher Geburt gesehen und auch Frauen, deren Schönheit meine Sinne berauschte. Aber keine davon bewegte sich mit der wilden Anmut der in die Enge getriebenen Löwin, so wie du, und in keinem anderen Augenpaar glänzten, leuchtend wie die Strahlen des Mondes, solche Treue und solche Tapferkeit. Ich wußte sofort, daß du meine Freundin und nicht nur meine Geliebte werden und mich in all meinen Träumen und Plänen unterstützen, ja sogar leiten würdest.«

Vielleicht wußte er auch, daß ich vor Freude über seine Lobpreisungen so überwältigt sein mußte, daß ich ihn zumindest eine Zeitlang nicht danach fragen würde, um was für Pläne und Träume es sich eigentlich handelte. Überhaupt waren wir von der Stimmung des Augenblicks alle beide so hingerissen, daß wir die Unterhaltung nicht weiter fortsetzten und alle Fragen meinem Gedächtnis wenigstens vorübergehend entschwanden.

Eine der harmloseren dieser Fragen galt dem nur nachts vernehmbaren Klagegeheul – schwächer, wenn ich allein war, als wenn Aman bei mir weilte, aber immer etwa zur gleichen Zeit ertönend. Als aber in dieser Nacht das Heulen von neuem begann, befanden wir uns gerade mitten im Spiel der Liebe, und ich hätte gar nicht fragen können, was das Geräusch bedeutete, weil mein Mund anderweitig beschäftigt war. Aman ignorierte den Lärm völlig. Seine Mißachtung überzeugte mich davon, daß es sich um ein ganz alltägliches und normales Ereignis handelte – so etwas wie den Gebetsrufer. Also dachte ich bis zur nächsten Nacht nicht weiter daran. Da klang es schwächer und weiter entfernt, war aber nicht weniger störend. Der Unterton von Selbstmitleid darin schien mich zu verspotten, während ich – wiederum allein – in unserem Hochzeitsgemach auf- und abschritt und an einem Wachtelknochen nagte.

Ich beeile mich, an dieser Stelle zu betonen, daß es Amans ausweichendes Benehmen und nicht etwa Furcht war, die mich so lange daran hinderten, der Sache auf den Grund zu gehen. Denn obgleich er mir noch mancherlei von den Geschichten, Bräuchen und

der Religion seines Volkes erzählte und mich mit dem Wunsch nach ähnlichen Einzelheiten über das meinige quälte, ging er niemals darauf ein, *wo* er jede zweite Nacht und alle seine Tage verbrachte. Wenn ich ihn auch nur fragend anblickte, bat der geriebene Kerl mich sofort, ihm mehr über die Scharmützel mit den Vettern meiner Mutter zu berichten, und ich war dann derart mit meinen eigenen Erinnerungen und damit beschäftigt, wie ich sie ihm nur recht unterhaltsam darstellen könnte, damit er auch in seiner guten Meinung von mir bestärkt würde, daß ich meine Fragen immer wieder vergaß.
So verging eine ganze Woche, und Aman speiste, plauderte und schäkerte jede zweite Nacht mit mir. Wenn er da war, war alles heller, intensiver, deutlicher, selbst das Geheul. War er fort, wanderte ich ziellos durch die langen Tage, aß wenig von Speisen, die mir ohne Geschmack schienen, und sehnte mich nach einer Spindel oder sogar einem Webstuhl, um mir die Zeit zu vertreiben. War ich nachts allein, so dachte ich an die Nächte mit ihm und wunderte mich darüber, daß selbst das Heulen weniger energisch klang, wenn er nicht da war.

Am Ende der Woche war ich völlig verzweifelt vor lauter Langeweile, Neugier, Geheul und der Unmöglichkeit, über das, was mir Herz und Gemüt bewegte, mit meinem Herrn zu sprechen, auch wenn ich ihn jede Nacht lieber gewann. Aber in der nächsten Nacht, die wir miteinander verbrachten, sorgte ich dafür, daß ich zur selben Zeit wie er aufwachte und folgte ihm.
Fast hätte ich ihn schon verloren, bevor er noch den Palast verließ. Ich mußte warten, bis er aus dem Zimmer gegangen war, um dann mein eigenes, heimatliches Gewand anzulegen, das nicht so durchsichtig war wie jene, die in dem Raum mit den Wasserdämonen bereitlagen, so daß ich hoffte, damit auf der Straße weniger Aufsehen zu erregen. Das kostete mich soviel Zeit, daß ich ihn in den Sälen und Labyrinthen nicht mehr sah. Als ich jedoch an dem Raum mit den Wasserdämonen vorbeikam, vernahm ich das Zischen von Dampf und Wasser und den Gesang der Stimme meines

Herrn, der sich mehr durch Kraft und Fülle als durch melodische Töne auszeichnete. Ich versteckte mich hinter einer Säule und wartete, bis er herauskam, ganz in Purpurrot gekleidet, silberne Federn im Turban und eine silberne Gliederkette auf der breiten Brust.

Er schritt an mir vorbei und betrat, zwei Türen weiter auf der anderen Korridorseite, die Bibliothek. Die hölzernen Türen der meisten Räume sind nur selten geschlossen, damit die Luft freier durch den Palast strömen und die Hitze ein wenig lindern kann. Darum konnte ich, als ich mich jetzt neben die der Tür gegenüberliegende Säule stellte, sehen, wie Aman quer durch den Raum zu einem Regal ging. Mit einem Fingerdruck setzte er es in Bewegung. Es schwang auf und ein Hohlraum wurde sichtbar, aus dem mein Gatte ein Gefäß aus irgendeinem glänzenden Material nahm. Es war grün und undurchsichtig. Diese Flasche steckte er sorgsam in sein Gürteltuch. Dann ließ er das Regal zurückschwingen, klopfte die Bände darin kurz und freundlich auf den Rücken und schlenderte munter aus dem Zimmer und an dem rechteckigen Teich vorbei. Das Tier spritzte zu seinen Ehren eine Begrüßungsfontäne und sprühte solange weiter, bis er vorüber war. Als ich es für sicher hielt, ihm zu folgen, war der Mund des Tiers leer und nur die glitzernden Bächlein auf seiner Metallhaut zeugten noch davon, daß es für eine Weile zum Leben erwacht war. Ich beschleunigte meine Schritte, denn es konnte ja sein, daß auch das Tor nur für Aman Akbar arbeitete. Es gehörte größte Vorsicht dazu, mich unmittelbar hinter ihm hinauszuschleichen, ohne daß er mich entdeckte. Aber nichts deutete darauf hin, daß er auch nur den leisesten Verdacht hegte, verfolgt zu werden. Ich war auch so darauf konzentriert, ihn im Auge zu behalten, ohne zu stolpern oder mir die Zehen zu stoßen, daß ich auf meine Umgebung kaum achtete.

Manch einer fragt jetzt vielleicht, *warum* ich Aman Akbar überhaupt nachlief, trotz allem, was ich über sein geheimnisvolles Verschwinden und Wiederauftauchen geschrieben habe, über seine glatten und vagen Versicherungen, alles sei in Ordnung, und zugleich über seine Weigerungen, seinen Aufenthaltsort zu nennen. Verletzte ich dadurch nicht sein Vertrauen? Ich kann nur erwidern, daß die Sache anders lag. Im Gegenteil folgte ich eben dem Codex der Treue, über den er sich so bewundernd geäußert hatte. Ich sah meine Pflicht als Gattin anders, als die Frauen es hierzulande gewöhnt sind. Schließlich war ich nicht zur Hausfrau erzogen, sondern zur Kriegerin. Mein Gemahl war nicht nur mein Ehemann, sondern auch mein Feldherr, mein Ring-Spender. Bei Frauen, die so oft, sei es mit oder ohne Anwendung von Gewalt, ihrem eigenen Volk entführt werden, ist Treue zum Fürstenhaus im allgemeinen nicht ratsam, denn wenn man bei einem Raubzug verschleppt wird, seinem Entführer Kinder zur Welt bringt und ihn dann heiratet, wird der einstige Oberherr zum Feind der eigenen Kinder. Darum gebührt die Bündnistreue einer Frau ausschließlich dem Gatten, der seinerseits die Familie im Stammesrat vertritt. Diese Ordnung der Dinge ist die zwangsläufige Folge von Jahren der Gefangenschaft und Sklaverei. Bei den meisten solcher Frauen, die gegen ihren Willen Männern angelobt werden, die sie nicht selbst erwählt haben, hört die Verpflichtung allerdings damit auf, daß sie Kinder gebären, die Herden hüten und die üblichen Hausarbeiten verrichten.

Bei mir aber, dazu erzogen, für meinen Vater, der zugleich mein Stammesfürst war, mit der Waffe zu kämpfen, schloß die Pflicht gegenüber dem Gatten auch Dienste dieser Art ein, sofern er dafür Verwendung hatte. Jedenfalls sah ich es so. Wenn er immer noch in Schwierigkeiten steckte und seine Abneigung, mit mir darüber zu sprechen, dem Wunsch entsprang, mich zu beschützen, so war es an mir, die Ursache seines Problems zu ergründen und ein Gegenmittel zu finden. Darum wagte ich mich – um seinetwillen – auf die Straßen von Kharristan. Und auch, weil ich neugierig war – die Waren im Basar probieren und vielleicht einmal etwas Frischeres haben wollte als nur immer die Reste, wenn Aman wieder zwei Tage ausblieb.

Vor allem aber wollte ich herausbekommen, wo Aman Akbar seine Tage verbrachte. Darum folgte ich ihm, durch Straßen, die eben erst anfingen, sich mit Menschen zu beleben, die ihre Vorbereitungen für den Tag trafen. Beim Hinausgehen blieb Aman in einem kleinen Raum neben dem Tor stehen und zog daraus einen Teppich hervor, den er sich auf die Schulter legte. Es wirkte irgendwie unpassend – ein so vornehm gekleideter Mann, der eine Last durch die Straßen schleppte, Straßen, die von auf Pfosten gehängten Öllampen erleuchtet wurden und die der erste Schimmer der Morgenröte noch nicht erhellte. Die beiden ersten Männer, an denen ich vorbeikam, warfen mir unfreundliche Blicke zu, und einer schüttete mir mit voller Absicht den Inhalt der Schüssel, in der er sich gerade gewaschen hatte, vor die Füße, so daß Schlamm den Saum meines Gewandes bespritzte. Ich starrte ihn scharf an und rang so lange mit mir, ob es nicht angebracht wäre, ihn das Wasser trinken zu lassen, mit Schlamm und allem, daß ich Aman Akbar wieder aus den Augen verlor.

An der nächsten Ecke entdeckte ich ihn jedoch, wie er sich beschleunigten Schrittes einer mit Steinen gepflasterten Straße näherte, die zu dem Turm führte, von wo aus der Sänger seine Kunst zu üben pflegte. Und tatsächlich – noch ehe ich die Entfernung zwischen Aman und mir verringern konnte, begann der Sänger seinen Gesang und Aman beeilte sich noch mehr, bis er in dem Gebäude verschwand, das an den Turm angebaut war.

Auch mehrere andere Männer betraten dieses Haus, und alle beäugten mich mit Strenge, rümpften die Nase und schritten in das Innere des Gebäudes. Sie trugen ebensolche Teppiche wie Aman. Ich überlegte, ob ich mich anschließen sollte, aber ich hatte den Eindruck, nicht willkommen zu sein. Außerdem würde Aman meine Anwesenheit sofort feststellen, sobald irgend jemand Ärger machte. Darum beschloß ich, einen Augenblick abzuwarten, was nun geschehen würde. Es passierte gar nichts. Als der Sänger seinen Vortrag beendet hatte, schwieg alles bis auf eine sehr laute Stimme und das Gemurmel mehrerer anderer Stimmen. Plötzlich begriff ich, daß sie beteten. Aman hatte gesagt, der Sänger rufe das Volk zum Gebet, und ich war meinem Gatten nachgegangen, als er zum Beten wandelte. Er war ein sehr frommer Mann – und nach dem, was ich heute morgen vom Charakter der anderen Männer mitbekommen hatte, auch der einzige gutmütige Mann in ganz Kharristan. Ich hoffte, daß seine Götter ihn zu schätzen wußten. Nun gut. Ich würde mich ein wenig auf dem Markt umschauen und dann den Heimweg antreten, um zu Hause pflichtschuldigst abzuwarten, bis er seine Gebetswache beendet hatte.

Die Straßen blieben nicht lange still. Plötzlich stürzte ein wahrer Erdrutsch von Menschheit auf mich ein, die sich drängten und stießen, schrien und rannten, während es in den Geschäften der Stadt lebendig wurde. Körbe mit Melonen, mit Schmuck belegte Tabletts, große Tontöpfe, voll von lauter kleinen Tontöpfen, Stoffballen, Regale mit Kupfergefäßen kamen aus ihren Verstecken und säumten die Straßen. Bunte Sonnendächer entfalteten sich, den Kaufleuten Schatten zu spenden, und der Duft der Gewürze und Parfüms vermengte sich mit dem Gestank der Straßen. Die Menschen riefen einander etwas zu oder schrien ihre Tiere an, Esel und merkwürdig aussehende, bucklige Geschöpfe mit einem trügerischen Lächeln auf den häßlichen Fratzen und einer starken Neigung zum Beißen und Treten. Die Tiere trugen Sättel mit bimmelnden Glöckchen und schleppten Lasten, die fast so groß waren wie ihr eigener Körper. Ein paar Leute starrten mich unverschämt an, aber noch immer verstand ich den Grund ihrer Feindseligkeit nicht – bis mir auffiel, daß die anderen Frauen auf dem Marktplatz, die nicht sehr zahlreich waren, Tücher vor dem Gesicht trugen.

Vielleicht rechneten sie mit einem Sandsturm? Vielleicht waren die Frauen dieser Rasse aber auch alle häßlich und versteckten sich darum. Wenn das der Fall war, begriff ich nicht, warum soviele Leute mich mit gekränktem Blick musterten. In *meinem* Volk jedenfalls verhüllten ehrbare Frauen nicht ihre Gesichter, falls dafür nicht irgendein besonderer Grund bestand.

Neben den Händlerinnen mit den Tüchern vor dem Gesicht huschten auch kleine Bündel in schwarzen Umhüllungen hin und her, die sich durch die Tiere hindurchschlängelten und mit schriller Stimme mit den Obst- und Seidenverkäufern feilschten. Das hätte ich auch gern getan, denn ich war zumindest teilweise in dieser Absicht hergekommen. Aber ich hatte übersehen, daß ich keine Münzen besaß, um etwas zu kaufen, und keine Wolle, um damit zu tauschen, und ohne mein Armband oder den Anhänger zu verkaufen, wozu ich wenig Lust verspürte, würde ich die Waren, die mich so verlockten, nicht bezahlen können. Betrübt wandte ich mich ab und machte mich auf den Heimweg.

Zumindest hatte ich das vor. Meine Richtung änderte sich jedoch abrupt durch die Wachablösung im Palast des Emirs. Gerade noch stand ich zwischen den Buden eines Verkäufers von Datteln und Mandeln und eines Seidenhändlers, dessen Ballen schimmernder Stoffe meine Augen so magnetisch anzogen, wie ein Fluß zum Meer strebt. Im nächsten Augenblick war ich ernsthaft in Gefahr, mit den Pflastersteinen zu verschmelzen, als gut vierzig Männer auf schwarzen Rossen mitten durch die innere Stadt galoppierten und mit klirrender Rücksichtslosigkeit Menschen und Waren in alle Winde zerstreuten. Als die Staubwolke sich zu setzen begann, hob ich den Kopf, rieb mir die Augen und stand aus der mit Unrat gefüllten Nische zwischen Mauer und Straße auf, in die ich eingekeilt gewesen war. Vorsichtig trat ich auf die Straße und sah den letzten, vorbeifliegenden Hufen nach, verwundert darüber, was das alles wohl bedeuten mochte und warum sich sonst niemand regte. In meinen Ohren dröhnte noch der Lärm des ersten Zuges, so daß ich das Gerassel des zweiten erst wahrnahm, als er mich schon fast ereilt hatte – es war mehr der Luftzug als das Hufgeklapper und Zaumzeuggeklirr, der mich veranlaßte, mich umzudrehen, einen Blick in die Richtung zu werfen und geradeaus, die Straße hinunter, vor ihnen herzufliehen, um mein Leben zu retten. Ich schlug Haken, duckte mich und rannte direkt vor den Pferden her, bis es mir gelang, durch einen Torbogen zu sausen und mich an die Mauer zu drücken, bis die Pferde vorbeigedonnert waren.

Diesen Teil der Stadt konnte man von meinem Fenster in Aman Akbars Palast aus nicht sehen, und er unterschied sich nur sehr wenig von Städten, wie ich sie kannte. Die Straßen waren voll von Abfall und Kot, angetrockneten und stinkenden Pfützen und

Rinnsalen, die die Lehmziegel bis zur halben Höhe eines Menschen überzogen. Mit Schwären bedeckte Bettler wetteiferten in den mehr oder weniger verfallenen Gassen mit den Verkäufern von Dungfladen darum, die Aufmerksamkeit von Vorübergehenden auf sich zu lenken, die auch nicht erkennbar wohlhabender waren als sie selbst.

Durch diesen Morast wanderte ich nun, vorbei am nächsten Tor und an den Töpfern, die dort ihr Gewerbe ausübten, bis zu einem weiteren Tor. Dort verbrachte ich den größten Teil der nächsten Stunden, überwältigt von Heimweh nach der vertrauten Umgebung, die ich verlassen hatte. Ich sah den Weberinnen an ihren flachen Webstühlen zu, wie sie eben jene Arbeit verrichteten, die ich stets verabscheut hatte. Hätte ich ein paar Münzen bei mir gehabt, so hätte ich versucht, einen der Kämme zu kaufen, mit denen sie die jeweils letzte Knotenreihe an das bereits fertige Stück des Musters anschlugen. Diese Kämme waren kunstvoll geschnitzt und klirrten von silbernen, edelsteinbesetzten Amuletten, die ohne Zweifel den hier gefertigten Teppichen magische Eigenschaften verliehen.

Ich versuchte, mit einer der jüngsten Weberinnen ins Gespräch zu kommen, sie nach den Farben zu fragen und ob ihre Schafe so waren wie unsere, und warum sie die Querfäden abschnitten und verknoteten, anstatt sie in einem langen Faden mitzuweben wie wir, und wie sie spannen. Aber nach einem scheuen Blick über den Rand des Schleiers tat das Mädchen, als wäre ich nicht vorhanden. Die anderen veränderten die Stellung, so daß sie mir die Schultern zukehrten. Sie redeten in schnellen, lauten Sätzen untereinander und gaben mir keine Gelegenheit, zu ihnen zu sprechen.

Seither habe ich erfahren, daß auch viele Frauen unverschleiert auf den Markt gehen, meist Ausländerinnen wie ich, obwohl auch manche Wüstenstämme es verschmähen, die Gesichter ihrer Frauen zu verstecken, selbst in der Öffentlichkeit. Aber an diesem Tag sah ich keine von ihnen und begann schon beinahe darüber nachzusinnen, ob ich wirklich so entstellt aussah, wie die Blicke der Landsleute meines Gatten anzudeuten schienen. Ihr Benehmen mir gegenüber dämpfte meine freundlichen Empfindungen erheblich, und als ich zum Tor der Bettler zurückwanderte, hatte ich langsam das Gefühl, daß ein Tag in der Gesellschaft schlummernder Wasserdämonen und der Überreste von Liebesmahlzeiten vielleicht doch der Gesellschaft hochnäsiger Fremder vorzuziehen wäre.

Während ich dastand und den Weberinnen zusah, hatte man ein zweites Mal zum Gebet gerufen. Wiederum warf das Volk sich zu Boden. Ich fühlte mich wie in einer verlassenen Stadt, in der nur der klagende Geist im Turm noch herumspukte.

Die Sonne stand jetzt hoch und heiß am Himmel. Anstatt ihre Geschäfte wie bisher fortzuführen, hatten die meisten Kaufleute ihre Sonnendächer heruntergelassen. Die Bettler lehnten sich an die Mauern, und die Handwerker verschwanden in den Häusern, um zu warten, bis die Hitze vorüber war. Ich, die verrückte Fremde, schmorte in meinem Wollkleid. Mein Scheitel brannte, als trüge ich eine Schüssel mit heißen Kohlen darauf. Außer dem gelegentlichen Bimmeln von Glöckchen, hier und da einem Schnarchen, Schritten in einer entfernten Straße und dem Gesumm der Insekten, die den Abfall umschwärmten, war die Stadt still, bis ich wieder an ein anderes Tor kam.

Gerade deshalb traf mich der brutale Ton der erhobenen Stimme umso stärker. Irgendwie dachte ich sofort an Aman Akbar, und daß er in Gefahr wäre. Vielleicht lag es daran, daß ich mir gerade überlegt hatte, ob ich zum Turm zurückgehen sollte, in dem der Gebetsrufer saß, um nachzuprüfen, ob mein Geliebter auch wirklich den ganzen Tag mit seinem Glauben oder sonst einer harmlosen Beschäftigung zubrachte. Die Geräusche einer unmittelbar bevorstehenden Auseinandersetzung schienen mir der Beweis dafür zu sein, daß er genau das nicht tat, und ich eilte hinzu. Unterwegs las ich einen handlichen Felsbrocken auf.

Aman Akbar war nicht dort, aber es standen zwei andere Leute da; und eine Person war offensichtlich in Schwierigkeiten. Ein stämmiger Mann in der Uniform der Bewaffneten, die mich beinahe in den Staub getrampelt hätten, hielt die erste bloßgesichtige Frau

gepackt, die ich an diesem Tag sah, und schüttelte sie. Vielleicht weil sie keine besondere Schönheit war, gab es wenig Anlaß, ihr Gesicht zu verhüllen, das auf der linken Wange den geröteten Abdruck einer großen Hand zeigte. Die beiden standen ein wenig von mir abgewandt und waren intensiv miteinander beschäftigt.
»Sklavenschlampe! Wenn du dir vorher nicht zu gut warst, als du noch dem Weinhändler gehörtest, wie kommst du dann jetzt darauf?«
»Ich bin keine Sklavin mehr. Ich bin frei und kann mich gut ohne Leute wie dich durchbringen«, fauchte sie zurück. »Laß mich in Ruhe, oder ich verfluche dich, wie du noch nie verflucht worden bist.«
Unter den gegebenen Umständen klang ihre Drohung ziemlich schwach, aber der Bewaffnete nahm sie ernst. Seine Finger schossen nach ihren Augen, und als sie rückwärts gegen die Mauer stolperte, drückte er ihr die Hand ins Gesicht. Genausogut hätte sie versuchen können, einen Baum mit den Krallen abzuwehren.
Selbst bei den allerintimsten Zerwürfnissen kommt ein Moment, in dem man eingreifen muß; und sei es nur, um Menschen davon abzuhalten, einander in der Hitze des Gefechts Schäden zuzuführen, die sie hinterher bereuen. Ich schwang meinen Stein, ließ ihn dem Mann auf den Dickschädel knallen – an der Stelle, wo es ihn wahrscheinlich nicht umbringen würde – und trat beiseite, damit er zu Boden stürzen konnte. Die Frau schüttelte den Kopf, warf mir einen schnellen, durchdringenden Blick zu, auf den ich mit einem bescheidenen Grinsen antwortete, hob ihre Röcke und trabte von dannen.
Ich meinerseits ließ den Steinbrocken fallen und entfernte mich vom regungslosen Körper des Bewaffneten, wobei ich feststellte, daß ich mit Sehnsucht an den rechteckigen Teich mit dem spukkenden Metalltier in der Mitte dachte.
Bedauerlicherweise hatte ich jedoch nicht daran gedacht, das Tor angelehnt zu lassen und fand mich, als ich es endlich erreicht hatte, ausgesperrt. Das gefiel mir zwar wenig, ließ sich aber nicht ändern, und schließlich verfügte ich – so wenig ich in letzter Zeit

auch davon Gebrauch gemacht hatte – über die Pirschgeduld des guten Jägers. Ich hockte mich im Schatten nieder, damit mich keine Leute bemerkten, die wegen meiner Art, mich zu kleiden, etwas gegen mich hatten, und verbrachte den Rest des Tages damit, auf Amans Rückkehr zu warten, um hinter ihm hineinzuschlüpfen. Wenn er nicht käme – wo sollte ich die Nacht verbringen? Ein närrischer Mann, dachte ich, ganz allein hier zu leben, ohne Wachen und ohne Dienerschaft für ihn oder mich. Was, wenn ich krank geworden wäre oder mich verletzt hätte? Ich war erhitzt, schmutzig und hungrig, als ich ihn endlich kommen sah, ein unbestimmtes Funkeln, zwei Straßen entfernt. Ich bereitete schon einen Wutanfall vor, der dem entsprechen sollte, den er – wie ich mir ausmalte – bekommen würde, wenn er von meinem Abenteuer erfuhr.

Übrigens war ich nicht die einzige, die nach meinem Geliebten Ausschau hielt, denn gegenüber dem Fleck, den ich mit den inzwischen schmutzigen Sohlen meiner Füße glattgetrampelt hatte, wachten zwei andere: ein Kerl in einem grün und gold gestreiften Turban und einer in der Uniform der Leibwache. Obwohl sie beide das Tor unseres Palastes studierten, schien keiner mir mehr als milde Neugier entgegenzubringen, bis Aman Akbar erschien. Als ich jedoch der wippenden Feder am Kopfputz meines Geliebten nach drinnen folgte und der magische Diener hinter uns die Tür schloß, warf ich einen Blick zurück. Der Mann von der Wache grinste mich albern an, und der Mann mit dem gestreiften Turban rieb sich den messerscharfen Spitzbart.

Das wunderliche Auftreten dieser Männer und die Art, wie sie auf meinen Herrn und mich reagierten, vergaß ich jedoch gleich darauf über der ebenso wunderlichen Weise, in der mein Gebieter selbst sich benahm. Denn er ging nicht, wie ich erwartet hatte, in den Garten hinein, vorbei an dem rechteckigen Teich und in das Zimmer der Wasserdämonen, sondern begab sich statt dessen zu einer abgelegenen Mauer und zupfte an einer Hängefuchsienranke, worauf die Mauer sich öffnete und dann hinter ihm wieder schloß.

Nach einer Pause, die lang genug war, daß er meine Schritte wohl nicht mehr hören und so kurz, daß ich ihn wahrscheinlich noch nicht aus den Augen verloren haben würde, folgte ich ihm. Ich zerrte ebenfalls an der Ranke, und wieder tat die Mauer sich auf. Auf der anderen Seite war ein Garten, ganz ähnlich wie der, in dem ich eben noch gestanden hatte, nur daß der Teich hier rund war und eine andere Art Metalltier in der Mitte hatte; und die Blumen waren alle in verschiedenen Schattierungen von Rot, Karmesin, Scharlach und Rosa. Ich folgte ihm durch ganz ähnlich gemeißelte Säulen und ähnlich gewölbte Laubengänge, bis die Reise höchst verwirrend damit endete, daß er das Zimmer mit den Wasserdämonen betrat. Dampf zischte, die Wanne sprudelte und parfümierte Wasserstrahlen schossen in die Höhe, ganz wie damals, als ich all das zum ersten Mal erblickte. Ich beobachtete das Ganze durch die Tür, die er sorglos offengelassen hatte. Dabei halfen mir, denn das Licht des Tages begann schon matter zu werden, zwei diensteifrig herumhüpfende Öllampen, die in der Nähe der Tür schwebten und warteten, bis er fertig war. Mit Hilfe ihres Lichts merkte ich nach einer Weile, daß der Raum doch nicht derselbe war, den ich gewöhnt war. Die Fliesen waren hier golden und blau und nicht aus rosenfarbenem Marmor, die Wanne hatte eine andere Form und die kleine Nische, in der die Kleidung aufbewahrt wurde, lag an einer anderen Stelle. Der Mann jedoch war derselbe gutaussehende, honighäutige Aman Akbar, und das machte mich ganz ungemein nachdenklich.

Dieser Teil des Palastes entsprach bis auf wenige kleine Einzelheiten genau dem Trakt, in dem ich untergebracht war. Schon bald deuteten die Düfte von gebratenem Hammel und Safranreis darauf hin, daß sich hier wahrscheinlich das gleiche abspielte wie in meinen eigenen Gemächern. Als Aman Akbar aus diesem zweiten Raum der Wasserdämonen herauskam und ich ihm von Säule zu Säule nachhuschte, hätten mich die Tabletts mit Speisen, die hinter ihm herschwebten, um ein Haar umgeworfen. Sie folgten ihm in ein Zimmer, dessen Tür offenstand; im Türrahmen glitzerte ein Vorhang aus juwelenbesetzten Perlschnüren. Als mein Gatte sich dieser Tür näherte, teilte eine wohlgeformte und geschmeidige Hand, wie aus schwarzem Marmor gemeißelt, die Perlschnüre und faßte ihn beim Arm. Sie zog ihn hinein und überließ es den Tabletts mit Speisen, allein nachzukommen.

Weh mir! *Alles*, was hier vorging, war das gleiche. Der Perlvorhang konnte nicht völlig verbergen, daß Aman mit der Besitzerin des Ebenholzarms genauso verfuhr wie mit mir in den anderen Nächten.

Ich versuchte mich zu entscheiden, ob ich mich auf sie stürzen und beide mit bloßen Händen erwürgen sollte – ein trauriger Entschluß, selbst wenn er durchführbar gewesen wäre – oder ob ich eine Erklärung verlangen sollte, was auch peinlich aussah. Oder sollte ich mich einfach davonschleichen und ihn morgen wegen der Sache zur Rede stellen – denn natürlich war dies der Ort, an dem er seine Nächte verbrachte, wenn er nicht bei mir weilte. Von allen Möglichkeiten kam die letzte am allerwenigsten in Frage. So zwischen Gehen und Bleiben hin- und hergerissen, stand ich noch zaudernd vor dem Vorhang, als sich plötzlich wieder das Heulen vernehmen ließ.

Es schien ersprießlicher, das unheimliche Geräusch zu untersuchen, das mich seit der ersten Nacht im Palast verfolgte, als auf die eher irdischen Geräusche zu horchen, die aus dem Raum vor mir drangen und deren Ursprung mir nur allzu klar war. Kein Licht hüpfte heran, um mir zu helfen. Der Zauber, der den Palast lenkte, kannte seinen Herrn ganz genau und gab sich keine Mühe, andere Leute ungeheißen zu unterstützen. Also tastete ich mich ganz allein an der Säulenreihe entlang, bis ich wieder in den Garten gelangte. Dort am Teich wandelte eine schwarzgekleidete Gestalt auf und ab, schwärzer als die Nacht, die sie umgab. Ihre Röcke rauschten und ihre Armbänder klirrten bei jeder Bewegung, und die ganze Zeit gab sie ein Geheul von sich, das ihre Verwandtschaft mit Wölfen laut verkündete.

Obwohl ich ihre Füße sehen konnte, war ich unsicher, ob sie ein Mensch von Fleisch und Blut oder eher eine Art Geist oder Dämon war. Nach meinem bedauerlichen Irrtum mit dem Djinn war ich in dieser Beziehung vorsichtig geworden. Ich versteckte mich deshalb und beobachtete, im Schutz der Säulen und nächtlichen Schatten auf meinen Fersen hockend, wie die Frau herumflatterte, einer Krähe mit gebrochenen Flügeln ähnlich. Fast hätte ich sie wirklich für eine überirdische Erscheinung gehalten, denn die Lungenstärke, mit der sie ununterbrochen weiterheulte, deuchte meinem müden Kopf so außerordentlich, daß es mir Menschenkraft zu übersteigen schien, auf Dauer einen derartigen Lärm zu veranstalten.

Aber auch diese Illusion wurde mir geraubt, denn ich vernahm das Rascheln leichter Schritte hinter mir und sah, als ich meinen Blick dorthin richtete, Aman Akbar, vor dem ein paar Lampen hertänzelten. Er war barfuß und unbedeckten Hauptes und nur mit einem hastig zusammengehaltenen Überwurf bekleidet. Seine Miene war schmerzvoll, jedoch weder ängstlich noch zornig. Als er herankam, hörten das Geheul und Hin- und Hergelaufe auf. Die schwarzgekleidete Gestalt wartete, bis er sie erreicht hatte und umarmte ihn dann mit einer gewissen gekränkten Kühle, die sich aus der Steifheit der Schultern und dem Winkel zwischen Kopf und Ellbogen dort, wo die weiten Ärmel davon zurückglitten, unschwer ablesen ließ.

Dann, als habe sein bloßer Anblick sie zugrundegerichtet, sank die Frau in einem schwarzen Haufen zu Boden und brach in Schluchzen aus. Mit müder Geduld kniete er neben ihr nieder.

»Mutter, das muß aufhören. Jede Nacht störst du meine Ruhe. Jede Nacht verzichtest du auf den Schlaf, den du brauchst, um mich zu quälen. Was fehlt dir? Willst du es mir nicht endlich sagen? Bist du krank?« Das alles fragte er, als kennte er die Antwort und grauste sich davor.

»Krank?« fauchte sie höhnisch. »Nicht krank. Übel ist mir, vom Magen her übel, wenn ich an meinen Sohn denke, der das Licht der Augen seines Vaters war und nun seine eigene schöne Braut vergißt, um sich in den Armen unreiner und ungläubiger, ausländischer Huren zu vergnügen.«

»Mutter, das haben wir doch alles schon längst erörtert. Ich habe mich bemüht, Hyaganusch zu finden, aber sie hat ihren Aufenthaltsort gewechselt. Sie hat jetzt eine bessere Stellung im Leben und kein Interesse mehr an dem Ehevertrag, den ihr abgeschlossen habt, als wir noch Kinder waren. Was soll ich denn deiner Meinung nach tun? Sie gegen ihren Willen entführen? Ich habe diese Frauen gern – du würdest sie auch liebgewinnen, wenn du ihnen nur die Gelegenheit dazu gäbst. Amollia ist das liebenswerteste Geschöpf unter der Sonne und sehr gut im Umgang mit Tieren ...«

»Das wilde Tier, das sie mitgebracht hat, hat mir in der ersten Nacht schon fast die Augen ausgekratzt!«

»Aber seitdem hat es dich nicht wieder belästigt, oder? Es gehorcht ihr vollkommen, und sie liebt es, und ich werde sie nicht zwingen, sich davon zu trennen. Ich bin auch überzeugt, du würdest an Rasa eine echte Unterstützung haben, wenn du nur bereit wärst, sie überhaupt kennenzulernen. Sie und Amollia sind zwei ganz reizende Mädchen, auch wenn sie nicht mit uns verwandt sind. In ihren eigenen Ländern sind sie vornehme Damen und von besserer Herkunft als du oder ich und übrigens auch als Hyaganusch.«

»Wage es nicht, über deine arme Base herzuziehen! Was hat das arme Kind aushalten müssen, während sie darauf wartete, daß du es im Leben zu etwas bringst, damit du deine Schuldigkeit an ihr tun könntest! Kein Wunder, daß der Emir sie von dir fortgelockt hat. Ihre Mutter hätte garantiert ...«

»Ihre Mutter ist bei Gott und ihr Vater auch«, erwiderte Aman Akbar voll frommen Vorwurfs, ganz in der Art seiner Mutter. »Das alles stand längst im Buch des Lebens geschrieben, so daß ich nicht zu erkennen vermag, wieso du in solche Raserei verfällst. Hyaganusch hat dort, wo sie jetzt ist, die Möglichkeit, eine hohe Stellung zu erreichen. Was mich betrifft, so habe ich Gattinnen, die in ihrem eigenen Volk in noch höhere Stellungen hineingeboren worden sind.«

»Dann hätten sie bei ihrem eigenen Volk *bleiben* sollen«, versetzte seine Mutter bissig. »Hyaganusch ist die Tochter von deines Vaters eigenem Bruder und hat ein Gesicht wie der volle Mond, und sie verdient es, ihren Vetter zu heiraten, den reichsten Mann von Kharristan.«

»Ich weiß, ich weiß. Aber du vergißt, daß ihr Vetter nicht der reichste Mann von Kharristan ist. Er ist der zweite nach dem Emir, dem er ungeheuerliche Steuern zahlen muß und Lehnstreue schuldet, und in dessen Gunst er einen sehr unbedeutenden Rang einnimmt, seitdem er die Flasche mit dem Djinn unter der Nase Seiner Erhabenheit weg listig an sich gebracht hat. Ich habe die Flasche und habe die Bräute, die ich mir selber ausgesucht habe, und der Emir und Hyaganusch haben einander.«

»*Aiyee!* Zu denken, daß ich einen Sohn großgezogen habe, der seine eigene Liebste verkauft – für Reichtümer und einen ungehobelten Ifrit, der nicht einmal weiß, wie man einen Haushalt ordentlich führt!« Und sie heulte noch lauter und gebrauchte einen sehr unpassenden Ausdruck, den man weder leicht noch mit Anstand übersetzen kann.

»Außerdem«, fuhr sie sodann fort, »ist es unwürdig von dir, zu behaupten, Hyaganusch wäre dem Emir freiwillig gefolgt; denn ich habe von meinen Freundinnen gehört, daß sie unglücklich ist und daß er sie gezwungen hat. *Mir* hat man berichtet, daß sie treu zu dem Schwur stand, mit dem ihr euch einander anverlobt hattet; aber ihre Treue hat ihr nichts genützt, und sie wurde gewaltsam entführt.«

»Und hat nun nicht das geringste Vergnügen an dem Luxus und den schönen Kleidern, mit denen er sie überhäuft? Pah! Hast du schon einmal daran gedacht, daß deine Freundinnen dir wohl kaum etwas anderes über diese Verwandte meines Vaters erzählen würden, in die du so vernarrt bist, vor allem, wenn sie damit auch noch die Glut der Mißbilligung anfachen, mit der du deinen armen, mißhandelten Sohn neuerdings versengst? Ich dachte, es würde dir gefallen, reich zu sein, Mutter. Nur um deinetwillen habe ich den Geist angeschafft.« Seine Stimme sank zu einem zärtlichen Gemurmel herab und ich sah ihn ihre Wange streicheln. »Es hat mich immer geschmerzt, wenn ich zuschaute, wie du diese schweren Stapel von Dungfladen zum Verkauf schlepptest ...«

»Wenigstens hatte ich etwas zu tun«, erwiderte sie und entzog ihm ruckartig ihr Gesicht. Gleich darauf tat es ihr jedoch leid, so daß sie die Hand ausstreckte, um ihn zu berühren. Aber nun war er an der Reihe, sie zurückzuweisen und stand auf.

»Geh doch zurück!« kreischte die Alte, und unter den schwarzen Hüllen blitzten sekundenlang wilde schwarze Augen auf. Ich erkannte eine Nase, die Ähnlichkeit mit meiner eigenen hatte, und ein knochiges, entschlossenes Kinn, hocherhoben, um sich in Amans fliehenden Rücken zu bohren. »Geh zurück zu deiner ausländischen Schlampe! Laß deine Familie im Stich! Häufe Schande auf deine Base! Laß das Herz deiner alten Mutter überfließen vor Gram! Ich habe es nicht anders verdient. Ich bin nur eine arme, ehrbare Frau – kein hocherhabener Prinz, der den ganzen Tag im Basar herumhocken und schwatzen und sich dann nachts im Schmutz sündiger Vergnügungen suhlen kann ...«

»Gute Nacht, Mutter«, sagte Aman sanft, und ich sah etwas auf seiner Wange glitzern, als er an meinem Versteck vorbeikam. Noch lange, nachdem er verschwunden war, hörte die Alte nicht auf zu toben und zu heulen.

III

Am nächsten Morgen weckte mich die Hitze, die derart durch die Gitterfenster drang, daß es nach einem ernsthaften Versuch aussah, auch noch die zierlichen Holzstäbe zwischen den diamantförmigen Öffnungen zu verbrennen. Fast genauso schrecklich wie die Hitze war der Straßenlärm, und zu meinem Kummer mußte ich feststellen, daß die Reste der Mahlzeit von vor zwei Tagen so gut wie ungenießbar geworden waren. Es ging mir aber gleich viel besser, nachdem ich eine Orange quer durchs Zimmer geworfen und zugesehen hatte, wie sie gegen eine Schnitzerei aus stilisierten Blumen klatschte, die die Wand schmückte. Die Erkenntnis, daß ich eine schlaflose Nacht nachgeholt hatte, indem ich den Morgen verdöste, trug auch nicht dazu bei, meine Stimmung zu heben.

Mein Kopf kam mir so zerwühlt vor wie das Bett, und mein Gesicht war von Tränen und vom Schlaf geschwollen. Ich hatte immer noch Lust, den nächsten stumpfen Gegenstand auf alle niedergehen zu lassen, die zu diesem verworrenen Haushalt gehörten, war mir aber klar darüber, daß ich damit zweifelsohne mein eigenes Schicksal besiegeln würde. Ich glaube, was mich am meisten wurmte, war, daß ich mich ja selbst in diesen Handel eingelassen und verhökert hatte, dadurch aber ahnungslos in familiäre Probleme hineingeraten war, die genauso schlimm waren wie die, denen ich aus dem Weg gehen wollte, indem ich den Verwandten meiner Mutter ausriß. Die Götter, nehme ich an, mögen es nicht, wenn man ihre Pläne vereitelt.

Mein Gatte nahm jetzt die Stelle ein, die zuvor mein Vater und Stammesfürst innegehabt hatte. Sein Wille war Gesetz. Allerdings hielt ich nicht viel von solchen Gesetzen – sie waren gegen mich, sie verwirrten mich und machten mich zornig. Außerdem hatte er mich angelogen. Kein Anführer sollte sein Volk belügen, kein Mann seine Frau. Vielleicht würde er versuchen, mich zu verprügeln (was ich freilich bezweifelte), aber ich würde ihn mit seinen Lügen konfrontieren. Dazu entschlossen, stampfte ich mit erfreulicher Grimmigkeit durch den Korridor und holte mir im Raum der Wasserdämonen frische Sachen, wobei nur wenig fehlte, und ich hätte die Dämonen zum Kampf herausgefordert. Dann trampelte ich hinaus zum Teich, zog die neuen Kleider wieder aus und warf sie zu den alten auf einen Haufen. Ich paddelte auf Händen und Knien in dem rechteckigen Teich herum und ließ mich vom lauwarmen Wasser erfrischen, so gut es ging.

Der erste Hinweis darauf, daß sich etwas Neues in meinem nun schon vertrauten Garten herumtrieb, war das Grollen ein Stück links von mir, oberhalb meines rechten Ohrs. Ich lehnte mich leicht auf den Ellbogen zurück und wagte einen Blick in die Höhe. Ein rundes, schnurrbärtiges Gesicht mit goldenen Augen voller Bosheit und einem runden Katzengrinsen, das nicht ganz ausreichte, die furchterregenden Reißzähne zu verbergen, blickte vom erhöhten Rand des Teichs zu mir hinunter. Unmittelbar hinter der glatten, muskulösen Schulter sah ich eine Öffnung in der Gartenmauer, wo normalerweise keine solche vorhanden war – das Tor zu den Gemächern meiner Rivalin. Was hatte die alte Hexe in Schwarz von einem Tier gefaselt? Wenn es dieses hier war, gab ich ab sofort einiges mehr auf ihr Urteil, denn seine Anwesenheit in meinem Haushalt gefiel mir nicht besser als ihr.

Die Katze blinzelte, wackelte mit dem Hinterteil und bewegte zweimal ruckartig den Schwanz. Ich wich bis an das Metalltier in der Teichmitte zurück. So verharrten wir eine Weile Auge in Auge, wobei die der Katze einen irgendwie traurigen Ausdruck annahmen, was sicher an meiner unerklärlichen Abneigung lag, aus dem Wasser, das die Katze offenkundig verabscheute, herauszukommen und mich fressen zu lassen.

Die Sonne war in der Tat sehr heiß, und ich konnte durch das Wasser spüren, wie meine Haut Blasen schlug. Mein Gesicht war schweißfeucht, und ich spülte es kurz ab, wobei ich jedoch die Augen nicht von dem Raubtier abzuwenden wagte. Die Katze ließ sich auf die Vorderpfoten nieder und beobachtete alles mit einer gewissen distanzierten Anteilnahme.

Es klopfte schüchtern vorn am Tor, und sofort hob die Katze den Kopf. Dem Klopfen folgten weitere, ebenso zaghafte Klopfgeräusche und ersticktes Gelächter, worauf irgend jemand dann Mut faßte und laut anpochte. Bevor ich noch überlegen konnte, wer wohl dort sein könnte, hastete die schwarzgekleidete Gestalt von gestern nacht, eine kleine, magere Frau mit einer Nase, die viel von meiner hatte, durch die jetzt nicht mehr so recht geheime Pforte des Nachbargartens. Ich duckte mich tiefer ins Wasser und hoffte, daß die Katze, die jetzt nicht mehr zu sehen war, fortgelaufen war, um die Ankömmlinge zu verjagen oder, noch besser, durch das Eingangstor auszureißen, solange es offenstand. Leider zeigte mir ein kurzer Blick über den Rand, daß das verdammte Biest sich statt dessen auf meinem sauberen Gewand zusammengerollt hatte, seine nadelspitzen Krallen knetete und zufrieden in sich hineinbrummte.
Inzwischen holte Amans Mutter die Frauen in den Garten und nahm ihnen die Überkleider ab. Unter den Mänteln trugen sie bunte Gewänder von demselben losen Schnitt und eine Menge klirrenden Schmuck. Die meisten Frauen waren schon älter, aber es waren auch ein paar jüngere und einige Kinder dabei.
Ich streckte nur soviel von meinem Kopf heraus, daß ich sehen und hören konnte und wartete darauf, daß die Frauen vorbeischlenderten. Sie brachen über die Blumen und die feinen künstlerischen Details der Fliesen und Schnitzereien in begeisterte Schreie aus und begrüßten einander.
»So, Um Aman! Wie geht es dir?«
»Gut, Naima, Gott sei Dank, und dir?«
»Auch gut, Gott sei gepriesen. Und deinem Sohn?«
»Auch er befindet sich wohl, Dank sei Gott.«
»Und der Ifrit deines Sohns?«
Dieses letztere wich von den gewöhnlichen Fragen ab.
»Auch er befindet sich wohl, wie es die Art der Teufel und Heimsuchungen ist, und hat mich mit noch weiteren Teufeln verflucht. Aber ich möchte darüber jetzt nicht sprechen.« Sie schaute sich um, als fühlte sie meine Gegenwart und führte ihre Freundinnen

durch die Tür, wobei sie murmelte »Gott möge uns alle behüten«.
Eine in ungleichmäßig gefärbtes Karmesinrot gekleidete Frau blieb stehen und legte Um Aman die Hand auf den Arm.
»Gott hat für uns alle gut genug gesorgt, Samira, dir aber hat er Reichtum und eine gewisse Stellung verliehen, die du nun ausfüllen mußt. Bist du sicher, daß unser Besuch dir keine Unannehmlichkeiten verursachen wird? Dein Sohn ist jetzt ein reicher Mann. Er ...«
»Mein Sohn ist ein Narr«, fiel ihr Um Aman fauchend ins Wort, bereute dann sichtlich ihre Offenheit und fügte etwas milder hinzu: »Aber nicht so ein Narr, daß er seiner Mutter den Trost der Freundinnen ihrer Mädchenzeit verwehren würde. Vergebt mir, Khadija und ihr andern. Aman ist ein guter Sohn. Er versorgt mich gut.«
Eine der Frauen kicherte. »Ich möchte keine Kritik üben, Samira, aber wenn er seine anderen Pflichten so ernst nähme wie deine Versorgung ...«
»Natürlich, da hast du recht. Sonst hätte ich auch nicht nach euch geschickt, um euren Rat zu erbitten.«
»Wozu sind Freundinnen da, wenn nicht dazu, einer armen, verwitweten Schwester in ihrer Not beizustehen?« bemerkte eine andere Besucherin mitfühlend. Ein neckendes und leicht atemloses Lachen unterbrach sie.
»Hat er schon wieder eine heimgebracht, Samira?«
Die Gruppe entschwand durch die Gartenmauer und aus meinem Blickfeld.
Was mich zu meinem ursprünglichen Problem zurückbrachte: der Katze zu entwischen. Nur daß die Katze nicht mehr auf meinen Kleidern saß. Hinter mir sagte eine träge Stimme lachend:
»Wenn du vorhast, da drin zu bleiben, bis wir die gleiche Farbe haben, hast du noch eine lange Zeit vor dir, Freundin. Wenn ich du wäre, würde ich es vergessen. Aman Akbar schätzt Abwechslung in seinem Liebesleben.«
Ich fuhr im Wasser herum, stieß mir den Zeh an dem Metalltier,

und dieselbe ebenholzfarbene Hand, die ich letzte Nacht gesehen hatte, streckte sich mir entgegen, um mir herauszuhelfen.
Selbst auf jemanden, der den Anblick schwarzer Frauen gewöhnt ist – ich war es nicht –, machen Amollias Schönheit und Würde einen tiefen Eindruck. Sie ist groß und geradegewachsen wie eine der Säulen, die den Palast tragen, und schwarz wie Schatten in einer Sternennacht. Sie und ihre Katze tragen das Haupt in der gleichen stolzen und halb amüsierten Haltung. Ihre Augen scheinen zu sagen, daß sie alles gesehen hat, daß es sie weder beeindruckt noch enttäuscht hat und daß sie sich darauf freut, noch mehr zu sehen. An diesem Tag war sie in ein curryfarbenes, dick mit Gold besticktes Tuch gehüllt und trug ihr eigenes Gewicht an Schmuck an Hals, Armen, Knöcheln und Ohren. Ihre Haare waren kurz und kraus wie das Fell eines schwarzen Lamms.
Ohne ihre Hand zu beachten, stand ich auf, riß meine Kleider vom Boden, zog mir das Gewand über den Kopf und stieg über den Teichrand. Die Katze machte keine Bewegung, mich daran zu hindern.
»Wer bist du?« fragte ich. »Was tust du im Hause meines Gatten?«
»Das gleiche könnte ich dich fragen«, antwortete sie, und ihre Zahnspitzen hoben sich blendend weiß von der dunklen Pflaumenfarbe ihrer Lippen ab. »Aber das würde die Sache nur unnötig erschweren. Ich bin Amollia Melie, Tochter des Großen Elefanten der Swasi, Aman Akbars Gattin. Ich nehme an, daß du meine Mit-Gattin bist. Willkommen, Schwester!«
Und sie breitete die Arme aus, um mich an sich zu ziehen. Ich konnte dieses Verhalten nicht begreifen – *ich* hatte nicht die geringste Lust, sie zu umarmen.
Mein Mangel an Begeisterung schreckte sie nicht ab. »Hast du gegessen?« erkundigte sie sich. »Warte – laß mich raten. Übriggebliebene Kumqats und kalten Reis, stimmt's? Ich habe mich in den Nächten, die er bei dir verbringt, mit dem gleichen Fraß begnügen müssen. Vielleicht vergißt er einfach alles andere über dem, was er gerade tut, oder vielleicht sind es seine seltsamen Begriffe

von Sparsamkeit. Er ist nämlich auf seine Art genügsam, unser Aman. Ich vermute, er hat es von seiner Mutter. *Sie* allerdings ...« sie hielt inne und leckte sich zierlich die Lippen, wobei sie mich von der Seite her ansah. »Ich nehme an, du *hast* Interesse an etwas Frischem, Heißem und Wohlschmeckendem zum Essen, oder nicht?«

Ich nickte.

»Aman sagt, du bist eine Amazone. Bist du sehr tapfer?« Ein wahrscheinlich mit dem Djinn nicht allzu entfernt verwandter Dämon tanzte in ihren Augen.

Ich zuckte die Achseln und beobachtete sie wachsam.

»Vorzüglich. Komm mit. Wir werden die Löwin unbewaffnet angehen. Sie hat ein gemeines Mundwerk, aber sie füttert es gut. Vielleicht können wir sie so beschämen, daß sie unseres auch ein bißchen stopft.«

Neugier kämpfte mit Stolz und gewann. »Woher weißt du so viel von der Familie?« fragte ich.

»Über die Alte und über dich? Meinst du das? Nun, natürlich hat Aman es mir erzählt.« Und mir hatte er nichts erzählt. Das brannte wie der Einschuß eines feindlichen Pfeils. »Er hat mich der alten Frau vorgestellt und – äh – darum hat er *dich* dann gar nicht erst mit ihr bekanntgemacht. Sie war nicht bereit, mich, wie man so schön sagt, in den Schoß der Familie aufzunehmen. Und was dich betrifft, so hat Aman vorher mit mir gesprochen, ehe er beschloß, dich herzuholen.«

»Wirklich?«

»Ganz gewiß. Ich habe ihm gesagt, daß ich keine Lust hätte, mich ganz allein mit dieser launischen alten Frau und dem großen Haus herumzuschlagen. Außerdem, was würden die Leute denken, wenn ein Mann in seiner Stellung nur eine einzige Frau hätte? Wenn er nun irgendwo außerhalb des Palastes ein Fest feiern will? Wir beschäftigen weder Sklaven noch Diener, und wer würde mir bei der Arbeit helfen? Und überhaupt –« sie seufzte und betrachtete mich mit erfreutem, ja liebevollem Blick – »ich bin die 135. Tochter des Großen Elefanten und daran gewöhnt, alle meine

Schwestern und alle meine Mütter um mich zu haben. Wenn Aman tagsüber unterwegs ist und ich außer meinem Leoparden Kalimba keinerlei Gesellschaft habe, macht die Alte mich mit ihrem Schweigen ganz wahnsinnig. Ich freue mich von ganzem Herzen, daß du jetzt hier bist. Ich hätte dich auch schon früher besucht, aber Aman meinte, er fände es am besten, wenn *ihr* beide euch erst einmal kennenlerntet, und wenn du dich auch erst an die neue Umgebung gewöhntest, bevor *wir* beide zusammenkämen. Aber ich glaube, er hätte die Zeit, in der er uns getrennt hielt, so lange ausgedehnt wie möglich.«

»Warum?« fragte ich und fühlte mich schon wieder total verwirrt.

»Weil Männer es nicht gern haben, wenn die Frauen ihre Geschichten austauschen, natürlich. Wenn sie es nur mit einer zu tun haben, schaffen sie es vielleicht, uns zu beschwatzen oder einzuschüchtern, damit wir uns in allem nach ihnen richten; aber wenn wir zusammenhalten, gibt es nur wenige Dinge, in denen sie sich uns zu widersetzen wagen. Immerhin – Aman ist ein guter Mann und ein freundlicher Gatte. Und er hat nun einmal diese Mutter, mit der er fertigwerden muß, darum müssen wir besonders liebevoll und geduldig mit ihm sein. Und wenn wir sie nicht richtig behandeln, wird sie die Geißel unserer Tage sein. Also – wenn du wirklich fertig bist?«

Und sie hakte mich trotz meines Widerstrebens unter und gemeinsam durchquerten wir erst meinen, dann ihren Garten. Durch ein weiteres Tor gelangten wir in einen dritten Garten, wo die Frauen um ein Kohlenbecken versammelt waren, von dem üppige Düfte aufstiegen.

Vom Leben unter meinem eigenen Volk kannte ich den offenen Krieg. Von Amollia lernte ich jetzt die indirekte Methode. Ein gemeinsamer Feind macht die unwahrscheinlichsten Leute zu Verbündeten.

Als wir uns der Gruppe näherten, verkürzten sich Amollias edle Schritte zu einem bescheidenen Schlurfen, und ihr stolzes Kinn verschwand im Hals, so daß sie demütig zu Boden blickte. Ich

folgte ihrem Beispiel und wir standen, scheinbar völlig eingeschüchtert, am äußeren Rand der Gruppe.
Eine von den Frauen kicherte hinter vorgehaltener Hand und Um Aman warf uns einen durchbohrenden Blick zu. Ein Vorteil von niedergeschlagenen Augen ist es, daß man damit den vollen Blitz eines solchen Wutblicks einfach ableitet.
Vielleicht begriff Um Aman das auch, denn sie erklärte: »Diese merkwürdig aussehenden Geschöpfe sind eben jene Dirnen, die mein Sohn als Konkubinen in das Haus gebracht hat, das er mir als Alterssitz errichtete.«
»Wenn ich meinen Faisal recht verstanden habe, spricht Aman davon, daß er zwei ausländische *Ehegattinnen* hat, Samira«, bemerkte die Älteste der Frauen, diejenige, die unsere verehrte Schwiegermutter Khadija genannt hatte.
»Bist du zur Hochzeit eingeladen worden, du, meine älteste Freundin?« versetzte Um Aman bitter.
Ein Haufen Kinder klammerte sich an die Röcke der Frau, die hinter der Hand gekichert hatte, einer verständlicherweise erschöpft aussehenden jungen Person. Ein etwa vierjähriges Mädchen, das sich einen großen Teil seines Naseninhalts auf die Wange geschmiert hatte, erkundigte sich: »Mama, warum sind diese Damen so häßlich?«
»Still, Kind! sonst werfen sie dir den bösen Blick zu!« flüsterte ihre Mutter und wickelte das Kind in ihre zerlumpten und schmutzigen Röcke, wodurch sie ihm gleichzeitig das Gesicht putzte und es zum Schweigen brachte.
»Aber es stimmt«, bemerkte eine andere von den jüngeren Frauen kritisch. »Sie *sind* häßlich. Um Aman, ich bin erstaunt, daß ein Mann wie Aman Akbar so wenig Geschmack hat, eine so dunkle Frau und eine mit einer solchen Nase zur Ehe zu nehmen!«
Sofort setzte Um Aman zum Gegenangriff an. »Und wo hast du soviel über Geschmack gelernt? Mein Aman hat einen wahrhaft ausgezeichneten Geschmack – schau nur diesen Palast an! Ich habe gehört, daß die Lieblingsfrau des früheren Königs sehr dunkel war, und wenn du mich fragst, ist die Nase dieser farblosen Schlampe

noch ihr bester Zug. Außerdem sagt Aman, daß sie beide Prinzessinnen sind, von höherer Geburt als wir alle.« Obwohl sie das mit einem geradezu perversen Stolz erwähnte, warf sie uns zugleich einen weiteren Dolchblick zu. »Allerdings sollten sie sich bei mir lieber nicht hochmütig benehmen. Ich dulde es nicht.«

»Sie sagen aber nicht viel, wie?« schaltete sich die dritte der jüngeren Frauen ein, eine von der kecken Sorte, mit rundlichen Wangen. »Reden sie überhaupt nichts?«

Bei diesen Worten blickte eine recht einfach aussehende Frau, deren lange Flechten schon vielfach mit Grau vermischt waren, von ihrer Stickarbeit auf. Ganz oben auf ihrer einen Wange zwinkerte uns ein Grübchen ermutigend zu, als sie uns ganz gerade anlächelte. »Würdest du reden, Miriam, wenn alle Leute derart rüde Bemerkungen über dich machten? Vergelten wir so Samiras Gastfreundschaft, indem wir die jungen Gattinnen ihres Sohnes beleidigen? Arme Dinger, so fern von zu Hause. Ihre Mütter werden sie schrecklich vermissen.«

Sie wandte sich zu Um Aman und sagte ernst: »Ich habe nicht den Eindruck, daß sie eingebildet sind, Samira. Ganz im Gegenteil. Sie kommen mir sehr bescheiden und zurückhaltend, ja völlig eingeschüchtert vor. Leute, die dich nicht kennen, merken oft nicht, was für ein gutes Herz du hast, meine Liebe.« Sie lächelte uns wieder an, und Amollia – bescheiden, zurückhaltend und eingeschüchtert – leckte sich die Lippen und ließ das allerzierlichste Speicheltröpfchen im Mundwinkel sichtbar werden. »Außerdem haben sie Hunger«, erklärte unsere Verteidigerin Um Aman.

Um Aman senkte den soeben noch grimmigen Blick und beugte sich zu der Schüssel mit dem Kuskus hinüber. Mit starr ausgestrecktem Ellbogen bot sie uns davon an, ohne uns dabei anzusehen.

So kamen wir zu warmen Speisen statt kärglichen Resten und lernten die Frauen kennen, denen Um Aman ihre Probleme anvertraute. Die einzige sonst interessante Tatsache bei dieser Begegnung war, daß Um Aman uns ständig als Aman Akbars Konkubinen bezeichnete und darauf beharrte, daß er so lange keine Gattinnen hatte, bis er mit seiner Base vermählt war.

Das Fest endete unmittelbar vor dem Nachmittagsgebet. Inzwischen hatten alle Gelegenheit gehabt, ausführlich über andere undankbare Kinder aus ihrem Bekanntenkreis zu klatschen, und Um Aman schien sich erheblich besser zu fühlen. Amollia stand auf und steuerte mit leisem Klirren ihrer juwelenbesetzten Glieder auf das Tor in ihren Garten zu. Ich tat sofort das gleiche. Aman Akbar mußte jeden Moment nach Hause kommen. Und wenn er seinen bisherigen Kalender einhielt, würde er bei mir bleiben.

Amollia marschierte geradewegs durch ihren eigenen Garten hindurch und folgte den sich verabschiedenden Besucherinnen in meinen.

»Vergib mir mein Eindringen, Schwester-Gattin«, erklärte sie freundlich. »Aber ich dachte, ich wollte unseren Gatten heute abend wenigstens mit dir zusammen begrüßen. Er soll ruhig wissen, daß wir uns jetzt kennen. Ich meine auch, wir sollten mit ihm besprechen, daß die magischen Speisen unter uns geteilt werden, damit nicht die eine von uns sich mit Resten begnügen muß, wenn er mit der anderen schläft.« Sie lächelte. »Das ist nur einer der Vorteile von mehreren Gattinnen. Gemeinsam können wir vielleicht mehr Druck auf unseren Gemahl ausüben, als es eine allein könnte.«

Aber Aman Akbar hatte über den Zusammenhalt seiner Familie ganz eigene Vorstellungen. Amollia und ich hatten eine gesellige Haltung eingenommen und taten, nebeneinander auf dem Rand des Springbrunnens sitzend, als merkten wir gar nicht, wie das metallene Tier zu spritzen begann, sowie unser Gatte den Garten betrat. Die Katze streckte sich auf Amollias Füßen aus und fuhr die Krallen abwechselnd aus und ein, während Amollia mir ein paar von den Anekdoten erzählte, die die Barden angrenzender Königreiche von ihrem Vater, dem Großen Elefanten, kolportierten. Ihr bisheriges Zuhause klang, verglichen mit meinem, fröhlich und aufregend, und ich merkte, daß ich mehr lachte, als ich eigentlich vorgehabt hatte, so daß ich mich zu wundern anfing,

wieso Aman Akbar mich zur Gattin berufen hatte, wenn er doch schon so ein amüsantes Geschöpf im Haus hatte.
Aman kam in den Garten und begrüßte uns, indem er je eine unserer Hände ergriff und küßte, um sich dann an Amollias andere Seite zu setzen. Er blinzelte uns unsicher an. »So«, meinte er, »so, so.«
»Genauso, o mein Gemahl«, lächelte Amollia. »Rasa und ich haben uns über unsere Familie unterhalten und uns gedacht, wir würden dich heute abend einmal zusammen empfangen. Wie ist dein Tag verlaufen?«
»Gut, Gott sei Dank«, erwiderte er, seine Zuflucht zu der Formel nehmend. »Und der eure?«
»Gut, ganz sicher. Wir besuchten heute nachmittag deine verehrte Mutter und ihre Freundinnen in ihrem Garten und lernten gar manches von ihrer Weisheit.«
»Tatsächlich?« Er versuchte, gleichzeitig erfreut und ungläubig zu klingen, wobei jedoch der Unglaube entschieden deutlicher herauskam als die Freude.
»In der Tat«, erwiderte ich. »Sie ist eine vorzügliche Köchin, deine Mutter.« Ich fand, daß ich mich sehr freundlich benahm, indem ich auf die Bemerkung verzichtete, daß sie außerdem eine ausgesprochen unangenehme Person war, aber unser Gatte verbarg sein Augenzwinkern sofort hinter zwei schnellen Lidschlägen.
»Gut«, bemerkte er. »Gut. Ich bin froh, daß ihr euch alle so gut versteht.«
»Und außerdem, mein Gatte, haben Rasa und ich gedacht, daß wir gern – wenn es die Zauberkraft deiner Flasche nicht überfordert – immer die Mahlzeiten mit dir teilen würden, damit ...«
Er blinzelte wieder und lächelte sein strahlendstes, zärtlichstes Lächeln. »Was für eine wundervolle Idee, mein kluger Liebling. Wir wollen alle gemeinsam speisen. Wollen wir hier im Garten zu Abend essen? Danach, denke ich, sollte uns der Djinn mit einer neuen Überraschung ergötzen, über die ich schon eine ganze Weile nachdenke.«
An diesem Abend gab es Musik, ein paar von den schmelzenden

Liebesliedern in dünnen Tönen, die Aman so schätzte, und ein oder zwei Lieder aus Amollias Heimat, die sie dazu brachten, auf die Füße zu springen und einen sinnlichen Tanz zu tanzen, der mir Kiefernschmerzen verursachte, so fest biß ich die Zähne zusammen, um sie nicht daran zu erinnern, daß *ich* heute an der Reihe war und wir in *meinem* Garten saßen. Aber obwohl Aman aussah, als unterhalte er sich ausgezeichnet und sehr ausführlich von einem komischen Kerl erzählte, der ihn auf dem Weg zum Beten angesprochen hatte, blieb er zurückhaltend. Wir aßen das mit Mandeln gefüllte Lamm und den Reis und alle die üblichen Süßigkeiten ohne viele Worte. Als Amollia versuchte, mit den Trauben kleine Scherze zu treiben, lehnte unser Herr lächelnd ab und zerkaute die Beeren mit Schale und allem. Als er aufgegessen hatte, wischte er sich die Hände an einem Handtuch ab, dessen Flausch so dick war wie Biberpelz, und zog aus seinem Gürtel die Flasche, mit der ich ihn schon vorher gesehen hatte.

Aus der Nähe wirkte die Flasche noch viel unansehnlicher, nichts weiter als ein zerkratztes, verfärbtes altes Stück Geschirr, teilweise mit Staub bedeckt, der Schmutz der Jahrhunderte in allen Rillen. Im Flaschenhals steckte ein dickes Stück von etwas, das aussah wie Holz oder eine Art Borke, und darüber saß ein zerschmolzen wirkendes Siegel aus grünlich angelaufenem Silber, das schon einige Polierversuche überstanden hatte. Von diesem Siegel hing ein abgerissenes Stückchen Kette herunter.

Amans lange Finger strichen einen Augenblick über diese Kette.

Amollia legte ihm die Hand auf den Arm und meinte besorgt: »Du mußt mir erlauben, das für dich zu reparieren, Geliebter, damit du den Deckel nicht irgendwann verlierst.«

Er sah aus, als würde er das erst fünf Jahre nach seinem Tod über sich bringen und antwortete: »Du bist so fürsorglich, Liebste.«

Und er zog den Korken aus der Flasche und erstickte uns beinahe alle in der Wolke beizenden Rauchs, der daraus hervorquoll.

Der Rauch machte sich daran, eine Form zu finden und verdichtete sich zur Gestalt des Djinns. Dieser richtete sich den Turban gerade und zupfte am Saum seiner beiden Westenzipfel, bevor er sprach: »Was ist es jetzt, edler Meister? Ich hätte nicht gedacht, daß du deinen letzten Wunsch so schnell ausgeben würdest, aber vielleicht beanspruchen diese Frauen deine Großzügigkeit über alle Maßen. Ist es dein Begehren, daß ich sie dorthin schaffe, wo sie herkamen?«

»Mitnichten, o Djinn«, gab Aman zur Antwort. »Ich wünsche vielmehr, daß du jene letzte Kandidatin hierherbringst, die du mir gezeigt hast, bevor ich noch etwas zu warten beschloß.«

»Meinst du jene Prinzessin aus dem Reich der Mitte? O Gebieter, ich glaube, es gibt da etwas, das du noch über sie wissen solltest.«

»Ich weiß nur, daß sie mein Herz zutiefst berührt hat«, erklärte Aman Akbar so leidenschaftlich, wie er mir nur je ähnliche Worte gesagt hatte. »Und als letzten Wunsch begehre ich, daß sie als meine getreue und liebevolle Gattin zu mir kommt, eine Zierde meines Hauses, eine Freundin meines Herzens.«

Und er klatschte in die Hände. Wieder verdichteten sich die Füße des Djinns zu einem Teppich, auf den er sich setzte, und mit grimmig verschränkten Armen flog er davon.

Aman Akbar drehte sich um und betrachtete uns bedeutungsvoll. Amollia kniete vorsichtig neben ihrer Katze nieder und kraulte ihr die Ohren, wobei sie vermied, uns beide anzusehen. Ich überlegte, wen von beiden ich zuerst umbringen sollte. Ihn, weil er beleidigt war und es uns auf so heimtückische Weise vergalt, oder sie, weil sie die Situation provoziert hatte, über die er sich offenbar so ärgerte? Ich verstand diese Leute nicht. Was kümmerte es mich, ob dieser Törichte gekränkt war, wenn ihn die Folgen seiner eigenen Taten einholten, was schließlich nur natürlich war? Warum wollte ich überhaupt, daß so ein Mann mein Bett teilte? Hatte ich es nicht besser ohne ihn? Bestimmt würde ich es irgendwie schaffen, den Weg zurück in meine Heimat zu finden, in das Lager meines Vaters. Aber ich stellte fest, daß ich das gar nicht wollte. Gewiß, für meinen Geschmack wurde es hier langsam ein bißchen zu voll, aber auch nicht voller als im Lager meines Vaters oder dem seiner

Feinde. Aman verwirrte mich, aber ich hatte ihn aufrichtig gern und war nicht bereit, so leicht auf ihn zu verzichten.
Er erhob sich plötzlich, um den Djinn zu begrüßen, der eben über den Brunnen segelte, den Teppich befrachtet mit einem kleinen, schwarzhaarigen Figürchen in einer bestickten Seidenjacke und weißen Hosen, eine ordentliche Rolle mit den Habseligkeiten auf den Rücken geschnürt. Zweifellos war der Djinn nicht länger fortgewesen, als es gedauert hätte, eine Orange zu schälen, und ebenso zweifellos hatte die Reise von meiner Heimat nach Kharristan beinahe einen ganzen Tag gedauert. Auch das verstand ich nicht; aber wenigstens war der Djinn im Gegensatz zu seinem Gebieter ein Zauberwesen und dadurch vermutlich ohnehin jenseits alles Verstehens meinerseits.
Das Mädchen sprang vom Teppich herunter, während er noch in Höhe der Schultern des Metalltiers über den Teich schwebte, und warf sich vor Aman Akbar zu Boden, wobei ihr Haar wunderschön über den Rücken und die Fliesen floß.
Aman Akbar schaute triumphierend von Amollia zu mir und berührte leicht ihren Kopf. »Komm, mein Liebes, erhebe dich und sage uns, wer du bist.« Er wandte sich zu dem Ifrit, dessen Mitte in einer Verbeugung eingeknickt war, als erwarte er Applaus. »Ich nehme an, sie kann mich verstehen.«
»Wirst du nie lernen, o Gebieter?« seufzte der Djinn und fügte in resignierendem Ton hinzu: »Sie versteht dich.«
»Allerdings kann ich es, o Herr, und laß mich dir versichern, daß jedes deiner Worte mir ein heiliger Befehl sein wird.« Sie richtete sich in eine kniende Stellung auf und betrachtete ihn aus großen, glänzenden, schrägen Augen, die in einem Gesicht mit runden Wangen, einem betrüblich kleinen Näschen und einem spitzen Kinn saßen. Hinter jedem Ohr steckte eine große rosa Blume.
»Nun, nun, Liebling, du bist eine Prinzessin, und wenn deine Demut dir auch wohl zu Gesicht steht, so ist sie doch bei einem Manne, der dich liebt wie sein eigenes Leben, ebensowenig nötig wie bei zwei Frauen, die dir als liebe Schwestern zugetan und in jeder Weise hilfreich sein werden.«

»Ich bin – was bin ich – o ja, natürlich.« Sie lächelte ihn an. »Aber wirklich, mein Volk hält nicht so auf Formen. ›Prinzessin‹ klingt so gestelzt, findet ihr nicht? Mein Herr und Gebieter könnte mich jedenfalls beim Vornamen nennen – in eurer Sprache heiße ich ›Aster‹. Und auch meine verehrten Schwestern brauchen meinen Titel nicht anzuwenden. ›Herrin Aster‹ ist respektvoll genug – ich bin überzeugt, der Standesunterschied ist nur unbedeutend.«

Aman Akbar strahlte sie an. »So gnädig wie schön. Meine Liebe, ich bin sicher, daß du von der langen Reise erschöpft sein mußt. Laß mich meinen Diener in seine Flasche zurücksenden, dann werde ich dich in deine Gemächer geleiten.«

»Darf ich dich daran erinnern, daß zwar die Früchte meiner bisher erwiesenen Dienste die deinen bleiben, o Gewaltiger, daß aber meine Schuld an dich hiermit getilgt ist und du mich freigeben mußt, damit ich in meiner Flasche zur Ruhe komme?« Der Djinn war hocherfreut.

Aman Akbar sah nur leicht vergrämt aus, verschloß jedoch die Flasche, nachdem der Djinn sich hineinverflüchtigt hatte, eilig mit dem Korken.

»Und nun, liebe Damen, bin ich sicher, daß ihr euch beide, nachdem ihr so gute Freundinnen geworden seid, viel zu erzählen haben werdet und es euch nichts ausmacht, wenn Aster und ich uns in unser Hochzeitsgemach zurückziehen.«

»Ganz und gar nicht, o mein Gatte«, bedeutete ihm Amollia mit sanft-gefügiger, je sogar zärtlicher Stimme und fügte, zu Aster gewandt, hinzu: »Kleine Schwester, mögest du mit allem zufrieden sein. Wenn du aber Fragen oder Probleme hast, so zögere nicht, dich unserer Hilfe zu bedienen.«

Ich fand, Amollia hätte gut daran getan, hier in der Einzahl zu sprechen. Ich hätte auch gern erwähnt, daß die »Herrin Aster« sich an einem bißchen Lärm in der Nacht nicht stören möge. Es wäre ja nur die Mutter ihres jungen Gatten, die über die Dickköpfigkeit ihres Sohnes lamentierte. In Wirklichkeit hätte ich leider die alte Hexe am liebsten bei ihrer nächtlichen Sitzung unterstützt. Statt dessen zeigte mir Amollia die Wurfpfeile, mit denen ihr Volk auf die Jagd ging, und wir spielten ein Spiel damit, bis zum Morgengebet gerufen wurde.

Asters Gemächer lagen links von meinen, Amollias rechts. Meine selbsternannte Freundin kehrte, als Um Amans Geheul dem Heulen des morgendlichen Rufs zum Gebet wich, in ihr eigenes, leeres Bett zurück und überließ es mir, zu versuchen, wie ich allein mit der Hitze fertigwurde. Und darüber nachzusinnen, warum mein Herr sich aufführte, als hätte man ihn betrogen, während doch in Wirklichkeit ich diejenige war, die man an der Nase herumgeführt hatte.

Ich sehnte mich danach, mit ihm zu sprechen, sobald er aus Asters Garten kam, und so blieb ich am Teich sitzen und wartete. Aber er erschien nicht, und ich überlegte mir, ob es in Asters Gemächern vielleicht einen zweiten Ausgang zur Straße gab.

Von der Gesamtanlage des Palastes hatte ich nur eine schwache Vorstellung. Gebäude, die ein geräumiges Zelt an Größe übertrafen, waren mir schon zu weitläufig, und das Aufeinanderfolgen so vieler Räume dünkte mich ein unnötiges Labyrinth. Aber als die Gebetsstunde kam und wieder vorüberging, ohne ein Zeichen von Aman Akbar, begann ich mir Sorgen zu machen. War diese Neue denn so geschickt in der Liebe, daß sie unseren Gatten sogar von der Anbetung seines Gottes abhielt? Und wenn ja – wie lange würde es dauern, bis er mich verstieß. Wenn er heute abend in meinen Teil des Palastes kam, würde mir das wieder Mut machen. Bis dahin aß ich nicht und schlief nicht, sondern saß am Springbrunnen und erduldete die Hitze des Tages, ließ mich von den Blumendüften einlullen und mir von der leichten Brise den fiebrigen Kopf kühlen.

Das Gesicht, das oben über die Mauer spähte, tauchte irgendwann um die Mittagszeit auf, wenn die meisten Bewohner der Stadt sich ausruhten. Ich hatte im Garten Blüten abgepflückt und im Teich schwimmen lassen, um mich zu zerstreuen, als ich ein leises, kratzendes Geräusch vernahm. Ich drehte mich um, schaute nach oben und schaffte es gerade noch, eine schnelle Folge von messerscharfem Spitzbart, weit offenem Mund, sauber gestutztem Schnurrbart, Hakennase, pockennarbigen Wangen, Glotzaugen, dichten, vor Staunen wie Hufeisen gebogenen Augenbrauen sowie einem grün und gold gestreiften Turban zu erkennen, bevor die Erscheinung wieder verschwunden war.

Das Gesicht kam mir bekannt vor. Aber wem es gehörte und zu welchem Zweck er mir nachspionierte, das war mir unerfindlich. Ich sprang auf und rannte zum Tor, um ihm nachzurufen. Aber das Tor war verschlossen, und so sehr ich mich auch dagegen warf, um es aufzubrechen, so sehr ich hämmerte und rüttelte, ich fand keinen Weg, es zu öffnen. Als ich mich abwandte, sah ich mich einer neuen Erscheinung gegenüber, diesmal Um Amans schwarzgekleideter Gestalt.

»Was versuchst du da jetzt schon wieder anzustellen, Ausländerin? Willst du meinen Sohn erneut entehren?«

»Ich? Deinen Sohn entehren? Alte Mutter, ich möchte meinen, es wäre genau umgekehrt.« Sie stierte mich giftig an, aber dem durchbohrenden Blick schien etwas von der früheren Überzeugung zu fehlen. Ich erwog, sie zu fragen, warum sie, wenn es ihr nicht gefiel, wie ihr Sohn sich benahm, ihn so erzogen hatte, daß er derart komische Vorstellungen über die Organisation einer Familie bekommen mußte. Aber statt dessen fragte ich nur: »Habt ihr einen Freund der Familie mit einem Gesicht wie ein Steinschlag, einem Spitzbart und einem gestreiften Turban? Der es liebt, über die Mauer hereinzukommen?«

Mißtrauisch kniff sie die Augen zusammen. »Natürlich nicht. Nur ein Verbrecher würde bei einem anderen Mann über die Haremsmauer klettern. Wer ist dieser Mann, Dirne? Dein heimlicher Liebhaber?«

»Bestimmt«, fauchte ich. »Und ich erzähle dir von ihm, weil ich möchte, daß der Rest der Familie ihn kennenlernt. Alte Frau, ich habe mich bemüht, dich um meines Gatten willen zu ehren, aber du bist unvernünftig. Ich sage dir, ich weiß nicht, wer der Mann ist, aber ich fürchte, daß er etwas gegen meinen Gatten im Schilde führt. Ich habe schon vor zwei Tagen bemerkt, daß er dieses Haus beobachtete, als ich ...«

»Als du was, Mädchen? Wie kamst du dazu, einen anderen Mann anzuglotzen?«

Ich zuckte die Achseln, denn ich entnahm ihrem zornigen Blick, daß hier eine kleine Lüge angezeigt war. »Ich sah ihn vom Fenster aus.«

»Hat er dich auch gesehen? Unverschleiert?« Die Frau betonte das letzte Wort und zischte es mit einem heftigen Atemzug so hervor, daß es sich ganz furchterregend anhörte, fast so wie »enthauptet« oder »gepfählt«.

»Ich glaube nicht«, versetzte ich. »Und was macht das auch? In meinem Volk brauchen ehrbare Frauen ihr Gesicht nicht zu verstecken.«

»Vielleicht ist es dir noch nicht aufgefallen, Dirne, aber du befindest dich nicht mehr bei deinem Volk. Solange du dich aber bei dem meinigen aufhältst – und Gott gebe, daß es nicht lange der Fall ist und mein Sohn deinen wahren Charakter erkennt und dich für den geringen Betrag, den er für deine wertlose Person noch erzielen kann, an die Sklavenhändler verkauft – solange wirst du nicht ohne Begleitung ausgehen, und du wirst dich mit einer anständigen Abayah verhüllen, wie es einer zurückhaltenden Ehefrau geziemt.« Und sie zog sich den Mantel über den Kopf und den Schleier vor das Gesicht, so daß sie wieder aussah, wie ein schwarzes Wäschebündel mit Augen.

»Ich dachte, du hättest mich als Konkubine bezeichnet«, erinnerte ich sie. Mit einem verächtlichen Wirbel ihrer schwarzen Vorhänge entschwand sie, und ich mußte mich wieder allein amüsieren.

Ich vertrieb mir die Stunden damit, daß ich mir für das ganze Pack ordentliche Folterqualen ausdachte. Verspätet schloß ich dabei auch Amollia ein, zu der ich bereits eine schleichende Zuneigung gefaßt hatte, weil sie auch nicht kam, um mir Gesellschaft zu leisten, obwohl aus dem Morgen der Nachmittag wurde und dieser entfloh, weil der Abend ihm auf den Fersen war. Wie konnte sie, die doch daran schuld war, daß ich bei meinem Herrn in Ungnade gefallen war, die Dreistigkeit besitzen, zu schlafen, wenn ich mit ihr reden mußte? Ich konnte nicht einmal zu ihr hingehen und sie wecken, ohne zu riskieren, daß ich Aman verfehlte, wenn er die Arme seiner neuen Geliebten lange genug verließ, um die Rituale zu vollziehen, die er meinetwegen – verdammt noch einmal – nie vernachlässigt hatte.

Wie sich jedoch erwies, hatte unsere Unterredung mit ihm noch andere Folgen als nur der Zugang Asters zu unserer Gruppe. Als die Zeit zum Abendessen herankam und ich nach einem letzten Stückchen verschmierten Lammfetts griff, das mit ein paar Reiskörnern in einer der Schüsseln übriggeblieben war, riß sich die Schüssel plötzlich los, und statt ihrer erschienen drei andere, kleinere Schüsseln, die Einzelportionen gewürzter Ente, Nußreis und verschiedene Obstsorten enthielten. Dazu gab es einen kühlen Messingkrug, erfrischend mit einer süßen Feuchtigkeit beschlagen und gefüllt mit einem köstlichen Getränk, das das Wasser des Springbrunnens, das ich den ganzen Tag getrunken hatte, bei weitem übertraf.

Trotzdem war mein Genuß an dieser Mahlzeit nicht groß, denn mit dem Essen erschien nicht etwa auch Aman. Ich schloß daraus, daß er eine zweite Nacht in den Armen seiner neuen Liebe verbrachte und grämte mich. Die Sonne schickte eine Pracht feuerroter Bänder über den Himmel und färbte die fernen Kuppeln rosig. Der Springbrunnen plätscherte, die Brise wehte und ich lagerte mich neben dem Springbrunnen bequem ins üppige Gras. Aus purer Erschöpfung schlief ich ein.

Das Gras wehte mir gegen die Wange und kitzelte meine Nase, so daß ich erwachte. Zuerst sah ich nur eine verschwommene Bewegung und dann im Sternenlicht die Beine und die Schnabelschuhe, die sie verursachten. Der Brunnen hinter mir sprang energischer, als er es den ganzen Tag getan hatte, weil Aman Akbar sich in seiner Nähe und nicht nur in der weiteren Nachbarschaft aufhielt. Als er den Weg zum Außentor einschlug, erhob ich mich und folgte ihm – so leise wie Amollias Katze, ohne mich loben zu wollen.

Offensichtlich wollte er es vermeiden, Aufmerksamkeit zu erregen. Nicht weniger seltsam als sein Benehmen war jedoch die ungewöhnliche Stille der Nacht. Es kam mir ungerecht vor. Als Aman und ich uns liebten, hatte Um Aman in der Nähe geheult, und ebenso in Amollias Hof, wenn Aman bei ihr war. Warum hatte sie ihn bei Aster nicht belästigt? Vielleicht hatte sie endlich ihren dürren alten Hals überanstrengt? Dieser Gedanke erfüllte mich zumindest mit einiger Befriedigung.
Aber diese Befriedigung verging und ich ahnte, daß sie vielleicht doch das letzte Wort behalten würde, als ich sah, wie Aman zum Tor hinausschlich. Mitten auf der Mauer am Tor war etwas, das aussah wie ein gähnendes, schwarzes Loch oder ein großer Schatten, wobei freilich der Gegenstand fehlte, der ihn hätte werfen können. Ein letzter, hastiger Blick Amans über die Schulter veranlaßte mich, mich in diesen Schatten zu ducken, und als ich ihn streifte, erkannte ich, daß er aus Stoff bestand. Dem Stoff eben jener schwarzen Hülle, wegen der man mich gerade erst ermahnt hatte. Ich ergriff einen Armvoll und quetschte mich durch das sich bereits schließende Tor, während Amans Rücken sich die Straße hinab entfernte und auf der anderen Seite unserer Palastmauer um die Ecke bog.
Um Aman wuchs in meiner Achtung erheblich, als ich mich damit abmühte, mich in die Verkleidung zu hüllen, die diese Vorhänge mir boten, gleichzeitig aber weiterzugehen und auch ein Auge auf meinen Gatten zu haben. Man kann den Schleier nicht etwa irgendwo seitlich an der Kopfbedeckung festhaken, sondern er ist ein Teil davon, das man entweder mit der Hand festhalten (ich versuchte vergeblich, es hinter meinem Ohr festzuklemmen und zog mir dabei den ganzen Kram vom Kopf herunter) oder mit dem Kinn festpressen muß.
Bei diesem Unternehmen hatte ich noch Glück, daß Aman Akbar, ein reicher Mann, der sich sehr wohl einen Stall voll edler Pferde hätte leisten können, keine Neigung verspürte, seine Wege hoch zu Roß zu erledigen. Vielleicht konnte er aber auch nicht reiten, da er von niederer Herkunft war, und Männer niederer Herkunft in

dieser Stadt zu Fuß gingen oder überhaupt zu Hause blieben. Abgesehen von der Behinderung durch den Umhang folgte ich ihm ganz bequem durch die schattendunklen Straßen und war dankbar für die Wunder städtischer Beleuchtung, die mir schon an dem Morgen aufgefallen waren, als ich ihm das erste Mal nachging.

Wir passierten den Platz, an dem Aman zu beten pflegte und folgten der Marktstraße, auf der die Soldaten mich vor sich hergetrieben hatten. Endlich erreichten wir eine andere lange, weiße Mauer, überragt von Kachelkuppeln und Turmspitzen, durch deren Gitterfenster gedämpfte, farbige Lichter schimmerten. Die berauschenden Düfte nächtlich blühender Blumen wehten über die Mauer, als wollten sie uns necken.

Ich verschmolz mit dem Schatten. Aman zog aus seinem Gürteltuch die Flasche und nahm den Korken heraus. Rauch quoll empor, und die drohende Gestalt des Djinns erschien. »Ich habe dir gesagt, daß die Vollendung deines Harems dein letzter Wunsch war. Behellige mich nun nicht mehr.«

»Allerdings wäre es so«, erwiderte mein Gatte, »wenn mein Harem wirklich komplett wäre. Aber wie meine Mutter mir immer wieder versichert, sind das Haus und meine anderen Frauen nur Ring und Fassung für den größten Edelstein, meine Base Hyaganusch, die in diesen Mauern wohnt.«

»Ich dachte, du machtest dir nichts aus Frauen deines eigenen Stammes und verachtetest sie als uninteressant.«

»Ich habe meine Ansicht geändert.«

»Weil deine Mutter, dieser Zankbesen, dich dazu gebracht hat, nicht wahr?«

»Meine Mutter hat damit nichts zu tun. Sie ist eine wundervolle Frau, die immer alles für mich getan hat. Warum sollte ich ihr, in ihrer eigenen Familie, die Gesellschaft dieses Mädchens verweigern, auf die sie so großen Wert legt, wenn ich ihr damit das Maul stopf ... wenn ich ihr damit eine Freude bereiten kann? Sie hat mich gerade erst daran erinnert, was für ein entzückendes Mädchen meine kleine Base immer gewesen ist. Wenn du mich nur in Hyaganuschs Gemächer versetzen könntest, so bin ich sicher, daß ich sie überzeugen kann, mir als meine Braut zu folgen.«

»Und was wird sie von deinen andern Bräuten denken?«

»Nun, wie mir meine Mutter dargelegt hat, sind diese Frauen zwar nach den Sitten ihres eigenen Volkes mit mir verheiratet, aber nach unseren eigenen Bräuchen habe ich keine rechtmäßige Ehe mit ihnen geschlossen. Bisher sind sie darum unserem Gesetz nach lediglich Konkubinen. Sicher wird Hyaganusch nichts gegen sie einzuwenden haben, solange sie das bleiben, und falls doch, werde ich ein wenig von dem Schatz nehmen, den du mir geschenkt hast, und ihnen ein anderes Haus bauen; und sie braucht niemals etwas davon zu erfahren. Aber nach dem Gesetz sind mir vier Frauen gestattet, und vier Frauen möchte ich, mit Gottes Hilfe, auch haben.«

»Also gut. Kein Mensch soll sagen, ich erfüllte meine Verträge nicht. Aber du hast dich wahrhaft listig gezeigt und mir statt eines Wunsches schon deren mehrere entlockt; und wenn ich auch sagen muß, daß es ein Vergnügen ist, einem Herrn zu dienen, der seine Macht über mich mit soviel Klugheit anwendet, so versuche dennoch nicht, deine Herrschaft auch nur durch einen sehnsüchtigen Gedanken über den Zeitpunkt ihres Ablaufs hinaus zu verlängern. Wenn du mit mir fertig bist, habe ich vor, eine gute, lange Zeit zu schlafen.«

»O Djinn, würde ich dich betrügen? Schaffe mich nur in die Gemächer meiner Base und laß mich ihr Herz gewinnen, und du siehst mich nie wieder.«

Ich war inzwischen auch so weit, daß ich ihn nie wiedersehen wollte, nach all diesem treulosen Gerede, und das hätte ich ihm auch mitgeteilt, wenn nicht, kaum daß er ausgesprochen hatte, der Rauch, der die Knöchel des Djinns umwaberte, explosionsartig in die Höhe geschossen wäre und Herrn und Diener verhüllt hätte. Ein grauer Faden kräuselte sich über die Mauer und quer über einen weiten, offenen Platz, um dann zwischen den aus Marmor gemeißelten Weinreben eines Fensters in der Mitte des Gebäudes

zu verschwinden. Nach einer kleinen Pause vernahm ich ein schwaches, verblüfftes Quietschen und dann nichts mehr.
Obwohl ich dort hinter der Mauer Augen und Ohren anstrengte, konnte ich nichts sehen und auch nichts, das man hätte verstehen können, hören. Auf das Quietschen folgte Stille, der Stille ein entferntes Knarren, und das nächste, das an meine Ohren drang, kam nicht mehr aus dem Fenster, sondern anscheinend von irgendeiner Stelle, die etwa in Höhe meines eigenen Standorts lag. Das Geräusch war auch viel leiser und erstickter und hörte sich an wie Kichern. Mehrere Stunden lang vernahm ich nun kaum etwas anderes. In dieser Zeit malte ich mir all das aus, was ich Aman Akbar sagen und antun würde und natürlich auch Hyaganusch, sofern er sie mitbrachte. Außerdem stellte ich mir vor, was sie wohl dort im Palast miteinander trieben, obwohl ich erst geraume Zeit später die Wahrheit darüber erfuhr. In meinem Inneren jedoch, wenn auch nur dort, konnte ich Amans einschmeichelnde Reden an seine Base deutlich vernehmen, ebenso ihre zimperlichen Proteste. Natürlich mußten sie leise sprechen, denn die gemessenen Schritte eines Wachtpostens patrouillierten entlang der Mauer, jenseits von mir. Nur das Auf- und Abgehen dieses Postens hinderte mich daran, ebenfalls auf und ab zu gehen, aber ich fürchtete, die Wache auf mich und damit auch auf Aman aufmerksam zu machen, für den der Grimm eines bloßen Wachtpostens ganz entschieden zu milde war.
Keine Sekunde habe ich geschlafen. Ich schwöre es. Trotzdem – kurz vor Morgengrauen riß es mir plötzlich die Augen auf (ich hatte sie gerade ein wenig ausgeruht), und mein Kopf, der auf dem steifen Hals gewackelt hatte, fuhr jäh nach oben. Ganz in der Nähe knallte ein Tor auf, von einem Soldaten aufgestoßen, der in der Hand einen Stock trug.
»Los jetzt, hinaus mit dir, Verfluchter! Und danke deinen Eselsgöttern für das weiche Herz der Herrin, daß man dir nicht bei lebendigem Leib das Fell über die Ohren gezogen hat! Der Emir nimmt seinen Rosengarten sehr ernst!«
Nur Schweigen war die erste Anwort auf diese Rede, und der

Wächter trat einen Augenblick vom Tor zurück. Man hörte den Stock dreimal durch die Luft sausen, beim dritten Mal gefolgt von empörtem und tiefgekränktem Ia-Schreien, und ein Esel, weißer als das weißeste Lamm, galoppierte zum Tor hinaus und das Kopfsteinpflaster entlang. Ich lehnte mich unvorsichtigerweise aus dem Schatten, der mich verbarg, um zuzuschauen. Der Wachtposten, der dem Esel ein oder zwei Schritte durch das Tor nachgegangen war und sich jetzt mit dem Stock zufrieden auf die Handfläche klopfte, bemerkte mich.

Dieser Bewaffnete war ein weit umgänglicherer Mensch als sein Kollege, der neulich bei dem Tor die Frau überfallen hatte. Er winkte mir lächelnd zu und zeigte die Straße hinunter, dem Esel nach, wobei er mir zurief: »He! Du da, Frau! Da vorn läuft ein hübsches Stück Vieh für dich, wenn du vor dem Gebet noch ein bißchen die Füße hebst. Beweg dich und jag ihm nach! Der Besitzer wird nicht die Frechheit besitzen, ihn dir streitig zu machen, nachdem das Tier in die Haremsgärten eingedrungen ist. Leg ihm nur einen Strick um den Hals, und du kannst von heute ab hoch zu Esel betteln.«

Ich konnte kaum umhin, so zu tun, als sei ich einverstanden und dem Esel nachzurennen, wobei ich gleichzeitig darauf bedacht war, eine möglichst große Entfernung zwischen den Posten und mich zu bringen. Mochte sich Aman Akbar aus der Affäre ziehen, so gut er konnte. Vielleicht hatte der Djinn ihn mit seiner Base schon zurück in Amans Palast geräuchert. Vielleicht hatte er sie sogar in meinen Gemächern installiert.

Ich begann, ernsthaft dem Esel nachzujagen, was nicht besonders schwierig war, da das Tier und ich denselben Weg zu haben schienen und das Weiß seines Fells selbst im schwachen Licht des frühen Morgens leicht zu verfolgen war. Eine Frau, dachte ich, die über eigenes Vermögen verfügte, war jemand, mit dem man rechnen mußte, jemand, der Handelsware besaß. Welche Prüfungen mir auch immer von dem neuen Gegenstand der Zärtlichkeit meines Gatten bevorstanden, ich wollte ihnen lieber im Sattel als zu Fuß gegenübertreten. Die Götter waren mit mir, als ich mich japsend Aman Akbars Palast näherte, denn ich sah, daß das Tor sich weit geöffnet hatte und der Schwanz des Esels gerade im Inneren verschwand. Ich eilte ihm nach und blieb, nach Luft schnappend, im Hof stehen, mit mir das arme Tier, dessen Flanken bebten. Seine Augen waren verdreht und sahen so weiß aus wie der Rest des Körpers.

Aman mußte irgendwo in der Nähe sein, sonst wäre das Tor nicht aufgegangen, aber ich sah ihn nicht. Hastig streifte ich die Abayah ab und hängte sie dort auf, wo ich sie gefunden hatte. Es schien mir am klügsten, in meine eigenen Gemächer zurückzukehren und so zu tun, als schliefe ich, denn diese Leute hier waren ohne weiteres fähig, mich des Ehebruchs zu beschuldigen, wenn sie herausfanden, daß ich nachts fortgewesen war. Zuerst freilich mußte ich mich um das Tier kümmern. Das arme Geschöpf hatte seine Hufe zum Teich unter der Sprühfontäne geschleppt und soff so gierig, daß ihm unbedingt schlecht werden mußte.

»Nun, nun, mein Liebes«, sagte ich in ein langes Ohr und zupfte vorsichtig daran. »Nun komm schön mit und laß dich von Rasa abreiben.«

Aber anstatt meine Pflege dankbar anzunehmen, wie man hätte erwarten sollen, stieß das Tier ein ohrenzerreißendes Gebrüll aus, das mich auf den Fersen nach hinten kippen ließ. »IIII-AAAA!« schrie es.

Ich streckte aus einiger Entfernung die Hand aus, und das Tier stürzte auf mich zu, wobei es laut und klagend schrie.

»IIII-AAAA!« wiederholte es, »IIII-AAAA!« Dabei rollte es die braunen Augen und stampfte mit den Hufen auf die gekachelten Wege. Einen Moment lang überlegte ich, ob Esel vielleicht verrückt wurden, wenn sie Rosen fraßen. Unter ständigem Brüllen drängte mich das Tier gegen den Springbrunnen und überschüttete mich mit einem Schwall von Ias, wobei es seine Äußerungen durch heftiges Zurückwerfen der Mähne und zorniges Schwanzpeitschen unterstrich und dabei die großen weißen Zähne zeigte und auf den Vorderhufen auf und ab hüpfte, so daß ich meine entblößten Zehen in größter Gefahr sah.

Gerade als ich dachte, ob ich mich wohl durch Schwimmen vor dem Untier retten müßte, bäumte es sich auf und drehte sich dabei so um, daß es mir jetzt den Rücken zukehrte. Dann galoppierte es durch die Hyazinthen zu dem verborgenen Tor in Amollias Garten. Dort standen Amollia und die Katze, eingerahmt von Büscheln blühender Ranken. Der Esel galoppierte Hals über Kopf auf sie zu. Ich stieß einen Warnruf aus, aber da war das Tier schon bei ihnen. Es bremste, wirbelte Staub und Fetzen zertrampelter Rosenbüsche auf und fing nun an, auf sie einzuschreien. Seine Stimme wurde langsam schwächer, blieb jedoch voll inständigen Flehens.

Amollia sah verwirrt aus und versuchte es zu streicheln, worauf es wieder zu mir hinrannte, immer noch schreiend. Aus dem Gebrüll wurde langsam ein Schnaufen.

»Ach, ach, ach, mein Gutes, mein Altes«, flötete ich in meiner sanftesten Pferdebändigersprache. »Reg dich doch nicht so auf. Komm her und laß dich schön abreiben. Du bist doch jetzt zu Hause. Kein Grund zur Aufregung.« Es gab ein letztes herzzerreißendes Brüllen von sich und drückte dann den langen Kopf an meinen Leib, wobei ein tiefer, qualvoller Seufzer es von den Ohrspitzen bis zum Schwanz erbeben ließ.

Ich holte tief Luft und atmete erst einmal wieder aus, bevor ich die Stirn des Tiers streichelte. Es schrie ganz schwach und sah traurig zu mir auf, bevor es von neuem trank, diesmal langsamer, mit wogenden Flanken.

Mit den Enden meines Gürteltuchs begann ich, ihm den Schaum von den Seiten zu reiben.

Amollia kam schweigend herbei. Sie hatte ein langes, mit Blattmalereien verziertes Gewand an. Ihre Miene zeigte ein Gemisch von Verblüffung und Entrüstung.

»Was hat dich besessen, Schwester-Gattin, daß du dich nicht nur mitten in der Nacht aus dem Hause deines Gemahls schleichst, sondern auch noch den Beweis dafür mitbringst, indem du diesen Esel hierherschleppst?« Der Esel sah mit triefendem Maul auf und warf ihr einen derart waidwunden Blick zu, daß sie ihm entschul-

digend den Rücken klopfte und sofort anfing, mir zu helfen und ihm mit dem Saum ihres Gewandes die Flanken abzutrocknen. »Ist dir klar, daß ein solches Benehmen hierzulande dazu führen kann, daß man dir den Kopf vor die Füße legt?«
Ich senkte die Stimme, um das Tier nicht von neuem aufzureizen. »Wie kommst du darauf, daß ich irgendwo hingegangen bin?«
»Nun, ich nehme an, der Esel hat ans Tor geklopft und du hieltest dich nur an die Gesetze deines Volkes über die Gastfreundschaft und ließest ihn herein? Ich habe dich weggehen sehen und weiß auch, daß du vorhattest ...«
Die Katze Kalimba hatte äußerst wagemutig zuerst das Hinterteil, danach die Schnauze des Esels beschnuppert. Dabei brummte sie zu unserer Verblüffung die ganze Zeit zufrieden vor sich hin. Noch erstaunlicher war, daß der Esel es sich gefallen ließ. Während wir sprachen, ließ sich die Katze mit angezogenen Pfoten und geschlitzten Augen gemütlich im Schatten des Eselbauchs nieder. Bis sich hinter uns ein Tor aufschob und Kalimba sofort mit Geknurr darauf zustürzte.
Eine blinzelnde, gähnende, zerzauste Aster kam aus ihrem Garten zum Vorschein. Ihre Haarblumen waren zu schlaff herabhängenden Halbkreisen verwelkt, die ihr von den Ohren baumelten. Ihre seidenen Pyjamas waren zerknittert. »Wessen Tiere sind das?« fragte sie so zutraulich, als wäre sie alles andere als ein unwillkommener Eindringling.
»Die Katze gehört mir und der Esel Rasa«, antwortete Amollia, ohne mit der Wimper zu zucken.
»Ich wußte nicht, daß unser Gatte uns eigene Lieblingstiere erlaubt«, fuhr Aster fort. »Was werde ich für eins bekommen – was meint ihr? Einen Pfau vielleicht? Oder einen Pandabär? Oder vielleicht eins von diesen fürchterlichen Buckeltieren, die ich heute morgen vom Fenster aus gesehen habe? Wenn Aman mir auch so etwas schenken will und euch fragt, was ich möchte, sagt ihm, eine Grille, ja? Sie sind leicht zu pflegen, und es macht einem nicht so schrecklich viel aus, wenn sie eingehen.«
Der Esel stieß ein quäkendes Gebrüll in ihre Richtung aus und

trabte auf sie zu. Sie wich ihm eilig aus. Daraufhin schrie er noch einmal betrübt auf und wandte sich dann wieder zu uns.
Aster betrachtete ihn nachdenklich. »Dieses Tier sieht gar nicht übel aus. Ist es dir hierher nachgelaufen, Barbarin?«
»Von wo aus nachgelaufen?« fragte ich unschuldig.
»Von dort, wohin du meinem Gatten gefolgt bist, natürlich. Ich habe dich beobachtet, als du fortgingst, du brauchst es also nicht abzustreiten.«
Was ich für einen ganz privaten Ausflug gehalten hatte, entpuppte sich im Nachhinein doch als reichlich öffentlich.
Amollia meinte ruhig: »Rasa hat nur versucht, unseren Gatten zu schützen. Er hat sich in letzter Zeit so merkwürdig benommen.«
»Diese unwürdige Person könnte nicht mehr deiner Meinung sein, o ältere Schwester«, sagte Aster mit einer schnellen Verneigung. »Und ich bin auch bestimmt die letzte, die Geheimnisse ausplaudert. Ich habe mich nur gewundert, Barbarin, daß dein Leben hier dir so wenig gefällt und daß du es so eilig hast, das nächste zu beginnen. Die Straßen großer Städte sind bei Nacht gefährlich, vor allem für Leute, die nicht dort sind, wo sie eigentlich sein sollten. Aber du brauchst dich vor meiner Zunge nicht zu fürchten. Schließlich war ich in meinem vorletzten Leben ein Justizbeamter, der in der ganzen Provinz für seine Diskretion bekannt war.«
»Es gibt nichts zu erzählen«, teilte ich ihr mit, »und auch nichts zu verheimlichen. Ich hatte den Verdacht, unsere verehrte Schwiegermutter hätte Aman Akbar endlich dazu beschwatzt, diese Hyaganusch aufzusuchen.«
»Und genauso war es auch.« Aster nickte zustimmend. »Ich hörte es – äh – rein zufällig, als die alte Fledermaus uns in der Hochzeitsnacht störte, um ihren Sohn mit Vorwürfen zu überhäufen.«
»Und darum bin ich ihm nachgegangen«, schloß ich ein wenig lahm.
»Aha«, bemerkte Amollia. »Und als du da warst, was hast du unternommen?«
»Nichts. Ich habe gewartet, bis dieser Esel vom Hof des Emirs

getrieben wurde, und dann bin ich ihm zurück hierher gefolgt. Ich wollte bloß diese Hyaganusch einmal sehen.«
Amollia rollte die Augen zum von der Dämmerung schon streifigen Himmel. Aster betrachtete betont ihre Fingernägel. Der Esel schnaubte. »Also gut«, fügte ich hinzu, »wenn er sie einmal ein paar Minuten alleingelassen hätte, hätte ich ihr erzählen können, wie überfüllt es hier schon ist und daß wir hungern müssen, wenn wir auf Aman warten.«
»Ich wette, daß ihr das gar nichts ausmachen würde«, meinte Aster. »Wenn sie erst die Tai-Tai, seine Gemahlin Nummer Eins, ist, wird er alles so ändern, wie sie das möchte.«
»Ich hatte vor«, sagte ich steif, »zu übertreiben.«
»Aha«, erwiderte Aster und nickte weise. Während dieses Wortwechsels blickte der Esel zwischen ihr und mir hin und her, als verfolgte er eine Art Wettkampf.
»Und hast du mit ihr geredet?« wollte Amollia wissen.
»Ich glaube, ich habe sie quietschen hören«, erklärte ich. Und ich berichtete ihnen alles, was sich abgespielt hatte und wie die gute Absicht des Wachtpostens mich gezwungen hatte, vor Aman nach Hause zurückzugehen.
»Sonst hättest du auch lange warten können«, bemerkte Amollia trocken. »Er ist ja immer noch nicht wieder hier.«
Bei diesen Worten gab der Esel wieder ein kurzes, ächzendes Gebrüll von sich, das selbst für die langen Ohren des Tiers schwächlich geklungen haben mußte, denn es hielt sofort inne, als schämte es sich, und ließ den Kopf hängen.
Aster streichelte es gedankenverloren. Die Katze zu Füßen des Esels grollte leise. »Und die Alte muß jetzt auch dort sein. Sie tauchte heute morgen ganz früh bei mir auf und fragte, ob ich ihren kostbaren Sohn gesehen hätte. Als ich nein sagte, zog sie ihre Krähengewänder an und ging ihn suchen. Ich kann euch eins sagen, sie sah längst nicht mehr so zufrieden aus wie vorher, als sie mir die Hochzeitsnacht verdarb.«
»Sei nicht so sicher, daß es überhaupt eine Hochzeitsnacht war«, sagte ich zu ihr. Dann wiederholte ich, was Aman und der Djinn

über uns gesprochen hatten. *Das* machte ihrem aufgeplusterten Getue ein Ende.
»Aber wenigstens hat Aman nicht vor, uns zu verstoßen«, meinte Amollia. »Und diese Idee kommt ja in Wirklichkeit auch gar nicht von ihm, sondern von seiner Mutter. Seine Base hatte ihr ganzes Leben lang Zeit, ihn zu erobern, aber er hätte sich nie um sie bemüht, wenn seine Mutter ihn nicht dauernd anstachelte.«
Ich dachte an die Zelte meines Vaters und die neuen Pferde, die meine Verbindung mit Aman ihm eingebracht hatte, und an das Leben meiner Schwester, Sklavin ihres Entführers, bis sie ihm einen Sohn geboren hatte. Verglichen mit ihrem Leben war es in vieler Hinsicht besser, die letzte von Amans Konkubinen zu sein. Aber so ganz sicher war ich mir darüber nicht. Fast wäre es mir lieber gewesen, allein gegen sämtliche Vettern meiner Mutter anzutreten, als noch einmal mitansehen zu müssen, wie Aman mit einer von den andern davonschlenderte. Allerdings gab es inzwischen wenigstens so viele von diesen anderen, daß ich auch dann nicht allein sein würde.
Der Esel war ein wenig umhergewandert und schien jetzt zu versuchen, ins Haus und in unsere Gemächer einzudringen, aber ich hatte keine Lust, ihn daran zu hindern. Die Katze strich hinter ihm her.
»Wenn er mich verstieße, wäre er sehr töricht«, erklärte Aster zuversichtlich. »Er hat das Doppelte des Preises bezahlt, den die Betreiber der Blumenboote meinem Vater für mich geboten hatten.«
»Blumenboote?« fragte Amollia. »Wovon sprichst du? Sind Blumenboote eine besondere Stätte königlicher Ehren, so daß man eine Prinzessin dorthin verkauft? Eine Prinzessin verkauft man doch überhaupt nicht, es sei denn einem Ehegatten. Jedenfalls ist das in meiner Heimat so.«
»Bei uns bedeutet die Geburt wenig.« Aster zuckte die Achseln. »Die Stellung, die man im Leben einnimmt – darauf kommt es an. Meine Familie in *diesem* Leben war früher adlig, aber mein geschätzter Großvater beging eine kleine Indiskretion, unter Einbe-

ziehung von Staatsgeldern. Seitdem hat meine Familie sich als wandernde Schauspielertruppe durchgeschlagen. Die Prinzessin ist nur eine der vielen Rollen, die ich spiele. Zum Glück war ich gerade für sie kostümiert, als Aman ein Auge auf mich warf. Mein Vater hatte mit dem Aufseher eines Bootes bereits einen Handel abgeschlossen – die besten und hübschesten Mädchen werden nämlich auf die Boote geschickt, um dort zu tanzen, zu singen und Männer zu ergötzen.«

»Das ist ja barbarisch«, erklärte Amollia. »So etwas würde unser Volk nie tun. Vielmehr würde man dich in den Harem eines Mannes von Ansehen verheiraten, wo du Schutz fändest.«

»Oh, auch bei uns heiraten die Männer manchmal mehrere Mädchen«, bemerkte Aster leichthin. »Aber es gibt zu viele Mädchen.«

»Aber wieso beseitigt man die Überflüssigen nicht gleich bei der Geburt?« erkundigte sich Amollia.

»Man versucht es ja«, erläuterte Aster. »Aber man kann auch nicht immer gleich sagen, welche nun wirklich überflüssig sind. Du hast eben Glück gehabt, wenn dein Volk so großen Wert auf dich gelegt hat. Um so mehr wundert es mich, daß man dich so weit fort hat heiraten lassen.«

»Ach, dort weiß man gar nicht, daß ich nicht mehr da bin und wird es auch nicht merken, solange keine Zählung stattfindet«, antwortete Amollia. »Sie werden glauben, ich sei mit Kalimba in den Urwald gelaufen und es nicht als großen Verlust ansehen. Denn ich bin in Wahrheit die Häßlichste der Töchter des Großen Elefanten. Wißt ihr, ich habe mich nie richtig dazu durchringen können, daß es Zeit für mich wäre, mich der Schmucktätowierung zu unterziehen.«

»Bescheidenheit ist eine Zier, die jedem wohl ansteht«, sagte Aster fromm.

»Zum Glück scheint Aman auch dieser Ansicht zu sein«, fuhr Amollia fort. »Ich war mehr als erfreut, daß ein Mann um mich warb, der meine Haut nicht mit Messern aufschlitzen und die Wunden mit Zauberasche einreiben wollte. Und noch größer war seine Güte darin, daß er mir erlaubte, Kalimba mitzubringen, während jeder Mann meines Volkes darauf bestanden hätte, daß ich sie im Dschungel aussetzte oder einen Mantel aus ihr machte. Sicher, es wird mir ein wenig eintönig vorkommen, die Aufgaben der Ehe mit nur drei anderen Frauen zu teilen, aber ...«

Unter den Bogen, die zu meinen Gemächern führten, galoppierte der Esel hervor. Von den Fliesen, die unter den fliegenden Hufen splitterten, wirbelten Scherben auf, als das Tier an uns vorbeiklapperte und schliddernd vor dem Tor anhielt. Das Tor knarrte auf. Ich rannte dem Esel nach. Obwohl mir die Vernunft sagte, daß das Tor aufgehen mußte, weil Aman kam und kein anderer, umklammerte ich verstohlen ein Messer, das ich in der Bibliothek früher einmal gefunden hatte. Aber das Tor war schon einmal ohne Aman aufgegangen, und der Springbrunnen hatte ohne ihn gesprüht. Der Zauber funktionierte nicht wie gewohnt, und Aman benahm sich auch nicht mehr so. Ich jedoch würde mich auch weiter so verhalten, wie *ich* es gewöhnt war.

Auf der Straße draußen hörte man das Trippeln von Schritten, zuerst nur einen Gang, leicht und eilig, jedoch vorsichtiger und weniger fest auftretend als Amans. Dann einen zweiten Gang, in der Tat ungemein energisch. Dieser letztere kam nicht aus der Entfernung, sondern setzte ein, sobald der erste Fußgänger das Tor erreicht hatte.

»He, Frau! Bleib stehen!« befahl eine Männerstimme.

»In Gottes Namen, Herr, wer bist du, daß du eine alte Mutter behelligst, die von einer wichtigen Erledigung heimkehrt?«

Die Stimme, die zu den ersten Schritten gehörte, war Um Amans.

»Sei nicht beunruhigt, gute Dame. Wir sind die Beauftragten des Emirs Onan und wünschen ein Wort mit dir zu sprechen, nichts weiter.«

»Was könnten so hochgestellte Persönlichkeiten von mir wollen?« fragte sie. Ihre Stimme klang furchtsam, und unter ihrem Druck öffnete sich das Tor knarrend ein kleines Stück.

»Eigentlich ist es Aman Akbar, der Herr deines Hauses, mit dem wir reden wollen. Wir hätten uns schon früher an ihn gewendet, dort, wo er sich gewöhnlich aufhält, im Kaffeehaus des Basars, aber man hat ihn an keinem der Orte, wo er sonst seinen Geschäften nachgeht, gesehen.«

»Er hatte – hm – eilige Aufträge zu erledigen«, antwortete Um Aman. »Gewiß liegt er jetzt im Bett und schläft fest, wie jeder andere gute Mann. Soll ich ihm vielleicht eine Botschaft übermitteln?«

»Das kommt nicht in Frage. Aman Akbar muß die Antworten selbst geben.«

»Mein Sohn ist jetzt nicht zu sprechen, und ein Beamter, der einen so bedeutenden Mann zu dieser Stunde stört, täte gut daran, an seinen eigenen Posten zu denken. Mein Sohn ist nicht ohne Einfluß.«

»Du solltest lieber hoffen, daß er nicht ohne Geld ist, alte Frau. Es liegt da eine Kleinigkeit gegen ihn vor, wegen unbezahlter Grundsteuern und mindestens einer nicht registrierten Sklavin, der er in seinem Anwesen Unterschlupf gewährt.«

»Du mußt dich irren. Mein Sohn hat gar keine Sklavinnen.«

»Man hat sie gesehen.« Einen Augenblick war die Stimme undeutlich, während er sich im Flüsterton mit dem zweiten Mann beriet. »Was meinst du? Eine Nacht im Verlies für diese unverschämte alte Hexe, bis Seine Erhabenheit wieder mit ihrem einflußreichen Sohn zufrieden ist?«

Der Esel trat einen Schritt näher ans Tor, und es schwang auf, so daß Um Aman fast in den Garten gekippt wurde. Ich stieß das Tier beiseite, und es gelang mir, das Tor beinahe zuzubekommen, bevor der Beamte mehr als einen Fuß hineinsetzen konnte. Der Fuß wurde, was seinem Besitzer erhebliche Schmerzen verursachen mußte, eingequetscht, denn Amollia, Aster, Um Aman und der Esel kamen mir zu Hilfe, und wir hielten gemeinsam das Tor zu.

»Öffnet das Tor, sage ich! Aman Akbar, wenn du dort drinnen bist – der Emir befiehlt dir, dich vor ihm zu rechtfertigen!«

Aster machte sich plötzlich los, trat weit von der Tür zurück und sprach mit einer Stimme, die erheblich tiefer und kräftiger war als

die atemlosen Kleinmädchentöne, die sie bisher benutzt hatte, und die in mancher Hinsicht an Amans schmelzendes Timbre erinnerte: »Im Namen Gottes, was stört ihr einen Mann in seinem eigenen Hause? Meine schöne junge Frau ist krank, und ich habe sie die ganze lange Nacht gepflegt. Mein Freund, der Emir, kennt meinen guten Ruf, und – und – die Steuerzahlung ist bereits mit einem reitenden Boten auf dem Weg zu ihm. Er wird euren Übereifer mit Prügeln lohnen, wenn er erfährt, wie ungebührlich ihr meine Mutter behandelt habt.«
Ihre Worte ergriffen den Esel so, daß er beifällig grunzte. Plötzlich wurden im oberen Teil der Mauer bisher durch Zauber verborgene Speere sichtbar, eine stachlige Phalanx, wie von Bewaffneten gehalten. Es sah aus, als umklammerten Geisterhände sie, aber ich war inzwischen so wütend über alles, was hier vorging, daß ich einen solchen Speer herunterriß und die Spitze durch die Öffnung in der Tür stieß. Der Geist, der meinen Speer zuvor festgehalten hatte, war so vernünftig, dem Stoß Nachdruck zu verleihen, und die beiden Männer, die uns bedrängen wollten, waren nicht weniger einsichtig. Der Fuß wurde hastig zurückgezogen.
Auf der andern Seite der Mauer fand eine eilige Beratung statt. Mit klebrigster Stimme erklärte einer der Beamten: »Um Vergebung, Aman Akbar. Wir werden uns jetzt zunächst entfernen und nachsehen, ob dein Bote den Emir erreicht hat. Falls nicht, können wir sein Fortkommen vielleicht beschleunigen.«
»Allerdings«, knurrte Aster. Und zwei Paar Schritte marschierten in äußerst flotter Gangart wieder die Straße hinunter. Um Aman zeigte sich so dankbar, wie man von ihr erwarten konnte. »Wie kannst du es wagen, dich für meinen Sohn auszugeben?« fragte sie. »Wo ist er? Was habt ihr mit ihm gemacht, daß er nicht für sich selber sprechen kann?«
Amollia beachtete das Gekeif der Frau und die Zornesröte, die ihr ins Gesicht stieg, nicht weiter und legte ihr den Arm um die Schultern. »Alte Mutter, wir wissen nicht, wo Aman ist. Hast du bei deinen Freundinnen nichts von ihm gehört?«
Die Frau sackte leicht zusammen. Ihre Wangen schienen eingefal-

lener als vorher. »Kein Wort.« Dann flammte von neuem Zorn in ihren Augen auf, und sie schüttelte Amollias Arm ab. »Aber wie könnt ihr so tun, als sei er nicht hier? Der Zauber wirkt doch, und das tut er nur, wenn Aman in der Nähe ist.«

»Ich weiß nicht. Auch wir dachten, daß er hier wäre, aber wenn du ihn herbeischaffen kannst, so hast du mehr Geschick als wir alle«, gab Amollia vernünftig zurück. »Vielleicht hat er es so eingerichtet, daß der Zauber auch funktioniert, wenn er nicht da ist?«

Um Aman schüttelte verbissen den Kopf. »Das tut er nie. Bevor *ihr* kamt, war er ein paarmal die ganze Nacht weg, und wenn ich nicht damals darauf bestanden hätte, mein Kohlenbecken und meine Haushaltsgerätschaften aus unserer Hütte mitzunehmen, obwohl er mir versicherte, es wäre ganz unnötig, hätte ich hungern müssen. Er ist ein guter Junge, aber schwach in der Organisation von Einzelheiten. Zweifellos ist das auch der Grund, daß wir uns den Zorn des Emirs zugezogen haben. Hätte er mir doch nur etwas von den Steuern erzählt, dann hätte ich mich darum gekümmert, daß sie bezahlt wurden. Aber ihr habt jetzt – gelogen habt ihr, und wahrscheinlich werden sie kommen und uns alle ins Verlies werfen, und ich werde weder meinen Sohn noch das Tageslicht jemals wiedersehen!«

Bei diesen Worten schien der Esel wieder einmal durchzudrehen und brach in laute, heisere, ächzende IIII-AAAAS aus, bis wir uns die Ohren zuhalten mußten. Das Tier stieß wie wahnsinnig gegen die alte Frau, bis es sie in eine Ecke gedrängt hatte. Sie versuchte es fortzuprügeln, und ihre knotigen Finger überschütteten es mit einem Hagel von Schlägen. Kalimba fauchte sie an, und Amollia, die mit Asters und meiner Hilfe damit beschäftigt war, den Esel wegzuzerren, mußte jetzt auch noch die Katze bändigen.

Rein zufällig zog sie Kalimba dabei quer über die Beine des Esels weg, so daß die Krallen der Katze ihn kratzten. Aber anstatt daß die Erregung des Esels dadurch noch angestiegen wäre, schien ihn der Schock zur Besinnung zu bringen. Er wich von Um Aman zurück, schauderte ein letztes Mal zusammen und ließ es mit einer Fügsamkeit, die dafür sprach, daß sein Mut – oder auch sein Herz –

nun völlig gebrochen war, geschehen, daß ich ihn fortführte. Weil ich dachte, daß er von dem vielen Schreien sicher einen trockenen Hals bekommen hatte, brachte ich ihn wieder zum Teich. Er ging so traurig, daß mein Zorn dahinschmolz und ich ihn streichelte und milde zu ihm sprach. Er senkte den Kopf, um zu trinken, schüttelte ihn dann aber, als brächte er keinen Schluck hinunter, und schaute auf, wobei er mich aus der Tiefe seiner unglücklichen, verängstigten Augen ansah, die von einem vertrauten, schmelzenden Braun waren. Vielleicht hätte ich diese Augen schon früher erkannt – aber es fehlte darin an jeder Andeutung von Amans sonst so triumphierenden Zwinkern.

Das metallene Tier im Teich erkannte ihn besser. Als ihr Herr sich näherte, begann die Fontäne wieder zu sprühen, so toll und munter, daß die Tropfen bis zum Rand des Teichs spritzten. Die Flanken des Esels erzitterten und Amans traurige Augen sahen wieder aus seinem Eselsgesicht auf mich, und ich sank auf die Knie und umarmte ihn.

Auch Amollia und Aster eilten herbei, Amollia mit stolpernden Schritten und Aster mit den Worten »aber – aber – aber«, die sie wiederholte wie ein Papagei.

Um Aman erkannte die Ähnlichkeit zuerst nicht. Schließlich aber unterbrach sie ihre Empörung und das Murmeln von Verwünschungen lange genug, um ihn wirklich genau anzusehen und heulte dann, wie selbst sie noch nie geheult hatte: »Hexen! Mörderinnen! Was habt ihr mit meinem armen Sohn gemacht?«

IV

Eins muß ich Um Aman lassen. Wenn sie erst einen Entschluß gefaßt hat, ist sie eine Frau von Tatkraft. Gleich nach dem Morgengebet wurden Amollia, Aster und ich in Abayahs gewickelt und mit Aman Akbar, der neben uns hertrottete, durch die Straßen gezerrt. Es ging zum Tor der Dungverkäufer, durch eine Mauer und in einen Hof hinein, wo wir bald mitten in einer ganzen Schar von Um Amans Gevatterinnen standen und einer wildblickenden Frau zuschauten, die einen Schleier aus den eigenen, fettigen Haaren trug und sich in Zuckungen um ein armes, unglückliches Huhn wand.

Wir hatten ein persönliches Interesse an dem, was die Frau und das Huhn einander zu erzählen hatten, denn sie waren die Richterinnen des Weiberrats, den Um Aman einberufen hatte, über unser Schicksal zu entscheiden.

Ich hätte gedacht, es wäre ihr wichtiger gewesen, einen Weg zu finden, wie man Aman Akbar in einen Menschen zurückverwandeln oder wenigstens die Steuern bezahlen könnte, aber wie meistens, wenn irgend etwas schiefgeht, war es am vordringlichsten, einen Schuldigen zu finden. Und wie gewöhnlich mußte es am besten ein Außenseiter sein, oder mehrere – mit andern Worten, meine Mit-Gattinnen und ich. Amollia hatte wenigstens noch ihre Katze, die immer noch auf Aman Akbars Rücken hockte. Ein besonders schöner Teppich, den wir einfach mitgenommen und als improvisierte Satteldecke benutzt hatten, schützte ihn vor den Krallen. Amollia sah so gelassen und umgänglich aus, als nehme sie als geladener Gast an einem Festbankett teil, hielt sich aber nahe bei Aman Akbar und Kalimba. Asters Augen huschten von einer Frau und von einer Tür zur andern. Sie hatte die ganze Nacht fast pausenlos nervös auf uns eingeschwatzt, bis wir drohten, wir würden sie im Springbrunnen ersäufen, wenn sie nicht den Mund hielte. Ich hatte den Verdacht, daß Amollias Gelassenheit teilweise die Folge von Erschöpfung war. Keine von uns hatte ein Auge zugetan, vor lauter Angst, von Um Aman ermordet oder von den Steuereintreibern in die Verliese fortgeschafft zu werden.

Kurz bevor der Gebetsrufer sein erstes Lied sang, war Um Aman eine Weile weggegangen und dann mit den Abayahs zurückgekehrt. Mit einer Anzahl anderer Frauen und Kinder, von denen ich einige von Um Amans Fest her kannte, trafen wir bei der Versammlung ein. Nur wenige Augenblicke, nachdem wir uns an derjenigen Seite des Hauses niedergehockt hatten, die von den Dungfladenstapeln, die in den ersten Strahlen des Sonnenlichts trockneten, am weitesten entfernt war, tauchte ein zerlumpter Junge mit der Frau auf, die sich jetzt mit dem mageren Huhn beschäftigte.

Um Aman beriet sich kurz mit ihr und hielt dann eine Rede an die anderen, wobei sie Fragen und Erklärungen reichlich mit sämtlichen Floskeln über die Weisheit und Gnade ihres Gottes würzte.

Wir standen nicht eigentlich unter den anderen – niemand wollte sich in unserer Nähe aufhalten. Niemand sah uns direkt an, obwohl viele erstaunte, verwirrte und ängstliche Blicke Aman Akbar trafen. Bis ihre Mütter sie vertrieben, machten sich mehrere Kinder einen Spaß daraus, schnell hinzurennen, ihn zu berühren und sofort zurückzuspringen. Die Mütter streckten uns die Finger entgegen, um den bösen Blick abzuwehren, zwar nicht die gleichen Finger, die mein Volk gegen Dämonen einsetzt, aber offensichtlich zum gleichen Zweck. Über Nacht hatte man uns vom Ärgernis zur Bedrohung befördert.

Die Zuckungen der Frau mit dem Huhn waren augenscheinlich nur der Auftakt für ein bestimmtes Ritual, denn sie hielt plötzlich inne und kauerte sich im Staub nieder, zitternd in ihrem schweißdurchtränkten Gewand, das knöchellange Haar offen und dort, wo es den Boden gefegt hatte, von Schmutz verklebt. Das Huhn – eigentlich war es ein Hahn – pickte ungerührt neben ihrem Kopf herum. Lange Zeit hockte sie dort, mitten unter den andern, und die Frauen sprachen kaum ein Wort. Es schien, als ruhe sie sich nicht nur aus, sondern befände sich in einer Art Trance, die damit endete, daß ihr Arm jäh nach vorn schoß und den unglücklichen Hahn am Hals packte.

Das war das Signal für ein paar andere Frauen, auf allem herumzutrommeln, das ihnen unter die Finger kam: der Fußboden, umgedrehte Wasserkrüge, Kinder. Die Verzückte wand sich auf die Füße und begann, das flatternde Geflügel in der Hand, die Bewegungen ihrer Beute nachzuahmen, das Ganze im Takt des improvisierten Getrommels. Es blieb übrigens keine Solodarbietung. Mittendrin standen auch andere Frauen einmal oder auch öfter auf und folgten ihren Verdrehungen oder erfanden selber welche, meistens mit viel Zucken und Flattern. Manche dieser Verrenkungen von Kopf, Bauch, Armen und Oberkörper wirkten unglaublich knochenlos. Aber dafür machten die Grundschritte keinen sonderlich schwierigen Eindruck, und diejenigen Frauen, die weder tanzten noch trommelten, gaben einen unheimlichen, trillernden Schrei von sich, der mit dem des Gebetsrufers wetteiferte, und klatschten in einem komplizierten Kontrapunkt zu den Trommelschlägen in die Hände. Doch wenn auch die anderen Tänzerinnen den ganzen Morgen hindurch aufstanden, tanzten und wieder niedersanken, zeigte die Frau in der Mitte doch nach und nach, daß ihre Kraft etwas besonderes war, denn ihr Tanzen ging fort und fort, und sie tötete den Hahn erst ganz zum Schluß wirklich.

Wahrscheinlich endet das Ritual sonst wohl anders. Aber Amollia liebt das Tanzen und die Katze Hühner. Auch Amollias Volk entscheidet zahlreiche Dinge von Bedeutung durch einen Tanz. Mehr als Aster oder ich benahm Amollia sich während der Zeremonie so feierlich und respektvoll, wie es sich gebührte. Aber als der Tag fortschritt, die Hitze zunahm und der Rhythmus der Trommeln und der Hände uns im Schädel dröhnte, das Trillern hoch und klagend gellte und das Haar der Schamanin in der Musik knatterte wie ein Banner, wurden Amollias Augen glasig. Ihre Hände zuckten bis an die Schultern, eine Bewegung, die sich über den ganzen Leib fortsetzte, und bald begannen auch die Füße sich zu regen. Bevor ich recht begriff, was sie vorhatte, stand sie mittendrin und tanzte mit den andern. Die Vortänzerin versuchte sofort, die Situation zu retten. Hastig brach sie dem Hahn das

Genick, die Trommeln schwiegen und Amollia wankte, noch immer verwirrt blickend, in unsere Ecke zurück. Die andern sahen entsetzt aus.
Die Vortänzerin schleuderte den Hahn auf die Erde und riß ihm die Eingeweide heraus, wischte dann das Messer, das sie dazu benutzt hatte, am Rock ab und legte es beiseite. Mit Bewegungen, die sie unzweifelhaft von den Geistern gelernt hatte, mit denen sie gerade Zwiesprache hielt, schlug sie die Augen auf und streckte die Hände in die Höhe, um sie dann wieder in den Hahn zu versenken. Sie war zu langsam. Kalimba, ein gefleckter Blitz, sprang von Aman Akbars Rücken, packte den Hahn und zog sich damit zwischen die Hufe unseres Gatten zurück, um den Leckerbissen, komplett mit dazugehörigen Weissagungen, in Ruhe zu genießen.
Irgend jemand schrie auf. Asters Fuß schoß vor, und Um Aman, die sich, Dolch in der Hand, auf die Katze stürzen wollte, lag flach auf der Erde. Ich zerrte Amollia mit und wir setzten uns vor Aman Akbar, um die Katze vor der Menge zu schützen. Ich zog mein eigenes Messer und machte mich bereit, mich gegen die Weiber zu verteidigen, die den Tod des Hahns als Signal für unseren Tod zu betrachten schienen.
Glücklicherweise sah die Schamanin es anders.
»In Gottes Namen, laßt ab. Dies ist ein heiliges Tier, und auch die schwarze Frau ist ein Gefäß der Heiligkeit. Habt ihr nicht gesehen, wie die Geister in sie eindrangen?«
Hätte nicht eine Freundin Um Aman gestützt, würde ein Hauch genügt haben, sie umzuwerfen, so schockiert sah sie aus. »Heilig? Aber jedermann sieht doch, daß sie und die andern vom Bösen besessen sind!«
Die Tänzerin richtete sich auf, das Haar wirr und schmutzig, ihr Gesicht, soweit überhaupt erkennbar, staubverkrustet und mit Hühnerblut beschmiert. Ihre Würde war unleugbar. »Willst du mit einer Seherin streiten?«
»Nein, nein, Gott möge mir vergeben. Aber dies ist die *Frau*«, – und sie sprach das Wort tatsächlich noch giftiger aus als sonst ih-

ren Lieblingsausdruck *Schlampe* –, »die meinen Sohn von seiner wahren Braut fortgelockt hat.«

»Und die Blasse dort mit dem Messer? Und die kleine Maid daneben?«

»Andere, fremde *Frauen*, die ihn verlockt ...«

»Die deinen Sohn verlockt haben, das Mädchen im Stich zu lassen, das du ihm ausgesucht hattest?«

»Ja, bis ich ihm, Gott sei gepriesen, klarmachen konnte, wo seine Pflicht lag.«

»Und wann war das?«

»Letzte Nacht.«

»Und wann wurde er zum Esel?«

»Letzte Nacht ...« Sie verstummte.

»Aiyeeah! Du nennst dich eine Gläubige und kannst doch nicht annehmen, was so deutlich geschrieben steht? Nur durch das Mitleid unseres allbarmherzigen Gottes sind dir diese gesegneten Gefäße großer Heiligkeit anvertraut worden, ebenso diese Katze, die ihnen helfen wird, das Böse, das deinen Sohn befallen hat, so sicher zu verschlingen, wie sie den Hahn gefressen hat. Diese Frauen würden deinen Sohn vor eben dem Übel, dem du ihn in die Arme getrieben hast, beschützt haben.«

»Aber sie sind nicht einmal Rechtgläubige!« protestierte Um Aman.

»Hat man sie unterrichtet?«

»Nein. Es war keine Zeit dazu.«

»Wie kannst du sie dann verurteilen? Du hast in deiner Pflicht ihnen und deinem Sohn gegenüber versagt; dennoch aber scheint Gott dir günstig gesinnt zu sein. Mißbrauche seine Gnade nicht!« Und damit klatschte die Frau in die Hände, und die Gastgeberin brachte eine Schüssel mit Wasser, in der sich zuerst die Tänzerin und dann alle anderen Frauen vor dem Mittagsgebet wuschen. Zwei Frauen mit beinernen Kämmen traten vor, um der Tänzerin dabei zu helfen, ihr Haar in Ordnung zu bringen. Sie schob es mit beiden Händen zurück und begann sich das Gesicht zu waschen, während die Frauen an den wirren Strähnen zupften. Sobald ich ihr Gesicht sah, mußte ich meinen Blick angestrengt abwenden. Denn obwohl sie mich bestimmt sofort beim Betreten des Hofs erkannt hatte, nahm ich sie erst jetzt wirklich deutlich wahr und merkte, daß es die Frau war, wegen der ich den Bewaffneten niedergeschlagen hatte.

Wir aßen bei unserer Gastgeberin, einer Witwe, in deren Haus es keine Männer gab, um die sie sich kümmern mußte. Am späten Nachmittag brachen wir nach Hause auf. Unterwegs kaufte Um Aman für ein paar Münzen Eßwaren ein, für den Fall, daß Aman Akbar dem Zauber des Palastes nur Speisen entlocken könnte, die für seinen neuen Körper geeignet waren.

Wir hätten uns nicht zu beeilen brauchen, denn als wir ankamen, fanden wir die Tore vor uns verrammelt und mit dem Siegel des Emirs zugeklebt. Um Aman brach erneut in Tränen aus, und Aman brüllte kläglich. Nach einer Weile wischte sich Um Aman das Gesicht am Ärmel ab und schniefte abschließend. »Und diese Frau hat noch gesagt, Gott wäre gnädig. Was weiß sie davon? Mein Sohn ein Esel, das Tor meines Hauses vor mir versperrt, drei neue Mäuler zu stopfen, und wir alle bettelarm.«

»Pssst«, zischte Aster, deren Augen über dem Schleier ruhelos von rechts nach links wanderten. »Es könnten Wächter in der Nähe sein. Vielleicht sind wir Bettler, aber du und ich, alte Mutter, sind schon früher Bettler gewesen, stimmt es? Sei froh, daß wir am Leben und frei sind – vorläufig.«

Wenn auch Asters Worte nicht direkt dazu führten, daß Um Aman vor Freude zu strahlen begann, so verschwand doch zumindest ein Teil des Schmerzes aus den Augen der Alten.

»Vielleicht könnten wir mit diesem Emir oder sogar mit seinen Frauen sprechen«, meinte Amollia. »Schließlich ist er der Herrscher und muß Gerechtigkeit üben. Bestimmt wird er einsehen, wie unrecht es ist, uns alles wegzunehmen, wenn ...« Sie hielt inne, als Um Aman und Aster ihr mitleidige Blicke zuwarfen. »Nein, vielleicht sieht er es doch nicht ein.«

Wir machten uns von dannen, ehe der Emir außer unserm Haus

auch noch uns selbst beschlagnahmen konnte. Selbst in Abayahs ist eine Gruppe von vier Frauen mit einem Esel und einer exotischen Katze nicht gerade eine unauffällige Gesellschaft. Die Witwe begrüßte uns mit gutem Anstand und erklärte, daß sie es ohnehin haßte, ganz allein zu essen.

Wir brachten die wenigen Einkäufe, die wir auf dem Markt getätigt hatten, mit und entrichteten damit unseren Anteil für den Abend. Aber an der Art, wie unsere Gastgeberin alles zusammenkratzte und die Kinder zum Borgen wegschickte, während sie die Abendmahlzeit zubereitete, und an der geringen Menge von Kuskus und Brot, die sie uns trotz unserer zusätzlichen Beisteuer vorsetzen konnte, war klar zu erkennen, daß sie sich Gäste, die zweimal am Tag auftauchten, schlecht leisten konnte.

Um Aman sah aus, als würde sie gleich wieder losheulen. »Ein vorzügliches Essen, Sheda. Ich konnte nie solchen Kuskus machen wie du.«

»Ach, Samira, er ist mit deinem überhaupt nicht zu vergleichen. Und wenn ich an die andern Delikatessen denke, die wir neulich bei dir bekommen haben!« Sie schmatzte anerkennend mit den Lippen, aber ihre Augen waren voller Sorge, als sie auf ihre Kinder blickte.

Hier konnten wir nicht bleiben.

Sie breitete Matten für uns auf dem Boden aus und ließ nicht zu, daß Aman Akbar anderswo als bei den Kindern schlief. Aber als alles still war, erhob unser Gatte sich in seiner neuen, trittsicheren Art, zog mit den Zähnen den Türvorhang auf und wanderte mit tiefgesenktem Kopf hinaus auf den Hof. Amollia, von der ich gedacht hatte, sie schliefe, stand sofort auf und folgte ihm.

Auch wenn ich fand, daß es sinnlos ist, sich ein Bett zu leihen, wenn man dann nicht darin schläft, und obwohl ich mehr als nur leicht ermüdet war, konnte ich genausowenig schlafen wie sie und schlich hinaus, um mich zu ihnen zu stellen. Wir sprachen nicht miteinander, aber nach wenigen Augenblicken stieß auch Um Aman zu uns, mit einiger Verspätung gefolgt von Aster, die ihrem

Aussehen nach geschlafen hatte, sich aber offenbar nichts entgehen lassen wollte.
»Irgendwie müssen wir ihn befreien«, erklärte Amollia leise und streichelte Amans Ohren.
»Das ist leicht gesagt, o Gesegnete«, erwiderte Um Aman und betonte das letzte Wort nicht ohne Bosheit. »Aber wie? Wir können uns nicht einmal etwas zu essen kaufen, und Sheda kann noch Nachteile davon haben, daß sie uns dieses bißchen Schutz geboten hat. Und wenn man uns ergreift, gibt es für Aman Akbar keine Hoffnung. Ach, ich hatte schon so eine Ahnung, daß der Emir dir nicht glauben würde«, jammerte sie – leise, um die Familie ihrer Freundin nicht aufzuwecken – in Asters Richtung. »Ich hätte mir die Zeit nehmen sollen, den Beutel mit Goldmünzen auszugraben. Aman hat sie mir geschenkt, um mir eine Halskette daraus machen zu lassen. Dann hätten wir wenigstens genug zu essen und könnten irgendeinen kleinen Handel anfangen, solange wir nach einem Weg suchen, ihn zu befreien.«
Aster biß sich auf die Lippen, und ich hätte die Alte für diese Nachlässigkeit am liebsten geohrfeigt – schließlich hatte von uns andern keine einen Beutel mit Gold, den sie hätte vergessen können.
Aber Aster schob das Kinn vor und kratzte sich nachdenklich an der Nase. Schließlich erkundigte sie sich: »Du hättest den Beutel ausbuddeln müssen, ja? Das bedeutet, nehme ich an, daß er vergraben ist?«
»Warum sollte ich ihn sonst ausgraben müssen?«
»Was ich sagen wollte, ehrwürdige Mutter, ist, daß er wahrscheinlich dort vergraben ist, wo die Steuereinnehmer ihn kaum finden werden. Stimmt das?«
»Wenn sie mir das Versteck nicht aus dem Kopf stehlen können, ja.«
»Was aber hindert uns dann daran, ihn wieder auszugraben?«
»Nichts als die verrammelten Tore und das Siegel des Emirs und die Gartenmauer«, gab die alte Dame zurück. Man hätte schier glauben können, sie *wollte* ihr Gold nicht wiederhaben.

V

Wir schlängelten uns durch Nebenstraßen, die Um Aman kannte, um die Wachen zu umgehen, die der Emir möglicherweise am Tor postiert hatte. Aster war recht behende, aber zu klein, um den oberen Rand der Mauer zu erreichen, selbst wenn sie sich auf Amans Rücken stellte. Amollia dagegen sprang ohne Schwierigkeiten hinauf, obwohl sie damit Um Aman schockierte, weil sie nämlich die Röcke ihrer Abayah bis weit übers Knie aufschürzte. Als sie und Aster sicher oben auf der Mauer angekommen waren, konnten sie Um Aman behilflich sein, der ich von hinten noch einen kräftigen Schubs geben mußte, ehe ich mich dann selbst den andern anschließen konnte.

Während Um Aman ihren eigenen Gemächern zustrebte, eilten wir wortlos in die unsrigen. Amollias Teil des Palastes lag dem Um Amans am nächsten, aber ihr Abstecher in die bisherigen Gemächer war nur kurz, denn bevor Aster und ich noch ihren Garten durchquert hatten, kam sie durch den Säulengang herausgerannt und schüttelte den Kopf. »Alles ausgeräumt, bis hin zum Perlvorhang! Sie haben alles mitgenommen.«

Aber sie hatten es nicht weit fortgeschafft.

Das metallene Springbrunnentier lag tot im Gras, und seine Fontäne war für immer verstummt. Neben, hinter und über ihm, hoch aufgetürmt, dort, wo sich noch vor kurzem die kühlen Fluten gekräuselt hatten, war die gesamte Einrichtung des Palastes aufgestapelt, ein Berg von Schätzen: Teppiche, Kissen, Kochtöpfe, halb geschmolzene Wachskerzen, goldener und silberner Zierat. Hier und dort funkelte ein Edelstein im Licht der Sterne, und mitten darauf hockte der Djinn. Der Rauch seiner nicht vorhandenen unteren Extremitäten, mit dessen Fäden die Brise spielte, warf unheimlich schwankende Schatten über den Hof. Er sah ungemein verdrießlich aus, als verursache der Überfluß von Reichtum, auf dem er saß, ihm Magengrimmen.

Aster rief ihn an, als wäre es mitten am Tag und mitten in einer

Stadt, in der sie nicht zu befürchten brauchte, daß man sie ins Verlies werfen würde, wenn jemand sie hörte. »Alter Onkel, wie froh sind wir, dich zu sehen! Jetzt, da du zurückgekehrt bist, sind wir in Sicherheit und du kannst uns helfen, unserm Gatten seine wahre Gestalt zurückzugeben.«

Der Djinn schüttelte den Kopf. »Im Gegenteil, edle Dame. Es ist vielmehr meine traurige Pflicht, die Schätze, die ich deinem Gatten, meinem früheren Gebieter, verliehen habe, einzuziehen und sein Anwesen der gesamten Ausstattung zu berauben, um mit ihr den Glanz meines jetzigen Herrn zu mehren.«

»Ist das die Art, wie Leute wie du auf Ehre halten?« fragte ich. »Eher solltest du sterben, als deinen Herrn im Stich zu lassen, wenn er ins Elend gekommen ist; mit deinem Leben solltest du ihn verteidigen, anstatt sich auf sein Eigentum zu stürzen wie eine Aaskrähe.«

»Du begreifst nur sehr wenig von den Feinheiten der Situation, o Blaßgesichtige«, versetzte der Djinn und hob dabei hochmütig alle seine Kinne. »Erstens einmal sind die Wege meines Volkes nicht die Wege des deinen, wofür Gott in seiner Gnade und unendlichen Weisheit gepriesen sei. Mein Leben währt ewig, und niemand kann es mir nehmen, solange meine Seele in ihrer versiegelten Flasche unversehrt bleibt. Wer immer aber diese Flasche in seinem Besitz hat, wird zwangsläufig mein Gebieter, dem ich gehorchen muß, ob ich will oder nicht.«

»Und wer ist es, der deine Seele jetzt in seiner Gewalt hat, o Dämon, und so grausam unser Heim von dir verlangt, wiewohl ihm doch deine ganze Zauberkraft zu Gebote steht?«

»WEHE – wehe um meinet- und um deinetwillen, Weib – kein anderer als der Emir befiehlt jetzt über mich, er, dem die schöne Hyaganusch gehört, das Verderben deines Gatten.«

»Wenn das stimmt, so ist sie unser aller Verderben«, stellte Amollia fest. »Willst du damit sagen, daß Amans eigene Base ihn an den Emir verraten hat?«

»O nein, ebenholzschwarze Herrin. Vielmehr verbarg sie ihn vor dem Emir, indem sie ihn von mir in einen Esel verwandeln ließ.

Der Emir hätte sich nicht die Mühe gemacht, einen Wunsch zu verschwenden, sondern hätte mit deinem Gatten auf andere Weise abgerechnet.« Er strich sich mit dem Finger bedeutsam über das unterste Kinn.

»Wenn sie es ist, die aus meinem Gatten einen Esel gemacht hat, warum sagst du dann, der Emir sei dein Herr? Ich möchte glauben, daß du zu lange in deiner Flasche gesteckt hast«, warf Aster ein. »Im nächsten Leben mußt du wirklich beten, daß du etwas weniger Einsiedlerisches wirst.«

»In *diesem* Leben jedenfalls hoffe ich, in Zukunft nichts mehr mit Frauen zu tun zu haben, deren Mund so voller Worte ist wie die Wüste voll Sandkörner«, versetzte der Djinn knapp, stieß dann einen Seufzer aus und faltete die Arme über dem Bauch. »Jetzt aber hört mir zu und laßt euch erleuchten, und vielleicht kann man diese Geschichte dann überall weitererzählen – eine Lektion über die Treulosigkeit der Frauen für jedermann. So nämlich ist es geschehen, und solltet ihr anderen davon berichten, so seid so gütig, dem die Ehre zu geben, dem sie gebührt, indem ihr immer sagt, dies sei« – und er schrieb die Überschrift in feurigen Worten in die Luft über unseren Köpfen, so daß wir seine Absicht nicht mißverstehen konnten ...

Die Geschichte des Djinns.

Es begab sich aber, daß mein Gebieter seinen Harem, der von exotischen und fremdartigen Frauen so voll war wie ein Zoo von seltenen Tieren, dadurch vervollständigen wollte, daß er ihn um den veredelnden Einfluß einer Jungfrau bereicherte, die seine Mutter für ihn erwählt hatte, einer wunderschönen Anhängerin des wahren Glaubens, die, wie es sich geziemte, von väterlicher Seite her seine Base war.

Da nun aber diese Base von großer Schönheit und niedriger Geburt war, hatte sie bereits der Emir der Stadt bemerkt und für sich selbst erkoren, der einzige Mann, der ebenso reich war wie Aman

Akbar und, bedauerlich für meinen armen Herrn, weit mächtiger. Denn nicht Reichtum allein schafft Macht. Vielmehr ist es das Wissen, wie man seinen Reichtum dazu nutzt, anderen den eigenen Willen aufzuzwingen, durch das ein Mann mächtig wird, und darin war der Emir bei weitem geschickter als sein Rivale. In anderer Hinsicht allerdings war Aman Akbar klüger, denn er hatte seinen Reichtum dadurch errungen, daß er den Emir und alle seine Männer überlistet und vor ihnen die Flasche entdeckt hatte, die den erhabenen, zauberkräftigen Djinn enthielt, den Erzähler dieser Geschichte.

Zum Glück für Aman Akbar war der Emir nie ganz sicher, wer ihn bei der Flasche betrogen hatte und wußte auch nicht, daß das entzückende Landmädchen, das er in seinen Haushalt aufgenommen hatte, die Angebetete eben dieses Betrügers war. Diese beiden Tatsachen waren jedoch Aman Akbar nur zu wohl bekannt, und er übersah klugerweise auch die Torheit eines Versuchs, seinem mächtigen Rivalen einen zweiten Schatz zu rauben. Ich glaube, daß er sich deshalb auch mit seinen ausländischen Damen zufriedengab und diejenige zu vergessen suchte, die nach der Überzeugung seiner Mutter seine einzig wahre Braut war. Aber am Ende siegten doch Mut und Sohnespflicht über Weisheit und gesunden Menschenverstand, wie in so vielen ähnlichen Geschichten, und er zog aus, um die schöne Hyaganusch zu erringen.

Zu diesem Zwecke wanderte er zum Palaste des Emirs, so unauffällig wie ein beliebiger Bürger, der einen Spaziergang macht. Bei sich trug er den wundertätigen Djinn – also mich – in seiner Flasche. Indem er zu Fuß ging und nicht flog, wie es dem Gebieter eines so mächtigen Wesens – also mir – eigentlich angestanden hätte, vermied er es, die Aufmerksamkeit jener auf sich zu lenken, die, wenn man das Fehlen des Mädchens entdeckte, sofort gesagt hätten, ›ach ja, ich habe gesehen, wie Aman Akbar und ein Djinn auf einem Zauberteppich zum Palast des Emirs flogen, ganz kurz bevor das Mädchen verschwand‹. Ich denke mir, daß er sich nicht gänzlich sicher war, mich davon überzeugen zu können, sein Begehren, Hyaganusch für seinen Harem zu gewinnen, noch als Teil seines dritten Wunsches anzuerkennen, so daß er beabsichtigte, den Versuch zu machen, sie – wenn ich mich weigerte – ohne meine Hilfe zu erobern. Aber ich weigerte mich nicht, denn in der Formulierung seiner Wünsche war er äußerst listenreich gewesen, so daß jeder einzelne Wunsch mehrere Zusatzwünsche enthielt, denen ich nachkommen mußte, um den Hauptwunsch zu erfüllen.

Als er sich zum Beispiel Reichtum wünschte, schloß er in diesen Wunsch auch Wünsche über die Beschaffenheit dieses Reichtums ein, nicht nur hinsichtlich der Ausstattung seines Palastes, der Juwelen für seine Gattinnen, schönen Kleider, Gold- und Silbermünzen für seine Schatzkammer – was den meisten genug gewesen wäre –, sondern er verlangte darüber hinaus auch Reichtum an Wissen und gewann durch meinen Zauber das Interesse weiser Männer, die ihn in den Lehren der Geschichte und der Gesetze unterwiesen. Als er sich den Palast wünschte, schloß er dabei den Zauber ein, der ihn betreute, denn er wollte keine Dienerschaft, die seinen Reichtum minderte. Und ebenso wollte er, als er sich einen Harem wünschte, die Frauen einzeln und persönlich auswählen und nahm in seinen Wunsch auf, wie er sie sich vorstellte. Ein gescheiter Mann, wie ich schon erwähnt habe, aber, wie sich dann herausstellte, nicht gescheit genug.

Ich hatte ihn bereits gewarnt, daß die Frau aus dem Reich der Mitte die Erfüllung des letzten Teils seines letzten Wunschs bedeutete, denn ich war der Auffassung, daß mit ihr sein Harem komplett wäre. Welcher Mann, der seinen Verstand beisammen hat, würde sich mit noch mehr Frauen belasten? Aber da das Gesetz einem Mann vier Frauen gestattet und ich, als sein Glaubensbruder, auch wollte, daß er sich wenigstens einer wirklich passenden Gemahlin erfreute, schlossen wir einen Vergleich. Ich erklärte mich einverstanden, ihm wenigstens bis in das Gemach des Mädchens zu verhelfen, damit er dort seine eigenen Überredungskünste einsetzen konnte, um sie für sich zu gewinnen.

Indem ich ihm aus Freundlichkeit meine eindrucksvollste Art des Erscheinens gewährte – die auch für das Passieren von Gitterfen-

stern vorteilhafter ist als die Standardausführung per Teppich – ließ ich ihn mit einer Rauchwolke ins Zimmer hineinschweben; man hatte ihr den Raum ihrer Schönheit wegen allein gegeben, bis der Emir Zeit finden würde, ihr seine – äh – Gnade zuzuwenden. Als mein Rauch verschwand, beobachtete ich das weitere aus meiner Flasche. Und ach, trotz allem muß ich sagen, daß ihre Schönheit selbst die Unannehmlichkeiten wert ist, die mein armer, früherer Gebieter und ich uns zuzogen!
Denn ihr Haar war schwarz wie die Nacht, ihre Haut strahlend wie das Licht, ihre Brüste ...«

»... die Wonne jedes Lüstlings?« half Aster ihm weiter. »Zur Sache, alter Onkel. Wir Frauen lassen uns von den Reizen anderer Frauen wenig beeindrucken, und die Vorzüge dieser Rivalin interessieren uns schon gar nicht, sofern sie für den Untergang unseres Gemahls nicht von unmittelbarer Bedeutung sind.«
»Das ist das Elend mit den Ungläubigen«, beschwerte sich der Djinn. »Kein Gefühl für Poesie. Unzweifelhaft lag es daran, daß mein Gebieter schon so lange keine gutaussehende Frau mehr erblickt hatte, daß seine sonst so geschmeidige Zunge stockte, und bevor er ihrer wieder mächtig war, stieß das Mädchen einen süßverschämten Protestschrei aus ...«
Ich verzichtete auf die Bemerkung, daß ich ein Quietschen gehört hatte, das ganz und gar nicht süß-verschämt geklungen hatte.

»Mein Gebieter und ich eilten auf sie zu, um sie zu umarmen, ihre Furcht zu beruhigen und sie vor allem daran zu hindern, die Palastwache herbeizurufen – das alles mit einer einzigen, gebieterischen und zugleich ausdrucksvollen Gebärde.
Als Aman seine Lippen von den ihren löste, schrie sie nicht, sondern verlangte, wie es einem Mädchen ihres Standes geziemt, zunächst weitere Angaben. ›Wofür hältst du dich eigentlich, daß du hier ...‹, begann sie. Dann aber, als sie ihren treuen Liebsten und vorbestimmten Gatten sah, stöhnte sie auf, vermutlich vor Entzücken, und fragte: ›Aman, bist du es?‹ Und als er antwortete, er

wäre es in der Tat, hauchte sie: ›Da fällt mir aber ein Stein vom Herzen – wenigstens bleibt es in der Familie. Und was hast du da im Gürtel? Es drückt einem ja ein Loch in die Rippen!‹

Schnell entfernte mein Herr den störenden Gegenstand, bei dem es sich, wie ihr euch vielleicht schon denken könnt, um meine Flasche handelte, und streckte ihn ihr spontan entgegen. ›Das – das habe ich dir mitgebracht, meine Geliebte. Ein Hochzeitsgeschenk.‹ Der Schlingel! Wenn er schon nicht länger über meine Dienste verfügen konnte, so wollte er doch noch Nutzen aus mir ziehen: zuerst, indem er mit meiner Hilfe diese unvergleichliche Schönheit eroberte, und dann, indem er sie als treue und liebevolle Gattin von mir herbeiwünschen ließ, was ihnen beiden nötig und vorteilhaft war.

Das sanfte Geschöpf war jedoch wenig beeindruckt und hielt meine Flasche zwischen Daumen und Zeigefinger so von sich ab, daß ich fürchtete, sie könnte ihr zerbrechen. ›Danke, Vetter – sie ist – äh – recht nett. Gehen wir doch in den Garten, dann pflücke ich gleich ein paar Blumen dafür.‹ Und ehe er es verhindern konnte, hüpfte sie leichtfüßig wie eine Gazelle an ihm vorüber und war schon im Garten, als sich zu allseitigem Verdruß Schritte hören ließen, verbunden mit der Stimme des Emirs. ›O Hyaganusch‹, rief er, ›Hyaganuuuuusch, meine kleine Mohnkapsel, mein kleines ... !‹ Nein, ich will Abstand davon nehmen, dieses Wort zu wiederholen, denn ihr Frauen habt mir ja bereits erklärt, daß ihr auf eine Aufzählung der Reize eurer Rivalin wenig Wert legt.Natürlich war das Mädchen in großer Angst, denn wenn man sie erwischte, hätte es für sie und meinen törichten Herrn den Tod bedeutet.

›Aman, du bist doch ein Riesenesel! Was ist, wenn ...‹ und während er, von Panik ergriffen, an ihr vorbeisauste, fiel sie die letzte Treppenstufe zum Garten hinunter. Dabei wurde der Korken, der lose in meiner Flasche saß, herausgeschleudert, und ich erschien und erfüllte ihren Wunsch.«

»Djinn, du bist recht durchtrieben«, sagte Amollia und drohte ihm mit dem Finger. »Das war kein Wunsch, sondern nur ein Versehen, und deshalb hast du Aman Akbar gleich verzaubert?«

»Herrin, es war der Wunsch des Mädchens, sonst hätte sie es nicht gesagt. Wenn sich jemand in dieser Form äußert und dabei meine Flasche aufmacht, wer bin ich, daß ich erst nachfragen dürfte, wie er es gemeint hat? Und ich habe auch noch nie jemanden gesehen, der so erleichtert war wie sie, als aus Aman Akbar – just als der Emir hereinkam – ein Esel wurde. Inzwischen saß ich wieder wohlbehalten in meiner Flasche. Ich glaube nicht, daß das überraschte Mädchen, das bei dem Gedanken, ertappt zu werden, vor Angst zitterte, überhaupt begriff, was sich abgespielt hatte oder welcher Wohltäter sie und ihren Vetter vor dem Grimm ihres Gebieters bewahrt hatte. Bitte beachtet, daß ich bei der Aufzählung ihrer Eigenschaften, bevor ihr mich so gröblich unterbracht, keinen Augenblick davon gesprochen habe, sie wäre von überragend hellem Verstande.
Im Gegensatz dazu ist jedoch der Emir von sehr schneller Auffassungsgabe und wollte sofort von ihr wissen, was sie hier tat und warum sie ihre zarten Lungen den Gefahren der Nachtluft aussetzte, wem das Tier dort im Garten gehörte und woher sie die Flasche hatte. Schamhaft schlug sie die Augen nieder und reichte ihm die Flasche, wobei sie ihm mit der freien Hand Hals und Oberkörper liebkoste. ›O mein Herr und Gebieter, wie erleichtert bin ich über deinen Anblick!‹ rief sie aus und hob bewundernd den Blick zu ihm auf. Dabei flatterten ihre Wimpern so heftig, als bewegte sie ein Schirokko. ›Sieh nur! Irgend jemand hat dieses Tier in deinen Garten gelassen! Ich vernahm ein Geräusch und schaute aus dem Fenster. Da sah ich dieses Tier, das in deinen Rosen stand, sie beschmutzte und abfraß. Ich dachte nur an den Schaden für dich und eilte hinab, um es zu verjagen.‹ Und der Emir tat so, als sei er von ihren Worten überzeugt und antwortete: ›Mein tapferer Liebling!‹, worauf die Dame fortfuhr: ›Aber es wollte mir nicht folgen, und so sah ich mich nach etwas um, das

ich ihm nachwerfen könnte; da fand ich auf der Erde diese alte Flasche. Vielleicht hat das Tier sie unter irgendeinem Gebüsch hervorgescharrt.‹

›Eine Flasche in meinem Gebüsch? Ich werde den Gärtner auspeitschen lassen!‹ sagte der Emir.

Aber während er diese Drohung ausstieß, beugte er sich über den zierlichen Fuß des Mädchens, hob meinen Korken vom Boden auf und bannte mich damit in die Flasche. Ich hätte sonst nicht umhin gekonnt, irgendeinen Gärtner für ihn zu verprügeln. Er – den Emir meine ich; von dem Gärtner weiß ich nichts – ist ein der geheimen Künste nicht unkundiger Mann, der genau wußte, was ihm seine Konkubine da in die Hände gegeben hatte, sobald er nur das Siegel Salomonis auf dem Korken erblickte.«

»So hältst du dich nun bei dem reichsten und mächtigsten Mann und nicht nur mehr bei *einem* der reichsten Männer auf, und unser Aman trägt einen Eselsschwanz!« kommentierte Aster. »Ich vermute, daß du glücklich darüber bist – mögest du in deinem nächsten Leben ein Wurm inmitten von Dung sein.«

»Du tust mir unrecht, o niedriggeborene Prinzessin«, versetzte der Djinn und schaute fast so bekümmert drein wie Aman. »Denn so unordentlich auch das Hauswesen deines Gatten war, so war es doch weit vergnüglicher als meine jetzige Stellung; und in einem so langen Leben wie dem meinen ist Amüsantes nicht leicht zu finden. Dieser mein neuer Gebieter mag ein Fürst sein, aber er gewährt mir weder Reisen in ferne Klimazonen, um dort seltene Arten häßlicher ausländischer Frauen aufzutreiben, noch gestattet er mir, ihm mit meinen Zauberkünsten den Haushalt zu führen und zieht altmodische und prosaische Methoden vor. In der Tat zeigt er wenig Anerkennung für meine Fähigkeiten, so sehr er sie zuvor auch begehrt hat; vielmehr scheint er sich vor allem darüber zu freuen, daß er sie jemand anderm geraubt hat. Er ist nicht nur reich, sondern hat auch, wie ich vermute, Zugang zu anderen Quellen der Magie, sonst würde er die meinige nicht so gering schätzen. Während dein Gatte am Einsatz meiner Geschicklichkeit größte Freude hatte, stellt dieser Mann meine Flasche in eine Wandnische, um meine Macht irgendwann einmal zu verschleudern wie eine geringe Silbermünze. Die einzige Aufgabe, die er mir gestellt hat, ist, den Besitz eures Gatten für ihn einzuziehen, denn wenn er auch nicht ahnt, daß Aman der Esel ist, so weiß er doch, daß Aman verschwunden und seine Familie hilflos ist: darum hat er die neue Steuer eigens dazu ersonnen, den Emporkömmling zu vernichten, dessen Ruhm den seinen zu verdunkeln drohte.

Stellt euch vor! Mich! Eines der mächtigsten Wesen des Kosmos zum Steuereintreiber herabgewürdigt! Aber so ist es, der Wille meines neuen Gebieters hat mich so erniedrigt, und vor euch seht ihr die Früchte meiner Arbeit, auf denen ich mich nur gerade kurz ausgeruht hatte, als ihr mich fandet. Und auf dem Tor klebt sein Siegel, ebenfalls nach seinem Willen, und darum muß ich, so sehr es mich bekümmert, euch zurufen: ›Haut ab!‹ und ›Von hinnen!‹«

»Einen Augenblick, Dämon«, warf ich ein. »Wenn du wirklich unserem Gatten noch Zuneigung entgegenbringst, so sage uns doch: Was hindert uns daran, diese Hyaganusch zu finden und zu überreden, das Unrecht, das sie uns angetan hat, wieder gutzumachen?«

»Nichts weiter als eine winzige Wüste, ein unbedeutendes Meer und ein ganz kleines Bergmassiv, o Merkwürdige«, gab der Djinn zur Antwort. »Der Emir nämlich war von der Geschichte, die seine Schöne ihm erzählte, wie ich fürchte, nicht so ganz überzeugt. Und wenn er ihr auch keine Treulosigkeit nachweisen kann, so hat er doch beschlossen, sie – nach der Ausstattung des Gefolges, das sie begleitet – als Ehrengeschenk weiterzureichen. Wahrscheinlich an den König. Seitdem der Vater des Königs ihn aus der Hauptstadt verbannte, um die hiesigen Gebiete zu verwalten, hat der Emir sich bei Hofe keiner großen Gunst erfreut. Auch er wird der Treulosigkeit verdächtigt, ohne daß man es ihm beweisen kann. Der König ist ein Knabe, der an der Schwelle zum Mann steht und für solche Geschenke sehr empfänglich ist. Es könnte funktionieren.«

»Vermutlich könntest du uns nicht helfen, deine Flasche zu stibitzen und uns dann dorthin fliegen, wo diese Frau sich jetzt aufhält, bevor du wieder zum Emir zurückmußt, oder wie wäre es, verehrungswürdiger Onkel?« schmeichelte Aster.

Der Djinn war gleichzeitig betrübt und empört. »Ich kann nichts dergleichen für dich tun, Herrin, solange der Emir meine Seele in der Hand hat, die in der Flasche versiegelt ist. Strenggenommen hätte ich gar nichts sagen dürfen. Da es aber teilweise auch meine Schuld ist, daß man so unpassende Wesen wie euch auf diese Stadt losgelassen hat, habe ich es nur als meine Pflicht empfunden, euch zu warnen und euch zu erzählen, was meinem bisherigen Gebieter zugestoßen ist. Im übrigen wird mein neuer Herr euren Gatten umbringen lassen, wenn er je die Wahrheit erfährt, selbst wenn Aman Akbar dann noch in der Haut eines Esels stecken sollte. Euch wird man dann wohl alle auf dem Markt verkaufen, wie ich annehme; denn niemand, der seinen Verstand beisammen hat, wird glauben, daß ihr wirklich rechtmäßige Ehefrauen seid; würde euch allerdings der Emir dafür halten, so würde er euch wahrscheinlich auch zu Tode bringen. Darum nutzt meine Weisheit und flieht vor dem Zugriff dieses Emirs, und nehmt euren brüllenden Gemahl mit.«

Hinter uns kam Um Aman durch den Garten geklirrt. Wenn sie der Djinn entdeckte, würde sie ihm binnen kurzem jede Spur von Wohlwollen austreiben, die er uns noch entgegenbrachte. Fand er dagegen seinerseits heraus, daß sie Gold bei sich trug, so würde er es ihr abnehmen müssen – das Gold, das unsere einzige Hoffnung für die Zukunft darstellte, soweit wir überhaupt noch eine hatten.

Amollia sackte hastig und geräuschvoll in die Knie, wobei ihr gesamter Schmuck ein gewaltiges, alles übertönendes Geschepper produzierte. »Dein Rat ist willkommen wie stets, Unsterblicher«, sagte sie. »Wir bitten dich jedoch, dich in deinem Werk nicht stören zu lassen, sondern dich zu deinem Herrn zurückzubegeben und uns ein paar Minuten alleinzulassen, damit wir unsere Frauentränen um das schöne Leben hier, das wir nun verloren haben, vergießen können.«

»Es könnte auch nicht schaden«, fügte ich hinzu, »wenn es dir entfallen würde, deinem neuen Gebieter zu berichten, daß wir hier sind.«

»Ich höre und gehorche«, gab der Djinn zurück und flimmerte davon, mit ihm der Schatz, auf dem er gesessen hatte.

Ohne Asters wahrhaft zivilisierte, hochentwickelte Begriffe davon, wie man es umgeht, unbequemen Gesetzen und Amtspersonen zu gehorchen, wären wir überhaupt nicht imstande gewesen, einen Plan zu ersinnen, der uns aus unserer üblen Lage befreien könnte. Darüber hinaus bedurften wir der Unterstützung und stillschweigenden Billigung von Um Amans Gevatterinnen, um diesen Plan dann auch auszuführen; und zusätzlich erforderte die Sache einen Großteil von Um Amans gehortetem Gold.

Die Frauen brauchten nicht erst gebeten zu werden, sich am nächsten Morgen wieder im Haus der Witwe einzufinden. Sobald das Gebet vorüber war, erschienen sie in großer Zahl. Ihre Augen in den verhüllten Gesichtern funkelten vor Neugier. Eine nach der anderen kam, schleuderte die Schuhe von den Füßen und ließ sich mit dem Hinterteil auf die Lehmziegel des Hofs nieder. Nachdem sie so Platz genommen hatten, betrachteten uns die Frauen erwartungsvoll und harrten darauf, die traurige Geschichte vom Verlust unseres Zuhauses zu hören. Inzwischen hatten natürlich alle von unserem Mißgeschick erfahren, weil der Sohn des Vetters zweiten Grades des Mannes der einen Frau, der an unserem Tor vorbeigekommen war, dort das Siegelzeichen gesehen hatte.

Über Asters Plan waren sie entzückt, zugleich aber auch ein wenig erschreckt. Aber da sie ja nun aus dem eigenen Mund der Seherin wußten, daß wir gute und gesegnete Frauen waren, schienen die meisten dazu zu neigen, sich über unsere Kühnheit, verbunden mit der Gelegenheit, etwas Schönes einzukaufen, zu freuen, auch wenn das Schöne nicht für sie selber war. Und wahrlich, es war nichts Unrechtes an unserem Plan, denn waren wir nicht Frauen, denen man Unrecht zugefügt hatte und denen doch zumindest angeblich das Recht zustand, von den Gattinnen des Herrschers Gerechtigkeit zu erflehen? Das entsprach dem Gesetz, und sicher war es doch etwas Gutes, wenn man einer Freundin dazu verhalf, zu erhalten, was ihr zustand. Auch war zweifelhaft, ob selbst der Emir einer Mutter und Gattinnen ihre Rechte verweigern würde, sofern sie sich an die Vorschriften hielten; und wenn doch, und für den Fall, daß Um Aman und den Ausländerinnen etwas zustieße – nun gut, dann hatten die Gevatterinnen ihre Pflicht als Freundinnen erfüllt und würden bei einem großen Fest über das Leid jammern, das einer der ihren widerfahren war; und außerdem hätte man dann eine neue Geschichte, die man noch jahrelang erzählen könnte.

Und während ihnen noch Asters sorgfältig bearbeitete Version dessen, was sie vorhatte, frisch im Ohr war und Um Amans Gold in ihren Handflächen brannte, machten sie sich einzeln auf den Weg und gingen einkaufen, zu den besten Seidenhändlern, Juwelieren, Schuhmachern, Sänftenbauern und überall dorthin, wo es gab, was wir brauchten. Um Amans beste Freundinnen waren sogar bereit, uns ihren eigenen Schmuck zu leihen, damit wir standesgemäß auftreten konnten, obwohl sie durchaus damit rechnen mußten, daß sie die Sachen nie wiedersahen. Bevor sie, als alle Vorbereitungen beendet waren, sich entfernten, saßen sie noch eine Weile da und ich sah, wie Um Aman jeder eine Goldmünze in die Falten der Abayah steckte; und wenn die ledrigen Falten um ihre Augen auch dabei feucht glänzten, ihr Gesicht blieb entschlossen.

Am Nachmittag kamen die Frauen mit ihrer Ausbeute zurück. Den nächsten Tag und die nächsten freien Stunden verbrachten wir bei der einen oder anderen auf dem Hof, damit, wenn es Schwierigkeiten gab, nicht nur eine einzige Frau in die Sache verwickelt wäre (Asters Vorschlag). Wir nähten, stickten und verarbeiteten auf alle möglichen Arten die Seide und die Juwelen zu Gewändern und zu Vorhängen für die Sänfte, die der Sänftenbauer nach unseren Anweisungen zu fabrizieren hatte.

Endlich wischte sich Khadija, die älteste von Um Amans Freundinnen und die beste Stickerin, die Fusseln von den geröteten Fingern und reichte Aster das Gewand, das sie genäht hatte. Das gleiche tat ihre Tochter, und auch ihre hübsche junge Enkelin, die die drei ganzen, arbeitsreichen Tage vor Aufregung ununterbrochen geschnattert hatte, leckte sich den letzten Nadelstich ab und fügte ihren schimmernden Beitrag den anderen hinzu. Ausgesuchte Kinder nahmen vor den Türen reicher Häuser andere Dinge, die wir bestellt hatten, in Empfang. Als alles bereit war, versammelten wir uns im Haus der Seherin, das nahe am Palaste des Emirs lag. Vorher am selben Tag hatten wir mit den anderen Frauen die Hammam-Bäder aufgesucht, uns gebadet, mit Salben und Duftwässern, die wir gekauft und geborgt hatten – alle von feinster Qualität –, gesalbt und parfümiert, dann aber noch einmal unsere staubigen Kleider angelegt. Nun flatterten wir in einem ebenso staubigen Raum umher, denn so unbedeutende Dinge wie Staub in der Wohnung übersah die Seherin vornehm, und befestigten, steckten, banden, polierten, richteten, kämmten, bürsteten, drapierten und arrangierten uns und unseren Putz. Zum Abschluß bemalten wir mit Hilfe der Seherin und Um Amans unsere Augen mit Khol, unsere Lippen und Wangen mit Rouge und zeichneten uns mit Henna Schmucksymbole auf Handflächen und Finger – jedenfalls Amollia und ich taten das. Aster behauptete, es wäre nobler ohne Henna.
Amollia und ich sollten nämlich die Dienerinnen spielen und neben der Sänfte hergehen, während Aster, als große Dame aufgeputzt, darin saß. Um Aman war über ihre eigene Rolle nicht sehr begeistert, denn diese bestand darin, daß sie in der Karawanserei auf uns wartete, falls wir die Flucht ergreifen mußten. Außerdem sollte sie sich, falls wir nicht wiederkamen, um Aman Akbar kümmern. Sie konnte nicht riskieren, daß man sie ins Gefängnis steckte, damit sie im Verlies des Emirs vor sich hin moderte, während man draußen ihren Sohn kaufen und verkaufen konnte wie ein Lasttier, weil er nun einmal so aussah. Nach mehr als nur einigen strengen Worten ging sie endlich. Aster kletterte in die Sänfte,

Khadijas arbeitslose Vettern dritten Grades hoben sie an beiden Enden in die Höhe und wir stolzierten aus der Hintergasse heraus, die um diese Zeit der Mittagshitze so gut wie ausgestorben war. Von dort aus brauchten wir nur um eine Ecke zu biegen und waren schon am Haupttor zum Palast des Emirs.

Amollia erklärte den Wachen kühl, daß wir – das heißt Aster – von der jüngsten Gattin ihres eigenen Gemahls, des Königs von Persien, aufgefordert worden wären, die Gattinnen des Emirs zu besuchen; denn diese jüngste Gattin wäre, behauptete Amollia, verwandt mit einer der Damen des Emirs. Man möge ankündigen, daß die Prinzessin von Wu, Gemahlin des Königs von Persien, angekommen wäre.

Die Damen des Emirs waren über diesen Besuch entzückt, worüber man sich nicht zu wundern braucht. In den Tagen, als Aman Akbar mich ganz allein im Harem sitzengelassen hatte, wäre ich auch über jeden froh gewesen, der vorbeikam.

Wir bemühten uns aber auch, ein faszinierendes Schauspiel zu bieten. Amollia und ich trugen zeremoniell aussehende, aber durchaus funktionsfähige Speere, die mit Farben, bunten Federn und ähnlichem geschmückt waren. Unsere Abayahs waren nach persischer Sitte leuchtend blau, mit Gold an den Ärmeln, dem Rand des Schleiers und am Rocksaum. Aster trug eine Jacke aus Scharlachbrokat mit einem Muster aus Gold und Rubinen (jedenfalls sahen sie nach Rubinen aus) und so gut wie durchsichtige, rot und gold gestreifte Hosen, mit Unmengen von Schmuck an Füßen und Händen und den Rubin-Ohrgehängen von Khadijas Großmutter, die ihr bis auf die Schultern baumelten. Die Haare hingen unter einem goldenen Turban mit roten Federn lang herunter.

Die Frauen des Emirs waren vernünftiger und trugen so gut wie gar nichts, denn es war die heißeste Zeit eines heißen Tages. Meine Gewänder waren schon triefnaß und ich hoffte inständig, daß es keine unliebsamen Überraschungen geben würde, weil ich gar nicht sicher war, ob ich noch die Kraft haben würde, damit fertigzuwerden.

Amollia und ich blieben an der Tür stehen und versuchten, keine

Miene zu verziehen, während man Aster die weichsten Kissen zum Sitzen und die reizendsten kleinen Leckerbissen als Imbiß anbot. Wir warteten, was sie nun unternehmen würde und waren gespannt. Für jemanden, der sonst so geschwätzig war, hatte sie sich über verschiedene hochwichtige Punkte nämlich nur sehr ungenau geäußert, was mir jetzt erst aufzufallen begann. Im Grunde hatte sie eigentlich nur gesagt, wenn wir ihrem Plan folgten und sie in den Harem einschmuggelten, würde sie die Flasche besorgen; und ihr ganzer Plan beruhte darauf, daß reiche, gelangweilte und modenärrische Frauen in allen Ländern der Welt gleich waren. Weil ich von dieser Sorte nie eine gekannt hatte, mußte ich mich auf ihre Aussage verlassen, aber sie klang auch wirklich so, als wüßte sie, wovon sie redete. Darum erhob ich keine Einwände. Amollia schien Vertrauen zu ihr zu haben, aber Amollia vertraute offenbar jedem. Um Aman, wie schon angedeutet, hatte ihren Gott wortreich um seinen Segen für unseren Erfolg sowie um gräßliche Rache für den Fall, daß wir versagten, angefleht.

Die Gattinnen des Emirs hatten einheitlich rabenschwarze Flechten und dunkle Augen, eine kupferhaarige Frau ausgenommen, die einen eher unglücklichen Eindruck machte, aber viel mehr Juwelen trug als die anderen. Obwohl viele der Damen außergewöhnlich hübsch waren, kamen sie mir alle ziemlich lustlos vor, was freilich an der Hitze gelegen haben mag; aber in ihren Augen lag auch ein eher stumpfer Ausdruck und sie waren von einer gewissen Aufgeschwemmtheit, die auf mangelnde körperliche Betätigung deutete. Aster, an der nichts Stumpfes, Lustloses oder Unbewegliches zu finden war, wirkte unter ihnen mehr wie eine Göttin als wie eine Prinzessin. Sie spielte das auch voll aus und sah von ihrer stolzen Höhe – einen vollen Kopf kleiner als alle andern selbst im Sitzen – auf die Frauen herab.

Ihr gnädiges Schweigen und die unausgesprochene Verachtung für ihre Umgebung führten dazu, daß die anderen nur um so heftiger losschnatterten und Rad schlugen, um sie zu beeindrucken. Frauen meines Stammes hätten ein Verhalten wie Asters nicht freundlich aufgenommen und wahrscheinlich ein so eingebildetes Weib mit ihrem ganzen Getue gesteinigt; aber die Damen hier waren sich der Vorteile, die von einer so bedeutenden Person zu erwarten waren, nur allzu bewußt. Aster klatschte lässig in die Hände und ließ Amollia herankriechen und eine von den Halsketten überreichen, die wir gebastelt hatten. Obwohl diese von mittelmäßiger Arbeit und nicht besonders kostbar war, schien die Empfängerin, die zweite Gattin des Emirs, überzeugt zu sein, daß es sich um eine seltene Kostbarkeit handelte, nur weil sie von Aster kam. Jedenfalls bewunderte sie sie wortreich und behielt ihre Zweifel, sofern sie welche hatte, für sich.

Die anderen reichten die Kette herum, und ich krabbelte vor, wobei ich mich auf das Gräßlichste in den Falten meines Gewandes verfing, sonst aber erfolgreich meinen Widerwillen gegen diese Kriecherei verbarg, und überreichte Aster ein weiteres Kästchen mit Ohrringen und kleineren Schmuckstücken. Diese breitete sie auf dem Boden aus und ließ die Gattinnen darüber herfallen wie Kinder, die bei einem Fest um Bonbons raufen.

Eine ganz Junge bewunderte kichernd die Wirkung ihrer neuen Perlohrringe in einem Handspiegel mit goldener Rückseite. »Tragen das jetzt alle Damen in Persien, Prinzessin Aster? Und wie ist das mit der weiblichen Leibgarde? Ich finde es ganz furchtbar neuartig, sich von Frauen bewachen zu lassen. Sind sie denn auch stark genug, wenn sich ein Mann einmal ganz und gar nicht mehr zurückhalten kann – du weißt doch, wenn er zufällig den Anblick deiner Schönheit erhascht oder so etwas und dich anzufallen versucht?«

»Wenn Amollia und Rasa wirklich nicht mit ihm fertigwürden – mein kleines Haustierchen, Kalimba würde ihn zum Abendbrot verspeisen.« Aster rümpfte selbstgefällig die Nase und streckte die Hand aus, um die Katze zu streicheln, die mit einer Kette aus goldfarbenem Metall an ihr Handgelenk gebunden war. Kalimba, die sich wenig darum kümmerte, daß sie besser zu Asters als zu Amollias Kostüm paßte, knurrte warnend, und Asters Hand kehrte eilig in ihren Schoß zurück. »Siehst du, sie zeigt, wie grimmig sie ist.«

»Oh, oh, oh, oh! Ich finde es richtig gefährlich, aber bestimmt ist es auch ungemein aufregend. Was machst du aber mit der Katze, wenn dein Gemahl dein Gemach betritt?«

»Nichts, natürlich. Liegt denn bei euch der Leopard nicht immer daneben, wenn euer Gatte euch liebt?«

»Ich kann mich nicht erinnern«, erwiderte die zweite Gattin mit mehr Schlagfertigkeit, als ich ihr zugetraut hatte. »Aber Onan hat mir einmal ein Juwelenkästchen geschenkt, das auf dem Deckel eine Katze hat, die genauso aussieht wie dein Haustier. Möchtest du sie sehen?«

Mit einer Bewegung der Augenwimpern deutete Aster ihre Einwilligung an, und eine der jüngeren Gattinnen eilte, das Kästchen zu holen.

»Bezaubernd«, verkündete Aster und untersuchte die Augen aus Smaragden und die Topasflecken auf einem Fell aus massivem Gold.

»Gefällt es dir wirklich? Es ist eigentlich ein ganz altes Ding. Es sieht genau aus wie deine Katze, nicht wahr?«

»Wirklich«, konzedierte Aster, als wollte sie lediglich ein freundliches Wort sagen. »Die Augen haben genau den gleichen Farbton, finde ich.«

»Ja, in der Tat. Du mußt es annehmen. Ich bestehe darauf.«

»Wie außerordentlich gütig du bist«, erwiderte Aster, nahm das Kästchen entgegen und schnippte mit den Fingern. Amollia warf mir einen unsicheren Blick zu, ließ sich dann wieder auf die Knie nieder und kroch herbei, um den kostbaren kleinen Gegenstand von Aster zu empfangen.

»*Welche* von den Gattinnen des persischen Königs bist du eigentlich, Prinzessin Aster?« fragte ein dreistes junges Ding.

»Seine Favoritin«, behauptete Aster ohne das geringste Zögern.

»Die Wache erwähnte etwas von einer neuen Gattin, die eine Verwandte hier bei uns haben soll?«

»Ach ja – das war ja der Zweck meines Besuchs. Dieses arme kleine Ding, das auf einer der – äh – weniger konventionellen Routen zu uns gelangte. Sie hat so furchtbares Heimweh. Darum bat sie mich, ob ich nicht, wenn ich schon hier wäre, bei euch vorbeigehen und ihre Base Hyaganusch besuchen könnte. Welche von euch ist es denn?«

»Wie bedauerlich!« rief die zweite Gattin aus. »Sie hat diesen Palast verlassen und wurde in einen anderen Haushalt versetzt – nach Sindapur. Es war eine Beförderung, verstehst du, aber sehr plötzlich.«

»Amana wird so enttäuscht sein«, sagte Aster. »Sie hat mich noch besonders gebeten, doch ihre Base zu besuchen und ihr dann zu erzählen, wie ihre Gemächer aussahen, ob sie einen Garten hatte, um sich darin zu ergehen, was für Geschenke ihr Gatte ihr gemacht hatte. Wie ein Kind! Nun ja, ich werde wohl etwas erfinden können, das sie tröstet.«

»Liebe Prinzessin Aster, wenn es dein gutes Herz erleichtert, würde es uns glücklich machen, dir unseren Harem zu zeigen.«

Aster gab zu, daß es ihr gutes Herz in der Tat sehr erleichtern würde.

»Entzückend«, bemerkte sie gleichgültig, als man ihr die Teiche, die Gärten, die dicken, dunkelroten Teppiche – so kompliziert im Muster, einer über den andern gehäuft – zeigte, die Fliesen mit dem Goldmosaik, die goldenen und silbernen Griffe überall, die ganze, luxuriöse Ausstattung.

»Eine gemütliche kleine Wohnung. Wie reizend und eigenartig, so schrecklich viele Sachen überall – äh – herumstehen zu haben! Ich fürchte, die Mode in Persien verlangt zur Zeit eine gewisse elegante Schlichtheit. Oh, wirklich geradezu nackt, verglichen mit *eurem* süßen kleinen Palast. Zum Beispiel diese hübschen Teppiche dort. Sicher, für jemanden, der einen – äh – eigenwilligen Geschmack besitzt, muß es das Größte sein, sie in der Weise hinzulegen, wie es hier ist; aber bei uns zu Hause lassen wir den Fußboden unbedeckt bis auf die Marmorfliesen, auf Hochglanz poliert vom Armschmalz nubischer Sklaven. Und es darf in jedem Zimmer auch nur einen Schmuckgegenstand geben, etwa eine solche Vase.« Sie fuhr mit dem Finger um den Rand einer Vase, die ich plötzlich wiedererkannte, weil sie noch vor wenigen

Tagen in der Bibliothek unseres Palastes gestanden hatte. »Und darin dann nur ein Busch Winterzweige. *Das* ist es, was ich meine. Man hat es jetzt, wie ich höre, in den besten Häusern, von Mesopotamien bis Bagdad. Wie entzückend, wenn man dann sieht, daß in manchen Teilen der Welt doch noch solche – äh – traditionellen Auffassungen herrschen.«
»Diese Mode erscheint mir recht merkwürdig«, erklärte eine jüngere Gattin und zog ihre Alabasterstirn in Falten.
»In Wirklichkeit nicht. Es ist einfach der Effekt einer gewissen Kargheit. Ich nehme an, man könnte es einfach so definieren«, erklärte Aster mit einem vom Weltlichen abgewandten Seufzer, »daß die üblichen Kissen, Teppiche, Krüge, Lampen und Flaschen fehlen und man derartige kleine Nippes durch unverstopfte, großzügige Eleganz ersetzt.«
»Sieht das nicht ziemlich kahl aus?« fragte eine der Frauen.
»Liebes, siehst du denn nicht, daß das ja gerade das Schöne ist? Sicher *hast* du davon gehört, daß man manchmal weniger haben muß, um mehr zu bekommen?«
Die betroffene Gattin sah ratlos aus, aber eine andere fragte listig: »Du hast gesagt, du kämest aus Wu, nicht wahr? Denn das alles scheint mir recht undurchschaubar.«
Aster lachte. »Mein Liebes, ich könnte gar nicht mehr deiner Ansicht sein. Aber so wird es in Persien und den anderen Hochburgen der Mode eben heutzutage gehalten.«
»Ich scheine diesen Trend nicht mitbekommen zu haben«, meinte die Gattin Nummer Zwei, und die Besorgnis in ihrer Stimme war nur angedeutet zu erkennen. »Ich wünschte wirklich, unser Gatte würde mich über solche Dinge unterrichten, wenn er seine Auslandsreisen macht. Es wäre doch entschieden vorteilhaft für ihn, wenn sein Haus das erste in Kharristan wäre, das solche neuen Moden einführt.«
»Auch die besten Ideen sickern nun einmal in der Provinz ein bißchen langsam ein«, meinte Aster wohlwollend.
Eine Nebenfrau, die mir vor den Füßen saß, zog sich den Schleier über den Mund und flüsterte mir zu: »Wie in Gottes Namen kann

deine Herrin sich soviel Nacktheit leisten? Wo bringt sie denn ihre eigenen Haushaltsgegenstände unter?«

»Das ist ganz einfach«, sagte ich in plötzlichem Erkennen, weil ich endlich Asters Plan zu begreifen anfing. »Für jedes Geschenk, das sie bekommt, verteilt sie drei Gegengeschenke, und jedes davon ist doppelt soviel wert wie jenes, das sie selbst erhalten hat. Es macht viel Arbeit, diese modische Kahlheit aufrechtzuerhalten, aber das Ergebnis ihrer Mühe ist, daß ihre Gemächer wirklich modern und elegant aussehen und man ihre Großzügigkeit weithin rühmt.«

Die Empfängerin dieser Erläuterung sann eine kleine Weile darüber nach und beugte sich dann zu ihrer Nachbarin, um mit ihr zu flüstern.

Schließlich summte jemand leise der zweiten Gattin etwas ins Ohr, und sie fragte Aster: »Gefallen dir diese Teppiche wirklich, o Herrin? Glaubst du nicht, daß sie – daß es zuviel davon gibt?«

»Ganz und gar nicht. Wirklich, sie verleihen allem ein gewisses – äh – ein gewisses Etwas.« Ihrem Ton nach war dieses Etwas wahrscheinlich Rost oder Schimmel.

»Dann, o Licht der Gnade und Schönheit, mußt du sie als Zeichen meiner Wertschätzung und der Hochachtung des Hauses meines Gatten annehmen! Los, Mädchen, rollt die Teppiche für Ihre Hoheit zusammen. Ungern würde unser Gatte es sehen, berichtete sie ihrem Gemahl, dem König von Persien, daß wir die Bedürfnisse seines Hauswesens vernachlässigten, und wie jedermann weiß, sind die Teppiche aus den Basaren von Kharristan von überragender Qualität.«

»Ich bin überwältigt«, gab Aster zur Antwort. Sie ließ sich noch weiter überwältigen – von goldenen Schüsseln, kleinen Juwelen, die sie im einen oder anderen Raum bewunderte, einem Schmuckschwert und verschiedenen Vasen; aber ich merkte, daß Enttäuschung und Unruhe nach und nach ihr Vergnügen an diesem Theaterspiel verdrängten. Offenbar war das Ergebnis bisher nicht das erhoffte.

»Und das ist jetzt Leilas Gemach.« Die zweite Gattin, keuchend und schnaufend unter der Last der im Zimmer davor abgeräumten

Schätze, führte uns in das letzte Gemach, einen reizenden Raum, aus dem ein mir wohlbekanntes Gitterfenster zum Rosengarten hinausging. Die rothaarige Frau saß voll Besitzerstolz in einer Ecke und schaute verlegen drein. Aster spähte mit dem Blick eines Wolfs, der das schwächere, aber zartere Lamm für sich auswählt, in dem Zimmer umher. »Früher gehörte es Hyaganusch.«

Offenkundig war dies der Raum, in dem auch der Emir zur Zeit seine Nächte verbrachte. Obwohl in den aus kostbaren Steinen und duftenden Hölzern geschnitzten Truhen wahrscheinlich der größte Teil seiner Kleidung Platz hatte, lagen doch Stoffbahnen von Seide und Tüll nachlässig auf dem Boden ausgebreitet. Während Aster jeden Kasten und Behälter im Zimmer laut und eifrig bewunderte und vermutlich hoffte, daß einer davon der Flasche als Aufenthaltsort diente, wanderte die Katze ruhelos an ihrer Kette auf und ab und fing an, mit dem Zipfel eines Seidenstoffs zu spielen und daran zu zerren. Asters Stimme wurde lauter und spröder, und die Frauen begannen gekränkt zu blicken. Amollias Miene wurde aufmerksam. Aster übertrieb jetzt ganz entschieden. Die Frauen hatten kein Recht, ihr persönliche Gegenstände des Emirs zu schenken, und obwohl sie ihnen versicherte, sie würde ihnen mit einem Boten alles mögliche aus ihrem persischen Palast schikken, wenn sie erst wieder zu Hause wäre, betrachteten doch einige schon reumütig die Dinge, die sie ihr aufgedrängt hatten.

Nur die Katze benahm sich anscheinend normal und ungerührt und spähte unter einem selbstgemachten Schleier hervor, wahrscheinlich einem der Gürteltücher des Emirs, während sie irgend etwas angenehm Rundliches zwischen den Vorderpfoten hin- und herrollte. Niemand außer mir sah ihr dabei zu, und weil ich viel zu beladen war, um mich zu bücken und mir den Gegenstand genauer zu betrachten, angelte ich mit dem stumpfen Ende des Speers danach und rollte ihn zu mir hin. Das gefiel der Katze zwar wenig, aber zu einer Auseinandersetzung mit mir war ihre Kette nicht lang genug. Der Korken zur Flasche des Djinns! Wieso kullerte er hier auf dem Fußboden herum? Und wo waren die Flasche, zu der er gehörte, und der verfluchte Inhalt dieser Flasche? Wäh-

rend ich darüber nachgrübelte, hatte ich die Teppiche und Stickereien, mit denen ich mich abschleppte, fallen gelassen und mich unter dem Vorwand, meine Last neu zu arrangieren, danach gebückt, beim Aufheben zugleich den Korken ergriffen und ihn unter der Abayah in meinem Gürteltuch verborgen.
Inzwischen verabschiedete sich Aster und tat so, als prägte sie die Namen der einzelnen Gattinnen sorgfältig ihrem Gedächtnis ein, um die Geschenke, die sie ihnen schicken wollte, auch der richtigen Empfängerin zukommen zu lassen. Amollia ging voran und verließ das Zimmer vielleicht ein klein wenig früher, als Aster dazu bereit war, während ich ihr unmittelbar folgte. Die Damen des Emirs wirkten unzweifelhaft verdrießlich. Die offene Sänfte war willkommen wie der Anblick einer Höhle im Gewitter. Amollia und ich eilten so hastig darauf zu, wie es der erforderliche Pomp erlaubte und warfen unsere Lasten hinein. Aster, die noch mit der zweiten Gattin schwatzte, kam hinterher. Wir wären in Sicherheit gewesen, wenn nicht ausgerechnet in dieser Minute der Emir nach Hause gekommen wäre.

VI

Ich glaube nicht, daß es gut ist, Männer und Frauen stets voneinander zu trennen, so wie man es hier im Lande meines Gatten handhabt. Es macht manche Männer ein wenig verrückt. Der Emir ritt mit einer Schar seiner Leibwächter in den Hof ein, alle auf lackschwarzen Rossen, und die Augen fielen ihm fast aus dem Kopf, als er inmitten seiner Frauen die unverschleierte Aster erblickte.

Zuerst dachte ich, bestimmt wüßte er schon, wer wir waren und was ich gerade gefunden hatte, denn er sprang wie ein viel jüngerer und behenderer Mann vom Rücken seines Pferdes und verfing sich dabei lediglich in dessen seidenem Geschirr. Das allein rettete uns. Denn während er sich noch ungeschickt zu befreien versuchte, hüpfte Aster in die Sänfte und Khadijas Vettern trabten geschwind durch das noch offene Tor, bevor die Wachen begriffen, daß irgend etwas nicht in Ordnung war. Als wir an ihnen vorbeikamen, hörte ich den Emir stammeln: »Aber wer ist sie? Jene Glänzende? Ich muß sie haben! Wer ist sie?«

Er rannte uns ein paar Schritte nach, und ich schaute mich um, weil ich erwartete, die Wachen würden kehrtmachen und sich auf uns stürzen, noch ehe wir die Straße erreichten. Statt dessen sah ich, wie die zweite Gattin des Emirs, hastig vor den Wachen verschleiert, sich ihm zu Füßen warf und rief: »Laß ab, Morgenröte meines Tages! Hör auf, unseren Gast zu verfolgen, denn sie ist die Königin von Persien, und du würdest ihren Gemahl beleidigen.«

Mehr vernahm ich nicht, denn die Sänftenträger rasten mit uns um die Ecke zum Haus der Seherin und verschwanden dann im Laufschritt in einer Hintergasse. Wir drei zerrten die Sänfte ins Innere, entledigten uns unseres Putzes, warfen die alten Kleider über und bedeckten uns mit staubigen, abgetragenen Abayahs. Als die Mauern unserer Zufluchtsstätte von den Hufschlägen der Wachen des Emirs erbebten, saßen wir längst friedlich auf dem

Dach und halfen unserer Gastgeberin, ihren Fundus von Zaubermitteln und Hühnerknochen zu sortieren. Die Sänfte war zu Feuerholz zerhackt worden, und die vornehmen Kleider lagen zusammengefaltet neben den anderen Schätzen hinter dem Bettzeug verborgen.

Und wirklich fanden wir uns sehr schlau und glaubten uns vor Entdeckung sicher, bis sich plötzlich eine Rauchsäule herniedersenkte und die Seherin das Gesicht mit dem Schleier bedeckte und sich zu Boden warf. Vor uns stand finsteren Blickes der Djinn. Aster bekam einen Hustenanfall. Unzweifelhaft der viele Rauch.

»Du kommst ja wirklich viel herum«, begrüßte ich den Djinn.

»Das geht nicht nur mir so«, antwortete er streng und ein wenig klagend. »O Gattinnen meines einstigen Gebieters, warum müßt ihr nur immer Komplikationen und Chaos hervorbringen?« Ich überlegte ernstlich, ob unsere Yahtzeni-Dämonen wohl auch so wehleidig und voller Selbstmitleid waren wie dieses Geschöpf. Aster erholte sich und lächelte ihn gewinnend an. »Im Gegenteil, o Inhaber ewigdauernder, langer Jahre, unsere Absicht war es, dir etwas Gutes zu tun und dich aus deiner Gefangenschaft zu befreien.«

»Oder dir wenigstens die Möglichkeit zu geben, Gefangener eines Menschen zu sein, der deiner Macht mit der geziemenden Hochachtung begegnet«, fügte Amollia, vernünftig wie immer, hinzu.

»Was auch in deinem winzigen Frauenhirn herumgespukt haben mag, du hast es völlig falsch angefangen; denn nun bin ich verpflichtet, euch meinem Herrn auszuliefern, der das Gesicht der Herrin Aster gesehen hat und von leidenschaftlicher Sehnsucht nach ihrem Besitz ergriffen ist.«

Aster verschwendete nur einen ganz kurzen Gedanken auf diese Idee und schob sie dann mit leichter Hand beiseite.

»Völlig indiskutabel, Alter Onkel. Die Herrin Aster, die pflichtgetreue Ehefrau, die du hier vor dir sitzen siehst, hatte nie die sogenannte Ehre, der ebenso erhabenen wie schurkischen Person zu begegnen, in deren Diensten du stehst. Wie könnte er sich darum so in sie verliebt haben?«

»Spiel mir nicht die Spröde vor, *Habibi.* Vor ganz kurzer Zeit erst warst du in seinem Palast, und er sah dich unverschleiert. Ich habe Aman Akbar gleich gesagt, daß er seine Frauen in den geziemenden Verschleierungsvorschriften unterweisen müßte, denn sonst . . .«

»Aber das auf seinem Hof, das war doch nicht ich«, unterbrach ihn Aster. »Das war eine persische Königin. Die einzige Ähnlichkeit, die wir miteinander haben, ist, daß wir beide – äh – sehr schöne und tugendhafte, verheiratete Damen sind.«

»*Du* warst es, die ich sich in der Sänfte verkriechen sah, o du Juwel der Ungläubigkeit. Denkst du etwa, ich würde diese Pest der Gottlosigkeit und Unschicklichkeit nicht wiedererkennen, die ich in Gestalt von dir und deinen Mittäterinnen auf dieses Land losgelassen habe?«

»Ach! Und doch sage ich dir, lieber Djinn, daß du dich irrst. Frage nur die Frauen des Emirs. Sie alle werden dir bestätigen, daß wir heute gar nicht in der Nähe des Palastes gewesen sind, solch niedrige Personen wie wir, im tiefsten Elend, so gut wie verwitwet.«

Der Djinn preßte die rundlichen Hände an den Turban, als habe sein Kopf sich auf dessen Größe ausgedehnt und stöhnte. »Aber er hat von mir verlangt, daß ich dich herbeihole!«

Ich kroch zwischen den Djinn und Aster und bedrohte ihn mit dem Zeigefinger. »Du hast sie doch gehört, Dämon. Wir gehen nicht. Hast du uns nicht schon genug Unglück gebracht?«

»Rasa«, sagte Amollia vorwurfsvoll. Aber der Djinn starrte mich an und schüttelte den Kopf, während Aster mit der Stimme süßer Vernunft auf ihn einsprach, wenn sie auch um mich herumblicken mußte, um dem Dämon in die kleinen Schweinsaugen zu schauen.

»Lieber Alter Onkel, begreifst du nicht, daß dein Herr dir befohlen hat, ihm eine Königin zu bringen? Du kannst ihm keine niedrig geborene Ausländerin servieren, die nicht einmal eine Jungfrau ist. Wie viele Männer hat dein Gebieter sich in ein Trugbild ver-

liebt, das ihm nicht einmal ein Djinn verschaffen kann. Geh hin zu ihm und sage, die Herrin sei bereits nach Persien aufgebrochen, und laß ab davon, deine früheren Gebieterinnen zu entehren.«
Der Djinn warf ihr einen verstörten Blick zu und mir einen so voll besorgter Verwirrung, daß er lächerlich wirkte. »Du hast es gehört«, fuhr ich ihn an. »Geh!«
»Ich höre und gehorche«, antwortete er und rauschte über die Dächer davon.

Am selben Nachmittag reisten wir mir der Karawane ab. Gemietete Kamele und Aman Akbar trugen Asters Beute. Offiziell galten wir als Teppich- und Seidenhändlerinnen, obwohl wir Dinge so unterschiedlicher Art besaßen, daß wir jede beliebige Art von Bude hätten aufmachen können. Und wenn unser Äußeres schäbiger war als das der andern Händler in der Karawane, so verlor doch niemand ein Wort darüber. Vielmehr erzeugten wir vier Frauen ohne männliche Begleitung bei unseren Reisegefährten eine Menge unwillkommener Fürsorglichkeit, und alle schienen dauernd durch unsere Umhüllungen spähen zu wollen, um festzustellen, ob wir es wert wären, ihrer eigenen Sammlung einverleibt zu werden.
Wir reisten in kleinen Häuschen oben auf dem Kamelrücken, die man Howdahs nannte. Ich vermute, ihr ursprünglicher Zweck lag darin, daß man innen nicht nur vor der Sonne geschützt war, sondern auch die Auswirkungen des schaukelnden Kamelschritts auf den Magen besser vertragen sollte. Aber so war es nicht. Ich bin eine gute Reiterin – auf Pferden. Auf Kamelen nicht. Ich muß gestehen, daß ich es zumeist vorzog, nebenher zu gehen, auch wenn ich trotz Abayah und Sandalen sehr unter der Sonne litt. Nach dem Maßstab meiner Heimat war meine Haut schön gegerbt und zäh, aber ich mußte feststellen, daß ich für dieses Klima schlecht gerüstet war. Meine Haut verbrannte und schälte sich. Mein Temperament wurde säuerlich, und ich kochte schnell über. Aster erklärte, ich wäre Um Aman in ihren schlimmsten Phasen mehr als überlegen. Aber wenn meine Stimmung auch für den

Umgang mit Freundinnen derzeit wenig geeignet war, so war sie doch ideal für ein Zusammentreffen mit Feinden aller Art. Selbst Amollias Gutmütigkeit wurde von der Reise ein wenig beeinträchtigt. Tierlieb wie sie ist, versuchte sie zunächst halbherzig, mit den Kamelen Freundschaft zu schließen, erklärte dann aber, sie fände deren Charakter nur wenig liebenswürdiger als meinen.
So reisten wir mehrere Tage mit der Karawane, unter der Illusion, daß wir in ihr geschützt wären, drei hilflose, schwache und, was mich betraf, sonnenstichige Frauen. Wir sahen Sandwellen und Hitzewellen und das hochnäsige Lächeln der Kamele und Dung fallenlassende Kamelhintern und ertrugen das anzügliche Augenrollen und die halb spöttischen Bemerkungen unserer Reisegefährten – bis die Räuber Leben in die Sache brachten, indem sie sich auf uns stürzten und ein Blutbad anrichteten, das mich trotz der Hitze wieder richtig in Fahrt brachte.
Es geschah ganz ohne Vorwarnung. Eben noch war da gar nichts, nur Sand, soweit das Auge reichte. Im nächsten Augenblick erschien am Horizont eine flatternde weiße Linie, wie eine Herde Gänse. Der Führer des Kamels vor unserem brüllte etwas und machte eine schnelle Handbewegung, und mehrere andere brüllten auch und zogen Schwerter. Ich hatte die Schmuckwaffe behalten, die die Gattinnen des Emirs Aster verehrt hatten und zog sie ebenfalls, gerade noch rechtzeitig. Die Punkte am Horizont wuchsen schnell zu Pferden und Männern. Das Blut des Reiters des Leitkamels unserer Karawane spritzte bereits aus seinem Hals, bevor ich das Schwert aus der Scheide hatte. Überall ringsum zertrampelten Männer und Tiere den Sand. Kamele flohen in alle Richtungen. Einzelne Angehörige der tödlichen Herde lösten sich daraus und jagten feigherzige Seelen, die sich urplötzlich für eine andere Route entschieden, während der Haupttrupp alles angriff, was sich zur Wehr setzte. Ich hackte hier und da auf einen Arm, ein Bein oder einen Kopf ein, aber das Schwert war stumpf, und außerdem fand ich, wenn ich mich nicht unverhofft auf einen der Banditen stürzen konnte, auch keine Gegner. Sogar die Feinde, die ich verwundete, schienen wenig Neigung zu verspüren, mich und

mein stumpfes Schwert ernstzunehmen. Bis ich einem der Toten einen anständigen Krummsäbel abgenommen hatte, befand sich das, was von der Karawane noch übrig war, in den Händen der Angreifer.

Zum Glück oder Unglück – je nachdem wie man solche Dinge betrachtet – sah man uns Frauen als Kriegsbeute an und nahm uns gefangen, anstatt uns sofort niederzumachen wie diejenigen unserer Gefährten, die so töricht gewesen waren, um ihre Güter zu kämpfen.

Die Schwierigkeiten für unsere Feinde begannen jedoch, als sie versuchten, von uns Besitz zu ergreifen. Einer der Banditen packte Amollia, die sich wehrte. Das mißfiel der Katze, die den Räuber blitzartig ansprang, worauf dessen Kumpan den Krummsäbel zog und nach der Katze hackte. Katze und Opfer wurden nur dadurch gerettet, daß Amollia sich dem Griff ihres Bedrängers entwand und dieser dabei, die Katze obendrauf, zu Boden stürzte. Amollia stieß einen schrillen Pfiff aus, und die Katze sprang fort und verschwand hinter der nächsten Sanddüne.

Unser Gatte bockte und biß jeden, der ihn stehlen wollte. Er benahm sich wie ein Esel, der auf sich hält, es unter solchen Umständen tun würde.

Ein fliegendes Bündel von Umhüllungen zerrte Aster gleich zu Beginn des Überfalls rückwärts vom Kamel, und ich sah sie erst einige Zeit später wieder.

Um Aman entschied sich vernünftigerweise dafür, sich platt in den Sand zu werfen und während der ganzen Zeit zu beten. Ich meinerseits watete vergnügt mitten ins Gefecht, um Hiebe und Stöße mit einer Rotte von Kerlen zu tauschen, die sich jetzt nicht mehr leisten konnten, mich zu ignorieren. Was meine gute Laune noch verbesserte, war, daß es mir gelang – vielleicht aufgrund von Um Amans Gebeten – nicht im Kampf verwundet zu werden. Leider waren mir jedoch die Hundesöhne an Zahl überlegen, und während ich mich mit der ausgezeichneten, wenn auch aus zweiter Hand erworbenen Waffe verteidigte, überwältigten mich zwei jener Unseligen von hinten. Der eine faßte mich bei den Knien, der andere zerrte mir den Kopf auf den Rücken und packte mich an Schleiern und Haaren. Ich war wirklich ernsthaft verärgert. Man kann ja sagen, im Krieg und in der Liebe seien alle Mittel erlaubt – von mir aus. Aber nachdem ich mich jetzt im ersteren wacker geschlagen hatte, war ich nicht in der Stimmung, mich – womöglich noch heftiger – mit der letzteren zu befassen; genau das aber war, wenn ich mich nicht sehr irrte, das, was diese Diebe mit uns vorhatten.

Mein Verdacht bestätigte sich, als einer der Räuber mir den Unterarm quer über die Kehle legte, seine Wange an meine preßte und mich mit giftig stinkendem Atem anhauchte, der nach einem Konzentrat aus gut abgelagertem Ziegenurin und Kamelmilch, mit Blut vermischt, roch. Dieses Getränk ist bei solchen Leuten beliebt und schmeckt noch viel übler, als es sich anhört. »Aha«, brummte er, »diese da hält sich für einen Mann. Soll ich sie erschlagen wie einen Mann?«

»Was? Und das alles vergeuden? Bei Gott, die Sonne hat dir wohl den Verstand endgültig versengt!« erwiderte der andere und zerrte meine verrutschte Abayah unter dem fleischigen Arm seines Kumpans hervor.

Mein tapferer Ehegemahl war es, der meine Ehre rettete. Jedenfalls verhinderte er den Verlust solange, bis ich sie selbst weiterretten konnte.

Mit schmerzlichem Aufbrüllen und Hufen, unter denen der Sand nur so spritzte, galoppierte Aman Akbar mitten in den Haufen von Wüstlingen, der mich umringte. Seine Hufe prügelten wie eiserne Keulen auf sie ein, und er krümmte und streckte den Rücken abwechselnd und bockte wie ein Katapult, um seinen kraftvollen Tritten noch mehr Nachdruck zu verleihen. Und ohne Unterlaß zerriß seine ehrfurchtgebietende Stimme die Wüstenluft mit dem schrillen Gezeter eselhafter Empörung.

Mehr in der Überlegung, nicht selbst von den Hufen getroffen zu werden, als in der tatsächlichen Hoffnung auf Freiheit duckte ich mich unter dem schreckerschlafften Arm meines ersten Bezwingers und sprintete über den Sand – mitten in die parfümierten

Arme des kläräugigen, mondgesichtigen Herrn, der herbeigeeilt war, um das Ergebnis des Überfalls zu begutachten. Er stürzte.
»Bringt den verdammten Esel um!« brüllte eine Stimme hinter mir.
»Kümmert euch nicht um ihn! Dieses dreimal verfluchte Weib greift den Khan an!«
Alles erlogen. Ich war über meine in Unordnung geratenen Umhüllungen gestolpert, und er hatte sie beim Versuch, sich wieder zu erheben, mit seinen eigenen Gewändern und dem Schwert, das er noch in der Scheide trug, vollends verwirrt. Kaum vernahm ich, daß ein Räuber Aman Akbar bedrohte, als ich mich auch schon loszumachen versuchte, um zu seiner Verteidigung zu fliegen. Doch als ich mich endlich für Sekunden aus meinen neuerlichen Verwicklungen befreien konnte, sah ich, daß Amollia mir zuvorgekommen war. Wie ein großer, schwarzer Falke schwang sie sich in das Getümmel, sprengte den Kreis, der unseren Gatten umringte und warf sich auf den Mann, der Amans stopplige Mähne ergriffen hatte und eine Klinge an den Unterkiefer unseres Gemahls hielt. Das bleiche Fell Amans wies bereits einige Blutflecken auf, als Amollia der Hand des Räubers mit großer Geschicklichkeit die Klinge entwand und sie fortschleuderte.
Lange freilich konnte sie sich dieses Sieges nicht erfreuen. Sofort warf sich ein zweiter Bandit auf sie, und Aman Akbar schoß unter allen dreien durch und galoppierte davon, um von einer anderen Seite her anzugreifen. Bei diesem Unternehmen unterstützte ihn Kalimba, deren Flecken sich wieder in Streifen verwandelten, als sie sich von neuem auf die Männer stürzte, mit denen ihre Gebieterin verbissen kämpfte. Ihr Schrei war so grimmig wütend, daß davon, wie man hierzulande sagt, Kindern die Haare grau werden konnten.
Inzwischen hatte auch Um Aman ihre Gebete beendet und warf sich ins Gefecht. Die Fingernägel krallenartig vorgestreckt, mit auf einer Seite heruntergerutschtem Schleier, dessen Perlenschnur ihr vom Kinn baumelte, stürzte sie vor, um ihrem bedrängten Sohn beizustehen. Der Räuber, der Amollia gerade am Boden

festhielt, verlor um ein Haar beide Augen und rettete sich nur dadurch, daß er sich eben noch ducken und mit dem Arm ihre beiden Arme nach unten schlagen konnte. Dann gab er ihr eine Ohrfeige.

Sofort bekam er ebenfalls eine – von Aster, die plötzlich aus dem Nichts hervorgeschossen kam. Hinter ihr umkrampfte ein Räuber höchst sinnloserweise ihr zerrissenes schwarzes Gewand, das sie so leicht abgestreift hatte wie eine Schlange ihre Haut.

Darunter trug sie ein schlichtes blaues Kleid, dessen lange Ärmel sie in die Hand genommen hatte und mit solchem Nachdruck schwang, daß mir klar wurde, daß die Manschetten Gewichte enthielten. Sie gebrauchte sie wie Keulen und legte damit drei Männer flach, darunter den, der ihre Obergewänder noch hatte, und das Ganze, ehe überhaupt jemand richtig mitbekam, daß sie zur Stelle war.

Mir sang das Herz im Leib. So mußte es sein! Zuerst aufs Haupt geschlagen, sahen wir jetzt beinahe nach Sieg aus. Wenigstens aber kämpften wir. Schallend stieß ich den Kriegsruf meines Vaters aus und machte einen Satz nach vorn – nur um ruckartig zurückgerissen zu werden, wobei mir das eigene Gürteltuch plötzlich die Mitte zusammenzog.

»Halt ein, meine stürmische Schöne«, sagte die Stimme hinter mir mit aufreizender Ruhe, ja Sanftheit. »Im Namen Gottes, des Mitleidigen und Barmherzigen, bitte ich dich, halt ein.«

»Halt du doch ein«, versetzte ich und versuchte mich umzudrehen, um ihn zu erschlagen. Gewandt hüpfte er außer Reichweite. »Ich muß hier eine Schlacht schlagen.«

»Das sehe ich«, erwiderte er, steckte zwei Finger in den Mund und stieß einen lauten, gellenden Pfiff aus. »Laßt ab! Bei Gott, als euer Anführer befehle ich es, laßt ab von diesem Kampf mit Frauen und Tieren!«

»Die haben angefangen«, protestierte einer der Männer.

»Bei Gott, das haben wir nicht!« mischte sich Um Aman erzürnt ein. Aber der Anführer pfiff nochmals, was alle Anwesenden zum Schweigen brachte.

»Wir hören und gehorchen«, murmelten die Männer. Es klang nicht bei allen gleich fügsam. Immerhin ließ derjenige, der Amollias Busen mit festem Griff umschlossen gehalten hatte, die Arme sinken, bis sie artig ihre Taille umspannten.
»Schande über euch!« schalt der Anführer. »Glaubt ihr denn, wir seien gemeine Banditen, daß wir ...«
»Nun – in der Tat ...« fing ich an. Er warf mir einen Dolchblick zu.
»Ihr entehrt die Grundsätze, nach denen wir kämpfen. Reiche Kaufleute, die uns die Kriegskassen füllen, sind eine Sache. Frauen, die ihr Leben und ihre Tugend verteidigen ...«
»Und *zwar mit Erfolg*«, knurrte ich. Ich ärgerte mich, daß ich aufhören sollte, obwohl wir doch gerade gut im Rennen lagen.
»... sind etwas anderes. Ach, ach, ach, ach!« Vorwurfsvoll drohte er mit dem Finger einem Kerl, dessen Gesicht von einer schiefen Narbe zerschnitten war und schon vorher niemanden zu Liedern zum Preise seiner Schönheit inspiriert hätte, während er jetzt ganz schrecklich aussah, so als hätte er zwei Nasen. »Legt nicht Hand an den getreuen Esel noch an den Löwen. Diese edlen Tiere haben nur ihre hilflosen Herrinnen verteidigt und uns so davor bewahrt, großes Unrecht zu begehen. Herrinnen, legt die Waffen nieder. Kommt in meine Zelte, wo ihr euch im Schatten abkühlen könnt, während wir eure Wunden versorgen.«
Eine Einladung anzunehmen war nicht das gleiche wie eine Gefangennahme. Als das heiße Blut, das beim Kampf in meinen Adern aufgewallt war, sich etwas gesetzt hatte, sah ich ein, daß wir nicht hätten gewinnen können. Die Zahl dieser Männer war riesig, und wir waren der Ermordung unter ihren Händen nur entgangen, weil sie einen Vorteil von unserem Geschlecht erhofften – sei es, um die eigene Lust zu stillen, oder sei es, um uns als Sklavinnen zu verkaufen. Ihr Herr schien von anderer Gesinnung, und ich sah keinen Grund, ihn zu verärgern. Wir konnten weder auf Dauer kämpfen noch ohne Kamele und Wasser in die Wüste fliehen, so daß es am besten schien, seine Gastfreundschaft anzunehmen.
Um Aman übertrieb allerdings die Sache. Kaum war sie in die

Dämmerung im Zelt jenes Mannes eingetaucht, als sie sich auch schon flach auf die reichen Teppiche warf, die auf den Sand gebreitet waren, und sich der Länge nach neben einer Dame ausstreckte, die gerade mit dem Drehen einer Handmühle beschäftigt war. Die erschreckte Frau kippte hintenüber, während Um Aman den Griff der Mühle packte und schrie: »Ich lege dir dein *Ar* auf, meine Familie und die meines Sohnes zu schützen. Mögen tausend giftige Flüche dich treffen, wenn du uns nicht in Ehren hältst.«
Damit rief sie eine andere Sitte ihres Volkes zu Hilfe. Eine Frau, deren Beschützer nicht bei ihr ist, kann den Schutz eines anderen Mannes erflehen, wenn sie sich verhält wie Um Aman und sich dadurch der Barmherzigkeit ihres Gastgebers unterwirft. Wenn sich Frauen auch in der Regel nicht an Männer wendeten, die gerade erst ihre Begleiter ermordet hatten, so war der Brauch doch vermutlich nicht ohne praktischen Nutzen. Denn der Appell an die edleren Instinkte des Betreffenden wurde durch die Verheißung unappetitlicher, schmerzhafter und lästiger Vorfälle unterstützt, die ihm zustoßen würden, wenn er seine Schuldigkeit gegenüber einer solchen, unfreiwillig erworbenen Verpflichtung nicht einhielt.
Unser Gastgeber war sichtlich in Verlegenheit. »Wo steckt denn dein Sohn, daß er seine Familie nicht selber schützen kann?« wollte er wissen.
»Du weißt recht gut, wo er ist, o mein erwählter Beschützer«, gab Um Aman selbstgefällig zurück. »Er ist draußen bei deinen Tieren angebunden.«
»Angebunden?« fragte der zweinasige Bandit entsetzt. »Großer Khan, ich schwöre dir, wir haben alle Männer erschlagen, aber keinen von ihnen angebunden. Ausgenommen natürlich den Esel.«
Aster ließ mit kindlicher Betrübnis, darauf angelegt, harte Räuberherzen zum Schmelzen zu bringen, den Kopf hängen und erläuterte: »Das ist kein Esel, sondern unser Gemahl.«
Der Anführer, der Marid Khan hieß, setzte sich ruckartig hin, verfehlte das Kissen, auf das er dabei gezielt hatte, und rieb sich die

Hüften, wobei er uns scharf betrachtete. Er biß in einen Apfel und kaute erst einmal eine Weile, bevor er sich erkundigte: »Und was für Frauen seid ihr, Hilflose, daß ihr die Gattinnen und die Mutter eines Esels seid?«

»Wer sie auch sein mögen, Marid Khan«, bemerkte einer der Männer, während er die Kratzer verband, die Um Amans Nägel einem seiner Kameraden zugefügt hatten, »gekämpft haben sie wie die Tiger.«

»Eine von ihnen *ist* ein Tiger«, erklärte Zwei-Nasen und sprach dann Um Aman direkt an: »Ist das auch deine Tochter, alte Frau?«

»Genug«, sagte der Khan und forderte uns mit einer Handbewegung auf, Platz zu nehmen. Frauen begannen ins Zelt zu strömen und Lebensmittel herbeizuschleppen, deren Düfte sofort jeden Wunsch, ausführliche Erläuterungen zu geben oder anzuhören, wenn ich derlei überhaupt gewünscht hätte, aus meinem Kopf verscheuchten.

Der Beruf, den Marid sich ausgesucht hatte, erforderte ständiges Umziehen, und man erwartete von uns als neuen Mitgliedern des Stammes, daß wir uns dabei nützlich machten, ebenso natürlich beim Spinnen, Weben, Kochen und anderen Arbeiten. Diese vertrauten Tätigkeiten empfand ich als tröstlich, so wenig ich mir auch sonst daraus machte.

Wir reisten nicht nur in gefährlicher, sondern auch in höchst vornehmer Gesellschaft. Marid Khan war nämlich nicht nur kein gemeiner Bandit, sondern vielmehr ein recht ungewöhnlicher Rebellenfürst. Zu Zeiten des Vorgängers unseres Emirs war sein Volk frei durch die Wüste gezogen und hatte mit den Bewohnern der Städte friedlichen Handel getrieben. Marid selbst hatte man als Knaben nach Kharristan geschickt, wo er erzogen wurde und höfischen Anstand lernte. Als jedoch Emir Onan zum Statthalter von Kharristan erhoben wurde, wandelte sich die bevorzugte Stellung Marid Khans und seines Volkes bald zum Schlechteren. Etwa zur selben Zeit kam es auch zu Differenzen zwischen dem Thron und Marids Stamm. Irgendeine von Marids Tanten war aus dem Ha-

rem des Königs verschwunden, und man munkelte, sie wäre umgebracht worden.
Marids Ziel als Anführer seiner Leute war, sie dadurch reich zu machen und Ehre und Ansehen im Königreich zu erwerben, daß er die Stadt von einem Großteil ihres überschüssigen Reichtums befreite. Was er tun würde, wenn er erst reich genug war, schien nicht völlig geklärt; aber alle waren begeistert von der Beute, die die Karawanenüberfälle einbrachten, und bisher hatte noch niemand daran gedacht, ihn je zu fragen, was er anschließend vorhatte. Schließlich war er auch für einen Anführer noch recht jung. Krieg zu führen und dabei Wohlstand zu gewinnen schien jedenfalls ein guter Anfang zu sein.
Nicht nur die Männer dieses Stammes waren von kriegerischem Wesen. Auch die Frauen stritten sich untereinander ständig, eine Gewohnheit, die sie nur unterbrachen, um erst einmal uns zu quälen. Ich war inzwischen schon überzeugt davon gewesen, daß alle Frauen hierzulande die Vorstellung, ihren Gatten mit anderen zu teilen, erfreulich fänden; nun lernte ich schnell, daß das ein Irrtum war. Amollias liebenswürdige Einstellung zur Vielehe war alles andere als die Regel. Zwar hatten die Männer gern so viele Frauen, wie sie sich leisten konnten, aber die Frauen vertraten die Ansicht, daß es nur einen Weg gab, um sicherzustellen, daß sie in der Liebe ihrer Männer den ersten Platz einnahmen – nämlich den, die einzige Gattin zu bleiben. Darum waren drei scheinbar ungebundene junge Frauen, los und ledig, den anderen alles andere als willkommen. Die verheirateten Frauen hatten Angst, ihre Gatten könnten eine von uns als weitere Gemahlin aufnehmen. Die Unverheirateten konnten uns noch viel weniger leiden, denn Marid Khan war in der Tat eine ausgezeichnete Partie und würde nun vielleicht beschließen, eine oder mehrere von uns an die Stelle der Mädchen zu setzen, die sich Hoffnungen auf ihn machten.

Sie hatten auch gar nicht einmal unrecht, denn schon bald merkte ich, daß Marid Aster sehnsüchtige Blicke zuwarf. Kurze Zeit später fand ich sie eines Abends, als sie merkwürdig lange dazu brauchte, einen Wasserschlauch zu holen, in der Nähe der Stelle, wo die Tiere angepflockt waren. Sie steckte mitten in einem Wettkampf im Haareausreißen und Gesichtzerkratzen. Drei andere unverheiratete Frauen, die mit in unserem Zelt wohnten, waren ihre Gegnerinnen. Das war nicht meine Art von Kampf, und ich hätte mich auch nicht eingemischt, aber eine der Frauen zog ein Messer. Ich entwaffnete sie zwar mühelos, ohne daß jemand zu Schaden kam, aber sie veranstaltete einen Riesenlärm, und es entstand ein Auflauf.

Unter denen, die herbeiliefen, waren auch Um Aman, Amollia und Marid Khan. Letzterer grunzte den anderen Frauen etwas Gröbliches zu, worauf sie davonrannten.

»Ist das deine Methode, uns zu beschützen, mächtiger Fürst?« fragte Um Aman.

Marid Khan war nicht an Tadel gewöhnt. »Das Mädchen hatte hier draußen allein sowieso nichts zu suchen.«

Aster hatte nur ein kleines Büschel Haare verloren, dafür aber auf der einen Wange vier parallele Kratzer hinzugewonnen. Da sie als letzte auf der Walstatt zurückgeblieben war, schien sie das Gefühl zu haben, Siegerin zu sein. Sie warf das zerzauste Haar in den Nacken und beobachtete mit glitzernden Augen, wie sich ihre Feindinnen davonmachten. Dann wendete sie sich Marid Khan zu und gab sich Mühe, erbarmungswürdig auszusehen. »Ich habe als pflichtgetreue Gattin nur meinem armen Gemahl ein paar Früchte gebracht, mächtiger Khan«, protestierte sie.

»Fang nicht wieder davon an!« warnte Marid sie. »Ihr Frauen seid es, die verzaubert seid, nicht jener schlichte Esel. Ihr sollt euch von dem Tier fernhalten, hört ihr, oder ich lasse es töten.«

»Das *Ar*, das ich dir auferlegt habe, umfaßt auch meinen Sohn«, erinnerte ihn Um Aman.

»*Ars* beziehen sich auf Menschen und nicht auf Vieh«, gab er zurück. »Bedenkt meine Worte.«

Wir mußten sofort zurück zum Schlafzelt, aber als alle in diese Richtung schauten, drehte sich Amollia kurz um und deutete mit

dem Finger, und die Katze, die an ihr klebte wie die eigenen Röcke, sauste dorthin, wo Aman angepflockt war.
Abends blieben wir dicht an der einen Zeltseite, während alle anderen Frauen sich eng an der anderen hielten. Wir teilten uns den größten der Teppiche, den wir von unserem Besuch im Palaste des Emirs mitgebracht hatten. Marid Khan hatte gestattet, daß wir ihn behielten, ebenso unseren persönlichen Schmuck und andere kleine Beutegegenstände, die Aster erfolgreich in ihren Ärmeln versteckt hatte. Um Aman sank schon bald in einen von Gemurmel unterbrochenen Schlummer. Amollia, Aster und ich warteten, bis die andern Frauen schliefen. Wir waren ganz und gar nicht überzeugt, daß Asters Bedrängerinnen ihren Angriff nicht im Lauf der Nacht wiederholen würden. Draußen verglühten nach und nach die letzten Kochfeuer.
Als im Zelt Rauch aufzusteigen begann, dachte ich einen Augenblick lang, eines dieser Feuer hätte sich ausgebreitet, denn ich erkannte in seiner gasförmigen Gestalt nicht sofort den Djinn. Aber mit großer Schnelligkeit verdichtete sich der Rauch zu seiner vertrauten, rundlichen Figur, und er verbeugte sich.
»Seid gegrüßt, Ungläubige«, sagte er zu uns dreien. »Ich muß sagen, ihr habt mich wirklich ordentlich auf Trab gebracht.«
»Du hast entschieden Nerven, von Trab zu sprechen, Djinn«, erwiderte Aster im Flüsterton. »Hoffentlich bist du noch stolz darauf, arme, verängstigte Frauen nur wegen der Gier und Lust deines Herrn aus der Behaglichkeit der Stadt vertrieben zu haben.«
»O Schrägäugige«, versetzte er, »du hast ja noch gar nichts von mir gehört. In der Tat, nur meinem Wohlwollen ist es zuzuschreiben, daß ich dich aufsuche – um dich zu warnen; denn du und deine Gefährtinnen solltet euch vorsorglich darauf einstellen, daß mein Gebieter bald herausfinden wird, was es mit eurer Dieberei auf sich hat.«

VII

»Dieberei!« rief Aster empört. »Du vergißt dich, Djinn. Wenn du unsere Geschäfte mit den Gattinen des Emirs für Dieberei hältst, so verstehst du offensichtlich nichts von dieser Kunst.«

»Sagen wir also«, begann der Djinn, wobei er seine fetten Fingerspitzen aneinanderpreßte und auf dem Rauch unterhalb seiner Pluderhosen hin- und herschaukelte, »daß ihr aus dem Haus des Emirs gewisse Dinge entfernt habt.«

»Geschenke, die seine Damen uns aus freien Stücken zugewendet haben!« Aster hob abwehrend die Schultern. »Billiger Tand. Zeichen ihrer Wertschätzung. Nichts weiter.«

»Aha!« rief der Djinn aus. »Die treulosen Dirnen haben euch die Schätze ihres Gatten *geschenkt*? Kein Wunder, daß es so lange gedauert hat, bis er anfing, sich zu wundern, wo denn all die verschwundenen Sachen hingekommen wären. Von wegen Frühjahrsputz! Ich habe es ja gleich gewußt. Zum Glück sowohl für mich als auch für seine Frauen hat der Emir wie gewöhnlich darauf verzichtet, sich meiner großen Weisheit zu bedienen und mich deshalb noch nicht aufgefordert, den Verbleib der Dinge festzustellen, die er verloren glaubt.« Er kniff seine kleinen Augen zusammen, so daß sie noch kleiner wurden und verkündete in öligem Tonfall: »Ihr habt euch wie sehr törichte kleine Frauen benommen, aber ihr seid neu in unserem Land und kennt seine Sitten nicht. Darum will ich mich noch einmal freundlich erweisen und euch vorschlagen, mich selbst darum zu kümmern, daß man euch ungeschoren läßt. Wenn ich freilich warten muß, bis mein Herr mir befiehlt, ihm sein Eigentum und die, die es gestohlen haben, herbeizuschaffen, wird es euch übel ergehen. Wenn ihr mir aber alles übergebt, so daß ich es jetzt gleich zurücktragen kann, so können wir es vermeiden, eure zarten und unwissenden Personen diesem Mann von großer Macht und kleinlicher Gesinnung auszuliefern. Denn ich kann vor allem dir, Herrin Aster, versichern, daß er, wenn er erfährt, wer sich seinen Besitz angeeignet hat, darauf bestehen wird, dich selbst als Zins für die Überlassung der Sachen zu nehmen oder dich hinzurichten.«

»Du scheinst seine Absichten recht gut zu kennen, obwohl er dich doch, wie du behauptest, noch nicht um Rat gefragt hat«, bemerkte ich.

»Mein Leben heißt Dienen«, antwortete der Djinn bescheiden. »Wenn ich also dem Emir die Sachen, die ihr jetzt in eurem Besitz habt ...«

»Wenn wir dir soviel Mühe ersparen«, unterbrach ihn Aster, »meine ich, daß du dann auch etwas für uns tun könntest.«

»*Aiyeeah!* Warum mußte mein einstiger Gebieter nur solche Roßtäuscherinnen aus allen Völkern ehelichen? Törichtes Weib, ich will euch doch nur helfen!«

»Und das kannst du ja auch. Als Gegenleistung für die Sachen, die du haben willst und die wir Marid Khan nur unter erheblichen Schwierigkeiten wieder abjagen werden können – wenn überhaupt – und die ja einigen Wert besitzen müssen, wenn der Emir so große Sehnsucht nach ihnen hat, mußt du Aman von seinem Fluch befreien.«

»Nur die, die ihn ausgesprochen hat, kann ihn auch wieder zurücknehmen«, antwortete er steif.

»Dann mußt du uns helfen, Hyaganusch und die Flasche solange zusammenzubringen, daß *sie* dich beauftragen kann, den Fluch von ihm zu nehmen.«

»Das wäre gerecht«, stimmte der Djinn zu. »Vor allem, wenn sie ihn dann euch auferlegte, ihr widerborstigen Geschöpfe. Aber das alles ist mir unmöglich, selbst wenn ich dazu bereit wäre, solange der Emir die Flasche in seiner Gewalt hat.«

»Aber du kannst doch allein hierherkommen, ohne daß er es weiß«, meinte Aster und machte eine weitausgreifende Armbewegung. »Ich finde das höchst eigenartig.«

Der Djinn warf ihr einen eulenhaften Blick zu. »Wirklich? Das finde *ich* sehr merkwürdig. Denn von allen Leuten solltest doch du wissen, daß man das volle Aroma eines Weins, der erst einmal eingeschenkt ist, nie wieder zurückgewinnen kann – es sei denn, die Geister des Weins würden von neuem in ihrer Flasche versiegelt. « Hatte die Hitze der Wüste den Djinn verwirrt, so daß er uns etwas über Wein erzählte, während wir doch von Zauberei sprachen? Es hatte wirklich diesen Anschein, denn obwohl er gerade noch etwas hinzufügen wollte, hielt er plötzlich inne, waberte leicht nach rückwärts und begann zu verschwinden. »Vergib mir. Natürlich hast du recht. Wie, wenn mein Gebieter mich riefe und ich wäre nicht zur Stelle? Ach – ja – unzweifelhaft muß ich fort. Aber denkt über unseren Handel nach! Ich will versuchen, später mit euch darüber zu sprechen.« Damit löste er sich eilig auf und räumte das Zelt.

Wir hatten gar keine Chance, den sogenannten Handel zu vergessen oder uns daran zu halten, denn die Angelegenheit wurde uns aus den Händen genommen. Ich hatte noch das Gefühl, als wäre es nachts im Zelt irgendwie unruhig gewesen, aber als ich endlich einschlief, war ich derart müde, daß der schwache Luftzug und das eindringende Mondlicht, so als hebe und senke sich die Zeltklappe, mich nicht weckten. Und auch später weckte mich nichts, denn es war viel später, als irgend etwas meine Lippen benetzte und mich sofort in einen noch weit tieferen und festeren Schlaf versenkte. Und nicht nur ich, sondern auch die anderen, die Marid Khan zu beschützen geschworen hatte, schliefen wie tot, während man uns rundherum das Dach über dem Kopf abbaute, so daß es zum Schluß die Sonnenhitze war, in der wir schmorten, die uns weckte. Zelt, Teppiche, Kissen, das gesamte Zeltlager hatte sich in der Nacht davongestohlen und alles mitgenommen außer unserer Kleidung und dem Teppich, auf dem wir lagen – sogar die Tiere einschließlich Aman Akbars und der Katze.

Um Aman schlug ein Auge auf und begann lauter zu jammern als je vor meinem Schlafzimmer, wenn Aman und ich uns liebten. »Unglückselige!« kreischte sie Aster an. »Sieh nur, was du jetzt wieder angerichtet hast! Sie haben uns ausgestoßen! Ich habe mühsam sichergestellt, daß man uns Schutz gewährt, und du beleidigst unsere Gastgeberinnen und ruinierst alles!«

»Ich erflehe tausendmal Verzeihung, alte Mutter«, gähnte Aster, zuckte beim Anblick ihrer zerschundenen Arme leicht zusammen und betrachtete mit leeren Augen die unendliche, kahle Wüste. »Ich hätte mich wohl lieber von ihnen bewußtlos schlagen lassen sollen, oder wie?«

Ich hatte einen seltsamen, bittersüßen Geschmack im Mund, und meine Lippen waren in der Mitte mit einem klebrigen Stoff überzogen. Amollia stocherte mit dem Finger in ihren Zähnen herum und untersuchte ihn dann genau. »Aha«, sagte sie und nickte. Aster und ich starrten sie an und warteten auf eine Erklärung. Um Aman setzte ihr Jammergeheul fort. »Dieses kleine Stückchen rotes Fruchtfleisch und der Samenkern«, erläuterte Amollia. »Wie merkwürdig, so fern meiner Heimat auf eine Schlummerfrucht zu stoßen.«

»Wie wahrhaft merkwürdig und unheilverkündend«, meinte Aster, seufzte und zog die Beine an, um sich im Schneidersitz auf den Teppich zu hocken.

»Unedel und feige gehandelt, das ist es«, sagte ich verächtlich. »Ich habe mehr von diesen hirnlosen Schlampen gehalten, als sie offen und ehrlich kämpften, wie es sich für anständige Leute gehört.«

»Das hättest du aber auch nicht getan, wenn du die spitzen Enden ihrer Kamelstöcke abbekommen hättest«, versicherte mir Aster. »Erstaunt bin ich nur, daß Marid Khan uns nicht vermißt. Bestimmt wird er sofort umkehren, wenn er entdeckt, daß wir weg sind.«

Amolla schüttelte traurig den Kopf und legte sich wieder auf den Teppich. Sie zog die Knie an die Brust und bemerkte: »Nicht, wenn sie von dem Djinn erzählen.«

Offenbar hatten nicht alle unsere Zeltgenossen geschlafen, als uns der ehemalige Diener unseres Gatten einen Besuch abstattete. Marid Khan fürchtete Um Amans Fluch. Wieviel mehr würde er einen Djinn fürchten? So sehr, daß er vier ohnehin wenig willkommenen Gäste dem Verhungern, der Hitze und dem Durst auslieferte? Es hatte den Anschein.

Aster seufzte. »Ich fürchte, es bleibt uns nichts weiter übrig, als uns zu Fuß auf den Weg in die Stadt zu machen. Vielleicht finden wir einen Wasserschlauch, den jemand unterwegs vergessen hat. Vielleicht sogar andere Reisende, die uns mitnehmen, wenn wir ihnen unseren Teppich geben. Vielleicht ...«

»Vielleicht verlaufen wir uns aber auch«, heulte Um Aman.

»Noch einmal, tausendfache Vergebung, Verehrungswürdige«, antwortete ihr Aster. »Ich hatte nicht begriffen, daß wir uns jetzt in Sicherheit befinden und es uns gut geht. Vielleicht möchtest du uns in der Weisheit deines Alters verkünden, daß hinter der nächsten Düne eine andere Stadt liegt, deren Gesandte in Kürze eintreffen werden, um uns mit allem uns gebührenden Pomp und Luxus in die Mauern hineinzutragen? Oder vielleicht kennst du in der Nähe einen großen Fluß, der jeden Augenblick an uns vorbeifließen kann?«

Um Amans Reaktion auf diesen Spott war vorhersehbar. Zuerst versetzte sie Aster einen scharfen Klaps, dann fing sie wieder mit ihrem Geheul an, inzwischen freilich ein wenig heiserer.

Amollia klopfte sie auf die Schulter und gab glucksende Geräusche von sich, aber die Alte schüttelte sie ab. »Ich weine nicht. Ich bin viel zu vernünftig, wegen der Sticheleien einer leichtfertigen Dirne das Wasser meiner Augen zu vergeuden. Ihr Mädchen seid zu jung und kennt das Leben in der Wüste nicht wie ich. Kein schlimmeres Unglück hätte uns zustoßen können. Mein ganzes Leben lang bin ich eine gute Frau gewesen, eine fromme Frau. Warum muß mir so etwas widerfahren? Oh, ich wünschte bei Gott, wir wären in Sicherheit, weit fort von hier, irgendwo, wo es grün und angenehm ist und wo mein armer Sohn und seine liebende Mutter wieder vereint sein könnten, ohne vor Emiren oder Djinni oder sonstigem Unfug reicher Leute Angst haben zu müssen!«

Ich bekenne, daß ich die Religion dieses Landes bis dahin nicht weiter ernst genommen hatte. Ich hatte Aman Akbar im Haus des Gebetes gesehen und Um Aman hatte sich gewiß laut und häufig darüber verbreitet, was sie von ihrem Gott dachte – aber bis zu diesem Augenblick hatte ich keine Ahnung gehabt, was der Gott seinerseits von ihr hielt. Unsere eigenen Götter kümmerten sich meistens kaum um uns; gelegentlich ließen sie uns in einem Scharmützel siegen oder mit weniger Todesfällen als üblich durch den Winter kommen, sofern unsere Opfer ihnen zusagten und wir alle Worte und Gesten des Rituals fehlerfrei absolvierten. Wenn es uns schlecht geht, nehmen wir an, daß wir die Formel irgendwie verdreht haben oder das geopferte Schaf nicht fett genug war oder eine verborgene Krankheit hatte, oder aber, daß unsere Feinde ein besseres Tier geopfert oder ihre Gebete überzeugender vorgetragen haben. Aber nie, niemals – weder zu meinen Lebzeiten noch in den Überlieferungen meines Volkes – ist es jemals vorgekommen, daß ein Mensch einfach nur den Namen eines Gottes anruft und dieser Gott – huiii – den Teppich, auf dem der Beter sitzt, aufhebt und ihn blitzartig in Sicherheit bringt. Und nicht nur den Beter oder die Beterin allein, sondern auch sämtliche Nichtgläubigen, die daneben sitzen. Ich begann, nur Gutes von diesem Gott zu halten.

In Wirklichkeit hob er sich nicht gerade blitzartig in die Lüfte, sondern schwebte gemächlich über die Wüste dahin, denn es handelte sich um einen großen Teppich, der jetzt mit vier Personen sein Gleichgewicht halten mußte, ohne daß eine davon herunterfiel. Er blieb auch immer schön in der Waagerechten, schlug aber unter uns ganz leichte Wellen.

Als Um Aman erkannte, was da vorging, erbleichte sie ein wenig, bewies aber Courage, indem sie sich sofort, wenn auch vorsichtig, niederwarf und nunmehr ernstlich zu beten begann.

Trotz der heißen Brise, die unsere Fahrt mit sich brachte, wurden wir zwischen dem kochenden Himmel und dem ebenso kochenden Sand darunter gebraten. Die Hitze war schlimmer als alles in dieser Art, was ich im Leben bisher erduldet hatte. Es war viel heißer als in der Stadt Kharristan, viel heißer sogar als die Lehmofen, die meine Mutter errichtete, um darin ihr Brot zu backen, heißer als Kochfeuerflammen – zumindest empfand ich es so. Ich weiß recht gut, was ein Winter ist, und die Wärme des Sommers ist mir immer willkommen gewesen, aber diese Art Hitze war der Tod allen menschlichen Lebens. Angst, Blut und Schmerzen kann ich aushalten, und ich habe sie auch ausgehalten. Aber die Hitze zog das Leben aus meinem Körper, saugte mir den Blick aus den Augen und die Töne aus den Ohren, bis endlich die Welt anfing, sich um mich zu drehen. Ich fiel in Ohnmacht.

Wenigstens war ich nicht die einzige, die umkippte, wenn auch die anderen weit besser an solche Temperaturen gewöhnt waren. Als ich wieder aufwachte, war nur noch Um Aman munter, die aber noch in der Verzückung ihres Glaubenserlebnisses von vorhin lag, und zwar nicht nur, wie wir alle, körperlich, sondern auch im Geiste. Jedoch schien sie sich die Sache noch einmal überlegt zu haben, denn sie war jetzt längelang auf dem Teppich ausgestreckt und peilte über den Rand. Ich brauchte ihrem Beispiel gar nicht erst zu folgen. Was unter uns lag, konnte man nicht nur von der Teppichkante aus sehen, sondern es dehnte sich auf drei der vier Seiten aus. Wo zuvor Sand gewesen war, soweit das Auge reichte, erstreckte sich jetzt Wasser, ein großes, blaues Meer, voll von Wasser. Um Amans Gott hielt nichts von halben Sachen.

Ein Ende des Wassers war jedoch in Sicht. Denn immer riesiger ragte ein schmaler, brauner Kamm mit grünen Spitzen vor uns auf. Seevögel teilten über uns die Lüfte, wie Katzen miauend, und als das ferne Land immer näher kam, wurde auch das Tosen des Wassers, das gegen die Küste donnerte, immer lauter und wetteiferte mit dem Schreien der Vögel. Aster bewegte sich, öffnete die Augen, verzog das Gesicht und schloß sie wieder. Amollia wachte auf, als der Teppich aufwärts stieg, senkrecht an dem steilen Kliff empor.

Wir schnappten nach Luft, kreischten und zitterten, immer abwechselnd, während uns der Teppich ständig neue Sorgen machte. Würde er es wirklich schaffen, in diesem dicht bewaldeten Land allen höheren Bäumen auszuweichen? Würde er eine Lichtung finden oder uns einfach in einer Baumkrone absetzen, von der wir dann nach bestem Vermögen herunterfallen oder -klettern durften? Würde uns irgendein gewissenhafter Bogenschütze vielleicht für einen großen Raubvogel halten und abschießen? Würden wir überhaupt je wieder zur Erde gelangen? Und falls ja, würden wir

etwas zu essen und zu trinken finden? Vor allem dieses letzte Problem begann mich zu plagen, verbunden mit einem anderen, intimeren, an das mich das ununterbrochene Plätschern und Tosen des Wassers unter uns mit heftiger Dringlichkeit erinnerte. Der Teppich schwebte abwärts durch grünes Laubwerk, in dem flammenfarbige Blüten funkelten. Ein scharfer Geruch, eine Mischung von Blumenparfüm und Moder, stach uns in die Nase. Der schwere Duft, die rauhen Schreie der Wildvögel, das Zirpen und Schnattern anderer, wilder Tiere hingen in der Luft, die feuchter war als in der Wüste oder meiner eigenen Heimat nahe den Steppen. Ich stellte fest, daß mir das Atmen leichter fiel.
Noch leichter wurde es, als der Teppich niederging und so sanft wie ein fallendes Blatt vor einem Bauwerk aus Lehmziegeln landete, das die Sonne zu einem kalkigen Weiß gebrannt hatte. Es war nicht besonders groß, aber die schön geschwungenen Linien der Fassade zeugten davon, daß hier keine rohe Hütte stand, unbeholfen zum Schutz gegen die Witterung zusammengefügt.
Blühende Ranken kletterten an den Wänden hoch, und an der Vorderseite gab es eine ummauerte Terrasse, deren Steine im Sonnenlicht glänzten wie Knochen. Zwischen den Steinen krochen Moos und die ersten Fäden neuer Ranken. Als der Teppich die Erde berührte, sah ich irgend etwas in den Schatten verschwinden.
»Und wo in den sieben Stockwerken der Hölle mögen wir hier wohl sein?« fragte Aster und pfiff durch die Zähne.
Das war die falsche Art Bemerkung und auch undankbar, wo man uns doch gerade erst so beschleunigt aus der Wüste gerettet hatte.
»Halt deinen unwissenden Mund«, bedeutete ihr Um Aman. »Dies ist ein Tempel, ein heiliger Ort.«
»Nun, wo immer es sein mag, jedenfalls steht es auf festem Boden«, versetzte Aster und trat hastig über die Kante des Teppichs und auf die Terrasse. »Und dieses arme Waisenkind wird dafür sorgen, daß es hierbleibt, wenn dich noch einmal eine solche Anwandlung von Frömmigkeit befallen sollte, Schwiegermutter.«
Ich sprang ihr nach und begab mich so lange zu den glitschigen

Wesen in den Schatten und den hohen Büschen, bis ich erledigt hatte, was mir am dringlichsten war. Inzwischen befahl Um Aman den andern, den heiligen Teppich zusammenzurollen.
Gerade hatte ich mich durch die Büsche gedrängt und wollte die Terrasse wieder betreten, als der erste kleine Stein von meiner Schulter abprallte. Durch die Erlebnisse des Tages waren meine kriegerischen Reflexe ein wenig abgestumpft, aber als ich – an einem Tag, der für Hagelschlag viel zu heiter war – sah, wie ein Schauer weiterer Steine dem ersten folgte und meine Gefährtinnen schreien hörte, machte ich sofort einen Satz zurück ins Gebüsch.
»Dämonen!« kreischte Um Aman. »Der Tempel ist von Dämonen besessen!«
Aster ließ sich in die Hocke fallen und bedeckte Gesicht und Kopf mit Armen und Ellbogen, während Amollia meinem Beispiel folgte und ins Gebüsch und damit außer Schußweite sprang.
»Das sind keine Dämonen!« schrie sie halb lachend zurück. »Es sind nur Affen. Seht doch aufs Dach! Nur Affen, die mit Steinen werfen.« Aber gleich darauf verging ihr das Lachen, als ein Stein Um Aman mitten auf den Kopf traf. Die alte Frau kippte um und lag ganz still.
Beide riefen wir Aster, aber sie war völlig in sich selbst verkrampft. Ich brach durch die Büsche und war in zwei Sätzen bei Um Aman. Auch Amollia schoß aus ihrer Deckung hervor und gemeinsam falteten wir Aster wieder auseinander und schoben sie ins Gebüsch. Um Aman zerrten wir hinter uns her.
Als wir uns so zurückzogen, setzten die Affen, diese kleinen Luder, uns nach, kreischten Verwünschungen, wedelten mit den haarigen Armen, sprangen auf und nieder und führten sich in einer Weise auf, die auch nicht so ganz von dieser Welt war, allerdings mit Ausnahme der Steine. Die Affen sprangen vom Dach hinunter und hopsten auf uns zu, in schräg geneigter Haltung, wobei sie entweder auf den Hinterbeinen standen und sich auf die Handknöchel stützten oder aber die Hände dazu benutzten, Steine nach uns zu schleudern. Durch einen hätte ich um ein Haar ein Auge ver-

loren und meine Schienbeine und Arme, mein Bauch und mein Rücken waren zu Staub zerstört, ehe wir noch die Bäume erreichten.

Wer hätte gedacht, daß man in all dem Lärm und Durcheinander ein Händeklatschen vernehmen würde? Und doch war es, als es ertönte, lauter als jedes andere Geräusch. Sekundenlang hörten nicht nur die Affen auf zu schnattern, sondern auch die Seevögel schrien nicht mehr, der Ozean brüllte nicht, und alle Geräusche dieses dichten und wimmelnden Waldes verstummten.

Wer konnte so in die Hände klatschen? Der Gott des Teppichs in eigener Person? Ein neuer Djinn? Vielleicht ein Anführer wie Marid Khan? Ich drehte mich um und erwartete, eine Persönlichkeit dieses Kalibers zu erblicken. Statt dessen trat eine kleine, dunkle Frau, sichtlich außer Atem, aus den Bäumen hervor und japste: »Schön brav. Schön brav. Freunde.«

Die Affen hielten inne und sahen zu ihr hin. Und sie schaute die Affen an, ganz vertraut, als wären sie wirklich ihre Freunde. Sie legte die Hand auf die Brust ihres einfachen, orangefarbigen Gewandes, das aussah wie eine Art Turban für den Körper, so gewikkelt und drapiert, daß alle strategisch wichtigen Stellen bedeckt waren. Als sie einigermaßen wieder zu Atem gekommen war, drohte sie ihnen mit dem Wanderstab, den sie in der Hand trug. »Was habt ihr in meiner Abwesenheit angestellt? Nun? Schon wieder Unfug? Kann ich euch denn nicht einen Nachmittag alleinlassen, ohne daß ihr etwas in den Hof werft? Für heilige Tiere habt ihr entschieden zu wenig Respekt.« Und sie bückte sich und fing an, Steine einzusammeln, bis wir vorsichtig aus dem Gebüsch hervorschlichen und sie ohne sonderliche Überraschung zu uns aufblickte. »Besuch. Natürlich, das ist der Grund. Kein Wunder, daß sie dann so einen Lärm machen. Wie seid ihr hergekommen? Ihr müßt geflogen sein. Ich habe doch seit gestern abend auf dem Pfad zum Dorf gelagert.«

»Wer bist du?« fragte Aster.

»Ich bin eine fromme Frau. Wie sehe ich denn sonst aus? Ich hüte diesen Schrein für Sankt Selima, deren heilige Tiere diese Affen

sind, und nehmt es mir nicht übel, aber ich hatte einen sehr anstrengenden Vormittag, weil ich mit einer verschrobenen Tigerin reden mußte. Helft mir ein paar Steine aufheben, ja? Ich kann schließlich keinen unordentlichen Tempel haben.«
Amollia hielt ihre Hand fest, die sie gerade nach dem nächsten Felsbrocken ausstreckte. »Vergib mir, o Heilige, aber eines deiner Tiere hat unsere Schwiegermutter verletzt.«
Die heilige Frau sah schockiert, vielleicht auch ein ganz bißchen zufrieden aus. »Wirklich? Du willst sagen, sie hätten etwas getroffen?« Sie betrachtete prüfend einen der Steine. »Sieh an, sieh an.«
Dann ließ sie das Felsstück fallen und folgte uns zu der Stelle, wo Um Aman lag. Ich wollte die alte Frau am Arm fassen, um sie in den Tempel zu ziehen, aber die fromme Frau gab mir einen ungeduldigen Klaps. »Doch nicht so. Du bringst sie ja um! Wir müssen sie auf irgend etwas tragen.«
»Der Teppich!« rief Aster und schnippte mit den Fingern. Sie sah unsicher von Amollia zu mir. »Wenn ihr meint, wir könnten uns darauf verlassen, daß er auf dem Boden bleibt?«
Aber Amollia hatte den Hinweis schon in die Tat umgesetzt und den Teppich neben Um Aman ausgerollt.
Ich wartete auf die Anweisungen der frommen Frau, wie man Um Aman am besten transportierte, aber die Hüterin des Schreins starrte statt dessen den Teppich an.
»Gott *ist* gnädig und barmherzig«, verkündete sie.
»Vorsicht beim Beten in der Nähe dieses Teppichs, bei allem Respekt, o Weise«, warnte ich. »Er könnte sich erheben und wieder fortfliegen, so wie er es mit uns gemacht hat.«
»Mit euch? Ihr seid auf Sankt Selimas geheiligtem Gebetsteppich geflogen?«
»Damit sind wir hierhergekommen.«
»Meine Gebete sind erhört worden«, erklärte sie.
»Hast du auch darum gebetet, daß wir aus der Wüste herauskommen?«
»Ich habe gebetet, daß der Teppich, der vom Fußboden der heilig-

sten aller heiligen Stätten in Sindupur gestohlen wurde, eines Tages den Weg zurückfinden würde. Die Heilige hat ihn mit eigener Hand geknüpft, Wunder in jeder Faser, nicht wie andere Teppiche, die von gewöhnlichen Sterblichen gewebt und hinterher von Magiern und Zauberern verhext werden, die sie mit einer Zauberschicht überziehen, damit sie überhaupt fliegen. Hier aber steckt nicht nur Heiligkeit in jedem Knoten, sondern der Teppich ist auch so groß, daß selbst die riesigsten Tiere darauf geziemend zu Gott beten können.« Sie schüttelte staunend den Kopf, kniete dann neben Um Aman nieder und sagte: »Aber was stehen wir hier herum und schwatzen! Ich dachte, ich sollte dieser Frau helfen.«

Als sie Um Aman verbunden, ein Gebet über sie gesprochen und ihr auf der einen Seite des Tempels ein bequemes Lager bereitet hatte, brachte die fromme Frau, die Fatima hieß, einen Korb mit Früchten, einen Laib Brot und einen Wasserschlauch herbei, auf die wir uns ohne Zögern oder ein Wort der Entschuldigung stürzten.

»So«, meinte sie, als wir fertig waren. »Ihr müßt sehr fromm sein, daß ihr Sankt Selimas geheiligten Teppich überhaupt in Bewegung setzen konntet.«

»Der Teppich flog für die fromme Mutter unseres unglücklichen Gatten, o Heilige«, erläuterte Amollia. »Wir gehören nicht zu deinem Volk.«

»Das ist offensichtlich. Und auch nicht zu meinem Glauben, wenn es das ist, was du mir beizubringen versuchst? Seid nicht schüchtern. Es ist weiter keine Schande, kein Rechtgläubiger zu sein. Jeder muß ja schließlich irgendwo anfangen.« Sie wühlte kurz in einer Ecke und kam mit einer Tonschale voller Süßigkeiten zurück. »Sankt Selima ist hier sehr beliebt.« Sie streckte mir die Schale entgegen. »Du bist die Hellste, die Längste und die uns am wenigsten Ähnliche. Von allen siehst du am ungläubigsten aus. Such dir schon ein Bonbon aus. Das allerköstlichste. Komm schon.«

Ich versuchte, Einwände zu erheben, denn ihre überwältigende Freizügigkeit machte mich ganz verstört, aber sie streckte mir

nochmals die Schale hin, so daß ich nach etwas Schmelzendem und Klebrigem griff und es in den Mund stopfte.
Dann meinte sie: »Wenn ihr keine Rechtgläubigen seid und die Mutter eures Gatten nicht einmal wußte, daß sie den geweihten Teppich an die letzte Ruhestätte seiner Knüpferin brachte, muß ich davon ausgehen, daß es nicht fromme Andacht war, die euch hergeführt hat. Was also dann?«
»Verzweiflung, o Heilige«, antwortete Amollia.
»Aha«, erklärte Fatima weise.
»Siehst du, o fromme Frau«, erläuterte Aster, »der Emir, von dem wir den Teppich deiner Heiligen haben – und frag nicht, wie *er* dazu gekommen ist –, hat auch uns aus der Stadt vertrieben, als eine seiner Gemahlinnen unseren Gatten in einen Esel verwandelte.«
»Einen Esel?«
»Einen weißen«, nickte Aster.
»Selbstverständlich«, sagte Fatima. »Solche Verwandlungen waren hier früher gang und gäbe. Es ist nicht besonders schwierig, sie wieder aufzuheben, vorausgesetzt, man veranlaßt denjenigen, der den Fluch ausgesprochen hat ...«
»... ihn wieder zurückzunehmen? Das hat man uns auch schon mitgeteilt«, unterbrach Aster sie trocken. »Aber das Problem ist, daß die Flasche mit dem Djinn sich noch bei dem Emir befindet, unser Gatte dagegen bei Marid Khan in der Wüste, die Frau, die ihn verzaubert hat, irgendwo an einem Ort namens Sindupur, und alles, was *wir* haben, ist das hier.« Sie fischte aus ihrem Ärmel den Verschluß für die Flasche des Djinns. Ich hatte ihn ihr zum Verstecken gegeben, als wir unsere übrige Beute Marid Khan abliefern mußten.
Fatima nahm ihr den Korken aus der Hand. »Aber meine Liebe, das ist schon sehr viel! Ohne diesen Korken ist der Djinn nicht an seine Flasche gefesselt. Zwar hat der Emir den Wohnsitz der Seele des Ifrits in seiner Hand und damit in gewisser Weise auch Macht über ihn, weil er ihm drohen kann, die Flasche zu zerstören; aber er kann sich der Kräfte des Djinns nicht in vollem Umfang bedie-

nen, solange er nicht auch den Korken besitzt, der Salomonis Siegel trägt.«

»Das also war es, wovon dieser rauchfüßige Unhold gefaselt hat – mit seinen Weinrätseln!« rief Aster.

»Und darum war er bestimmt auch so verdächtig hilfsbereit«, fügte Amollia hinzu.

»Kein Zweifel. Und was diese Frau betrifft – wo in Sindupur soll sie sein, sagt ihr?«

»Erst einmal müssen wir Sindupur finden«, erinnerte ich sie.

Fatima schüttelte den Kopf.

»Soll das heißen, daß wir dort sind?« fragte Aster. Dieses Mal nickte die heilige Frau.

»Vielleicht«, meinte sie dann, »kann ich euch besser helfen, wenn ihr mir die ganze Geschichte von Anfang an erzählt.«

Als wir ihr alles berichtet hatten, was es zu berichten gab, war der Tag bis weit in den Nachmittag fortgeschritten, und draußen auf dem Hof goß es in Strömen. Unsere Geschichte zu erzählen dauerte deshalb so viel länger als üblich, weil Fatima darauf bestand, mit jeder von uns alle Einzelheiten genau durchzugehen; und dazwischen hüpfte sie immer wieder auf und erledigte irgend etwas – hob Steine auf, bis es anfing zu regnen, träufelte Um Aman mit dem Löffel Wasser zwischen die Lippen, verjagte einen Affen – immer, wenn wir just an einem wichtigen Punkt waren; und wer immer gerade erzählte, mußte wieder von vorn anfangen.

»Und das ist alles?« fragte sie schließlich munter, die kleinen, runden Finger über den gekreuzten Beinen verschränkt, mit dem molligen Gesicht einer nach der anderen zunickend, anscheinend neugierig, vielleicht aber auch leicht gelangweilt. Ich begann wieder Hoffnung zu schöpfen.

»Das ist alles«, antwortete Aster. »Und für diese demütige Person hier war es entschieden genug. Ich fange an, mich nach den Blumenbooten des Weidensees zu sehnen.«

»Hast du irgendeine Möglichkeit, uns zu helfen, o Weise?« erkundigte sich Amollia. »Könntest du für uns die Knochen werfen

oder in Hühnereingeweiden lesen wie die Seherin in Kharristan, damit wir Aman Akbar wiederfinden?«
»Hm – ja – nein, in Knochen kenne ich mich nicht besonders aus. Sankt Selima hat sich immer mehr für lebendige als für tote Wesen interessiert, und ich würde meinen Anteil am Paradies aufs Spiel setzen, wenn ich einfach so ein armes Huhn aufschlitzte, nur um dumme Fragen über Dinge zu stellen, die ohnehin längst im Buche des Lebens verzeichnet stehen. Ich habe aber etwas, das vielleicht sogar besser ist.«
»Besser als eine Prophezeiung?« fragte Aster, deutlichen Zweifel in der Stimme. Es war leicht erkennbar, daß sie dachte – wie ich selbst nur allzu oft Anlaß hatte zu denken –, daß Priester und Schamanen doch immer recht schnell damit bei der Hand waren, einem zu versichern, daß man ja eigentlich gar nicht wollte, daß sie wirklich so zauberten, wie man es sich vorstellte; weil sie einem nämlich lieber irgendeinen Trick vorführten, auf den sie sich von Anfang an festgelegt hatten, denn natürlich hatten sie dafür auch schon ihre gänzlich unmagischen Vorbereitungen getroffen.
Fatima jedoch behauptete gar nicht erst, daß die Hilfe, die sie uns anbieten wollte, aus irgendwelchen magischen Quellen stammte.
»Oh ja! Ich habe etwas viel Zuverlässigeres als Prophezeiungen. Ich habe Affen.«
»Wir wollen ihn finden und nicht steinigen«, warf Aster ein. Aber Fatima war schon barfüßig zur Schwelle getrottet, streckte die Hände nach draußen in den Regen und klatschte einmal, schallend.
Daraufhin regnete es minutenlang nicht nur Wasser, sondern auch noch Affen. Mit diesen sprach sie langsam und ernsthaft, erklärte, was sie von ihnen wünschte und unterbrach ihre Rede nur, um sich zu vergewissern, daß die Beschreibung Aman Akbars und anderer Hauptpersonen auch in allen Einzelheiten genau war. Schon bald sausten sie zur Tür hinaus, und das Geschnatter verlor sich, als sie in den Wald hüpften und darin verschwanden. »Bald wird der ganze Dschungel von eurer Suche wissen. Wir brauchen nur zu warten.«

»Es wartet sich schön hier«, sagte Amollia mit müder, verträumter Stimme. »Wie bei mir zu Hause. Wir hatten gerade Monsunregen, als ich fortging.«

Mein Blick folgte dem ihren hinauf zum stumpfen, schwach graugelben Himmel, den wippenden Wedeln und Zweigen, die im schrägen Silberperlenschleier verschwammen, der in die Pfützen auf der Terrasse plätscherte. Es war mir unerfindlich, wie jemand wegen solchen Wetters sentimental werden konnte.

Nach drei Tagen wurde das Warten ermüdend. Um Aman öffnete zwar die Augen wieder, war aber nicht richtig bei sich. Sie pendelte zwischen Wachen und Schlafen und litt unter Alpträumen, bei denen sie vor sich hinmurmelte und um sich schlug. Wenn sie wach war, redete sie noch unvernünftiger als sonst und benahm sich – es ist kaum zu glauben – noch viel ekelhafter und feindseliger als früher.

Fatima schien sich nichts daraus zu machen. »Daß sie überhaupt aufwacht, ist ein gutes Zeichen. Habt Geduld.«

Aber es wurde immer schwieriger, Geduld zu haben, denn es war klar, daß wir auch Fatima im Weg waren. Normalerweise verbrachte sie den Morgen im Gebet, meditierte, kümmerte sich um den Garten und hörte die Bitten der Pilger an, die den Schrein aufsuchten. Während unseres Aufenthalts waren wir die einzigen Pilger. Nachmittags beschäftigte sie sich gewöhnlich damit, den Tempel aufzuräumen, zu fegen, zu schrubben und den Mist von Sankt Selimas heiligen Tieren zu beseitigen. Solange wir bei ihr wohnten, kürzte sie ihre Meditationen ab, um Um Aman zu pflegen. An den Nachmittagen, wenn es regnete, drängten wir uns so zahlreich in dem kleinen Tempel zusammen, daß sie zum Arbeiten gar nicht genug Platz hatte. Wenn der Regen nicht so heftig war oder später anfing, halfen wir ihr dafür alle, den Dung der vielen Ratten, Affen, Mungos und anderer kleiner Tiere hinauszuschaffen, die in den Tempel kamen; manchmal waren es auch andere, gar nicht so kleine Tiere.

»Ist deine Stellung hier eigentlich erblich?« fragte Aster Fatima eines Nachmittags, als wir herumhockten und einander anstarrten. Fatima hatte mit einem halbfertigen Korb alle Hände voll, während ich mein Messer schliff und Amollia Um Aman Fruchtsaft einflößte. Fatima ließ eine Masche aus Binsen fallen, zischte und hob den Kopf. Vor Ärger über die dauernden Unterbrechungen hatte sie die Lippen zusammengekniffen.

»Erblich? Erblich? Was soll das heißen, erblich?«

»Ich meine, war diese Selima eine deiner Ahnfrauen, oder so? Hast du daher diese Stelle als Hüterin ihres Tempels?«

»Nein, natürlich nicht. Sie war eine Heilige, eine große Lehrerin, Wundertäterin und Tierfreundin. Ihr habt ja selber gesehen, daß sie Gebetsteppiche fliegen lassen kann und alle Tiere ihr Ehre erweisen. Sie konnte mit ihnen reden, seht ihr. Und weil dieser Schrein mit ihrem innersten Wesen getränkt ist und ich seit so vielen Jahren hier lebe, kann ich es auch. Aber nicht, weil ich mit ihr verwandt wäre oder so etwas Unsinniges. Mein eigenes Volk stammt nicht einmal von hier. Wir sind Nomaden.«

»Und wie bist du dann hierhergekommen?« erkundigte sich Aster und legte den Kopf auf eine Weise schief, die den Eindruck erweckte, sie hätte sie besonders geübt, um nach kindlicher Unschuld und ebensolchem Charme auszusehen. Sie langweilte sich und wußte über uns andere sowieso schon alles, was sie interessierte. Von unserer Gastgeberin erhoffte sie sich Zerstreuung und ließ sich dabei nicht so leicht abwimmeln. »Hat die Heilige dir dieses Haus als Belohnung für deine Arbeit gegeben?«

»Nein, nein, nichts dergleichen. Als ich anfing, Selima zu dienen, besaß sie kein Haus. Wir streiften durch den Dschungel, kümmerten uns um die Tiere und beteten Tag und Nacht.« Sie gab es auf und stellte den Korb beiseite. Sehnsüchtig sah sie an uns vorbei, durch die offene Tür hinaus in den Dschungel. »Als ich ihr zuerst nachfolgte, taten mir ständig die Füße weh. Die ganzen Jahre, die ich nur auf meinem Hinterteil gesessen hatte, hatten mich verweichlicht. Aber ich stamme von Leuten ab, die immer viel zu Fuß gegangen sind, und es war ein großes Vergnügen, mit jemandem wie Selima zusammenzusein, nach all den Widerwärtigkeiten im Serail!«

»Wo war das?« bohrte Aster.

»Ach, da wo ich früher gelebt habe. Mein Vater schloß ein Bündnis, und ich war Bestandteil des Vertrages, zusammen mit mehreren Kamelen, ein paar recht ordentlichen Pferden und einer Riesenmenge Stoffballen«, seufzte sie.

»Und das Leben dort sagte dir nicht zu?«

»Nein. Nein, wirklich nicht. Ich machte mir nichts daraus, und als ich mein Kind erwartete und schwerfällig wurde, wäre ich vor lauter Kummer fast gestorben – einfach so. Aber gerade darum lud die Valideh, die Frau, die den Harem leitete, Selima ein, zu uns zu sprechen. Als ich sie hörte, änderte sich mein ganzes Leben. Sobald mein Kind geboren und ich meiner Verpflichtung ledig war, suchte ich sie auf. Ich war ihre eifrige Jüngerin, bis sie starb. Dann baute ich mit eigener Hand diesen Tempel – nun ja, die Männer aus dem Dorf halfen mir ein bißchen, aber dafür bezahlte ich sie mit ein paar von den Juwelen, die mir von den alten Tagen im Palast noch geblieben waren. Es ist kein schlechtes Leben, sogar interessant. Gelegentlich wirken ihre Knochen, die unter dem Schrein begraben sind, sogar ein Wunder, so voller Heiligkeit war sie, und die Tiere sind eine wesentlich angenehmere Gesellschaft, als ich sie gewöhnt war, bevor ich Selimas Jüngerin wurde.«

»Aber was wurde aus deinem Kind?« fragte Aster.

Fatima preßte die Lippen zusammen und warf Aster einen so durchdringenden Blick zu, daß diese unbehaglich hin- und herrutschte.

»Die Favoritin im Harem war unfruchtbar. Sie erhielt mein Kind, um es als ihr eigenes großzuziehen.«

»Ein gräßlicher Mann muß das gewesen sein, dein Gatte«, warf ich ein. Nicht einmal die Verwandten meiner Mutter würden so etwas tun.

»Ganz und gar nicht«, antwortete Fatima leichthin und bastelte wieder an ihrer Korbflechterei herum. »Wenn man seine Stellung berücksichtigt, sein Isoliertsein von allem, wofür Gott ihm die

Verantwortung auferlegt hatte, den schlechten Rat, den man ihm gab, dazu seine schwache Gesundheit, war er ein guter Mann. Es hat mich tief betrübt, von seinem Tod zu hören, aber ich bin trotzdem beinahe ... beinahe froh darüber, daß alles so gekommen ist. Mein Leben ist viel nützlicher geworden, nachdem ich den Harem verlassen hatte. Hier kann ich helfen. Nicht alle Bewohner dieses Landes sind Rechtgläubige, denn es gelangte erst vor vier Jahren in Gottes barmherzige Fürsorge, nachdem wir dem früheren König in der Schlacht aufs Haupt schlugen.«
Sie seufzte und lächelte wehmütig. »Monatelang rauchte das ganze Land, und vor dem Harem errichtete man einen Wall aus den Köpfen der Anhänger des bisherigen Königs. Ich erfülle natürlich den Willen Gottes und Selimas weit friedlicher. Ich versuche von dem, was Gott mir in seiner Güte an weltlichem Besitz gewährt hat, den besten Gebrauch zu machen und gewisse Fähigkeiten, die die Heilige mich gelehrt hat, so gut wie möglich einzusetzen, um die Menschen vor den Tieren zu schützen und umgekehrt. Das ist manchmal recht anstrengend. Die Schlangen vergessen sich immer wieder und kriechen in die Häuser der Menschen, wobei dann, wenn es zu Berührungen kommt, meist die eine oder andere Partei ihr Leben verliert. Tiger werden alt oder bekommen es satt, ihre gewöhnliche, schnelle Beute zu jagen; statt dessen schnappen sie sich Kinder aus dem Dorf, wenn man sie nicht ganz streng ermahnt und darauf achtet, daß sie anderes Futter erhalten.«
»Ein nützliches Talent«, bemerkte Amollia. »Ich hoffe nur, daß es uns auch helfen kann, Aman Akbar zu finden.«
Es ist niemals weise, im Tempel einer Heiligen von Hoffnung zu sprechen, so wie es auch unweise ist, einem Djinn, der vorübergehend frei ist, Wünsche vorzutragen, sofern man keinen Wert auf hastige und unvorhersehbare Folgen legt. Kaum hatte Amollia ausgeredet, als wir auch schon von einer Sintflut nasser Affen überschwemmt wurden, die aus dem Dschungel strömten, über die Terrasse trappelten und anfingen, alle zugleich in die Luft zu springen und auf Fatima einzuschnattern – das alles bei dem wenigen Platz, der im Tempel noch frei war.

Fatima grunzte und wendete sich mit zufriedenem Nicken an uns. »Sie haben Nachricht über die Frau, die euren Gatten verzaubert hat. Sie ist mit ihren Begleitern durch den Dschungel gereist, auf der Straße nach der Hauptstadt Bukesh, und zwar erst kürzlich. Das haben die Tiere erzählt, die auf unserer Seite des Gebirges im Dschungel wohnen. Von den Tieren aus der Ackerbaugegend, die näher an Bukesh liegt, gibt es noch keine Antwort.«

Ich steckte das Messer in die Scheide und stand auf, zur Empörung eines überempfindlichen Affen, dem ich mit meinem nackten Fuß auf den Schwanz trat. »Dann müssen wir in die Hauptstadt gehen und sie finden. Der Djinn hat gesagt, sie würde wohl als Geschenk für den jungen König bestimmt sein.«

»Aber sicher willst du doch nicht sofort aufbrechen?« fragte Aster.

Aber genau das wollte ich. Der Geruch des Raums, voll von nassen Affen, reichte aus, um mich aus dem Haus zu treiben, selbst wenn ihre Nachricht anders gelautet hätte.

»Aber Rasa, du kannst doch nicht allein gehen«, sagte Amollia. »Und die Mutter unseres Gatten ist nicht reisefähig, so daß mindestens eine von uns hierbleiben muß, bis sie wiederhergestellt ist.«

»Das stimmt nicht«, erklärte Fatima eilig und strahlte mich dabei geradezu an. »Ich kann mich auch ohne euch sehr gut um sie kümmern. Nachdem Selimas Teppich sie zu mir gebracht hat, könnte man fast sagen, es ist ein Auftrag der Heiligen selbst, daß ich sie pflege. Lägen die Dinge wie gewöhnlich, so würde ich euch empfehlen, Gottes Willen zu folgen und euch nicht einzumischen, aber da ihr Ungläubige seid, werdet ihr euch ohnedies nicht daran halten, ist es nicht so? Außerdem, wer weiß, vielleicht steht es geschrieben, daß ihr gehen sollt.«

»Eine gewisse Seherin in Kharristan hat das auch gesagt, o Heilige«, wagte ich zu bemerken und zog mir dafür einen wütenden Blick von Aster zu.

»Diese Seherin hat sich auch nicht vorgestellt, daß wir drei schutzlosen Frauen allein durch einen Dschungel voll hungriger Tiger

und Steine werfender Affen marschieren müßten«, wandte sie ein.
»Aber wegen solcher Gefahren brauchst du dir doch keine Gedanken zu machen, teure Herrin Aster«, sagte Fatima so vergnügt, daß ich anfing, ihre weniger geschwätzigen Stimmungen vorzuziehen. »Seid ihr nicht Gäste in Selimas Tempel gewesen, und bin ich nicht die Hüterin dieses Tempels? Meint ihr ernstlich, ich würde euch dazu ermuntern, im Dschungel – der Sankt Selima so teuer war – herumzureisen, ohne euch einen Talisman mit ihrem Schutz mitzugeben?«
»Wir sind nun einmal Ungläubige«, erinnerte Amollia sie ganz unnötigerweise, aber Fatima achtete nicht auf sie.
»Vor allem würde ich euch keinesfalls um die kleine Gefälligkeit bitten, die mir vorschwebt, ohne dafür zu sorgen, daß ihr auch am Leben bleibt, um sie mir zu erweisen.«
»Aha«, murmelte Aster düster. »Eine Gefälligkeit.«
»Du brauchst das nicht in diesem Ton zu sagen, mein Mädchen. Für eine Person wie dich, die die Frauen des Emirs dazu verleitet hat, ihr Selimas Teppich herauszugeben, und einem mächtigen Djinn immer um eine Nasenlänge vorausgeblieben ist, bedeutet es eine Kleinigkeit. Ich wünsche nur, daß ihr dem König ein paar Geschenke von mir überbringt. Vielleicht hilft es euch sogar, mit dieser Hyaganusch, die ihr sucht, zusammenzukommen, wenn ihr einen echten Auftrag für den Palast habt, noch dazu von einer amtlich anerkannten Heiligen. Erstens möchte ich, daß ihr dem König dies hier gebt.« Und sie nahm vom Hals eine dünne Goldkette, an der ein Amulett in Form einer abgebrochenen Hand hing. Aster nahm es entgegen.
»Und zweitens möchte ich, daß ihr von einem Baum, der im Gebirge wächst, eine Zitrone pflückt.«
Aster lächelte ironisch, als hätte sie genau das erwartet.
»Ein ganz besonderer Baum, o Weise?« fragte sie mit heuchlerischer Unschuld.
»So könnte man sagen«, nickte Fatima.
»Ich möchte nur wissen«, ergänzte Aster, »wie ich das erraten habe.«

»So besonders ist er nun auch wieder nicht«, erklärte Fatima. »Jeder von den Bäumen im Garten des Königs der Divs kommt dafür in Frage. Ihr braucht nichts weiter als eine kleine Zitrone, um sie meinem S... um sie dem König zu überreichen.«
»Könntest du das nicht von einem der Affen erledigen lassen?« erkundigte sich Aster.
Fatima war entsetzt. »Die Affen sind Sankt Selima heilig!«
»Im Gegensatz zu uns dreien, die wir Ungläubige und darum entbehrlich sind, meinst du? Genauso ist es, o Weise.« Aster grinste und zog sich die Halskette über den Kopf. Nachdem ihre Befürchtungen sich in dieser Weise bestätigt hatten, schien sie eher munterer als vorher zu sein, was wieder einmal beweist, wieviel manchen Leuten daran liegt, recht zu haben.
Aber wenn Fatima uns schon in eine Gefahr hineinschickte, so versorgte sie uns doch wenigstens mit Lebensmitteln: Melonen, Orangen, Datteln, Nüssen, Brot und Reis, alles in Stoffbeuteln verpackt. Das Ganze füllten wir in Tragnetze, die an unsern Gürteln hingen. Sie gab uns auch ein Silberstück, um die Herberge zu bezahlen, wenn wir in der Stadt ankamen, und den versprochenen Talisman.
Der Talisman war äußerlich eher enttäuschend, denn er bestand aus nichts weiter als aus einem verdreckten und zerfetzten Lumpen. Fatima schwor jedoch feierlich, dies wäre ein Stück des Kopftuchs, das Sankt Selima in ihren letzten Lebensjahren tatsächlich getragen hatte. Es wäre, versicherte uns Fatima, von der Essenz der Heiligen durch und durch getränkt.
»Ganz gewiß ist es von irgend etwas ganz und gar durchtränkt«, stimmte Aster zu und reichte es Amollia weiter. »Hier, nimm du es. Es paßt nicht zu meinem Teint.«
»Du sollst es doch nicht aufsetzen, Ungläubige«, bedeutete ihr Fatima ungeduldig. »Du trägst es vor dir her – so.« Sie führte es mit einem Affen vor. »Und jedes Tier, dem du begegnest, läßt du daran schnuppern. Dann riecht das Tier Selimas Duft und sieht, was in deinem Herzen ist, und du, als Trägerin des Tuchs, verstehst, was im Herzen des Tiers vorgeht.«

Der Affe hüpfte hingerissen in die Höhe und schnatterte, aber das war für einen Affen kein außergewöhnliches Verhalten, so daß ich nicht überzeugt war.
Aber Fatima blieb unerbittlich. »Mit Hilfe dieses Tuchs seid ihr im Dschungel so sicher wie mit einer Leibwache – in gewisser Weise habt ihr eine Leibwache. Ihr müßtet Bukesh ohne Schwierigkeiten erreichen und noch genügend Zeit für meinen kleinen Auftrag haben. Begreift, daß es nicht nur für mich wichtig, sondern vor allem zum Besten des Königreichs ist, daß der König die Zitrone bekommt und sie auch selber ißt. Habe ich das schon betont? Er muß sie höchstpersönlich verspeisen.« Sie unterbrach sich und seufzte, als wäre sie es und nicht wir, die eine schwierige und unangenehme Aufgabe zu erledigen hatten. »Wisset, daß darin eine gewisse Erkenntnis des Bitteren enthalten ist, die für einen Menschen, dessen Leben immer zu süß gewesen ist, von großem Vorteil ist.«
Aster achtete nicht auf die Wehmut in der Stimme unserer Wohltäterin. »Wir werden unser Bestes für dich tun, o Weise«, sagte sie. »Aber sicher ist dir klar, daß wir vielleicht gar nicht in deinen Zitronenhain kommen werden. Zum einen ist uns ein alter Feind auf den Fersen – der Djinn, von dem wir dir erzählt haben –, der sich jeden Augenblick auf uns stürzen kann. Zum andern könnten wir uns verirren und die Zitronen gar nicht finden. Und wenn doch, gelingt es uns vielleicht nicht, den Gärtner zu überlisten, und er hetzt uns die Wache auf den Hals. Und wie kommst du darauf, daß uns der König überhaupt empfangen wird? Als Frauen wäre es für uns wahrscheinlich leichter, uns unmittelbar an die Herrin des Harems zu wenden und von ihr Gerechtigkeit zu erflehen, so wie Um Amans Freundinnen in Kharristan es uns geraten haben.«
Aber davon wollte Fatima nichts hören. Sie hatte mehr guten Rat und mehr Anweisungen als Reiskörner für uns. Wegen des Djinns brauchten wir uns, erläuterte sie, keine Sorgen zu machen, denn Djinni könnten nicht, wie wir es getan hatten, über Salzwasser fliegen. Vor unseren alten Feinden, wenigstens den übernatür-

lichen, wären wir hier völlig in Sicherheit. Um neuen Feinden dieser Art aus dem Weg zu gehen und uns zugleich nicht zu verirren, sollten wir nur immer darauf achten, jedesmal, sobald der Pfad sich teilte, die Abzweigung nach rechts zu nehmen. Wenn wir immer dem Weg nach rechts folgten, behauptete sie, würden wir auch genau an die Stelle am Fuße des Gebirges kommen, wo die Diener des Königs der Divs uns nichts anhaben könnten; dort könnten wir unsere Zitrone pflücken und dann die Reise fortsetzen. Was den Empfang beim König anbetraf, so sollten wir diesem das Amulett schicken, das Fatima Aster gegeben hatte. Auf diese Weise würden wir mit Sicherheit Hyaganusch sehen und zugleich die kleine Gefälligkeit für sie erledigen. Wenn das natürlich zu viel verlangt war, konnte Fatima jederzeit irgendeine elende Hütte im Dorf finden, wo man uns aufnehmen würde, solange wir bereit waren, in den Reisfeldern für unseren Lebensunterhalt zu schuften. Allerdings müßte sie dann selbstverständlich Selimas Kopftuch und die anderen Geschenke zurückverlangen.
Und wie konnte – gestärkt durch solche Ermutigungen und so guten Rat – selbst die undankbarste und ungläubigste aller Ungläubigen umhin, ihr eilig zu versichern, alles werde nach ihrem Wunsch geschehen? Kurz nach dem Morgengebet winkte sie uns am Weg zum Dorf abschiednehmend zu.

VIII

Das erste, was uns im Dorf auffiel, war – zu unserer großen Erleichterung –, daß keine der Frauen einen Schleier oder eine Abayah trug. Das lag vielleicht daran, daß dieses Volk, wie Fatima angedeutet hatte, nicht zu den Rechtgläubigen gehörte, jedoch hatte ich eher den Eindruck, daß diese verfluchten Gewänder einfach zu hinderlich waren, um damit auf den dampfenden, zugewachsenen Dschungelpfaden herumzulaufen. Da Um Aman nicht bei uns war, um im Namen des Anstands Protest einzulegen, entfernten wir unsere Verhüllungen ebenfalls.
Amollia schlenderte Aster und mir voran und bewegte sich in ihrem würdevollen, anmutig wiegenden Gang die einzige, schlammige Straße hinab. Sie trug die Kleidung ihrer Heimat, nicht das goldene Gewand, in dem ich sie beim ersten Mal gesehen hatte, sondern ein einfaches Kleid aus weißer Baumwolle, mit rostbraunen Mustern bedruckt und ähnlich gewickelt wie bei Fatima. Ihr Schmuck klirrte bei jedem Schritt leise. Aster, immer noch in indigoblauen Hosen und der Jacke mit den langen, von Gewichten beschwerten Ärmeln, hüpfte von einer Straßenseite zur andern und benutzte die Notwendigkeit, Arbeitstieren und deren Treibern auszuweichen, dazu, in die verschiedenen Hütten und Gartenstücke zu spähen und so ihre schamlose und vulgäre Neugier zu befriedigen. Ich trug auch immer noch das helle, blaßgrüne Kleid, das ich aus Aman Akbars Palast mitgenommen hatte, und folgte den anderen vorsichtig, wobei ich mich bemühte, Füße und Saum aus den stinkenden Haufen und Pfützen des Weges herauszuhalten. Insgesamt boten wir diesem abgelegenen Dorf ein so farbenprächtiges Schauspiel wie der Aufzug von Gauklern, Akrobaten, Tänzern und Musikern, die in Kharristan manchmal an meinem Gitterfenster vorbeigekommen waren, unterwegs zu irgendeinem Fest. Kein Wunder, daß die Leute sich die Köpfe nach uns verdrehten, wenn wir vorübergingen. Und kein Wunder, daß wir uns beinahe augenblicklich einen Elefanten zulegten.

Das kam so. Ein widerborstiger Ochse, der gerade von einem etwa sechsjährigen Kind gezüchtigt wurde und seine Strafe nicht mit der gebotenen Gelassenheit aufnahm, erzwang unseren hastigen Rückzug in eine kleine Seitenstraße. Ob es nun die lauten und langgezogenen Klagelaute waren oder der merkwürdige Anblick eines grauen Buckels, der sich über dem Giebel eines Strohdachs erhob, die unsere – das heißt Asters – Neugier reizten, weiß ich nicht mehr genau. Jedenfalls gingen wir der Sache nach und stellten fest, daß die Jammertöne von einem Mann stammten, der in einem strohgedeckten Schuppen neben seinem Haus saß. Der Schuppen enthielt nichts als einen rohen Tisch, auf dem ein paar Werkzeuge herumlagen – eine schmale, dünne Säge, ein Klumpen Kohle, verschiedene Pfeifen mit Tonköpfen, ein Amboß und eine kleine, nicht angezündete Öllampe von der Sorte, wie sie die Heilige auch benutzt hatte. Um all diese Dinge kümmerte der Mann sich jedoch nicht, sondern hielt sich mit den Händen den Kopf und weinte. Die Tränen strömten ihm durch die Finger, und Haarbüschel starrten ihm aus dem Bart und vom turbanlosen Kopf.
Neben dem Schuppen stand ein Elefant, der von einem Fuß auf den andern trat, als sei er verlegen. Mit dem Rüssel rupfte er Stroh aus dem Dach und schob es sich mehr oder weniger geistesabwesend ins Maul.
Der Elefant war wesentlich besser gekleidet als der Mann. Auf dem Rücken trug er eine Schabracke aus vielfarbiger Seide, mit Goldfäden und Juwelen bestickt, und auf dem Kopf ein dazu passendes Geschirr. Dieser ganze Putz war rundum mit winzigen, goldenen Glöckchen besetzt, die fröhlich bimmelten, während der Elefant fraß und der Mann weinte.
»Auf mein Wort, seine Geschäfte müssen sehr schlecht gehen, wenn dieser arme Mann sich so aufregt. Vielleicht sollten wir fragen, ob wir ihm helfen können«, sagte Aster zu mir und hob dabei die Stimme noch mehr als gewöhnlich, damit der Mann sie hören und uns, sofern er Lust dazu hatte, die ganze Sache erklären konnte.
Das wollte er gern.

»Im Gegenteil, Herrin, die Geschäfte gehen nur allzugut«, erklärte er kummervoll. »Und bitte, ich flehe euch an, helft mir *nicht.* Die Hilfe einer anderen, wohlmeinenden Dame war es, die mich so ins Elend gebracht hat. Oh! daß diese Liebhaberin der Affen ihren Tempel nie so lange verlassen hätte, wie sie dazu brauchte, mir jenen verfluchten Rubin zu geben!«

»Du scheinst kein dankbarer Mensch zu sein.« Aster rümpfte die Nase und wedelte ihre herabhängenden Ärmel verächtlich von seiner Schwelle fort.

»Wie kann ich dankbar sein für meinen Ruin?« jammerte er. »Bald wird dieses Tier mein Haus zerstören, dann den Garten meines Weibes und schließlich wohl noch das ganze Dorf. Und wer darf ihm Einhalt gebieten? Außerdem wird es alles meine Schuld sein.«

»Vielleicht solltest du dich etwas deutlicher erklären«, sagte ich streng. Ich legte Wert darauf, ihm klarzumachen, daß ich seinem Gejammer über unsere gemeinsame Wohltäterin keinerlei Sympathie entgegenbrachte. Andererseits konnten wir so vielleicht das Kopftuch ausprobieren, indem wir mit seiner Hilfe den Elefanten dazu brachten, von dem abzulassen, was den Mann so verstört machte, was immer es auch war.

»Früher verfertigte ich Messinggefäße und preiswerte Nasenringe für Damen. Ich hatte mir immer schon gedacht, daß ich große Kunstwerke schaffen könnte, hätte ich nur das Material dazu. Von der Frau in Selimas Tempel hatte ich gehört – wer hätte das hier nicht –, sie aber noch nie gesehen, bis eines Tages ein Tiger mein jüngstes Kind stahl. Zum Glück befand die Herrin sich in der Nähe und überredete den Tiger, mein Kind zugunsten eines Ochsen einzutauschen; obwohl ich gestehen muß, daß wir das Kind leichter hätten entbehren können als den Ochsen. Um meiner Dankbarkeit für ihre Einmischung Ausdruck zu verleihen, machte ich ihr einen meiner Nasenringe zum Geschenk, ein Modell, das ich als Sonderanfertigung für einen Herrn geschmiedet hatte, der dann mehr Geschmack als Vermögen besaß.

Man kann über diese religiösen Fanatiker sagen, was man will, aber manche davon sind von edler Geburt, und diese Frau hat einen ausgezeichneten Blick für gute Arbeit. Sie bewunderte mein Werk sehr, erwiderte jedoch, sie könne es nicht annehmen, weil sie derartige Dinge aufgegeben hätte, als sie nach Heiligkeit zu streben begann. Außerdem fragte sie mich, wie ein Mann von meiner Begabung dazu käme, mein Talent in diesem Dorf zu vergeuden. Ich antwortete ihr, daß ich das auch schon oft gedacht hätte, aber zu arm wäre, um mich zu verbessern. Wenn ich jedoch Gold und edle Steine hätte, so wäre ich sicher, Schmuck und Gefäße verfertigen zu können, die selbst eines Königs würdig wären. Als ich das sagte, sah sie sehr interessiert aus und brachte mir kurz darauf einen Rubin und ein paar alte Goldfassungen, aus denen man die Steine entfernt hatte. Sie meinte, für solche Sachen hätte sie keine Verwendung mehr.

Ich war sehr erstaunt. Fest überzeugt, daß nun mein Glück gemacht wäre, träumte und plante ich, bis ich für das Material, das mir das Schicksal in die Hände gelegt hatte, den vollkommenen Entwurf gefunden hatte. Die Arbeit ging dann sehr schnell, denn wie ich schon immer vermutet hatte, war mir der Umgang mit edlen Dingen angeboren.

Und wie das Glück es wollte, kam eine Karawane hier vorbei, und ein Gesandter aus Jokari erwarb das Armband für soviel Rupien, daß ich ein Jahr lang nicht hätte arbeiten müssen. Aber es war nicht das allein. Ich malte mir auch die Ehrungen aus, mit denen der König mich überhäufen würde, falls er zufällig nach dem Schöpfer dieses einzigartigen Schatzes fragte. Natürlich wußte ich, daß das Schmuckstück nur eines unter vielen sein würde; aber es war so ungewöhnlich schön, daß ich hoffte, es würde seine besondere Aufmerksamkeit erregen.

Und – wehe mir – das tat es auch. Vor einem Monat kam eine Karawane auf dem Rückweg nach Jokari hierher und brachte mir den Befehl, mich bei Hofe zu präsentieren, damit der König mich kennenlernen und mir seine Gunst erweisen könnte. Ich mußte einen Teil meines Profits für einen vornehmen Anzug ausgeben, um darin vorgestellt zu werden, und weiteres Geld für Reise-

kosten. Und als ich endlich in Bukesh ankam, brauchte ich eine Unterkunft und mußte Geschenke für die Familie und meine Freunde einkaufen, nicht wahr? Aber obwohl ich meine letzten Reserven verbrauchte, war ich doch unbesorgt, denn ich dachte an die Reichtümer, die der König mir zuteil werden lassen würde. Doch als mir endlich eine Audienz bei Seiner Erhabenheit gewährt wurde – hat er mir da Gold geschenkt? Nein. Edelsteine? Nein. Ehrengewänder – nun, ich nehme an, wenn er nicht durch Staatsgeschäfte und das dringende Bedürfnis nach seinem Mittagsschlaf abgelenkt gewesen wäre, hätte er mir sicher so etwas zukommen lassen. So aber tat er es nicht. Was er mir schenkte, war dieser Elefant.
Ein Elefant, stellt euch vor! Wie soll ich einen Elefanten ernähren! Wie halte ich ihn? Ach, allein mit dem Wegschaufeln seines Mistes nachzukommen, raubt mir jede Zeit für meinen eigentlichen Beruf.«
»Aber das Tier ist mit feinem Tuch behängt, voller Juwelen und Goldglöckchen«, bedeutete ihm Aster. »Sicher kannst du diese Sachen verkaufen.«
Traurig schüttelte er den Kopf. »Leider geht das nicht. Seine Majestät erklärte mir, er vertraue mir die Sorge für diesen Elefanten an, weil das Tier ein edler Veteran sei. Seine Ausstattung gehört ihm darum selbst. Ich durfte noch nicht einmal auf ihm nach Hause reiten, ohne daß er ingrimmig die Augen nach mir rollte. Das Tier soll ein Leben im Luxus führen – auf meine Kosten! Ich kann ihn nicht verkaufen, denn das würde einen Akt der Undankbarkeit und des Hochverrats am Thron bedeuten. Nein, ich bin ruiniert und vernichtet, solange dieses Tier mich buchstäblich von Haus und Hof frißt!«
»Ich verstehe«, sagte Aster, die ausnahmsweise einmal keine Worte zu finden schien.
Amollia hatte inzwischen kaum auf den Mann gehört, sondern war, das Kopftuch in der Hand, schnurstracks auf den Elefanten zugegangen. Sein eines kleines Auge betrachtete sie besorgt, fast flehend, während sie ihm den faltigen, grauen Rüssel streichelte. Das Tier hatte aufgehört, am Strohdach des Mannes herumzufres-

sen, ein großer Segen, weil diese Art zu speisen sich als höchst beunruhigend herausgestellt hatte, nicht nur wegen des damit verbundenen Geräuschs, sondern vielmehr wegen der in regelmäßigen Abständen herunterfallenden Wolken von Skorpionen und kleinen Schlangen, die aus ihren Ruheplätzen aufgescheucht worden waren. Jetzt futterte der Elefant gemächlich einen Großteil der Pistazien, die uns Fatima für die Reise mitgegeben hatte.
»Besteht keine Möglichkeit, dich zu überzeugen, *uns* dieses Tier zu geben?« erkundigte sich Amollia und fixierte den Mann mit ihrem starren, schwarzäugigen Blick, so daß er ins Stottern geriet und das Weinen vergaß.
»H-H-Herrin, ich w-wünschte nur, ich könnte es. Aber ich darf ihn nicht verkaufen. Es wäre gleichbedeutend mit Hochverrat.«
Asters Zunge sprang wieder einmal in die Bresche. »Verkaufen – nein, das natürlich nicht; denn wir haben ja gehört, wie innig du an diesem wundersamen Geschöpf hängst. Aber vielleicht könnten wir ihn *mieten?*«
»Mieten? Mieten ... hmmmm ... ja ... also mieten? Eine ausgezeichnete Idee. Ich sehe nichts, was dagegen spricht, wenn ihr wirklich einen Elefanten haben möchtet, der auf der Reise neben euch hertrottet – denn er wird euch nicht gestatten –« Ich glaube, er wollte sagen, »auf ihm zu reiten«, aber die Worte versagten ihm beim Anblick des gewaltigen Tiers, das niedergekniet war und Amollia vorsichtig mit dem Rüssel half, auf seinen Kopf zu steigen.
Amollia zog eines ihrer massivsilbernen Armbänder vom Arm und eine Kette aus rohem Bernstein vom Hals und warf dem Mann diesen Schmuck zu. »Das müßte reichen«, sagte sie.
»Für ein so großes Tier? Den Spielgefährten meiner Kinder? Das Wunder des ganzen Dorfes?« Er versuchte, empört zu klingen.
Sie zerrte sich einen Goldring vom Finger und schleuderte ihn auf den Haufen. »Mein letztes Angebot. Noch ein Wort, und du behältst deinen Elefanten.«
»Nimm ihn und sei gesegnet!« rief der Mann und griff hastig nach dem Schmuck. Amollias Kette um die Hand gewickelt, preßte er

die Fingerspitzen gegeneinander und verneigte sich. Bevor wir anderen aufstiegen, bestand er jedoch darauf, daß wir das Geschirr und die Schabracken entfernten, damit er sie »in sichere Verwahrung« nehmen könnte.

So ausgerüstet, begann unsere Reise ausgezeichnet. Wir brauchten nun nur überall, wo der Weg sich gabelte, rechts abzubiegen und auf unserem Elefanten zu reiten, und bestimmt würden wir schon bald den Zitronenbaum finden und Fatimas Geschenk für den König abpflücken. Dieser wiederum würde, ganz erfüllt von seiner neuerworbenen Weisheit und Dankbarkeit Männer aussenden, um Aman Akbar zu retten; und von Hyaganusch würde er verlangen, daß sie unserem Gatten sofort seine wahre Gestalt zurückgäbe. Vielleicht war er ein wahrhaft großmütiger König (wenn auch nicht sehr umsichtig, wie der Vorfall mit dem Juwelier und dem Elefanten vermuten ließ) und würde Aman Akbar auch sein Eigentum zurückerstatten und uns vielleicht sogar noch mit ein paar Schätzen belohnen.

Es machte mir Spaß, auf dem Elefanten zu reiten, obwohl ich oben auf seinem hohen, breiten Rücken hockte und die Stellung ungeschickt war. Amollia hatte den besten Platz unmittelbar hinter den Ohren. Aster, die die kürzesten Beine hatte, saß hinter ihr. Ich mußte rittlings auf dem Tier sitzen und tat das abwechselnd so: entweder streckte ich die Beine seitlich gerade in die Luft, die Röcke bis ans Knie gerafft, oder ich bog die Knie scharf zur Brust und stützte meine Fersen auf die Wölbung der Flanken des Elefanten. Trotzdem war es entschieden schöner, so zu reiten, als zu Fuß zu gehen.

Dort, wo die Straße belebt war und die Leute zwischen den merkwürdigen Feldern an den Hängen hin- und herliefen (Aster erklärte uns, daß es Reisterrassen waren), floh alles vor den großen Füßen unseres Elefanten. Selbst die ochsenähnlichen Wasserbüffel, massige Tiere, die – wie Aster sagte – beim Reisanbau sehr nützlich waren, machten einen weiten Bogen um uns. Ja, ich genoß es, auf dem Elefanten zu reiten und begann darüber nachzudenken, ob ich den König nicht überreden könnte, meinem Vater

ein solches Tier zu schicken. Das würde den Vettern meiner Mutter endlich einmal zu denken geben!
Was den Elefanten selbst betraf, so schien er sich in unserer Gesellschaft durchaus wohlzufühlen. Ich stelle fest, daß ich so beiläufig von ihm rede, als hätte ich derartige Geschöpfe schon immer gekannt, aber so war es nicht. Amollia versorgte uns mit allerlei Wissenswertem über Elefanten und unterhielt uns eine Zeitlang mit Geschichten über welche, mit denen sie Umgang gehabt hatte. Aber auch vorher, als sie sich dem Tier genähert hatte, als wäre es ein hochgeschätzter und geachteter Freund, hatte ich gegenüber dem so fremdartig aussehenden Wesen weder Furcht noch Abneigung verspürt.
Trotz seines behäbigen Äußeren war unser Elefant so schnell, daß wir im Laufe des Nachmittags die meisten Siedlungen hinter uns gelassen hatten und nun auf einen Wald mit üppigem, dichtverflochtenem Laubwerk zusteuerten. Hier gabelte sich die Straße und beide Zinken der Gabel stachen hinein in die Bäume.
Amollia hielt den Elefanten an und blickte von den beiden Pfaden zu uns nach hinten. »Das ist sehr seltsam«, meinte sie unbehaglich.
»Wieso?« fragte Aster. »Es ist so, wie Fatima es uns beschrieben hat. Sie hat gesagt, daß der Weg sich gabeln würde.«
»Ja, aber warum gerade hier, wo die Straße in den Dschungel hineinführt? Es ist schon mühsam genug, in dieses Gestrüpp einen Weg zu schlagen und ihn dann noch offenzuhalten; warum macht man dann zwei? Und sicher führen die beiden Wege zunächst einmal in etwa die gleiche Richtung, und warum geht dann nicht der eine außen am Waldrand entlang? Ich habe im Dorf nichts so Bedeutendes gesehen, daß dafür unbedingt eine derart bequeme Straßenverbindung geschaffen werden müßte.«
»Du vergißt, was der Goldschmied über die Karawanen erzählt hat«, erinnerte Aster sie. »Bestimmt führen die Wege zu Handelsplätzen, und die Karawanen kommen von irgendwelchen Häfen, die günstiger an der Küste liegen. Natürlich erfordert es dann der Handel ...«

Der Rest ihrer Ausführungen wurde buchstäblich ersäuft, denn der Monsun überfiel uns, prompt und ohne jede Vorwarnung. An diesem Tag begann der Regen nicht mit einem sanften Nieseln, ein Tropfen nach dem andern, sondern urplötzlich öffnete der Himmel seine Schleusen und goß ein Meer harten Wassers über unseren Köpfen aus, eine ununterbrochen herabstürzende Sintflut.

Amollia brüllte uns über die Schulter zu: »Der Elefant möchte, daß wir absteigen.«

»Warum?« schrie ich zurück, von dieser Vorstellung wenig angetan.

»Damit er sich in den Pfützen wälzen kann«, kreischte sie als Antwort und ließ den Mittelfinger kreisen, um zu zeigen, wie der Elefant sich wälzen würde. »Elefanten lieben es, naß zu werden – sie finden es genauso schön wie Fressen!«

»Aber ich nicht!« rief Aster. »Bitte den Elefanten, uns in den Dschungel zu bringen, wo wir vor dem Sturm sicher sind, dann kann er ...«

Unter Tosen und Krachen tauchte ein gezackter Feuerkeil, der vom Himmel herabblitzte, die vom Regen silbernen Bäume in grelles Licht, ehe er sich unmittelbar rechts von unserem guten Tier in den Boden bohrte. Der Elefant vergaß sein Bad, seine Reiterinnen und jedes Gefühl für Sitte und Anstand und riß aus.

Ich wurde mit einem Ruck nach hinten geschleudert, so daß mir alle Datteln, Nüsse und Reiskörner, die ich in den letzten vier Tagen zu mir genommen hatte, hochkamen. Sekundenlang schwankte ich auf dem Rücken des Tiers, bis mich ein zweiter Riesensatz nach vorn schleuderte und herunterzuwerfen drohte. Ich packte Aster und klammerte mich an ihre Mitte. Sie ihrerseits preßte sich eng an Amollia, die die Ohren des Elefanten eingeklemmt hatte und das Tier mit Worten überschüttete, die es beruhigen sollten. Nur meine Geschicklichkeit darin, mich auf jedem Pferderücken festzuklammern – auch wenn es sich hier um eine ganz andere Sorte Rücken handelte – bewahrte mich davor, den Halt zu verlieren und abzustürzen und von den donnern-

den Füßen zertrampelt zu werden. Als er endlich zum Stehen kam, hatte mein Interesse an Elefanten sich verflüchtigt.
Wir rutschten vom Rücken des Tieres hinunter wie Wachstropfen, die von einer Kerze abgleiten, und in meinen Gelenken war genausoviel Stahl wie in eben diesem geschmolzenen Wachs.
Die Flucht des Tiers hatte uns an ein Flußufer befördert, wo wir drei ins Gras sanken, während der Elefant sich im Wasser amüsierte. Beim Anblick von soviel Nässe hatte er vor Vergnügen seinen Schrecken von vorhin ganz vergessen. Wir duckten uns unter die Bäume und sahen erschöpft seinen Possen zu.
Aster lachte schwächlich, als sich das Tier mit einer Dusche aus seinem Rüssel den Kopf abspritzte. Die Gewalt des Regens hatte nachgelassen. Er stürmte nicht länger auf uns ein, sondern tropfte sanft und beruhigend zu Boden, wodurch auch die Hitze gelindert wurde. Das Gras gab seine Wärme in Form von Dunst ab, der einen Teppich über den Waldboden legte.
»Unbarmherziger Dickhäuter«, meinte Aster. »Er hätte uns beinahe umgebracht.«
Amollia zuckte die Achseln. »Der Blitz hätte uns auch erschlagen können. Noch nie habe ich in einem Monsun diese Art Feuer erlebt! Aber ihr seht, zwischen Regen und Fluß hat unser Freund ein Elefantenparadies gefunden.«
Während der Elefant sein Bad nahm, aßen wir jede einen kalten Reiskloß und einen der Granatäpfel, mit denen Fatima uns ausgerüstet hatte. Danach demonstrierte uns Amollia ein weiteres ihrer Talente, nämlich das Klettern, indem sie, scheinbar in einer einzigen, fließenden Bewegung, am Stamm einer Palme emporglitt. Aus dem Schatten der breiten, ausgefransten Blätter blitzte ihr starkes, weißes Grinsen zu uns herunter. Sie riß einige Blätter ab und warf sie uns zu, so daß wir daraus einen tragbaren Regenschutz basteln und ihn dann beim Reiten über den Kopf halten konnten. Auch unsere erste Nacht verbrachten wir darunter.
Unmittelbar vor dem Einschlafen öffnete Aster ein Auge und rollte sich müßig auf die Seite, so daß sie uns das Gesicht zukehrte. »Glaubt ihr, daß wir die rechte genommen haben?«

»Hmmm?« murmelte ich.
»Die rechte. Meint ihr, daß wir auf der Abzweigung nach rechts sind? Ich überlege dauernd, ob der Elefant beim Durchgehen den rechten oder den linken Weg genommen hat.«
Amollia streckte die Hand aus und berührte den Fuß des Tiers, das neben unserem Schlafplatz döste. »Als Elefant«, bemerkte sie, »hat er sich im Zweifelsfall einen eigenen Weg getrampelt.«

Die ganze Nacht träumte ich, ich ritte auf dem Elefanten. Meine Knochen fielen sogar im Schlaf noch durcheinander. Ich will hier auch gar nicht näher darauf eingehen, *wo* die vielen Blasen saßen, die meinen Schlummer störten; aber jedenfalls nahm ich mir vor, am nächsten Tag zu Fuß zu gehen, bis ich so viel Blasen an den Füßen hatte wie an den andern Stellen.
Morgens war es, als wäre niemals Regen gefallen, nur der Weg war noch ein bißchen aufgeweicht, wenn auch die Hitze selbst dort die Feuchtigkeit stellenweise bereits aufgesogen hatte, so daß das dunkle Braun der Erde hell und staubig geworden war. Zwischen funkelnden Blättern, glänzend wie Smaragde, blühten leuchtende Blumen.
Den ganzen Morgen wanderte ich in ein paar Schritten Entfernung hinter dem Elefanten her, und wenn das auch kein Anblick von der Art war, wie ihn die Barden besingen, so ging es mir doch schon etwas besser, nachdem ich vorübergehend von meinem hohen Roß heruntergestiegen war. Gegen Mittag stießen wir erneut auf Wasser, und der Elefant wollte wieder baden. Auch Amollia und Aster stiegen ab.
Ich setzte mich ans Flußufer und sah dem Elefanten zu, der entzückt feststellte, daß er in dem tiefen Wasser gänzlich untertauchen konnte, was er auch sofort tat, bis nur noch die Spitze seines Rüssels sichtbar war. Ich überlegte, ob ich hinüberschwimmen und nachsehen sollte, was am andern Ufer lag, aber ich fühlte mich zu träge. Amollia und Aster nutzten die Gelegenheit, sich ein wenig die Beine zu vertreten und erkundeten einen kleinen Pfad, der links von dem abzweigte, auf dem wir uns befanden. Die Blumen

blühten dort in noch größerer und bunterer Fülle als an anderen Stellen, und die Rufe meiner Gefährtinnen, die mit dem Gesang der Vögel und dem Affengeschnatter durch die leise Musik des Wassers zu mir herüberdrangen, deuteten darauf hin, daß die Blumen weiter vorn sogar noch schöner waren. Als ich den ersten Regenspritzer auf dem Arm spürte, merkte ich, daß mehr Zeit vergangen war, als wir alle gedacht hatten. Widerwillig stand ich auf und lief den Pfad hinunter, meinen herumstreunenden Mit-Gattinnen nach, in der Hoffnung, ihnen auf ihrem Rückweg zu begegnen. Als ich allerdings ein paar Minuten so gelaufen war, kam mir der Gedanke, daß ich meine Zeit verschwendete, denn schließlich stand mir ja ein vorzüglicher, wenn auch ziemlich triefender Elefant zur Verfügung, von dessen Hilfe ich bei der Suche nach den Verirrten Gebrauch machen konnte. Mit dieser Vorstellung trottete ich den Weg wieder zurück. Aber als ich an die Stelle kam, wo der Elefant gebadet hatte, war er fort – Ohren, Schwanz, Rüssel, Stoßzähne und alles. Ich verfluchte die Wankelmütigkeit von Elefanten und überhaupt von Leuten, die nie da waren, wenn man sie brauchte, rannte von neuem den mit Blumen gesäumten Pfad hinunter und begann zu rufen. Aber schon bald ließ das Dröhnen des Regens, der auf das Dach des Dschungels hämmerte, meine Schreie sogar in den eigenen Ohren verstummen, und ich rannte betäubt und manchmal auch geblendet weiter; denn hier am Fluß gab es wenig Schutz von oben, und ich verfluchte mich selbst als hirnrissigen Trottel von unterschiedlichen Graden, weil ich nicht daran gedacht hatte, meinen Palmblattschirm mitzunehmen.
Darum fiel mir auch das fremdartige, von Götzenbildern wimmelnde Bauwerk erst auf, als ich schon fast daran vorbeigerannt war. Erst als ich einen Zuruf hörte und beim Umdrehen Amollias Grinsen erkannte, das mich aus der steinernen Türöffnung anblitzte, bemerkte ich, was der dichte Pflanzenwuchs so gut wie völlig verborgen hatte.
Es ähnelte keinem Bauwerk, das ich je in meiner Heimat oder in Kharristan gesehen hatte und fügte sich in den Dschungel ein, als wäre es aus ihm herausgewachsen. Die höchsten Türme überrag-

ten nicht die Wipfel der höchsten Bäume und waren von oben nach unten geschwungen und mit Ringen aus geschnitztem und behauenem Stein besetzt. Das Gebäude selbst war kein einzelner, rechteckiger Block, sondern bestand aus einer Folge miteinander verbundener Türme, schlanken und eher stämmigen, von Kuppeln überwölbten oder zum Himmel offenen. Es erinnerte mich an nichts so stark wie an ein Nest kunstvoll geschnitzter Fliegenpilze. Beim Näherkommen merkte ich, daß die Schnitzereien zum Teil aus ganzen Reihen spärlich bekleideter Frauen bestanden, die von solcher Wohlgestalt waren, daß ich dergleichen weder in Wirklichkeit je gesehen hatte noch hoffen durfte, einmal selbst so zu werden.

Amollias Grinsen wurde noch breiter. »Warte nur, bis du gesehen hast, was hier drinnen ist! Der bloße Anblick genügt, einen in ein altes Weib zu verwandeln.« Und das war nicht übertrieben, denn die Schnitzereien an den Innenwänden dieses fremdartigen Palastes waren noch bedrückender phantastisch als die äußeren. Hier waren die üppigen Steinfiguren mit unmenschlicher Knochenlosigkeit ineinander verschlungen und unterhielten sich mit einer verblüffenden Vielfalt sexueller Beschäftigungen. Beinahe noch interessanter war allerdings die Tatsache, daß die losen Streiche von den Flammen Hunderter von Kerzen illuminiert wurden, die in zahlreichen Wandnischen standen. Auf dem Boden lagen herrliche Teppiche, dick und schwellend wie Moos, die an Farbenreichtum die Blüten am Weg übertrafen. Ganze Stöße dicker Kissen waren im Raum verstreut. Neben jedem Stapel gab es silberne und goldene Tabletts, beladen mit Früchten. Von der Wand des größten Turmzimmers sprang eine Kaskade schimmernden Wassers in ein Bassin, dessen Boden mit einem kompliziert gemusterten Fliesenmosaik gepflastert war, so berauschend in den Farben wie die Teppiche.

»Was ist das hier?« fragte ich.

»Nach den Schnitzereien und der Einrichtung«, meinte Aster, »ist es sicher die Klause irgendeines Paschas, der sich im Dschungel einen privaten Harem hält, den er vor den Augen seiner rechtmäßigen Gattinnen verbergen will. Wahrscheinlich hat er sie alle zu einem großen Einkaufsbummel in irgendeinen Basar mitgenommen.«

»Wenn sie so aussehen, möchte ich sie eigentlich gar nicht kennenlernen«, erklärte ich und setzte mich auf die steinerne Schwelle, um das teure Mobiliar nicht naßzumachen. Von soviel Glanz war ich ein wenig betäubt, außerdem müde von meinem Streifzug durch den Dschungel, auf der Suche nach diesen schamlosen Genießerinnen, die jetzt auf die Kissenstapel plumpsten und anfingen, sich irgend etwas zu schälen.

»Werft mir auch so ein Ding her«, sagte ich gereizt. »Wenn man uns schon tötet, weil wir hier unbefugt eingedrungen sind, will ich wenigstens satt sterben.«

»Die Tür war offen, und wir waren kaum drin, als wir auch schon die Kerzen sahen«, murmelte Aster, den Mund voller Pflaumen. »Wahrscheinlich sind die Diener fortgegangen, um ihr Gebet zu verrichten. Immer wenn man hier jemanden sucht, ist er gerade beim Beten.«

»Ganz gleich, wo sie stecken – sie sollten sehr froh sein, daß wir hier sind, und noch viel froher, daß wir bereit sind, ein Weilchen hierzubleiben«, verkündete Amollia mit vorgetäuschter Ernsthaftigkeit und breitete mit einer geschmeidigen Bewegung, die den ganzen Raum umfaßte, die Arme aus. »Denn wer weiß, was diesem Haus zustoßen könnte, bei soviel brennenden Kerzen?« Sie seufzte, kuschelte sich tief in ein Kissen und schloß die Augen. »Nein, sie haben wirklich sehr viel Glück gehabt, daß wir zufällig zur rechten Zeit vorbeikamen und helfen konnten.«

Ich hätte erwähnen können, daß, wenn wir hier alle einschliefen, das, was das Haus traf, auf jeden Fall auch uns widerfahren würde; statt dessen aber machte ich es mir in der Tür so bequem wie mölich und folgte ihrem Beispiel, dem sich auch Aster bald anschloß. Draußen fiel der Regen noch immer in Sturzbächen, und nachdem ich gegessen hatte, merkte ich erst, wie unglaublich schläfrig ich war.

Kaum hatte ich jedoch die Augen geschlossen, als ein Alptraum mich heimsuchte. Wirre Bilder von Früchten, Kerzen, Eisenringen und einem an den Hufen an einen Spieß gebundenen Esel überstürzten sich in meinem Kopf. Schließlich verschwand das Ganze, und statt seiner erschien eine schwarz verhüllte Gestalt, die ich erst für den Tod hielt, beim Näherkommen aber an ihrem wütenden Blick als Um Aman erkannte. Sie drohte mir mit dem Finger und stieß tonlose Schreie aus. Vielleicht wollte sie mir auf diese Art mitteilen, daß sie sich von ihrer Verletzung erholt hatte und wieder gesund war. Sie schien aus etwas zu zitieren, von dem ich wußte – wie man das im Traum weiß –, daß es ein Gebetbuch war; irgend etwas über Ehefrauen ... ich war gerade dabei, es zu begreifen, als ich eine andere Stimme vernahm und mit einem Ruck wach wurde. Ich öffnete die Augen und hatte in der gleichen Sekunde auch schon den Dolch gezogen.

Mein erster Gedanke galt Amollias letzten Worten, und ich schaute zu ihr hinüber. Sie lag immer noch fest schlafend da und war auch keiner vagabundierenden Kerzenflamme zum Opfer gefallen. Aster saß halb aufgerichtet, die Augen auf etwas geheftet, das hinter mir war.

Ich folgte ihrem Blick und starrte – ganz gewiß, ich starrte auf einen Yahtzeni-Fürsten. Hinter ihm standen zwei andere Fürsten oder Prinzen, und obwohl sie alle in kriegerische Tracht gekleidet waren, unterschied sich doch jeder so von den beiden anderen, wie wir drei Frauen uns voneinander abhoben.

Wenn der, der vor mir stand und auf mich herabgrinste, wobei er keine Bewegung machte, meinen Dolch abzuwehren, kein Yahtzeni war, dann gehörte er sicher zu einem verwandten Stamm. Rotes Haar stach wild und borstig unter dem Lederhelm hervor und umrahmte auch sein Gesicht. Er war in ein ärmelloses Wams aus besticktem Schafleder und schaflederne Hosen gekleidet. An Brust und Armen trug er Bronzeschmuck, der zugleich als Rüstung diente. Ein Schwert hing an seiner Hüfte, ein mit Pfeilen gefüllter Köcher und ein Bogen waren über die kraftvollen Schultern geworfen. Seine Augen zeigten das kalte Blau unserer Gebirgsbäche.

Zu seiner Linken stand ein Mann, der so schwarz war wie Amollia. Sein Gesicht und die Arme waren mit Narbenmustern bedeckt, in seine Haut geritzt wie Tätowierungen. Er trug ein blutrotes Gewand, mit einem gefleckten Fell gegürtet, das verdächtig an Kalimba erinnerte, und schwang einen Speer mit weißer Spitze. Er war größer als der Mann meiner Rasse und hatte herrliche Muskeln. Sein Lächeln schimmerte durch den Regen – nicht das Lächeln, mit dem man Gäste willkommen heißt, sondern das eines Jägers, der sich über frische Beute freut.
Der dritte dieser drei Burschen war kleiner und schien derselben Rasse anzugehören wie Aster. Er war in feingewebte Seide von nebelblassem Meergrün gekleidet, bedeckt von einem hölzernen Gliederpanzer. Das schwarze Haar trug er lang, ebenso den dünnen Bart und Schnurrbart. Wenn auch leicht gebaut, war er doch nicht weniger gutaussehend und muskulös als die anderen beiden. Und wie Aster schien er auch besonders neugierig zu sein – denn er bemühte sich, an der Schulter des Rotkopfs vorbeizuschauen – und ebenso geschwätzig, denn er sprach auch als erster, wenngleich mehr zu seinen Kameraden als zu uns.
»Was haben wir denn hier? Drei wilde Rosen, die in unseren Gemächern Wurzel geschlagen haben? Drei unschätzbare Perlen, so fern vom Meer?«
Der Rotkopf grinste so herzlich zu mir herunter, daß ich seine Zähne knirschen zu hören glaubte. »So wie sie aussehen, eher zwei Lämmchen und eine sehr nasse Hirtin«, meinte er.
Amollia erhob sich mit schmachtendem Lächeln und sagte anmutig: »Wir hofften, es würde euch nichts ausmachen. Aber wir kamen vorbei und sahen, daß ihr die Kerzen brennen gelassen hattet. Und da es Monsunzeit ist und die Regenfälle eingesetzt haben ...«
»Gnädigste Herrin!« unterbrach sie der Mann ihrer Rasse in so fließendem Kharristanisch, daß ich sekundenlang überlegte, ob er es wohl auch von unserem Djinn gelernt hatte. »Bitte entschuldige dich nicht. Deine Augen bringen mehr Glanz in diese ärmliche Hütte als alle jene elenden Kerzen. Ihr müßt hierbleiben. Teilt unsere Mahlzeit!«

»Ja«, fügte der in Seide Gekleidete mit einem warmen Blick auf Aster hinzu. »Wenn unser Heim auch nichts als ein Stall ist, für solch grobe Hunde wie uns gerade noch angemessen, so würde es uns doch zutiefst betrüben, wenn ihr uns nicht die Ehre eurer Gesellschaft zuteil werden ließet.«

Ich traute dieser Einladung noch immer nicht. Sie sahen schön aus, diese Männer, aber mindestens ebenso gefährlich. Aber wir hatten ihr Heim ohne Erlaubnis betreten, und außerdem blockierten sie die Tür.

Den größten Teil des Nachmittags verbrachten wir mit Essen, Trinken und angenehmer, wenn auch etwas einseitiger Konversation. Der schwarze Mann setzte sich zu Amollia in die Kissenstapel, der orientalische Prinz neben Aster und der rothaarige Kerl fegte mich einfach von der steinernen Schwelle, achtete nicht auf meine Einwendungen wegen der nassen Kleider und ließ mich auf die gleichen seidenen Kissen sinken, in denen bereits meine Freundinnen ruhten. Asters Freund klatschte in die Hände. Die Hälfte der Kerzen erlosch. Er klatschte ein zweites Mal. Ein hoch aufgetürmtes Tablett mit Hammelfleisch und safrangewürztem Reis erschien, dazu Flaschen mit starken Getränken. Die ersten, die ich in diesen Ländern zu kosten bekam.

Auch erwarteten diese fürstlichen Wesen nicht etwa, daß wir ausharrten, bis sie fertigwaren, wie Marid Khan und seine Männer, sondern wie Aman Akbar fütterten sie uns eigenhändig mit den ausgesuchtesten Häppchen. Mit Staunen und Wohlgefallen stellte ich fest, daß mein neuer Freund zwar rauhe Umgangsformen, aber saubere Hände und Fingernägel besaß.

Und war noch besser war: obwohl er das Aussehen und die Manieren meiner verfluchten Verwandten hatte, roch er viel besser. Tatsächlich stank er überhaupt nicht nach nasser Wolle, dem Pferdeschweiß und dem Rauch der Dungfeuer, Gerüchen, die meinem Volk selbst nach wiederholten Bädern anhaften. Ich gestehe, daß ich einen Augenblick darüber nachdachte, wie seine Mutter wohl sein mochte und wieviele Frauen er bereits besaß.

Sofort überkamen mich Schuldgefühle, wenn mir der arme Aman

Akbar einfiel, und ich warf von dem kantigen Gesicht über mir einen verstohlenen Blick zu Aster und Amollia, ob ihnen diese offenkundige Treulosigkeit meiner Gedanken, wenn schon nicht meiner Taten, bereits aufgefallen war. Aber keine von beiden schien Augen für etwas anderes zu haben als das Gesicht ihres Gefährten. Ich würde mich wohl anderweitig nach moralischer Unterstützung umsehen müssen.

Ich räusperte mich und sagte in den Bart meines Kriegers hinein: »Anständig von euch, uns hier aufzunehmen. Ich bin Rasa Ulliovna von den Yahtzeni. Wir drei sind die Gattinnen eines bedeutenden und reichen Mannes namens Aman Akbar.«

»Ich weiß«, erwiderte er kurz, jedoch keineswegs unfreundlich, denn während er dies sagte, legte er mir den Arm noch enger um die Schultern. Er machte eben den Eindruck, einfach ein Mann von wenig Worten zu sein.

Ich versuchte es noch einmal: »Wie ist dein Name, und wie kommt es, daß du hier mit deinen Kameraden zusammenwohnst?«

»Manche nennen mich Dag, aber du kannst ruhig ›Geliebter‹ zu mir sagen«, antwortete er und drückte mich von neuem an sich. Danach widmete er sich ausführlich diesem Drücken und vernachlässigte die Unterhaltung fast völlig. Seine Vorstellung davon, wie man einer Frau den Hof machte, schien eine Variation der Yahtzeni-Fechtübungen zu sein: er unternahm Vorstöße, und ich wehrte sie ab. Dabei lachte er die ganze Zeit, als wüßte er von irgendeinem Scherz, den ich nicht kannte. Das machte mir aber wenig aus, weil es mir die beste Gelegenheit gab, den Gesprächen rechts und links von mir zu lauschen.

Aster kicherte, denn ihr neuer Freund schnalzte mit den Fingern und verwandelte ihre Frisur. Die schwarzen Locken verschlangen sich zu einem hohen Knoten, in den Perlen und rosa Rosenknospen eingeflochten waren. Mit einem zweiten Schnalzen besorgte er ihr einen Handspiegel mit goldener Rückseite, in dem sie sich bewundern konnte.

»Aber das sollst du doch nicht!« protestierte sie ebenso neckisch wie halbherzig. »Ich kenne dich doch kaum.«

»Was gibt es da zu kennen, meine kleine Päonienblüte?« erwiderte er und strich sich zwischen Daumen und Zeigefinger den Schnurrbart. »Ich bin hübsch, witzig, begabt, wohlerzogen und habe ein schönes Haus.«

»Ach, dann gehört dieses Haus hier nicht euch dreien gemeinsam?« fragte Aster und warf ihm unter den Wimpern einen scheuen Blick zu.

»Doch, schon, aber nur als Zeichen unserer Brüderschaft – weil wir so enge Freunde sind und alles. Aber dies hier ist nur eines unserer Jagdhäuser. Sonst lebt jeder allein in einem großen Palast mit vielen Pavillons und genügend Dienerschaft, um eine kleine Stadt zu bevölkern. Dort könnte ich dir alles schenken, was du dir wünschst.« Er schnippte mit den Fingern, und ein Spieß mit Hammelrücken und Gemüse sprang ihm in die Hand. »Hier draußen leben wir eben ganz einfach.«

Ich klatschte Beifall; nicht, daß ich nicht schon weit besseres gesehen hätte – aber mir war klar, daß dieser Applaus von mir erwartet wurde, denn der Zauberer war meinem Blick begegnet, während er noch dabei war, Aster zu verblüffen und zu erstaunen.

»Das ist nichts besonderes«, knurrte Dag, den es offenbar in seinem Stolz kränkte, daß meine Aufmerksamkeit so wankelmütig war. »Das können wir alle. Wünsch dir etwas. Na los. Ganz gleich, was. Wünsch dir etwas.«

Was ich mir wirklich wünschte, war, wieder zu Hause zu sein, mit Aman Akbar in seiner ursprünglichen Gestalt, ohne Um Aman und die anderen, und Hyaganusch nichts weiter als ein alberner Name. Aber ich hatte das Gefühl, daß gerade dieser Wunsch bei meinem Gastgeber keine allzugroße Begeisterung hervorrufen würde. Darum schraubte ich meine Vorstellungen ein bißchen herunter und meinte, wobei ich Asters neckischen Tonfall nachahmte: »Wenn du wirklich tun kannst, was du sagst, dann beschaff mir den alten Lappen, den Amollia im Gürtel trägt.«

Er schnalzte mit den Fingern. Nichts geschah. Er errötete und zog dann ein ungemein finsteres Gesicht. Nun änderte er seine Taktik und zeigte mit dem Daumen auf Amollia, die, ohne den Blick von ihrem Gespielen abzuwenden oder sonst einen Hinweis darauf zu geben, daß sie wußte, was sie tat, das Kopftuch aus dem Gürtel zog und mir über die Schulter zuwarf.

»Irgend etwas ist merkwürdig an diesem Lumpen«, sagte Dag, noch immer finster blickend, und als ich den Lappen in meinen eigenen Gürtel steckte, nahm er den Arm von meinen Schultern.

Ich stellte fest, daß ich keine Lust verspürte, ihn über die Eigenschaften des Lappens aufzuklären – jedenfalls nicht, ehe ich ihn besser kannte. Darum wechselte ich das Thema und sprach von etwas, das alle Yahtzenikrieger immer und mit völliger Sicherheit fasziniert: sie selbst. »Du bist ein bemerkenswerter Mann!« rief ich aus. »Woher hast du diese Fähigkeiten?«

»Meine Brüder und ich sind enge Freunde eines – äh – eines sehr mächtigen Zauberers.«

Amollias Freund hatte unser kleines Seitenspiel beobachtet und entschloß sich zum Eingreifen. Er zeigte uns ein strahlendes Lächeln und ich sah, daß seine Zähne nadelspitz gefeilt waren.

»Allerdings ist die Freundschaft mit einigen noch enger. Was dir fehlt, geliebter Bruder, ist das Gespür. Schau her!«

Und aus der Luft fielen dicke Juwelenschnüre und kunstvolle Gold- und Silberketten über Amollias Kopf und um ihren Hals, während Armbänder, noch viel glänzender, massiver und prunkvoller als das, mit dem sie den Elefanten gekauft – beziehungsweise natürlich gemietet – hatte, sowie Fußkettchen sich um ihre Gelenke schlangen. Lange, durchbrochene Gehänge, mit Rubinen, Saphiren und Smaragden besetzt, baumelten an ihren Ohrläppchen, und ein dazu passendes Schmuckstück zierte ihre Nase. Ihre Augen schielten, als sie versuchte, alles auf einmal zu bewundern.

»Laß dich davon nicht allzusehr beeindrucken, mein kleiner Panther«, sagte ihr Freund. »Es ist ein Nichts im Vergleich zu dem, was mein Bruder und ich den Jungfrauen bieten können, denen wir unsere Liebe schenken, wenn sie nur einwilligen, Licht in unser Leben zu bringen und uns zur Ehe zu nehmen. Ist es nicht so, Brüder?«

»Auch ich wollte gerade etwas in dieser Richtung erwähnen«, erklärte Asters Freund und verbeugte sich leicht.

»Wie wär's?« fragte Dag und zwinkerte mir zu, wobei er es wagte, mir vorsichtig das Knie zu drücken.

Mit klirrender Würde erhob sich Amollia und verkündete energisch: »Meine Schwestern und ich müssen uns beraten. Wollt ihr uns bitte entschuldigen?«

Noch ehe auch Aster und ich aufstehen konnten, zogen sich unsere Verehrer höflich in ein Nebengemach zurück.

»Was soll das heißen, ›wir müssen uns beraten‹?« fragte Aster. »Was gibt es da zu beraten? Chu Mi war gerade dabei, mir ein neues Kleid zu zaubern.«

»Gerade darüber müssen wir reden«, antwortete Amollia und betrachtete sie mit feierlichem Ernst, der von ihrem eigenen festlichen Aufzug entschieden abstach. »Ich glaube, hier geht irgend etwas Merkwürdiges vor. Ein Prinz für jede von uns? Habt ihr diese Heiratsanträge ernst genommen?«

Aster dachte nach und klopfte sich dabei mit dem Finger auf das spitze Kätzchenkinn. »Ich nehme ein neues Kleid ernst. Daran ist weiter nichts Merkwürdiges. Und wenn sich unsere Wege hier trennten und jede einem dieser Männer folgte, würde dadurch zumindest das Problem gelöst, wen von uns Aman Akbar am liebsten hat. Ich würde sagen, es ist eine großartige Gelegenheit für ein gescheites Mädchen, der Liebling eines reichen Ehegatten aus ihrem eigenen Volke zu werden.«

»Du kannst doch Aman Akbar jetzt nicht im Stich lassen wollen«, protestierte ich. Aman tat mir schrecklich leid, obwohl er sich den größten Teil dieser Suppe selbst eingebrockt hatte. Ich war aber froh, daß er nicht hier war und mitanhören mußte, wie seine letzte Favoritin in so entmutigend nüchterner Weise über einen so verheerend romantischen Mann wie ihn daherredete. Ich teilte auch ihre Meinung hinsichtlich der Vorteile eines Ehemanns aus dem

eigenen Volk nicht. Beispielsweise war ich eigentlich gar nicht mehr bereit, mich in die Freuden der Liebe nach Schafsart einführen zu lassen.
»Ich habe ja auch nicht gesagt, daß *ich* ihn im Stich lassen würde«, versetzte Aster abwehrend. »Ich habe nur gemeint, daß ich sehen könnte, unter welchen Umständen es durchaus gescheit wäre.«
»Wenn du denkst, Schwesterchen, du könntest diese Situation ausnutzen, um dir die Konkurrenz vom Halse zu schaffen, so bedenke, wieviel schwerer es für dich allein wäre, Aman Akbar von seinem Fluch zu erlösen«, bemerkte Amollia.
Aster sah mürrisch aus. »Daran habe ich auch gerade gedacht.«
»Du solltest außerdem nicht vergessen, daß wir drei doch offenbar wenigstens miteinander auskommen. Ein neuer Gatte könnte andere, weniger verträgliche, Frauen dazuheiraten. Natürlich könnte das auch Aman, falls du es schaffst, zuerst uns loszuwerden und ihn dann von der Verwünschung zu befreien.«
Aster zuckte die Achseln. »Na gut! Schon gut. Ich habe ja nur darauf hingewiesen, daß es oberflächlich betrachtet, eine ausgezeichnete Gelegenheit wäre. Ich habe nicht wirklich erwartet, daß eine von euch davon Gebrauch macht. Ich meinerseits bin dafür, es den drei Herren glimpflich beizubringen und dann so schnell wie möglich von hier zu verschwinden. Ich muß sagen, ich habe eine gewisse Abneigung gegen Zauberer entwickelt – für meinen Geschmack erinnern sie zu sehr an Djinni.«
Damit war sie der Wahrheit näher, als sie ahnte.
Die drei schienen mit unseren Bedenken gerechnet zu haben, und ich fing sogar einen Blick zwischen Dag und Chu Mi auf, in dem ein vergnügtes Glitzern zu liegen schien. Es verschwand sofort wieder. Chu Mi nahm Asters Arm und sagte: »Wenn du gehen mußt, so geh. Aber ich habe ein Abschiedsgeschenk für dich. Komm mit ins Nebenzimmer, und ich will es dir geben.«
Sie warf ihm einen kurzen, harten Blick zu, dann aber siegte die Gier über die Vernunft, und sie folgte ihm. Kaum hatte sich die Tür hinter ihnen geschlossen, als ich ein Geräusch hörte, das ich erst wenige Male – und diese erst kürzlich – in meinem Leben

vernommen hatte: das eines Riegels, der ins Schloß fällt. Aber ich hatte keine Zeit, über die Bedeutung dieses Geräusches nachzusinnen, denn urplötzlich schien es, als wäre das schwere Holz des Riegels doch nicht ins Schloß gefahren, sondern in meinen Kopf, der ohne Vorwarnung vor Schmerz zu zerspringen drohte.
Als ich wieder zu mir kam, wünschte ich, ich hätte es nicht getan, denn der Schmerz, der dazu geführt hatte, daß ich das Bewußtsein verlor, hatte kein bißchen nachgelassen. In allen Fasern spürte ich die Qual meiner Kopfhaut, denn jedes einzelne Haar war so nach oben gedehnt, als versuchte es, sich aus dem Boden, wo es gewachsen war, loszureißen. Diese schreckliche Anspannung meines Halses, als mein Körper von den Haaren in die eine, vom eigenen Gewicht in die entgegengesetzte Richtung gezerrt wurde! Ich konnte die Augen nicht ganz öffnen, weil die sie umgebende Haut verzogen war. Trotzdem wußte ich sofort, was mit mir geschehen war, wie jedes kleine Mädchen das weiß, dem Mutter oder Schwester jemals Zöpfe geflochten haben. Irgend etwas zerrte an meinen Haaren, und zwar mit Nachdruck. Der glühendrote Schleier vor meinen Augen wich für kurze Zeit, als ich blinzelte und Amollia sah, die mir gerade gegenüber hing, etwas weiter oben, aber in ähnlich mißlicher Lage, wenn sie auch an ihren kurzen Locken nicht so weit von dem Eisenring, an dem man sie festgemacht hatte, herunterbaumeln konnte wie ich mit meinen gefangenen Zöpfen.
»Sie können es schlecht vertragen, wenn man sie abweist, nicht wahr?« flüsterte sie heiser. Ihr ganzes Gesicht drohte sich umzustülpen, und ihre Augen standen plötzlich viel schräger als Asters.
Meine eigene Stimme kam nur unter Schwierigkeiten. »Ich glaube, unsere Entscheidung – war – richtig. Ich hätte nie – einen Mann – heiraten wollen, der diese – diese Methode – überzeugend findet.«
Aber gerade überzeugend sollte diese Behandlung wirken – wenn auch nicht auf uns. Kaum hatte ich ausgesprochen, als etwas zwischen Amollia und mir krachte und ich den Rand eines vergitter-

ten Fensterladens erkannte, der von einem Punkt nahe meiner Taille auf eine Stelle neben Amollias Hüfte flog, und ein kratzendes Geräusch hörte, als er dort gegen die Steine prallte. Zugleich wurde ein Stock herausgestreckt, der Amollia in die Rippen traf, so daß sie hin- und herpendelte und dabei laut kreischte. Ihre Schreie hätten mir das Herz zerfetzt; aber bevor es dazu kommen konnte, wurde mir von neuem fast der Kopf abgerissen, denn auch ich erhielt einen Stoß, der ein Stück von einem Zopf abtrennte, so daß mir Blut und Tränen zugleich über das Gesicht liefen, während ich hin- und herschaukelte. Durch meinen Schmerz schnitt Chu Mis Stimme wie ein Messer. »Ist es nicht eine Schande? Solche netten, kleinen Frauen. So gute Freundinnen von dir! Siehst du, wie es ihnen weh tut? Möchtest du uns nicht geben, was uns gehört, bevor sie gänzlich kahl sind und in den Fluß stürzen, wo die Krokodile sie fressen werden? Oder vielleicht ergreift sie der große Simurg mit seinen Klauen, reißt sie von der Wand und trägt sie nach Hause, um seine Jungen damit zu füttern? Du willst doch nicht, daß deinen Freundinnen so etwas passiert, oder? Darum gib uns, was rechtmäßig unser ist und erspare deinen Freundinnen die Schmerzen und dir selbst ihren Anblick. Du kannst mit dem Gegenstand ja doch nichts anfangen.«

»Ich werde noch viel weniger damit anfangen können, wenn ihr mit mir fertig seid, davon bin ich überzeugt«, sagte Aster wütend. »Wer seid ihr überhaupt wirklich? Was wollt ihr?«

»O nein, du Kluge. O wirklich, nein.« Chu Mi lachte. »*Mich* bekommst du nicht dazu, das Unaussprechliche zu nennen. Du kannst hier sitzenbleiben und darüber nachdenken und zusehen, wie diese beiden schaukeln; und bestimmt wird es dir einfallen. Es ist nur mein zärtliches Gefühl für dich und deine schönen, langen schwarzen Locken, das dich davor bewahrt, ihr Schicksal zu teilen.«

Schweigen. Dann Aster, die sich weit aus dem Fenster lehnt, Kopf und Oberkörper aus dem Winkel eines meiner armen gequälten Augen gerade noch erkennbar. »Oh! Amollia! Rasa! Liebe Schwestern! Geht es euch einigermaßen?«

»Ausgezeichnet, Dank sei Gott«, sagte Amollia in trockener, schmerzhafter Nachahmung Um Amans und ihrer Freundinnen. »Und dir?«
»Aster!« keuchte ich. »Was wollen sie von dir?« Ich konnte nicht völlig klar denken, denn mein Gehirn verflüchtigte sich gerade durch die Löcher, die die ausgerissenen Haare zurückgelasssen hatten.
»Ach das. Den Korken natürlich. Rasa, daß du darauf nicht gekommen bist! Aber macht euch keine Sorgen. Es ist mir gleich, was sie mir antun, ich gebe ihn nicht her. Ich werde so tapfer sein, wie ihr es an meiner Stelle wärt und nicht zulassen, daß sie ihn bekommen. Denn was würden sie dann erst mit uns machen?«
Ich wünschte mir dringend, sie würde mich *vorher* nach dem fragen, was ich an ihrer Stelle täte, anstatt einfach anzunehmen, sie wüßte es, als die Mauer unter meiner rechten Schulter plötzlich glitschig wurde.

IX

Von den üppigen Figuren, die in die steinernen Mauern des Bauwerks gemeißelt waren, habe ich ja bereits erzählt. Da sich gegenüber die Stämme und das Laubwerk des Dschungels dehnten und unter uns, so jedenfalls Chu Mi (denn ich konnte nicht nach unten blicken), ein Fluß dahinströmte, war die Vermutung sicher zutreffend, daß wir an einer Außen- und nicht an einer Innenwand hingen. Ich wandte also meinen eingeschränkten Blick nach rechts, wobei nur die Übung, die ich darin hatte, den Dingen ins Gesicht zu sehen – auch solchen, vor denen ich Angst hatte –, mich davor bewahrte, vor dem zurückzuschaudern, was sich, wie ich aus der Berührung, die ich gerade erduldet hatte, wußte, dort befinden mußte.

Ein kleines bißchen hatte ich mich geirrt. Keine ganz und gar lebendige Schlange war aus der Mauer gekrochen, um unseren Schmerz und die Gewißheit unseres Todes zu erhöhen. Vielmehr war das am weitesten entfernte Stück der Schnitzerei, die ich mit den Schultern berührte – eine Tänzerin, die auf den Schultern eine Kobra mit gespreizter Haube trug –, im Begriff, sich zu verwandeln. Zumindest galt das für die Schlange. Wäre die Berührung nicht gewesen, so hätte ich an einen Fieber-Wachtraum geglaubt, geboren aus meiner Seelenqual, denn der Stein färbte sich in warmen Tönen und begann, sich stückweise zu winden, bis er schließlich wirklich aussah wie eine lebende Schlange. Unter heftigem Züngeln glitt sie über den mehr als ausladenden Busen der Tänzerin und auf meine Schulter, wo ihre heraushuschende Zunge mich fast an der Wange berührte.

»Pssst«, zischelte sie und ich merkte, daß ich kleine, wimmernde Laute ausstieß.

Ich spürte mehr als ich es sah, wie Aster sich bei dem Versuch, hinter mich zu blicken, nach vorn lehnte. »Rasa? Was ist los? Ist es der Vogel? Versucht ein Krokodil, dich in den Zeh zu beißen? Chu Mi sagte, sie können so hoch springen!«

»*Mußt* du alles nachplappern, was du hörst?« keuchte Amollia. Ich hörte es kaum. Ich war damit beschäftigt, zu Stein zu erstarren. Dann hatte Amollia es offenbar fertiggebracht, sich so zu drehen, daß sie mich sehen konnte, denn sie stieß ein schwaches Jaulen aus, das sie sofort wieder erstickte – rücksichtsvoll, wie sie nun einmal ist –, aus Furcht, die Schlange könnte erschrecken und mich beißen. Langsam und überdeutlich sagte sie: »Eine Steinschlange leckt Rasa das Gesicht ab.«
»Armes Ding«, antwortete Aster resigniert. »Vielleicht ist es ein Hinweis darauf, wie ihr nächstes Leben aussehen wird.«
Die Schlange hatte das Schlangenmögliche ertragen. »Wenn ihr törichten Weibsbilder nicht mit eurem Gekreisch und Geplapper aufhört, werde ich die gute Meinung, die ich von euch habe, weil ihr euch eurem Gatten gegenüber so treu erwiesen habt, sofort wieder vergessen und euch doch noch eurem Schicksal überlassen.«
Hätten die Schmerzen mich nicht munter gehalten, wäre ich vor Erleichterung gleich wieder in Ohnmacht gefallen. »Djinn?« fragte ich.
»Pssst! Was hat es für einen Sinn, daß ich mich verkleide, wenn du meine wahre Natur in die Welt hinausbrüllst, so daß es jeder hört?«
»Aber wie kommst du hierher?« wollte Aster wissen und lehnte sich so weit aus dem Fenster, daß sie für einen Augenblick fast das Gleichgewicht verlor und sich schnell wieder ein Stückchen zurückziehen mußte.
»Ich ziehe es vor, nicht darüber zu sprechen«, erwiderte die Schlange und faltete ihre Haube säuberlich um den Kopf zusammen.
»Wahrscheinlich bist du an der Sache schuld, was?« zischte Aster zurück.
»Ruhe, sage ich. Du brauchst dich nicht so aufzuregen. Ein Djinn muß tun, was er muß, und ich bin der Diener der Flasche, auch wenn deine diebische Veranlagung mir ungewohnte Freiheiten beschert hat. Kann ich etwas dafür, daß euer Benehmen um so vieles

lobenswerter war, als irgendwer es von drei Ungläubigen gedacht hätte? Ich habe mich wirklich bemüht, den Divs dort Gestalten zu verleihen, die euch in Versuchung führen würden, dem Willen meines Herrn zu genügen, anstatt euch mit Entsetzen zu erfüllen; aber ihr wart nicht so leicht zu verleiten. Oh, bravo, liebe Herrinnen! Bravo!«

»Dein Lob ist so rührend wie das Vertrauen, das du in uns setzst, o Djinn«, gab ich zurück. »Nun aber, hol uns herunter.« Diese Worte zischte ich ihm so heftig zu, daß es diesmal die Schlange war, die den Kopf einzog.

»Oh, ich kann mich leider unmöglich direkt einmischen«, antwortete er. »Das stünde im Gegensatz zu den Wünschen meines derzeitigen Gebieters. Aber ich kann euch die Vorteile meines Rates zuwenden und bin dazu auch gewillt, nun ich weiß, welchen preiswürdigen Charakter ihr besitzt – für Frauen. Und auf keinen Fall kann ich zulassen, daß ihr zu Tode kommt, ohne euch zu sagen, wie stolz ich auf euch bin, weil ihr stark geblieben seid, eure Ehre verteidigt und die Versuchungen des Luxus und der Freuden zurückgewiesen habt, und weil ihr euch statt dessen dafür entschieden habt, großes Leid und viele Schmerzen auf euch zu nehmen, indem ihr den Divs verweigert habt, was sie begehren.«

»Seht ihr?« fauchte Aster eindringlich. »Ich *wußte* ja, daß er dafür verantwortlich ist.«

Die Schlange ignorierte sie.

»Andererseits ist jeder Widerstand zwecklos. Mein Gebieter verlangt von euch den Korken zu meiner Flasche, und selbst ihr unwissenden Frauen müßt einsehen, daß er ihn früher oder später bekommen wird.«

»Auf welcher Seite stehst du überhaupt?« erkundigte sich Aster. »Zuerst schickst du uns vom Palast fort. Dann machst du einen halbherzigen Versuch, uns zu zwingen, mit dir zum Emir zurückzukehren ...«

»Ganz und gar nicht!« unterbrach sie der Djinn gekränkt. »Hätte ich versucht, euch auf irgendeine Art zu zwingen, so besteht wohl kein Zweifel, daß ihr mitgekommen wärt. Wenn ich auch zu Beginn unseres damaligen Gesprächs nicht sicher war, daß sich mein Korken in euren Händen befand, wußte ich doch, daß ich mich schon ungewöhnlich lange frei bewegen konnte. Darum war damals meine Hauptaufgabe, den Willen meines Gebieters buchstabengetreu zu erfüllen; und das, wie ihr selbst mir erklärtet, war nicht möglich, nicht einmal für jemanden, der so mächtig ist wie ich. Aber gegen Ende jener Begegnung spürte ich die Macht des Siegels, das die Herrin Rasa bei sich trug. Später, als mein Herr den Verlust entdeckt hatte, aber noch nicht wußte, wo er suchen sollte, benutzte ich seine Ahnungslosigkeit dazu, auf eigene Faust einen Vorstoß in euer Zelt zu unternehmen, um euch zu überreden, das Siegel freiwillig zurückzugeben.«

»Und als das fehlschlug, hast du deine Unterteufel auf uns losgelassen?« Der Groll in Asters Stimme war ein Nichts gegen den, der in mir tobte. Sie hörte sich lediglich etwas schmollend an. Ich dagegen wünschte mir den Djinn in seiner ersten Gestalt zurück. Irgendwie würde ich die Kraft aufbringen, ihn dann an bestimmten, besonders empfindlichen Teilen seiner Person an eben dem Ring nach oben zu hissen, an dem ich jetzt noch selber hing.

»Doch nicht meine, Herrin! O nein. Ich riet lediglich zu einem Plan, bei dem der Verbündete des Emirs, der König der Divs, seine Untertanen dazu einsetzen könnte, dem Emir dabei zu helfen, den Korken von dir zu verlangen. Und ein zarter, honigsüßer Schlachtplan war das! Was hätte es, so fragte ich, für einen Sinn, mit unnützer Brutalität vorzugehen? Nur wer das Siegel besaß, konnte es hergeben, und es mußte freiwillig gegeben werden, weil man mich nicht mit Gewalt an sich bringen kann. Hättest du der Werbung des Divs nachgegeben, Herrin Aster, so hätte er dir das Siegel Salomonis in dem Augenblick abgenommen, in dem du deine ... beim Ablegen ... also während du ... nun, jedenfalls hätte der Div es bekommen, sobald du es zur Seite gelegt hättest.«

»Und was wäre dann mit uns geschehen?« fragte Aster.

Die Djinn-Schlange schwoll ein wenig an. »Nun – äh – ich vermute, die andern hätte man im Dschungel liegengelassen und dich meinem Gebieter ausgeliefert, der dich noch immer begehrt. Oder vielleicht hätte man euch alle zum Dank für seine Hilfe dem König der Divs geschenkt. Wie soll ich das wissen? Ich kann nicht an alles denken. Sei überzeugt, es wäre ein milderes Schicksal gewesen als das, was euch jetzt unvermeidlich erwartet. Was mich betrifft, so habe ich sehr viel Zeit gebraucht, um auf Umwegen diesen Ort hier auf dem Landweg zu erreichen. Es war sehr unartig von euch, daß ihr einfach den Ozean überquert habt, nur um mir auszuweichen.«

Keine von uns entschuldigte sich.

»Jetzt aber, Herrin Aster, mußt du um der Herrinnen Amollia und Rasa willen den Korken herausgeben. Du kannst selbst nicht das Geringste damit anfangen. Das einzige, was er dir einbringt, ist der Zorn meines Gebieters und seiner mächtigen Verbündeten. Du kennst das Wesen der Divs nicht. Sie können sich in einfach alles verwandeln. Im Augenblick steht der Emir in der Gunst des Königs der Divs ganz oben, weil er ihm heimlich Tribut zahlt: die wunderschöne Hyaganusch hat er ihm geschickt. Und mein Gebieter wird nicht ruhen, bis er den Korken wiederhat, denn solange dieser nicht in der Flasche steckt, hat er keine völlige Macht über mich. Solange er nicht einen seiner Wünsche verbraucht und mir einen förmlichen Befehl erteilt, kann ich beliebig kommen und gehen. Und zwei von den Wünschen sind schon weg!« Hier kicherte der Djinn leicht vor sich hin. »Ich wünschte, du hättest uns das alles früher erzählt«, beschwerte sich Aster.

»Wenn ich euch gegenüber keine Gewalt anwenden konnte, so konnte ich auch dem Inhaber der Flasche nicht vorsätzlich ungehorsam sein. Und damals hielt ich euch für nicht besser als ihn. Nun, da ich weiß, was für treue und liebevolle Gattinnen ihr seid ...«

»Wenn du so viel von uns hältst, dann befreie uns von hier!« sagte ich, und so sehr ich mir auch Mühe gab, es wie einen Befehl klingen zu lassen, hörte es sich doch für meine Ohren – in denen es rauschte – eher wie ein Winseln an.

»Meine Entschuldigungen, Herrin Rasa. Ich kann nicht. Wie ich schon erklärt habe, kann ich ebensowenig direkt gegen den Emir handeln wie gegen euch. Eine sehr delikate Angelegenheit.«

Die Zunge der Schlange glitt auf die zierlichste Weise hin und her, als wollte sie illustrieren, *wie* delikat alles war. »Man kann freilich nicht erwarten, daß Ungläubige diese Dinge verstehen. Aber ich würde den Divs das Siegel aushändigen, Herrin Aster. Sie können dich nicht dazu zwingen, aber sie können den Herrinnen Amollia und Rasa allerhand Übles antun. Wirklich ganz schlimme Sachen – oh! Ach du meine Güte!«

Die Farbe der Schlange begann wieder zu körnigem Steingrau zu verblassen, und nur die Augen blieben noch kurze Zeit hell und die Zunge lebendig, bis das Zischen zu Pulver vertrocknete: »Ich vergehe. Der Emir muß gerufen haben, ich muß fort. Auch wenn er keinen Wunsch ausspricht, muß ich zur Stelle sein, für den Fall des Falles. Möge Gott euch schützen, auch wenn ihr Ungläubige seid. Ihr werdet es nötig haben.«

»Warte! Kannst du denn gar nichts tun?« schrie ich, als das letzte Leben aus der Steinschlange floh und das schwere Biest jetzt auf meinem Arm lastete und die Bürde meiner armen Kopfhaut noch vergrößerte. Und was das Allerschlimmste war, der Rauch, der als Begleiterscheinung zum Abgang des Djinns aus Maul und Nüstern des Steingeschöpfs quoll, kitzelte mich in der Nase und brachte mich zum Niesen. Beinahe wäre ich vor Schmerzen wieder ohnmächtig geworden.

Asters Rumpf wand sich aus dem Fenster, und sie schaute mitfühlend zu mir auf. »Mein Himmel, du armes Ding. Du siehst aus, als ob jeden Augenblick die Haut an deinem Hals abreißt und der Rest in den Fluß fällt.« Diese Art Anteilnahme hat man in schlechten Zeiten nötig. »Ich bin wirklich froh, daß wir nicht eingewilligt haben, sie zu heiraten. Nicht nur, daß sie böse sind, sie haben auch über sich selbst geschwindelt. Wahrscheinlich sind sie gar keine Prinzen. Na gut – immerhin ist es tröstlich zu wissen, daß sie uns nichts *wirklich* Gräßliches antun können.«

»*Dir,* Aster«, erinnerte sie Amollias kratzige Stimme. »*Uns* bringen sie um.«

»Hmmm. Vielleicht hast du recht. Das werden sie wohl tun«, antwortete sie, und es klang wahrhaftig bedauernd.

»Geh hin und sag ihnen, daß du ihnen den Korken gibst«, krächzte Amollia.
»Was? Damit ich meine ganze Verhandlungsposition verliere? Dann sitzen wir alle in derselben Tinte.«
»Du sollst ihn ja auch nicht hergeben. Sag nur, du würdest es wahrscheinlich tun. Beschäftige sie eine Weile.«
»Ich wüßte nicht, wie. Wenn ich sage, ich gebe ihn ihnen und das auch tue, dauert es einen Augenblick, und wenn ich es nicht tue, merken sie es auch sofort. Dann kommen sie bloß wieder zu euch und quälen euch noch mehr.«
Dieser beglückende Gedanke brachte mir eine Eingebung. »Sag, du ... du hättest ihn durch einen Zauber versteckt. Erfinde irgendeine lange Zeremonie, um ihn wiederzufinden. Sie kann nötigenfalls die ganze Nacht dauern.«
Ich bezweifelte, daß ich selbst imstande gewesen wäre, ein solches Theater aufzuführen, aber Aster war ja Berufsschauspielerin und hatte zweifellos viel von einem Scharlatan. Irgend etwas mußte sie auf die Beine stellen können.
»Hm. Ich bin nicht sicher ...« begann sie.
»Geh«, sagte Amollia. »Oder unser Tod soll auf dein Haupt kommen und niemand kann sagen, was du im nächsten Leben sein wirst.«
Aster entfernte sich und wir hörten von unten ihre Stimme, laut und schnell, wie sie unseren Bezwingern ihre Geschichte vortrug. Inzwischen verschwanden Amollias Hände aus meinem Blickfeld nach oben.
»Sei still«, flüsterte sie. »Ich mache mich jetzt los.«
Ich hörte das Klirren ihrer Armbänder an dem Eisenring durch das Plätschern des Regens auf dem Fluß unter uns. Der Sturm kam nicht mehr in Böen wie vorher, sondern es nieselte sanft.
»Ah ...« sagte sie endlich, und ihr Körper bewegte sich aufwärts. Einen Augenblick später fuhr sie fort: »Rasa, ich habe meine Haare von dem Ring losgemacht und halte mich jetzt mit der Hand daran fest. Versuche stillzuhalten, denn ich klettere jetzt ins Fenster und nehme den Gürtel ab. Dann binde ich ihn um deine Taille

und befestige ihn an meinem Ring, damit du, während ich deine Zöpfe freibekomme, nicht in den Fluß fällst, bevor ich dich auffangen kann.«
Zum Nicken hatte ich wenig Lust und stöhnte darum nur. Ich sah immer noch nicht, wie wir beide, selbst wenn sie mich jetzt befreite, uns vor dem Zauber in Sicherheit bringen konnten, der uns zuerst in diese Situation versetzt hatte. Unsere Feinde brauchten doch nur noch einmal mit den Fingern zu schnalzen, oder was immer sie das letzte Mal getan hatten. Dennoch, wenn nur dieser Schmerz, der mich ganz blind machte, erst einmal nachließ, würde mir vielleicht etwas einfallen. Oder möglicherweise hatte ja Amollia schon einen weiteren Plan.
Sie begann an ihrem Ring hin- und herzuschaukeln und versuchte dabei, mit den Füßen das Fenstersims zu erreichen. Ich war froh, daß sie mich vorgewarnt hatte, denn es ersparte mir schmerzhaftes Zurückzucken. Beim dritten Versuch schaffte sie es. Aus dem Zimmer kam das Geräusch raschelnder Stoffe und klirrender Schmuckstücke. »Mut, Barbarin. Wenn wir erst hier heraus sind, werde ich dir die Frisiertricks beibringen, die allein mein Volk kennt.«
Sekundenlang schwieg sie, dann fühlte ich, wie sie nach mir griff. Ihre Finger streiften meine Taille. Schon dieser geringfügige Anstoß reichte aus, um die Steinschlange auf meiner Schulter in Bewegung zu setzen, und ich drehte mich ganz leicht, baumelnd, halb betäubt von dem Feuer, das vom Kopf aus bis in mein tiefstes Inneres ausstrahlte. In diesem Moment glaubte ich, das dröhnende Rauschen käme auch aus meinem Kopf, ebenso das schwere, tiefe, trommelartige Schlagen. Das Geräusch war so allübertönend, daß ich Amollias Aufschrei kaum hörte, obwohl ihr Mund ganz nah an meinem Ohr war.
Immerhin vernahm ich genug, um die Augen zu öffnen, die plötzlich voller Federn waren, jede groß wie ein Speer, von einem leuchtenden Grün, heller als junges Gras, und einem Gelb, sonniger als die Sonne. Leider warf mich der Sturmwind der schlagenden Flügel, die aus diesen Federn bestanden, so qualvoll hin und her, daß

ich ihre Schönheit nicht in vollem Umfang würdigen konnte. Fast war ich erleichtert, als der gewaltige Fuß – wie ein Hühnerfüßchen, wenn man sich ein Huhn mit Klauen von der Länge eines Männerbeins vorstellt – mich umkrallte, denn dadurch wurde ich sekundenlang festgehalten und die Pein des Herumgestoßenwerdens nahm ein wenig ab.
Irgendwo unter meiner gequälten Kopfhaut verstand ich das leise Glucksen des Riesenvogels, dem Fuß und Federn gehörten. In vereinfachter Übersetzung bedeutete es: »Aha! Ich hatte doch recht, wieder hier zu jagen. Wieder ein schöner, reifer Happen. Meine Jungen werden gut zu essen haben.«
Ein orangefarbener Hakenschnabel sauste an meinem Gesicht vorbei, und noch einmal fühlte ich einen feurigen Blitz, als er zuschnappte. Dann ließ der furchtbare Druck am Kopf nach, und ich fühlte, wie ich in die Lüfte entführt wurde. Der Wind und der Regen kühlten mein gepeinigtes Haupt, und mir wurde so leicht, daß ich, ohne über die neue Gefahr nachzudenken, wieder in Schlaf verfiel.

Ich erwachte mit dem göttlichen Ahnherrn allen Kopfwehs. Die Umgebung trug nicht dazu bei, meine Verfassung zu bessern. Als ich, vorsichtig mit den Fingerspitzen darüberstreichend, meine qualvoll hochempfindliche Kopfhaut betastete, merkte ich, daß die Zöpfe aufgegangen waren. Unten hatte der Vogel eine gute Elle abgebissen, indem er das zusammengebundene Stück einfach weggehackt hatte. Aber selbst ohne die Zopfenden war das Gewicht des herunterhängenden Haars für meine Kopfhaut sehr schmerzhaft, und ich rollte die Flechten zusammen und legte sie mir ganz vorsichtig über den Scheitel.
Ich lag flach in einem Gebilde von der Größe einer Hütte, das aus Zweigen und Gras bestand und mehrere Eier enthielt, die mir bis zur Taille gereicht hätten, wenn ich aufgestanden wäre – was mir aber gänzlich fernlag. Denn jenseits des niedrigen, unordentlichen Nestrandes stürzten steile Klippen in schroffen Vorsprüngen nach unten, durch purpurnen Nebel und bis hinein in den dunkelgrü-

nen, vom Regen glänzenden Dschungel. Über mir wölbte sich ein bleierner Himmel, in den sich eine Zahnreihe eisiger Bergspitzen verbissen hatte. Zum ersten Mal, seit ich mein Heimatland verlassen hatte, litt ich nicht unter der Hitze.

Aus der ungewöhnlich trüben Färbung des Himmels und dem triefnassen Zustand meiner Kleidung schloß ich, daß ich schon eine ganze Weile in diesem Nest liegen mußte. Meine Haut war dagegen warm, wahrscheinlich, weil die Vogelmutter, während sie auf dem Nest hockte, notgedrungen auch mich bebrütet hatte. Dabei hatte ich Glück, daß sie mich lieber als lebendiges Frischfutter für ihre Jungen aufhob, als mich selbst als kleinen Imbiß zu verspeisen.

Ich wußte nicht, wieviel Zeit vergangen war, seit sie das Nest verlassen hatte; aber ihr Brutgeschäft hatte sie ordentlich erledigt, denn jetzt in ihrer Abwesenheit begannen die Eier auszuschlüpfen.

Der Lärm war fast größer, als mein armer, geplagter Kopf ihn ertragen konnte. Als endlich die erste Schale in der Mitte platzte und mit donnerartigem Krachen einzelne Stücke absprangen, hätte ich laut losschreien können, wenn dadurch nicht alles nur noch schlimmer geworden wäre.

Auch so wurde es nachgerade unerträglich. Ein scheußliches Wesen mit der runzligen rosa Haut eines Suppenhuhns, von spärlichem Flaum bedeckt, streckte den kahlen, glotzäugigen Kopf durch das Loch in der Schale und riß den gelben Schnabel auf, wobei eine spitze, rosige Zunge sichtbar wurde. »GARAK!« sagte es. Ich brach in Tränen aus und wich zurück, wobei ich mir die Ohren und die vibrierende Kopfhaut so gut wie möglich mit den Händen zudeckte.

Ich glaubte, es wollte mich fressen, weil es mir so sein Gesicht zudrängte, aber als ich meinen Kopf so weit entblößte, daß ich in seine wäßrigen Glotzaugen blicken konnte, legte es ziemlich unglücklich den Kopf schief und sah erbarmungswürdig aus – jedenfalls solange, bis es mir von neuem das Hirn zerriß, indem es wieder zu krächzen anfing. »GARAK!«

Freilich hatte das Geräusch etwas Fragendes, Hilfloses. Nicht daß ich mir etwas daraus gemacht hätte. Nach Lage der Dinge war das Biest auch nicht hilfloser als ich. Trotzdem, dachte ich, wenn ich es nur dazu bringen könnte, mit dem grauenhaften Gekrächz aufzuhören, bevor mir der Kopf abfiel, würden wenigstens meine letzten Sekunden ein wenig glücklicher sein. Unter dem Kopftuch, das in meinem Gürtel steckte, hing immer noch das Netz mit den Resten von Fatimas Proviant. Während ich das Netz losband, betrachtete das Geschöpf mich gierig, und als ich ein Stück trockenes Brot herauszog, wurde es wild.

»GARAK! GARAK! GARAK!« kreischte es, und die Schreie wurden immer lauter, bis ich kurz davor war, aus dem Nest in einen schnellen, gnädigen Tod zu springen. Statt dessen verzichtete ich auf jede Vorsicht und riskierte auch noch die Hand, um damit dem Küken das Brot in den Rachen zu stopfen.

Ein Moment köstlicher Stille belohnte mich, in dem nur noch ein Hauch der Schmerzen von eben mir auf den Schädel hämmerte. Als das Untier erneut den Schnabel aufsperrte, warf ich einen Reiskloß hinein. Auf diese Weise fuhr ich fort, mich von seinem Geschrei loszukaufen – erst kam das Brot, dem die Reisklöße folgten, danach kamen die Datteln, Granatäpfel und Orangen, schließlich die Nüsse, bis nichts mehr da war. Gottlob war inzwischen auch der Appetit des Jungtiers gestillt, und endlich trampelte es den Rest seiner Schale nieder, hüpfte hinaus auf die Scherben und entspannte sich, wobei es den Kopf säuberlich auf das Kopftuch in meinem Schoß legte wie auf ein Kissen. Dabei gab der Vogel kleine, erträgliche, piepsende Geräusche von sich, durch die auch ich zu einem Nickerchen verleitet wurde, aus dem mich das Peitschen von Schwingen weckte.

Einen Augenblick dachte ich, jetzt wäre es wirklich Zeit zum Springen. Das Essen war aufgefressen, und wenn das junge Vögelchen wieder Hunger bekam, würde es in den fürchterlichen Lärm einstimmen und mein Kopf zerplatzen wie sein Ei.

Als der Schatten seiner Mutter über uns fiel, erwachte das Küken und war sofort munter.

Mit der Hand auf Selimas Kopftuch verstand ich die Gedanken der Vogelmutter wie in jenen Minuten, als ich – viel zu verstört, um mich darüber zu wundern – an der Tempelwand gehangen hatte.
»AUSGESCHLÜPFT, vorwitziges Ding?« fragte sie. »Du solltest diesen Leckerbissen verspeisen, anstatt darauf zu schlafen.« Damit meinte sie mich. »Ich sehe schon, ich muß ihn dir vorkauen, damit du etwas davon hast, bevor deine Geschwister ausschlüpfen.«
Und wieder sauste ihr ungeheurer Schnabel nach unten und warf den Schatten des Todes über mein Angesicht. Aber noch bevor sie mir das Ärgste antun konnte, hätte mir ihr Kind mit seinem Protestgeschrei schier den Rest gegeben. »GARAK! GARAK!« kreischte es und hackte nach seiner Mutter, wobei es gleichzeitig mit den gut ausgebildeten, wenn auch noch kleinen und federlosen Flügeln auf sie einschlug. Diesmal bedeuteten, wie ich zu meiner Verblüffung verstand, die an den Riesenvogel gerichteten Garaks: »Weg, du Ungeheuer! Laß meine Mutter in Ruhe!«
Die Vogelmutter gab ein verwirrtes Piepen von sich und flog davon, um nach einigem Kreisen am Himmel mit einem stinkenden Aasklumpen zurückzukehren, mit dem sie ihren Sprößling zu beruhigen suchte. Das Jungvögelchen, randvoll mit meinem Proviant, wollte nichts von ihr wissen und verteidigte mich mutig.
Der Muttervogel warf mir einen giftigen Blick zu, den ich aus vollem Herzen erwiderte, und schien dabei erstmals zu bemerken, daß ich ein Lebewesen wie sie selbst war. »Wie, du gelbschöpfige, blähbrüstige, federlose Mauerwinde!« keifte sie. Ihr Name für mich war so kompliziert, daß ich ihn, wie ich zugeben muß, vielleicht trotz der Hilfe des Kopftuchs nicht ganz verstanden hätte, wenn sie die Worte nicht mit jedem Aufkreischen wiederholt haben würde, so daß ich aus ihren großen, gelben Augen nur allzu deutlich ablesen konnte, wie ich ihr vorkam. »Du hast mir die Liebe meines Erstgeschlüpften gestohlen! Ich würde dich in wurmförmige Streifen zerfetzen, wenn ich nicht dazu vorher mein eigenes Kind umbringen müßte!«
Als sie sich heiser gekrächzt und mir zu einer hämmernden Rück-

kehr meiner Kopfschmerzen verholfen hatte, redete ich sie vernünftig und leise, ganz leise an, in den höflichsten Wendungen, die ich von den Bewohnern dieses Landes gehört hatte, denn ich hatte großen Respekt vor ihrem Schnabel und den Klauen.
»Es betrübt mich, meiner hochgeschätzten Gastgeberin soviel Pein zu bereiten, o mächtiges – äh – jadeschöpfiges, goldgefiedertes, smaragdgeflügeltes Juwel unter den Vögeln.« Nicht umsonst war ich die Gattin eines abgefeimten Schmeichlers.
»Findest du das wirklich?« fragte sie. »Dieser Name ist sehr hübsch, aber ich bin natürlich der Simurg.«
»Ich bin – äh – der Rasa«, gab ich zurück. »Und was ich gerade sagen wollte, o Simurg, wunderschönster und großmütigster aller Vögel: als dein bezaubernder Sprößling in seiner Schale erwachte und nach Nahrung schrie, siehe, da erweckte er mein Mitleid, und ich fütterte ihn, da du nicht anwesend warst, an deiner Statt. Denn bin nicht auch ich eine Mutter?«
»Tatsächlich?«
»Oh ja. Sechzehn Kinder habe ich zu Hause, von denen das älteste noch auf dem Boden krabbelt.« Auch der Umgang mit Aster war nicht ohne Einfluß auf mich geblieben.
»Die armen Dinger! Warum warst du nicht bei ihnen, anstatt von Mauern herunterzuhängen?«
»Ach, das meinst du. Ja – weißt du – äh – das ist nämlich so«, stotterte ich. Ich konnte mir nicht vorstellen, daß der Vogel die Wahrheit glauben oder sich auch nur dafür interessieren würde – er schien von schlichtem, häuslichem Wesen zu sein, wenn man von den mehr mörderischen Eigenschaften absah – darum erzählte ich ihm etwas, das er besser begreifen konnte. »Meine Art sammelt so ihr Futter. Wir hängen an jenem Gebäude und warten, wobei wir aussehen wie Bestandteile der Mauer, bis sich – ahem – Schlangen durch die Statuen winden oder Fische vorbeischwimmen; dann fallen wir über sie her.«
»Ist das der Grund, warum ich dort so oft diese hängenden Leckerbissen gefunden habe?« erkundigte sie sich, sichtlich erfreut über diese Neuigkeit. »Meine Liebe, eure Instinkte führen euch in die

falsche Richtung. Ich muß dich warnen. Die Tarnung eurer Art ist so enorm, daß ich fürchte, ihr werdet bald aussterben, wenn ihr nicht neue Methoden entdeckt, nach Nahrung zu suchen.«
»Ah, du bist nicht nur schön, sondern auch weise«, gab ich zurück. »Und weißt du, soviel fangen wir damit auch gar nicht.«
Ein neues »Garak!« unterbrach unser Gespräch, und ein zweites Küken tauchte aus seiner Schale auf. Der Ausdruck von Interesse im Auge des Simurg verwandelte sich in Gier, aber »mein« Küken blitzte sie wütend an und flatterte drohend mit den kleinen Schwingen.
»Ich glaube dir, daß du es gut meinst«, erklärte der Simurg endlich widerwillig. »Aber ich kann das hier einfach nicht zulassen. Ich muß Futter für meine Jungen heranschaffen und habe keine Zeit, mich darüber zu ärgern, daß du hier sitzenbleibst und sie alle glauben, ich wäre weiter nichts als eine Art Lieferanten-Taube. Komm, ich bringe dich wieder nach unten. Und vergiß nicht, was ich über das Herumhängen an Mauern gesagt habe.«
»Ich höre und gehorche, mächtiger Simurg«, erwiderte ich und fügte so meiner Liste von Nachahmungen auch noch den Djinn hinzu. Ich lieferte mich ihren Klauen aus, sie hob mich hoch und flog dann fast senkrecht abwärts. Kaum bremste sie den Sturz mit den Flügeln, so eilig hatte sie es, mich loszuwerden. Am Fuß der Klippe setzte sie mich ab. Von ganz oben vernahm ich ein letztes, klagendes Schreien, das jetzt weniger wie »Garak« klang, als eher wie »Mama?«. Aber es erstarb, als der Simurg mich losließ, meine Füße wieder festen Boden berührten und der Flügelschlag des Vogels alle anderen Geräusche übertönte.
Ach ja. Sicherheit. Jetzt mußte ich bloß noch die vielen Meilen wildwuchernden Dschungels durchqueren, die zwischen Amollia, Aster und mir lagen, sofern die beiden überhaupt noch lebten. Wenigstens besaß ich das Kopftuch und brauchte nur die Tiere nach dem Rückweg zum Tempel zu fragen.
Aber es wurde schon bald Abend, und so setzte ich mich am Fuß der Steilwand unter einen Baum. Ich wünschte, ich hätte dem kleinen Simurg nicht mein ganzes Essen gegeben. Ich wünschte,

meine Kopfhaut täte nicht so entsetzlich weh, und ich wünschte, der Regen würde aufhören oder ich hätte wenigstens die Möglichkeit, mir Feuer zu machen. Was ich mir nicht wünschte, war, schon wieder einer Schlange zu begegnen, aber genau das passierte mir. Ich hatte weiter keine Angst, denn ich hatte ja schon früher Schlangen erfolgreich verschiedene Auskünfte entlockt, wenn man den Djinn dazu zählte. Als sich darum die Schlange vom Baum herunterringelte und den Kopf vor meinen Augen hin- und herpendeln ließ, um näher zu untersuchen, was ich eigentlich war, hob ich ohne weitere Vorreden das Tuch an ihre Schnauze und fragte sie im Namen Gottes und Sankt Selimas, wie ich zu dem »Jagdhaus« im Dschungel zurückkäme.

Die Schlange gab mir zu verstehen, daß sie in keiner Weise religiös veranlagt wäre und ich, wenn ich nicht sofort aufhörte, ihr mit dem Lappen vor dem Gesicht herumzufuchteln, eine wohlverdiente, giftige Belohnung zu erwarten hätte. Aber wenigstens biß sie mich nicht gleich. Durch dieses Zugeständnis ermutigt, wagte ich es, sie auch noch zu fragen, wo ich etwas Eßbares für mich auftreiben könnte.

»Ich habe nicht die leiseste Ahnung«, bedeutete mir die Schlange. »Ich weiß nicht einmal genau, was so etwas wie du fressen würde. Ich sehe auch nicht ein, warum du mich belästigen mußt, wenn es doch da drüben in der Höhle andere von deiner Sorte gibt. Warum erkundigst du dich nicht bei ihnen?«

Von den Lippen einer Schlange (soweit man bei Schlangen von Lippen sprechen kann) etwas über das Vorhandensein anderer Menschen zu erfahren, kam mir bedenklich vor. Menschliche Wesen ihres Bekanntenkreises schienen mir nicht von der Art zu sein, daß ich ihnen meinerseits unbedingt begegnen wollte – aber wer war ich, daß ich in dieser Lage auch noch wählerisch sein konnte? Gewiß, ich hatte die Vorstellung, den magischen Gegenstand, den ich jetzt besaß, auch zu benutzen, recht verlockend gefunden. Gespräche mit andern Menschen kamen mir langweilig vor, wenn ich mich statt dessen mit Löwen oder Elefanten unterhalten konnte. Aber, wie die Schlange völlig zu Recht bemerkt hatte, andere Men-

schen waren sicher besser imstande, mir zu beschaffen, was ich zum Überleben brauchte.
In der Tat war es weniger der vorzügliche Rat der Schlange als vielmehr die Warnung vor ihren Giftzähnen, die mich bewogen, mich ungesäumt zurückzuziehen und die Höhle zu untersuchen.
Außerdem konnte ich, wenn es dort Menschen gab, auch wenn es nur arme Bauern oder andere Reisende waren, von ihnen etwas zu essen bekommen und ein Feuer für die Nacht finden. Natürlich glaubte ich, als die Schlange sagte, in der Höhle wohnten Leute, ich würde sie gleich am Eingang finden. Darum dachte ich, als ich den kleinen Raum hinter dem Höhleneingang betrat und ihn dunkel und leer fand, ich hätte die falsche Höhle erwischt. Aber als ich wieder hinausgehen wollte, stolperte ich, sah mich um und gewahrte in einer Ecke, die mir noch gar nicht aufgefallen war, einen Lichtschimmer.
Bestimmt befand ich mich erst im Vorraum, und die Bewohner lebten in einer bequemeren Kammer weiter hinten in der Höhle. Der Ledervorhang, der sich unter meiner Hand teilte, so daß ich in ein schwach grünliches Licht eintauchte, schien diesen Gedanken zu bestätigen, und ich wollte gerade schon laut nach meinen Gastgebern rufen. Aber mein Vater hatte mich die Weisheit gelehrt, daß man sich immmer erst davon überzeugen sollte, wie die Dinge wirklich lagen, bevor man seine Ankunft ausposaunte, und diese Vorsicht rettete mir das Leben.
Auf den ersten Blick schien der Raum verlassen, aber andererseits war in dem kränklichen, blaßgrünen Licht, das von den Höhlenwänden glänzte, auch so gut wie nichts zu erkennen. An den Wänden duckten sich massige Gestalten und vor allem in der Mitte des Raums, weiter hinten, kauerte ein riesengroßer Klumpen; aber obwohl sie alle einen durchaus greifbaren und bedrohlichen Eindruck machten, konnte ich mich des Gefühls nicht erwehren, daß kein Leben in ihnen wohnte.
Aber diese Meinung änderte sich sehr schnell, als die Masse in der Mitte ein Kratzen und Klicken hören ließ. Ich sah, wie sich etwas

ruckartig nach dem grün beleuchteten Stein dahinter ausstreckte. Ich wich zwei Schritte zurück und vernahm das Geräusch einer Unmenge von Füßen, von denen jeder genau acht Sprünge tat – ein Rudel Lagerhunde, wie Reisende sie manchmal mitführten? Aber das, was nach Sekunden, in denen mir fast der Puls stockte, vor mir stand, war mitnichten etwas derart Gewöhnliches. Weit davon entfernt, viele Hunde zu sein, sah es auf den ersten Blick vielmehr so aus, als wäre es ein *einziger* Tiger.

X

Denn es war nur *ein* Paar rötlich glühender Augen, jedes so groß wie meine Faust, das mich anstarrte. Und nur *eine* Stimme brummte mit tiefem Grollen, das jeden Augenblick in Brüllen auszubrechen drohte. Was sonst noch tigerisch war, bemerkte ich vor Schreck kaum – die Streifen, das breite Katzengesicht, die abgerundeten Ohren. Ich war viel zu sehr damit beschäftigt, auf ein weiteres Detail von größter Bedeutung zu achten – die glänzenden Elfenbeinzähne, ein kompletter Satz. So intensiv stierte ich auf diese Zähne, daß mir die Sinnesverwirrung, in die mich der Rest des Tigers versetzte, zuerst gar nicht recht zum Bewußtsein kam. Ohne es selbst zu merken, wartete ich ständig darauf, daß ein zweiter Kopf auftauchte.

Denn wenn ich auch bisher noch keinem Tiger begegnet war, so waren sie mir doch von Amollia beschrieben worden, und ich wußte, daß es sich um Katzen handelte wie die, die die Schafe der Yahtzeni raubten oder wie der Leopard Kalimba. Auch Fatima hatte häufig von Tigern gesprochen. Ihren Worten hatte ich die Erscheinung einer weiteren Sorte gewöhnlicher, blutrünstiger Wildkatzen entnommen, die sich von ihresgleichen nur durch die Färbung unterschied. Aber weder Fatima noch Amollia hatten je einen Hinweis fallen lassen, daß der Kopf eines solchen Tieres so groß sein würde wie die silbernen Schüsseln, in denen man ganzen Festgesellschaften das Essen servierte, oder daß es zwei keulenartige, wütend peitschende Schwänze und nicht weniger als acht Beine haben würde, mit acht Pfoten und vierzig boshaft glänzenden Krallen. Ich hielt mich nicht damit auf, sie einzeln zu zählen, weil ich intensiv damit beschäftigt war, mir die Anzahl der Zähne des Tiers auszurechnen, aber der Gesamteindruck prägte sich mir trotzdem unauslöschlich ein. Und obwohl ich wenig Lust verspürte, den Rest des Tiers aus der Nähe zu betrachten, blieb mir doch gar nichts anderes übrig, denn das Ungeheuer machte einen weiteren Satz auf mich zu, alle acht Füße in perfekter Harmonie wie bei einem Gespann hervorragend aufeinander eingespielter Pferde.

Während mein Blick wie gebannt an der schrecklichen Gestalt des Untiers haftete, dienten mir meine Hände besser, denn sie hatten das Kopftuch hervorgezogen und eine davon, die völlig selbständig handelte, schüttelte zitternd den Lappen vor der Nase des Tigers hin und her. Die andere flog in die Höhe, um mein Gesicht zu bedecken, damit ich nicht sah, wie das Ungetüm mir den Arm samt Kopftuch und allem abriß, und auch, damit es mir nicht gleich beim ersten Angriff das Gesicht zerfetzte. Ich erwecke ungern den Eindruck, eitel zu sein, aber ich legte Wert darauf, daß man die Überbleibsel meines Leichnams noch identifizieren konnte. Vielleicht würde die Nachricht irgendwann doch meine Mutter erreichen, und sie würde mir zu Ehren ein Feuer anzünden. Ich wartete eine Ewigkeit lang, und als nichts passierte, lugte ich zwischen den Fingern durch. Das Untier hatte den Hals, der einem Ochsen wohl angestanden hätte, vorgestreckt und schnüffelte. Das Geräusch, das mir wie ein zorniges Grollen vorgekommen war, hatte sich in ein ebenso lautes und grimmiges Schnurren verwandelt. Dann machte das Tier ohne jede Vorwarnung einen weiteren Satz und warf sich auf den Rücken, wo es sich, alle acht Pfoten in der Luft, herumwälzte und strampelte.
»Sei gegrüßt, o Tier«, sagte ich. Meine Stimme weigerte sich, über ein Flüstern hinauszugehen.
Die Katze sprang auf die Füße, wobei sie mich anstieß, so daß ich der Länge lang hinfiel. »Sei gegrüßt, o Trägerin des süßen Duftes. Meinen Gruß und willkommen.«
»Willkommen?« Das war nicht die Einstellung, die ich von einem Wach-Tier erwartet hätte.
»Willkommen. Welche Freude, dich hier zu sehen. Der König hat mir nicht gesagt, daß du kämst, aber ich bin sicher, daß er mich überraschen wollte. Es kommt so selten jemand wirklich Interessantes, wenn man mich hier alleinläßt, um den Palast zu bewachen. Ich dachte zuerst, du wolltest den Schatz stehlen, oder eine von den Zitronen im Garten der Erkenntnis, und ich wollte dich fressen. Kannst du dir das vorstellen?«
Ich hoffte, er würde mein allgemeingehaltenes Zittern für ein verneinendes Kopfschütteln halten.

»Aber nachdem ich diesen entzückenden Duft gerochen habe, sehe ich natürlich, daß du eine hervorragende Persönlichkeit bist – wenn du wohl auch nicht nur hergekommen bist, um mich zu besuchen?«

»Nun – eigentlich ...

»Nein, natürlich nicht – eine Persönlichkeit mit einem so bedeutenden Duft! Bestimmt möchtest du einen Besuch im Harem machen. Vielleicht sollst du sogar eine von den Frauen des Divs werden. *Oh! Könnte das sein?«* Bei der Vorstellung brach das Tier in verzückte achtfüßige Sprünge und Rollen aus.

Ich bemühte mich, unverbindlich auszusehen und erwiderte: »Nun, wir werden sehen. Kannst du mir den Weg zeigen?«

»Gewiß kann ich das. Glaubst du denn, ich bewachte etwas, ohne zu wissen, wo es ist?«

Ich folgte ihm und lief dabei hinter und zwischen den beiden Körpern her. Es drehte sich um und starrte mich an, die großen Augen nur noch Schlitze vor lauter Wonne, und mitten im Schnurren setzte es zu einer neuen Frage an.

Schnell fragte ich meinerseits: »Warum zwei Körper? Hast du vielleicht als Zwillinge angefangen?«

Das Schnurren verstummte einen Augenblick und der Tiger sah mir voll ins Gesicht. »*Alle* Doppeltiger haben zwei Körper.«

»Wirklich? Vergib meiner Unwissenheit. Das wußte ich nicht.«

Ich war voll aufrichtiger Reue, denn das Schnurren des Doppeltigers hatte nun ganz aufgehört und unter den Augen funkelten die Zähne. »Ich hatte bisher nur von der anderen Sorte gehört.«

Ich hielt ihm wieder den Lappen zum Beschnüffeln hin, und das Tier nahm von neuem sein Schnurren auf, ebenso das achtbeinige Einherstolzieren. »Es ist verständlich. Doppeltiger sind eben selten. Und etwas Besonderes. Wir sind eine neue, magische Verbesserung der anderen Sorte, weißt du, und weil wir eine neue Art sind, gibt es erst wenige.«

»In diesem Fall fühle ich mich geehrt«, erklärte ich. »Aber sag mir, worin liegt der Vorteil, wenn man zwei Körper hat?«

»Das sollte für jemanden, der einen solchen Geruch der Weisheit

hat, leicht verständlich sein«, gab der Doppeltiger zur Antwort. »Schließlich sind wir bei weitem tüchtiger als einfache Tiger, weil wir über die doppelte Kapazität im Vertilgen von Feinden – denn wir haben zwei Mägen – und über die doppelte Geschwindigkeit verfügen – denn wir haben acht Pfoten. Nur daß wir im Gegensatz zu Tieren mit zwei Köpfen nur einen Anführer haben, so daß es weder Uneinigkeit noch Diskussionen darüber gibt, wer das Sagen hat, wenn eine Entscheidung zu treffen ist.« »Und welche Feinde haben Doppeltiger?« erkundigte ich mich. »Hauptsächlich unsere Beutetiere. Wasserbüffel und Gazellen und Hirsche. Und die einfachen Tiger – sie sind eifersüchtig auf uns. Und dann natürlich die Feinde des Königs der Divs!« Aber an dieser Stelle bog der Doppeltiger um eine Ecke und blieb stehen, wobei ich ihm fast zwischen die Körper und gegen den Hals gelaufen wäre. Ich machte einen Schritt zurück, und das Tier stieß ein Brüllen aus. »Damit sie wissen, daß wir draußen sind!« Gleich darauf knarrte die Steinplatte, vor der wir standen und schob sich zur Seite. Aus der Öffnung drangen Licht, Musik und der Duft von Räucherwerk.
Langsam trat ich ein, noch ganz verwirrt von dem seltsamen Untier, das hinter mir ermutigend knurrte. Selimas Kopftuch hatte sich hervorragend bewährt, und das Tier hatte sich aufgeführt, als wäre es vom Geruch der Heiligen – voll von Verständnis und Wohlwollen – ganz berauscht gewesen. War es möglich, daß Doppeltiger, die Feinde der normalen Tiger, dazu der meisten anderen Tiere und Menschen, die ihnen über den Weg liefen, tatsächlich so selten waren und es so wenige von ihnen gab, daß sie über jede Gesellschaft froh waren? Man hätte meinen können, die beiden Körper hätten sich ja gegenseitig; aber natürlich war kein zweiter Kopf da, der mit dem anderen reden oder ihn trösten konnte.

Als ich die Steinplatte, die als Tür diente, passiert hatte, glitt sie wieder zu, und ich dachte nicht länger über den Tiger nach, sondern überlegte, wie ich, nachdem ich es geschafft hatte, diesen Ort zu erreichen, auch wieder von dort wegkäme. Dazu fingen die fast schon vergessenen Kopfschmerzen wieder an zu pochen, als meine

Augen sich auf das hellere Licht des Raums einstellten. Es war ein riesiges Zimmer, eine Art Versammlungshalle, mit den üblichen Teppichen, dick und in herrlichen Farben, auf denen üppige Kissen und Polster mit goldenen Quasten umherlagen. Die Höhlenwände waren hier durchbrochen und zu kunstvollen Mustern geschnitzt. Auf seidenen Bannern, die über die Höhlendecke gespannt waren, spielte ein mildes, rosiges Licht. Allerdings verdeckten die Banner nur unvollkommen die Ursache für das neuerliche Hämmern in meinem Schädel: die von der Decke herabhängenden eisernen Ringe, einer für jede der zehn oder fünfzehn Frauen im Saal, eine einzige ausgenommen. Alle waren prächtig gekleidet und wunderschön von Angesicht und Gestalt, jedoch von höchst unterschiedlicher Haut- und Haarfarbe. Ihre Haarflechten freilich waren alle gleich frisiert. Sie trugen sie erstaunlich lang und lose – bis auf die Enden, mit denen sie an den Ringen befestigt waren.

Nur eine, ein junges Mädchen, war ungefesselt. Sie saß in der Mitte des Raums auf einem besonders schönen, aprikosenfarbenen Seidenkissen, das mit Gold und Silber bestickt war. Darunter lag ein knöcheltiefer Seidenteppich in den Farbtönen Lapislazuli, Türkis und blassestem Topasgelb. Ihre schlanken Finger waren mit winzigen Silberzimbeln geschmückt. Der Körper war mitten in einer wiegenden Bewegung erstarrt, der Mund noch halb geöffnet. Die Musik, die ich an der Tür gehört hatte, stammte von ihr.

Die anderen Frauen saßen oder lehnten in ihren Kissen, während sie Handarbeiten ausführten, ihre Haare, soweit sie sie erreichen konnten, bürsteten (was bestimmt zu fürchterlichen Verfilzungen führte), sich schminkten und dabei schwatzten. Sie achteten überhaupt nicht auf mich, sondern fuhren in ihrer Beschäftigung fort, scheinbar blind gegen alles andere.

»Bitte sieh nach, ob die Tür auch wirklich zu ist«, sagte das Mädchen mit leichtem Zittern in der Stimme. »Der Doppeltiger soll zwar angeblich kein Menschenfresser sein, aber man weiß ja nie.«

Ich drehte mich um und drückte gegen die Stelle, an der ich die Öffnung vermutete, aber die Wand war so glatt, als hätte es dort nie etwas anderes als festen Stein gegeben. Das Mädchen stieß einen übertriebenen, kindischen Seufzer aus, der jedoch zu ihr zu passen schien, denn sie sah aus, als hätte sie erst vor recht kurzer Zeit ihr erstes Frauenblut vergossen. Sie warf die Rabenlocken in den Nacken und zog die dichten, schwarzen Augenbrauen zusammen, bis sie sich über der Nasenwurzel vereinten. Ich fand, mit diesem Ausdruck sähe sie einem von Sankt Selimas heiligen Affen recht ähnlich; aber seither habe ich gelernt, daß eine solche Brauenlinie ein Merkmal großer Schönheit ist und nur einem tiefliegenden Nabel an erotischer Anziehungskraft nachsteht.

»Gut, gut«, fuhr sie munter fort. »Du kannst dich jetzt in deine richtige Gestalt verwandeln. Die da kannst du vergessen!« Dabei machte sie mit dem Handgelenk eine nachlässige Gebärde zu den andern Frauen hin. »Die Ringe berauben sie nach einiger Zeit jedes Interesses an allem, was sie nicht direkt selbst betrifft. Der König sagt, das Leben wird dadurch friedlicher, aber ich finde es manchmal recht langweilig, daß ich außer seiner früheren Ersten Gemahlin, die ihr Ring noch nicht verändert hat, niemanden habe, dem ich die Juwelen und Gewänder und die anderen Geschenke, die er mir gibt, zeigen kann. Und sie macht sich auch nicht recht etwas daraus.« Sie hielt inne, um Atem zu holen und blinzelte mehrfach mit den großen, dunklen Augen, bevor sie weitersprach.

»Ich muß offen sagen, daß das die scheußlichste und erschreckendste Gestalt ist, die ich je bei König Sanis Leuten gesehen habe, aber daran werde ich mich wohl gewöhnen müssen. Nur gib mir einen kleinen Hinweis. Bist du wirklich eine Frau, oder bist du ein hübscher Junge, der gekommen ist, um mich zu entführen?« Bei dieser Frage kicherte sie und umarmte sich selbst.

»Es tut mir außerordentlich leid, dich enttäuschen zu müssen, o – äh – o du Strahlenglanz«, begann ich, wobei ich mich an Asters Formel für den Umgang mit gefährlichen oder potentiell gefährlichen Wesen hielt. Wenn sie bei Vögeln funktionierte, warum dann nicht auch bei Frauen mit Vogelgehirn? »Aber ich fürchte, dies hier ist meine wahre Gestalt.«

»*Das?*« rief sie und fuhr mit der Hand an ihren Mund.

»Dieses hier«, stimmte ich zu.

»Aber das ist unmöglich. Schau!« Und sie hielt mir einen Handspiegel aus Silber und Perlmutt vor, in dem ich mein Gesicht betrachten konnte. Jetzt verstand ich sie sofort. Über der rechten Schläfe fehlte mir ein Büschel Haare, während die übrigen als verfilztes, stachliges Gebilde, dem Nest des Simurgs ähnlich, vom Kopf abstanden. Das Gesicht war blutüberströmt, zerkratzt und schmutzig, mit Streifen, die der Regen eingewaschen hatte. Meine Kleidung war zerrissen, Arme und Beine waren zerschunden, gerötet und geschwollen. Ich sah aus, als hätte man mir die Haut abgezogen, mich ein paar Tage eingegraben und dann wieder hervorgeholt.

»Ich fürchte, es ist trotzdem so«, erklärte ich, während mich ein Schauer überlief. Ich gab ihr den Spiegel zurück, mit dem Glas in ihre Richtung. »Mir ist heute Schreckliches passiert, weißt du, und darum bin ich hierhergekommen, um nach dem Weg zu fragen und vielleicht um ein Nachtlager zu bitten, denn ich habe meine Gefährtinnen verloren. Doch würdest du, ehe ich fortfahre, die Freundlichkeit besitzen, mir zu sagen, warum alle diese Frauen an ihren Haaren aufgehängt sind?«

»Wahrscheinlich wirkt es ein bißchen ungewöhnlich«, antwortete sie. »Aber es ist eine Art Verschönerungskur. Die Haare werden dadurch länger. Vielleicht versuche ich es später auch, aber zur Zeit bereite ich mich gerade auf meine Hochzeit vor. Ich war eben dabei, das Lied und den Tanz zu üben, die ich dem König in der Hochzeitsnacht vorführen will. Ich werde dabei auch diesen Anzug hier tragen. Gefällt er dir?«

Von einem Anzug war nicht viel zu sehen, dafür von ihr umso mehr, aber ich nickte. Sie achtete kaum auf mein Nicken, sondern inspizierte sich selbst noch einmal kritisch bis zu den Spitzen ihrer seidigen Locken, die sie über die Schulter zurückwarf, als hätte sie etwas gegen sie. Dann starrte sie wieder zu mir herüber und schob die Unterlippe vor.

»Warum hat dein Haar so eine Farbe? Bist du sehr alt? Die einzige

der Gemahlinnen des Königs, die so bleiche Haare hat, ist uralt. Du siehst zwar fürchterlich aus, aber so alt eigentlich nicht.«
»Ich bin nicht alt«, sagte ich ungefähr in dem Tonfall, in dem der Doppeltiger mir bestätigt hatte, daß er kein fehlgeschlagenes Zwillingspaar wäre. »Ich bin Yahtzeni.«
»Aha. Was ist das? Etwas Gutes oder etwas Schlechtes?«
»Gutes ... wir sind Hirten, Krieger und Nomaden in einem Land hinter vielen Meeren und Bergen. Es ist sehr weit weg von hier, aber wir leben auch nicht anders als ein Teil deines Volkes, mit einer Ausnahme –« ich nickte zu den an den Haaren gefesselten Frauen hinüber, die ihrem Zeitvertreib nachgingen, als gehörten sie zu einem der Schattenspiele, die Aster mit ihren geschickten Händen nachts an die Tempelwände geworfen hatte, bevor Fatima die Lampe ausblies – »nämlich der, daß die Yahtzeni nicht so viele Frauen haben.« Ich wollte noch hinzufügen, daß wir auch nicht so viele Männer hatten, aber ihre Neugier war bereits völlig gestillt und ihre Eitelkeit angestachelt.
»Unsere Männer haben in der Regel auch nicht so viele – nur vier, sofern sie sie sich leisten können. Und sie haben immer eine davon am liebsten – meistens die Jüngste und Hübscheste.« Sie lächelte und zeigte ihre Grübchen, nur für den Fall, daß ich nicht imstande war zu erraten, um welche Person es sich dabei in diesem Hause handelte. »Nur sehr bedeutende Würdenträger und Könige, wie mein Verlobter, der König der Divs (er hat gesagt, ich soll Sani zu ihm sagen, aber ich finde das gehört sich nicht, solange wir noch nicht verheiratet sind, oder?), können so viele haben wie hier sind. Aber natürlich macht er sich überhaupt nichts aus den andern.« Mit den langen, hennagefärbten Fingernägeln ihrer mit Ringen überladenen, zarten, kleinen Hand machte sie eine verächtliche Gebärde gegen die Frauen hinter ihr.
»Offensichtlich«, bemerkte ich. »Aber irgendwann scheint er doch etwas für sie übrig gehabt zu haben.«
»Ach, das glaube ich nicht einmal. Es sind alles politische Verbindungen. Schau mal, die da drüben, das ist die, von der ich dir vorhin erzählt habe. Sie war die letzte, die er in gewisser Weise als

Favoritin behandelt hat. Sie ist eine Prinzessin der Peri – das ist dieses ganz wahnsinnig magische Volk von der andern Seite des Gebirges. Hast du schon einmal so buntgestreifte Haare gesehen? Und ihre Augen sind auch sehr merkwürdig. Sani sagt, Peris leben Hunderte von Jahren, und er hatte es einfach satt, sich dauernd anzuhören, wieviel älter und gescheiter sie doch wäre. Andererseits hat ihr Vater ihm geholfen, seinen Vater abzusetzen, damit er den Thron für sich erobern konnte. Ich glaube, er hat es ihr dann immer aus sentimentalen Gründen durchgehen lassen.«

»Einen Augenblick, ich bitte dich«, unterbrach ich sie. »Ich dachte, der König dieses Landes wäre noch ein Knabe. Sind wir denn nicht mehr im Reiche jenes Schahs, der über Bukesh und Kharristan regiert?«

»Doch, doch. Wir sind sogar gar nicht weit von Bukesh entfernt. Aber Abad Schah ist nur der König der Tamurier. Er hat keinerlei Macht über die Divs.« Sie hörte sich richtig überlegen an, als wäre sie bereits Königin.

»Aber bitte«, fragte ich, »was sind denn Divs?«

»Du kommst aber wirklich von weit her, nicht wahr?«

Ich hielt den Mund und ließ meinen Blick über ihr Gesicht schweifen, das die sanften Schatten in Ebbe und Flut des rosigen Lichtes tauchten. Ich unterließ die Bemerkung, daß sie, wenn einer *unserer* Dämonen sie nach den Grassteppen entführte, dort genauso ausländisch wirken würde, wie ich es hier tat.

»Divs«, erläuterte sie, »sind ganz einfach das Wundervollste, was es gibt; wenigstens die meisten, und über die anderen brauche ich mich nicht aufzuregen, weil ich ihre Königin sein werde und sie nicht wagen dürfen, mich zu belästigen. Sie können jede beliebige Gestalt annehmen. Du solltest die schöne sehen, die Sani – Seine Majestät – sich ausgesucht hat, um mich darin zu heiraten.«

»Aber das ist ja wohl hierzulande nicht weiter ungewöhnlich?« fragte ich. »Ich kenne einen Djinn, der auch solche Sachen macht.«

»Du mußt dich irren«, erwiderte sie entschieden. »Djinni können sich nicht in etwas verwandeln, das es noch gar nicht gibt, so wie

die Divs es können. Sie können nur Gestalten annehmen, die bereits vorhanden sind. Djinni schaffen niemals neue Formen.«
»Wie gebildet du bist, für ein so junges Mädchen!« bemerkte ich. Am liebsten hätte ich ihr den eingebildeten kleinen Hals umgedreht, aber mir war nach und nach klargeworden, wer sie war und daß ich ihre Hilfe brauchen würde, nicht allein jetzt, sondern auch später.
»Ich finde, junge Frauen sollten immer die Interessen ihres Mannes teilen. Ich meine, wenn ich erst Königin bin, erwartet man bestimmt, daß ich auch einmal beim Regieren aushelfe, denn Sani kann es kaum ertragen, von mir getrennt zu sein; und außerdem – nur zwischen dir und mir – spüre ich seit einiger Zeit die Stimme meines königlichen Blutes, meines *wirklichen* Erbes, das mir sagt, wie so einige Angelegenheiten hier erledigt werden sollten. Ich habe mich immer für ein Mädchen vom Lande gehalten, weißt du, bei Bauern aufgewachsen, und mein Freund, der Emir von Kharristan, der sich oft Trost und Rat bei mir holte, hat auch immer gesagt, ich hätte allerdings etwas Gewöhnliches – aber jetzt nennt Sani mich seine Prinzessin, und ich bin sicher, daß er durch seine magischen Kräfte irgend etwas von mir weiß.«
Sie bewunderte sich in dem Spiegel, den sie mir vorher entgegengehalten hatte und freute sich sichtlich über den Unterschied zwischen uns. Die kleinen runden Spiegelchen an den rosa Seidenstreifen, die ihren üppigen Busen nur knapp bedeckten, funkelten Lichtflecken durch den Raum, während sie sich drehte und wendete, um sich aus verschiedenen Blickwinkeln zu betrachten. Sie lächelte ihrem Spiegelbild liebevoll zu.
»Er nennt mich auch Akasma, die Kletterrose.« Sie kicherte. »Ich glaube, damit meint er irgendetwas Unartiges, aber es macht mir nichts aus. Jedenfalls klingt es hübsch. Du kannst dir nicht vorstellen, was für ein hartes Schicksal es ist, eine Mutter zu haben, die auf einem so fürchterlichen Namen wie Hyaganusch besteht. Kannst du nicht auch schon hören, wie die Leute hämisch lachen werden, wenn sie ›Königin Hyaganusch‹ zu mir sagen?« Sie seufzte. »Trotzdem, ich wünschte, meine Mutter wäre hier, um mich jetzt zu

sehen. Nicht daß der Emir sich nicht großartig um mich gekümmert hätte, als ich Waise wurde – ich nehme an, er fühlte sich irgendwie verantwortlich, weil es doch seine Soldaten waren, die meine Eltern bei der Wachablösung versehentlich zu Tode getrampelt haben. Es machte meine Tante Samira sehr bitter gegen den armen Onan, und es gefiel ihr gar nicht, als ich zu ihm zog. Ich weiß es ja, aber sie konnte doch kaum sich selbst und meinen faulen Tagträumer von Vetter ernähren. Sie hat immer gemeint, ich sollte ihn heiraten, aber – unter uns – Mama hat mir immer gesagt, ich könnte etwas Besseres finden. Nicht daß Aman nicht gut aussehen würde, verstehst du, aber er hat mir nie etwas Hübsches mitgebracht, wie Onan und Sani.«

Vielleicht hatten die Geschenke den Zweck, ihr den Mund zu stopfen, damit man ihre Reize in Frieden beschauen konnte. Ihre Schwatzsucht stand Asters in keiner Weise nach. Trotz der schrecklichen Folgen seines Versagens war ich froh, daß es Aman nicht gelungen war, sie zu erobern. Zwei solche Zungen in einem Haushalt reichten aus, um sämtliche anderen Familiemitglieder in die Wüste zu treiben. Aber wenigstens redete sie mit mir, was ja vielleicht bedeutete, daß ihr meine Gesellschaft zusagte. Und warum auch nicht? Ich hatte ihr für das Gegenteil keinen Anlaß gegeben. So, wie ich im Augenblick aussah, war ich bestimmt keine Konkurrenz für sie, und die mangelnde Beachtung der anderen Frauen mußte für dieses selbsternannte Wundertier ein hartes Los sein. Ohren, in die sie ihr Geschwätz ergießen konnte, waren bestimmt mehr als willkommen, und da ich mich ihres guten Willens versichern mußte, ohne selbst zu viel zu enthüllen, schien zuzuhören der sicherste Weg.

»Hättest du denn deinen Vetter geheiratet, wenn er reich genug gewesen wäre, dir auch Geschenke mitzubringen?«

»Er könnte nie so reich und mächtig sein wie Sani, oder? Und verwandeln könnte er sich auch nicht – –« Sie brach ab, um hinter vorgehaltener Hand zu kichern. »Jedenfalls nicht aus eigener Kraft. Oh, Aman ist so ein Tölpel! Wußtest du, daß er sich in meine Privatgemächer eingeschlichen hat, als ich noch mit dem

Emir zusammenlebte, und mir eine Flasche schenkte, von der er behauptete, sie wäre magisch? Ich habe ihm zwar nicht geglaubt, aber ich habe mich so darüber geärgert, daß er meine Stellung beim Emir gefährdete, daß ich ihn einen Esel nannte – und da passierte etwas ganz Komisches! Onan kam gerade herein, und während ich noch nach einem Versteck für Aman suchte, war er verschwunden, und mitten in meinem Garten stand ein Esel.«
»Glaubst du, daß das dein Vetter war?«
»Aber nein, wie sollte das zugehen? Ach du meine Güte, wenn ich ihren kostbaren Sohn in einen Esel verwandelt hätte, würde ich das Geschrei meiner Tante Samira von ihrem Haus ganz am anderen Ende von Kharristan bis zu mir gehört haben! Nein, nein. Ich habe von solchen Sachen gehört, aber das kann doch nicht sein, oder?« Ihre hübsche Stirn runzelte sich unter der Anstrengung des Nachdenkens. »Ich meine, bei Sani ist das etwas anderes. Er ist wirklich ein Zauberwesen. Darum ist das, was er tut, auch echt. Aber Aman, mit einem Djinn und einer Wunderflasche? Nein. Ich glaube nicht daran. Trotzdem habe ich Onan die Flasche zum Aufbewahren gegeben. Schließlich, was wäre, wenn der Djinn nachts, wenn ich schlafe, aus der Flasche herauskröche und mir zu nahezutreten versuchte?«
»Oh, du hast das ganz richtig gemacht«, versicherte ich ihr. »Sehr schlau. Dadurch, daß du dem Emir die Flasche ausgehändigt hast, hast du ihn dir bestimmt sogar noch zu Dank verpflichtet.«
Die glatte Stirn zog sich noch mehr in Falten und die Spiegelchen flimmerten vor Erregung, als sich ihre großen, braunen Augen in einer Andeutung von Furcht trübten, so wie sie ein Lamm mit einem Hauch von Verstand empfinden würde, wenn es eine Wolfshöhle beträte. »Ja – ja – nur daß er sich gewundert hat, woher sie stammte. Danach hat er nämlich entschieden, daß ich hier bei Sani glücklicher sein würde und auch schon den Tag der Hochzeit hier abwarten sollte, anstatt bei ihm.« Sie brach wieder ab und blinzelte mich treuherzig an. »Aber du armes Geschöpf! Schau dich nur an! Verhungert, schmutzig, müde – und hier schwatze ich von all den wundervollen Dingen, die ich erlebe.«

Ich war inzwischen so voreingenommen gegen sie, daß ich entschied, sie dächte keineswegs an mich, sondern wollte lediglich nicht mehr über ein Thema sprechen, das ihr unbequem war, so daß sie nach einem Strohhalm griff, um mit seiner Hilfe davon abzukommen. Welchen Hintergedanken sie dabei aber auch haben mochte – vorausgesetzt, daß sie überhaupt über irgendeinen Gedanken verfügte –, sie griff hinter sich, nahm einen gepolsterten Stab und schlug damit auf einen runden Bronzegong.

»Wir wollen alle etwas essen. Ein kleines Fest! Nur – äh – meinst du nicht, du solltest dich lieber erst einmal waschen? Dahinten in der Ecke ist ein Wasserbecken, gleich hinter der Peri mit den gestreiften Haaren. Und vielleicht solltest du dich ganz unauffällig verhalten, solange die Dienerinnen im Raum sind. Sani hat eigentlich wenig für Besuch übrig.«

»Das habe ich mir schon gedacht«, gab ich zurück und dachte an den Doppeltiger. Ich stand auf und schlängelte mich durch die an ihren Ringen hängenden Frauen zu dem Wasserbecken, wo ich mich eilig wieder vorzeigbar und damit weniger auffällig für die Dienerinnen machte. Letztere erwiesen sich als große, schwarze Spinnen, die mit Tabletten auf dem Rücken in den Saal trippelten.

»Was ist denn das!« rief ich aus. Ich erwartete keinerlei Antwort, denn das Gerede der Frauen hatte weder aufgehört noch nachgelassen. Nur die Peri-Prinzessin hatte sich nicht daran beteiligt. Sie hatte mich in ihrem eigenen Spiegel beobachtet, während ich mir das Gesicht und alles sonst innerhalb der Grenzen der Schamhaftigkeit zugängliche Fleisch schrubbte und dann den Kopf untertauchte, um mir Blut und Schweiß aus Haaren und Kopfhaut zu spülen. Der berechnende Blick, den sie mir jetzt zuwarf, ließ mich über Hyaganuschs selbstverständliche Annahme nachdenken, daß allenfalls die Dienerinnen meine Anwesenheit verraten würden. Warum sich über Spinnen aufregen, wenn es eifersüchtige, abgetakelte Gattinnen gab, mit denen man sich beschäftigen konnte?

»Das«, gab mir die Peri zur Antwort und deutete auf eine der auf uns zu huschenden Spinnen, »ist meine Schwester Pinga. Sie war nicht schön genug, von König Sani geheiratet zu werden, nachdem er seinen alten Verbündeten, unseren Vater, abgehalftert hatte. Darum fror er sie in dieser Gestalt ein und verurteilte sie dazu, ihm als Sklavin zu dienen. Das tut er mit allen weniger gut aussehenden weiblichen Angehörigen von ihm besiegter Rivalen. Seiner Ansicht nach ist die Spinnengestalt für Frauen von unangenehmem Äußeren vorteilhafter, zudem neigen sie als Spinnen weniger zu Dienstbotenklatsch. Es sei denn natürlich, wenn er sie kurze Zeit wieder in Menschen verwandelt, um ihnen Fragen zu stellen.« Und damit schenkte sie mir einen bedeutungsvollen Blick. Ihre Augen waren klar und facettiert wie Diamanten, und alle Farben des Raums spiegelten sich in ihnen. Dann trat sie ganz ruhig vor mich und bückte sich, um einen Teller mit Obst und Kuchen von einem der Tabletts zu nehmen, bevor die Spinne zur nächsten Frau weiterkroch.

Als sie sämtliche Frauen bedient hatten, bauten die Spinnen sich mit ihren Tabletts in einer Art Ehrengarde rund um Hyaganusch auf, die sich eifrig Hammelstücke in den Mund stopfte und die Finger ableckte.

Die Peri seufzte und schüttelte leicht den Kopf. »Wie lange ist es doch her, daß ich auch so gescheit war!«

Ich erklärte durch einen Mund voll Apfel »hmmmm«, was als Entschuldigung dafür dienen konnte, daß ich sonst nichts sagte. Die Peri brauchte jedoch keine Auskünfte von mir, wie sie mir gleich darauf bewies. »So, so. Dein Gatte ist immer noch ein Esel«, meinte sie und betrachtete mit einem Seitenblick, wie ich mich an dem Apfel verschluckte.

»Woher weißt du das?«

»Wer, glaubst du, war Höchste Hoheit, bevor unsere kleine Kletterrose hier auftauchte? Jeder Zauber, der eine vorhandene Gestalt in einen noch nicht vorhandenen Körper versetzen soll, erfordert *unsere* Hilfe, verstehst du? Der Trick deines Freundes, des Djinns, mag für sterbliche Augen vielleicht so blitzschnell ausgesehen haben, daß das Schwarzauge da drüben ihn gar nicht mitbekommen hat – aber in Wirklichkeit mußte der Djinn vorher eine Botschsft durch die Lüfte senden, um Erlaubnis bitten und die vorgeschriebenen Anträge ausfüllen, bevor er auch nur ein Haar an den Eselsschwanz deines Gatten setzen konnte. Ich habe mich immer selbst um diese Dinge gekümmert, um Sanis Kräfte für Wichtigeres zu schonen. Du siehst ja, wie dankbar er dafür gewesen ist!« Sie griff nach oben und zerrte an den verschlungenen blauen und grünen Streifen ihres Haares, daß der Eisenring, an dem es befestigt war, an der Steindecke ächzte.

»Aber Sani war auch immer neidisch auf mein Talent für Verwaltungsangelegenheiten. In wenigen Monaten werde ich für die Staatskunst, die ich an den Knien meines Vaters gelernt habe, zusammen mit Fliegen und Verschwinden, keinen Gedanken mehr im Kopf haben. Ich werde alles vergessen, genau wie diese anderen armen Frauenzimmer. Es kommt von dem Ring. Und wenn alle Zauberkraft verschwunden ist, hat man nur noch an sich selbst Interesse.«

»Dann kannst du uns nicht helfen?« erkundigte ich mich. »Nein. Selbst wenn ich von diesem verfluchten Eisen frei wäre und Sanis Vertrauen wieder besäße, könnte ich die Verwünschung nicht aufheben. Diejenige, die sie ausgesprochen hat, muß ...«

»Ich weiß, ich weiß. Darin scheinen sich alle einig zu sein. Ich wollte ja gerade ansetzen und Hyaganusch um Hilfe bitten, als sie nach den Spin – – vergib mir! nach deiner Schwester und ihren Mitgefangenen rief. Aber eigentlich wollte ich nur so lange hierbleiben, bis mir jemand den Weg zurück zu dem ›Jagdhaus‹ zeigt, wo Aster und Amollia und ich ein paar – –« Ich schaute in die Facettenaugen, die höflich darauf warteten, daß ich eine weitere Geschichte zu Ende erzählte, die ihre Besitzerin längst kannte, und fuhr ziemlich lahm fort: »– – Divs trafen. Aber das weißt du wohl auch schon?«

Sie lächelte selbstgefällig. »Ich habe meine Spione.«

»Dann wirst du verstehen, daß ich mich um diese Angelegenheit zuallererst kümmern muß.«

»Wenn du aber zu lange hierbleibst, könntest du ganz anderen Ärger bekommen. Falls Sani zurückkehrt und dich findet, kannst du deine Tage hier beschließen.« Sie betrachtete mich kritisch.

»Möglicherweise als Spinne. Ich weiß nicht, wie du an dem Doppeltiger vorbeigekommen bist, aber mit Sani und der Ehrengarde, die ihn zum Empfang von Emir Onan begleitet hat, fertigzuwerden, ist kein Halwa-Schlecken, glaub mir. Das nächste Mal wirst du nicht so glücklich sein, sie gleich zu durchschauen.«
»Vielleicht kann ich mich an ihnen vorbeischleichen.«
»Unmöglich. Tausend Gongs würden in allen dämonischen Kasernen gongen und tausend Nachtigallen aufschreien, selbst wenn du den Doppeltiger noch einmal überlisten könntest. Ich habe das Sicherheitssystem selbst entwickelt.«
»Aber du könntest mir helfen.«
»Ich könnte schon«, sagte sie. »Wenn ich es für lohnend hielte. Und wenn ich überzeugt wäre, daß meine Hilfe alles wäre, was du brauchst, damit nicht doch noch alles schiefgeht. Du hast keine Ahnung, wie boshaft Sani sein kann, wenn man ihn betrügt. Ich bin unsterblich. Darum ist es für mich noch viel weniger verlokkend als für die meisten anderen Geschöpfe, den Rest meines Lebens gefoltert zu werden; und solange ich an diesem Ring hier hänge, kann ich mich auch nicht richtig verteidigen.«
»Ich könnte deine Haare von dem Ring abschneiden«, schlug ich vor.
»Hm ja, ich nehme an, das könntest du. Aber es würde mir nichts nützen.« Sie hockte sich an ein niedriges Tischchen, auf dem Töpfe, Krüge, Röhrchen und Flaschen mit Schönheitsmitteln standen. Sie begann sich die Augen zu umranden und bot mir, als sie das zu ihrer Zufriedenheit erledigt hatte, den Topf an. »Hier – du könntest ein bißchen Farbe gebrauchen!«
Ich fand, ein so intensiver Schatten würde jemanden, der so blaß war wie ich, eher wie eine Leichte aussehen lassen und lehnte ab.
»Warum würde es nichts nützen?«
»Weil die Hälfte meiner Macht in meinen Haaren liegt. Wenn du sie abschnittest, würde mich das schwächen, so wie mich jetzt der Ring kraftlos macht. Du könntest mir genauso gut die Arme abschneiden.«
Ich wollte sie darauf aufmerksam machen, daß ihr Haar ja wieder

wachsen und sie ihre Kräfte zurückgewinnen würde, daß sie aber, solange sie an dem Ring hing, nach und nach immer schwächer werden müßte. Aber was wußte ich schon von Perihaar? Mir fiel nur leider weder für ihr Problem noch für mein eigenes eine andere Lösung ein. Schweigend schaute ich zu, wie sie Rouge auf ihren Wangen und Lippen verteilte, bis sie auf einmal innehielt, das Rougetöpfchen halb an der Wange, Zeigefinger und kleinen Finger steif ausgestreckt. Sie erstarrte. Aus allen Höhlen drangen der Widerhall ferner Gongschläge und der Gesang der Vogelstimmen. Der Doppeltiger stieß ein Begrüßungsgebrüll aus. Das Leben, das aus dem Gesicht der Peri gewichen war, strömte wieder in ihre Wangen, und sie ließ den Rougetopf fallen und griff hastig nach einem anderen, den sie mir hinstreckte. »Mach genau, was ich dir sage, sonst sind wir alle verloren.«

Fast wog es die drohende Gefahr auf, mit anzusehen, wie die Selbstgefälligkeit auf Hyaganuschs Gesicht schmolz und einem höchst unruhigen, fragenden Ausdruck Platz machte, während ihre vielgepriesenen Augen unter den andern Frauen nach mir spähten und dann zu der Stelle in der Steinwand huschten, wo sich in Kürze auf Geheiß ihres Verlobten die Platte zur Seite schieben würde.

In der Zwischenzeit waren die Peri und ich gemeinschaftlich damit beschäftigt, mein Gesicht mit der Salbe aus dem Topf zu bestreichen. Dabei handelte es sich, wie ich erfuhr, um eine ganz besondere, von den Peris entwickelte, Unsichtbarkeits-Creme, durch die man, wenn man nicht gerade an den Eisenringen hing, den Leuten einfach vor den Augen verschwand. Eine sehr praktische und auch sparsame Salbe, denn wenn auch der Tiegel nur klein war, so genügte es andererseits, sich nur das Gesicht einzureiben und alles andere, auch Kleidung und Handgepäck, verschwand mit. Als die Salbe ihren Zweck erfüllt hatte, rief die Peri eine Spinne herbei und füllte – nicht ohne einiges Herumtasten – meinen unsichtbaren Proviantbeutel von dem Tablett. Die Spinne, deren Blick dabei immer noch auf Hyaganusch gerichtet war, muß gedacht haben, die Peri wäre von plötzlicher Freßsucht befallen, so schnell leerte sich das Tablett.

Kaum war die Spinne an ihren Platz zurückgetrippelt, als sich die Tür öffnete und das Licht dreier zusätzlicher Fackeln auf Hyaganusch in ihrer ganzen schuldbewußten Verwirrung fiel. Die anderen Frauen saßen plötzlich in tiefem Schatten, ich natürlich auch, wenn ich nämlich sichtbar gewesen wäre.
Auch der König der Divs stand halb im Schatten, aber als ich ganz vorsichtig an ihm vorbeischlich, konnte ich sehen, daß er heute abend keine von seinen attraktiveren Formen angenommen hatte. Sein Kopf zeigte eine Mähne aus orangefarbenem Pelz, die Nase glich einer Keilerschnauze, komplett mit Hauern, und die Hände waren die eines Riesenaffen.
Als er näherkam, krümmte sich Hyaganusch zusammen. Der Abstand zwischen ihm und seinen Wachen wurde größer, was mir die Möglichkeit gab, den Korridor zu erreichen. Dort blieb ich stehen und horchte durch die Türöffnung.
»So«, sagte der König mit einer Stimme, die mittels eiserner Strenge zu leisen, sanften Tönen gezwungen wurde, »hat mein kleines Püppchen sich einsam gefühlt, als ich nicht da war? Sich mit fremden Leuten angefreundet? Reichen alle die Frauen in meinem Harem dir als Gesellschaft nicht aus?«
»Aber – aber – dein eigener Wächter hat sie hereingelassen, o Majestät. Ich dachte, sie käme mit deiner Erlaubnis.«
»Wo ist sie?«
»Ich habe sie getötet, Sani«, antwortete Peri aus ihrer Ecke. Aus ihrer Stimme klang hausfrauliche Tüchtigkeit. »Es freut mich zu hören, daß du auch dieser Ansicht bist, aber du mußt dich nicht so aufregen. Natürlich achte ich nach wie vor darauf, daß dein Haushalt in Ordnung ist, wenn du dich unterwegs befindest. Du kannst von einer bloßen Sterblichen nicht erwarten, daß sie mit Aufgaben wie den unseren fertig wird.«
»Und wie, meine Süße, hast du das geschafft – sie ohne deine Zauberkräfte umzubringen?«
»Ich habe ihr Essen vergiftet – das können selbst Sterbliche, wenn sie nur ihren Verstand beisammen haben.« Sie warf Hyaganusch einen anzüglichen Blick zu.

»Und die Leiche?«
»Pinga hat sie beseitigt.«
Hyaganusch schluckte und nickte. Ich stand draußen, und meine nassen Haare ließen mich in dem zugigen Höhlengang leicht zittern. Ich überlegte, in welche Richtung ich laufen sollte. Den gleichen Gedanken schien mir Hyaganusch zu erwägen, als ich noch einmal zu ihr hinsah. Der König strich ihr über Wange und Haar und bat seinen Schatz, ihm seine rauhe Art zu verzeihen. Sein Schatz blickte mit einem Ausdruck zu ihm auf, in dem mehr Verstand lag als in bloßer Bewunderung: mit dem Ausdruck der Furcht.
Und in diesem Moment bog der Einzelkopf des Doppeltigers um die Ecke, mit einem Knurren, das deutlich verkündete: »Ah! wieder dieser herrliche Geruch. Aber wo?«
Wie alle Krieger von Nomadenvölkern besitze ich einen untrüglichen Ortssinn, so daß ich nicht etwa mit Absicht den falschen Weg einschlug. Aber der vom Kopftuch berauschte Tiger blokkierte die Eingangshalle und der König und seine Wache versperrten den Harem, den einzigen anderen Raum, den ich kannte. Ohne Selimas nützliches Kopftuch aufzugeben, um den Tiger damit zu verwirren, blieb mir kaum etwas anderes übrig, als auf beide Wege zu verzichten und mir einen dritten Ausgang zu suchen. Das kostete mich fast nicht nur die Freiheit, sondern sogar das Leben, denn die Höhle war ein wahres Labyrinth von Gängen. Hätte ich mich in ihnen verirrt, so wäre ich wohl zu Tode gekommen, bevor ich noch den Weg hinaus gefunden hätte. Aber wie die Eingangshalle waren auch die Gänge von einem durchdringenden, grünen Glanz erhellt, und obwohl ich mich immer wieder wunderte, an Stellen anzukommen, an denen ich bisher nicht gewesen war, so verlief ich mich doch nicht.
Ganz im Gegenteil. Offensichtlich waren die Götter mit mir, oder wenn nicht sie, dann doch Fatimas guter Rat. Denn verwirrt von so vielen Gabelungen und Abzweigungen und ahnungslos, ob es gescheiter und sicherer war, lieber dem einen als irgendeinem anderen Weg zu folgen, erinnerte ich mich an die Ermahnung der Hei-

ligen, daß wir uns immer rechts halten sollten, und das tat ich denn auch jedesmal, wenn ich mich entscheiden mußte. Man kann darum kaum sagen, daß es ein Zufall war, als ich auf einen Tunnel stieß, der zu einem in Sternenlicht daliegenden Hain führte.
Sekundenlang blieb ich im Gang stehen, rang nach Luft und betrachtete das Bild vor mir. Der Hain war in eine kleine Wiese eingebettet, die sich auf einer Bergnase erstreckte. Sie bildete zugleich das Dach für den hintersten Teil des Div-Palastes. Rundum erhoben sich steile Gipfel. Daß dies der Obstgarten war, von dem Fatima gesprochen hatte, erkannte ich sofort an dem leichten Zitronenduft, der die kühle, tief blauschwarze Nacht parfümierte. Die Bäume waren uralt, riesig, verwachsen. Bleiche, längliche Gebilde saßen in großer Zahl an den dichtbelaubten Zweigen, von denen manche so tief hingen, daß ich mit einem kräftigen Sprung ohne große Schwierigkeiten eine Zitrone hätte herunterholen können.
Aber plötzlich vernahm ich im Gang hinter mir ein Acht-Pfoten-Getrampel und ein Pirsch-Grollen. Der Doppeltiger hatte meine Spur entdeckt. Für den Augenblick verzichtete ich auf jeden Gedanken an das Entwenden von Zitronen und machte einen Satz nach rechts. Ich schoß einen kurzen, steilen Hang hinauf, von dessen anderer Seite ein schmaler Pfad bergab führte. Diesem folgte ich und rannte weiter, überzeugt davon, daß mich jeden Augenblick der eine Kopf verschlingen und meinen Kadaver dann gerecht zwischen zwei massigen, gestreiften Körpern verteilen würde.
Aber als ich – es kam mir wie viele Meilen weiter vor – endlich stehenblieb, weil mein Magen sich umdrehte, mein Herz zu zerspringen drohte, Arme und Beine viel zu schwach waren, einen derart aktiven Rumpf auf die Dauer auszuhalten – da hörte ich kein Geräusch, das auf Verfolger deutete.
Ich versteckte mich hinter einem Baum und überlegte, wie ich das Untier überrumpeln könnte: auf seinen Rücken springen und es erwürgen, wenn es sich mir wieder näherte? Oder es mit einem Stück des Kopftuchs bestechen? Bei solch glasklaren und brillant durchdachten Schlachtplänen war es ein doppeltes Glück, daß das

Tier nicht mehr auftauchte. Der Pfad brachte mich durch niedrige Hügel bergab und wand sich ohne weitere Gabelungen in östlicher Richtung am Nest des Simurg und der darunterliegenden Höhle vorbei, bis er schließlich in den Dschungel führte.
Ich versank im Laubwerk. Die Füße quatschten durch den Schlamm des Nachmittagsregens und hinterließen, wie schon die ganze Zeit, gut sichtbare Spuren. Ich zuckte innerlich, war aber nicht gewillt, zurückzugehen und sie zu verwischen. Die Divs hatten gehört, ich wäre tot, würden also nicht mehr nach mir suchen, und selbst der Doppeltiger hatte es anscheinend aufgegeben. Tapfer quatschte ich weiter.
Die ganze Nacht hörte ich nicht auf, eine möglichst weite Strecke zwischen mich und den Palast der Divs zu bringen. Manchmal verdeckten die Bäume das Sternenlicht und verbargen den Weg. Aber die Abzweigungen waren fast immer deutlich zu erkennen, und ich hielt mich immer rechts. Gegen Morgen fing es wieder an, richtig zu regnen, und ich wurde triefnaß. Sorgfältig steckte ich das Kopftuch ein, denn ich fürchtete, daß es, vom Regen gewaschen, einen Teil seines kostbaren Gestankes verlieren könnte. Seine schützende Gegenwart war der einzige Quell des Trostes, der mich noch aufrechthielt – natürlich neben dem Essen.

Lange sollte ich nicht allein bleiben. Trotz meiner Vorsichtsmaßnahmen wurde das Kopftuch so feucht, daß ihm Düfte entströmten, die mir schnell ein beträchtliches Gefolge verschafften.
Obwohl ich vorgehabt hatte, die ganze Nacht weiterzugehen, war der Himmel über dem Blätterdach doch noch dunkel, als ich ein letztes Mal den rechten Fuß hinter dem linken herschleifte und dann, unfähig zu jeder weiteren Bewegung, zusammenbrach. Mir fehlte soviel Schlaf, daß mir alles vor den Augen verschwamm, und ich den Pfad gar nicht mehr erkennen konnte. Ich bekam Angst, ihn zu verlieren, und mit ihm mein Leben und das von Amollia und Aster, sofern sie überhaupt noch am Leben waren, dazu die menschliche Natur Aman Akbars.
Andererseits kam mir aber auch der Gedanke, daß ich, solange ich

mit dem Kopftuch, der Salbe und der Kenntnis von Hyaganuschs Aufenthalt bewaffnet war, eigentlich auch die anderen dem Schicksal, das sie inzwischen unzweifelhaft ereilt hatte, überlassen und Aman Akbar allein befreien könnte. Dazu brauchte ich lediglich die Tiere zu überreden, mir bei der Suche nach ihm zu helfen. Dann würde ich ihn mit der Salbe einschmieren und zu Hyaganusch bringen, die ihn aus einem unsichtbaren Esel wieder in einen sichtbaren Mann verwandeln würde, nämlich mit Hilfe ... Halt! Hyaganusch war keine Zauberin. Ich brauchte die Flasche – die sich noch im Besitz des Emirs befand – und den Stöpsel – den Aster bei sich trug – und wenn ich auch die Salbe dazu verwenden konnte, mir diese Dinge anzueignen, so wünschte ich mir doch, je länger ich darüber nachdachte, immer mehr, ich hätte Amollia und Aster wieder, um mit ihnen über alles zu sprechen.

Nicht daß Aster jemand anderen reden lassen würde. Aber ihr Geschnatter bildete so ein nettes Hintergrundgeräusch, während man nachdachte. Und sie war schlau. Amollia übrigens auch. Ich auf der andern Seite fühlte mich eindeutig nicht schlau. Und wenn ich Aman Akbar ganz allein erlöste, würde er zwar eine Zeitlang dankbar und liebevoll genug zu mir sein, sich dann aber wahrscheinlich wieder nach weiteren Ehefrauen umsehen, und ich wäre wieder dort, wo ich angefangen hätte. Es war besser, wenn, wie wir schon den drei Divs gegenüber entschieden hatten, die Familie zusammenblieb. Die Treue zueinander unterstützte diese Entscheidung. Ebenso die Ehre. Auch der versiegelte Korken in Asters Ärmel. Den Kopf voll solcher Gedanken, schlief ich endlich ein.

Die Affen, die an meinem Proviantbeutel zerrten, weckten mich. Anscheinend war ich nicht mehr unsichtbar. Ich hatte mir wohl nachts im Schlaf die Salbe vom Gesicht gerieben. Aber bis auf die kleinen Diebe mit den haarigen Pfoten, die eifrig dabei waren, mir die mühsam gestohlenen Lebensmittel zu rauben, war ich allein. Ich riß den Beutel an mich, und der frechste Affe schnatterte zornig auf mich ein, wobei er die dürren Arme in die Luft warf und mit den Füßen trampelte. Als dieses Benehmen keinen Eindruck auf mich machte, ließ er sich in die Hocke sinken und sah aus runden, enttäuschten Augen flehend zu mir auf. Mit den Fingern der einen Pfote zupfte er bescheiden an der Unterseite des Beutels. Eine Menge anderer Affen kauerte oder hing ringsum in den Bäumen und beobachtete mich aufmerksam.

»Ich kann euch nicht alle füttern«, sagte ich zu dem Tier, das an meinem Proviantbeutel zog. »Wenn ich das tue, habe ich selber nichts zu essen. Ihr seid zu viele.«

Sofort wandte sich der Affe von mir ab und begann wütend auf seine Gefährten einzuschnattern, die daraufhin in die Bäume flohen, wenigstens vorübergehend. Ich bot ihm eine Nuß an, die er zierlich knabbernd zum Mund führte. Ich verstand, daß er nicht wirklich hungrig war, sondern nur probieren wollte, was er wohl aus mir herauslocken könnte. Das wurde mir noch klarer, als der kleine Bettler als nächstes mein goldenes Armband zu betasten begann – Aman Akbars Hochzeitsgeschenk. Da allerdings war bei mir Schluß.

Einer nach dem andern hüpften die übrigen Affen wieder heran, bettelten um Leckerbissen und rannten wieder fort, wenn sie nichts bekamen. In dieser Gesellschaft reiste ich noch zwei Tage. Zwar waren die Affen eher lästig, als daß sie mich beschützt hätten, aber wenigstens war ich nicht so allein. Wenn der Weg sich nach rechts gabelte, folgten wir dieser Abzweigung, und dort, wo er sich nach links teilte, marschierten wir weiter geradeaus. An einer Stelle waren die Bäume an der Seite des Pfades zertrampelt und niedergebrochen wie unter einer schweren Last, und wir mußten darüber wegklettern. Ich hatte die ganze Zeit den Eindruck, wir wanderten genau in der entgegengesetzten Richtung, vom ›Jagdhaus‹ weg, aber irgendwie kamen wir in der Abenddämmerung des zweiten Tages doch am gegenüberliegenden Flußufer an.

Das Haus hatte sich etwas verändert. Die Türöffnung war auseinandergesprengt. Auch von den geschnitzten kleinen Rackerchen sahen mehrere verstümmelt aus.

Bei diesem Anblick der Zerstörung und Leere – denn auch diesen Eindruck erweckte das Haus – überkamen mich ganz ähnliche Gefühle: ich fand mich leer, fern, losgelöst von den Dingen. Ich setzte mich ans Ufer des Flusses und sah zu, wie sich ein kleines Stück weiter oben am Rand der Lehm bewegte und ins Wasser rutschte. Gleich darauf drehte sich der Lehmklotz herum und öffnete sich an einer Stelle, wobei eine Reihe ungleichmäßiger, aber tödlicher Zähne sichtbar wurde. Ein Affe hoch über mir auf einem überhängenden Ast keckerte vorwurfsvoll.
Auf der andern Flußseite sauste ein zweiter Affe durch die dürren, weit vorspringenden Zweige, und von der Spitze eines größeren Baums fiel eine Liane herunter, an die sich ein kleiner brauner Körper klammerte. Die Affen, die mich begleitet hatten, waren oft auf diese Art gereist. Die Liane schwang über den Fluß, und der Affe sprang mir vor die Füße, wobei er die Ranke mit der Pfote festhielt. Ich verstand, daß ich sie ergreifen sollte und tat es, nachdem ich zuerst hart daran gezogen hatte, um zu prüfen, ob sie mein Gewicht aushielt. Die Augen der großen Echse starrten mich mit träger Wachsamkeit an. Wenn die Liane riß oder ich abrutschte, hatte ich mehr als nur ein schnelles Bad zu erwarten.
Ich nahm ein paar Schritte Anlauf, sprang dann in die Höhe, packte die Liane so weit oben wie möglich – sehr hoch war es nicht – und schwang mich über den Fluß. Jedenfalls beinahe. Noch ehe ich am andern Ufer angekommen war, wurde die Liane langsamer, fiel zurück und hing nun mitten über dem Fluß. Die große Echse blinzelte. Die verdammte Liane bewegte sich weder hierhin noch dorthin, welche Flüche ich auch auf sie herabbeschwor. Ich überlegte gerade noch, ob ich versuchen sollte, daran hochzuklettern, um den überhängenden Ast zu erreichen, von dem sie herunterbaumelte, oder lieber nicht, als die Rettungswache eintraf. Mehrere Affen auf einer anderen Liane knallten von hinten gegen mich. Ich verlor fast den Halt, wurde dadurch aber am Ende doch noch auf die andere Seite gestoßen. Hinterher versagten mir einen Moment lang die Knie, und ich

starrte betäubt auf die Echse, deren Schweinsäuglein wehmütig auf die Stelle blickten, über der ich gerade noch gehangen hatte. Durch das Wasser, das vom Kopf des Tiers herunterlief, sah es aus, als weinte es. Allerdings brach mir seine Enttäuschung nicht direkt das Herz.

Obwohl das Gebäude verlassen wirkte, näherte ich mich doch mit Vorsicht und schätzte dabei die Größe der Löcher und die Lage des Schutts ab. Er schien in die Tür hinein anstatt nach draußen explodiert zu sein. Auch die Affen verstummten und spähten besorgt in das Loch. Aber keiner von ihnen zeigte sich bereit, mich zu begleiten.

Also tat ich, was die Frauen meines Volkes nun einmal am besten können: ich marschierte einfach los, so als führte ich die Schafe zur Weide oder bräche zum nächsten Lager auf.

Durch die jetzt größer gewordene Türöffnung drangen jede Menge Regen und trübes Licht ins Innere. Die Teppiche, Kerzen, Kissen, Wandbehänge, Tabletts mit Speisen – alles war verschwunden. Nichts war mehr da als kalter Steinboden, aus dessen Rissen Unkräuter sprossen. Die Schatten in den Ecken bewegten sich, und aus dem Augenwinkel sah ich gerade noch, wie ein langer, dicker Schwanz durch die Luft peitschte und in der Mauer verschwand. Ein kleiner Wind und etwas Staub erhoben sich als Staubteufel, der über den Boden wirbelte. Ein Hauch von Kerzenrauch haftete noch an den Wänden, trotz der erfrischenden Flut des Regengeruchs.

Eine der Verbindungstüren hing halb offen, und ich trat sie mit dem Fuß beiseite.

An einer Innenwand führten schmale Steinstufen aufwärts. Oben lag ein kleiner, kreisrunder Raum, in den durch ein Fenster Licht strömte. Vor diesem Fenster schlug ein vergitterter Laden auf und zu und knallte gegen die Mauer, ein unregelmäßiges Geräusch, untermischt mit dem Klirren von Eisen auf Stein. Ich bückte mich und schaute durch die Öffnung. Rostige Ringe ächzten an ihren Ketten. An dem einen hingen noch meine Zopfenden. Ich streckte mich zu voller Länge aus und faßte nach meinen triefenden Haaren, indem ich den Ring zu mir heranzog. Ich kämpfte mit den nassen Strähnen, bis es mir gelang, jedes einzelne Haar abzuknoten und von dem Ring loszumachen. Nicht, daß ich für die Haare noch irgendeine Verwendung hatte, aber da es in diesem Land derart von Zauberei wimmelte und sich bereits ein gerütteltes Maß über meine neue Familie ergossen hatte, wäre es äußerst unklug gewesen, Dinge wie Haare, Fingernägel oder weniger appetitliche, persönliche Abfälle so herumliegen zu lassen, daß meine Feinde sie finden konnten. Zwar waren die meisten der infragekommenden Feinde so mächtig, daß sie dieses Zeug gar nicht brauchten, um mir soviel Schaden zuzufügen, wie es sie nur gelüstete; aber es war andererseits auch unvernünftig, es ihnen leichter zu machen als unbedingt nötig. Steif und durchnäßt zog ich mich vom Fenster zurück. Unten eilte der graubraune Fluß vorbei.

Sonst war der Raum genauso kahl wie der darunter, und ich konnte nicht umhin, darüber nachzudenken, wozu er eigentlich diente, außer natürlich als Schauplatz der Folterung an ihren Haaren aufgehängter Frauen.

Ich stieg wieder hinunter in das Erdgeschoß und versuchte es mit der Tür in der Mitte der hinteren Wand. Dort stand ein vielarmiges Götzenbild, nur mit einem Gürtel aus Schädeln bekleidet, beherrschend im Raum. Ein braun gefleckter Steinaltar, um den sich ein praktischer Trog herumzog, lag davor. Auf meiner Haut verdunstete der Regen und hinterließ kalten Schauder. Ich fror. Vorsichtig berührte ich den Altar und untersuchte dann meine Fingerspitzen. Es war kein Blut daran. Also waren die Flecken alt. Mit blutigen Gedanken kehrte ich in den Hauptraum zurück und bemerkte erstmals das Blut, das die Wände bespritzt hatte, so daß die üppigen Steinmaiden aussahen, als hätten sie sich geprügelt.

Die Affen warteten im Regen. Ich war sicher, daß ich nach so langer Zeit keine Spuren mehr finden würde, und wenn mir auch dieses Bauwerk – unzweifelhaft ein Tempel – eisige Schauer über den Rücken jagte, so war es doch das erste schützende Dach seit

Tagen. Ich legte mich hinter der Tür, jedoch von außen nicht sichtbar, hinter einem Schutthaufen versteckt zum Schlafen nieder. Mit Hilfe des Kopftuchs bat ich die Affen, mich zu warnen, falls jemand käme. Sie wollten wissen, wann ich mich für ihre unterschiedlichsten Liebesdienste mit weiteren Reisklößen und Früchten erkenntlich zu zeigen gedächte.

XI

Marid Khan und Aman Akbar mußten angekommen sein, während ich schlief, irgendwann in der Nacht. Auch von den Affen hatten nur zwei es fertiggebracht, munter zu bleiben, aber obwohl sie kreischten, was ihre kleinen Lungen hergeben wollten, dauerte es eine ganze Weile, bis ich wach wurde. Ich hatte den Schlaf sehr nötig gehabt. Allerdings war ich auch im Schutz meines Schutthaufens nicht so ganz allein gewesen; aber sogar das Ungeziefer gehörte zu den Tieren und ehrte den Duft Sankt Selimas.
Ich hörte die Affen schreien und öffnete in fast derselben Sekunde die Augen. Ich sah, wie Schatten über den Steinboden fielen, in dem man jetzt, im gedämpften Licht des frühen Morgens, jeden Spalt erkennen konnte. Als die Eindringlinge den Raum betraten, war ich zuerst erleichtert, als ich sah, daß ich nicht die falschen Prinzen oder sonst jemand Bekannten vor mir hatte, sondern nur ein paar Männer aus Sindupur, die ähnlich den Dorfbewohnern bei Selimas Tempel mit schmutzigweißen Lendentüchern bekleidet waren. Bei näherer Betrachtung erschienen sie mir jedoch auch recht seltsam und fast noch beunruhigender als die Divs, denn ihre Brauen waren finster zusammengezogen und sie murmelten untereinander, wobei manchmal scharfe Sätze zu hören waren und einzelne Worte in der allgemeinen Aufregung fast wie Explosionen klangen. Obgleich ich vermutete, daß sie als Pilger zu dem von Schädeln umgürteten Standbild kamen, zeigten ihre Mienen doch weder die milde Andacht noch wenigstens einen angemessenen Grad der praktischen Selbstversenkung, die die Bittsteller von Yahtzeni-Gottheiten wie etwa Fanya, der Fruchtbaren Futter-Finderin, auf ihren Zügen zu tragen pflegen. »*Entheiligt!*« zischte der eine, und wenn ich auch das Gefühl hatte, daß diese Worte in keiner mir bekannten Sprache gesprochen wurden, verstand ich sie doch so deutlich wie die Sprache des Simurg oder die der Affen und Schlangen, höchstwahrscheinlich aufgrund der Eigenschaften von Selimas Kopftuch. Vielleicht war es, weil die Ankömmlinge Men-

schen wie ich waren, nicht erforderlich, daß sie zuerst einmal an dem Tuch schnüffelten, damit ich verstehen konnte, was sich in ihren Herzen abspielte – wenn sie welche hatten.

»Wahr, wahr«, sagte der größte von ihnen, ein riesiger Kerl, von dessen Rumpf und Gesicht der Speck in Wülsten hing, dessen Arme und Beine aber recht sehnig waren. Er lächelte unangenehm – mit zahnlosem Mund – und pfiff die meisten seiner Worte. »Aber wer würde es wagen, den Tempel der Entsetzlichen zu entweihen?«

»Ein Narr!« stieß ein anderer hervor und starrte finster auf den Schutt und die Leere, als bedeuteten sie eine persönliche Beleidigung. »Nur ein Narr würde den Schrein der Göttin des Todes und der Folter schänden. Allein ein neues Opfer kann uns retten.«

Diese Worte bestätigten meinen Verdacht, daß trotz der mehr als mannbaren Jungfrauen, die die Tempelmauern bedeckten, die amtierende Göttin mit Fruchtbarkeit nichts zu tun hatte. Ich erwog vorübergehend eine erneute Anwendung der Unsichtbarkeits-Creme und einen hastigen Rückzug, zögerte aber noch.

»Meldest du dich freiwillig, Gobind?« fragte der Kräftige und lächelte noch viel unangenehmer.

»Das Opfer auszuführen? Ganz bestimmt«, gab der Erzürnte zurück. »Komm, sehen wir nach, ob auch das Bild der Göttin selbst geschändet wurde.«

Die Männer drängten sich vor der Tür des Raums zusammen, in dem das Götzenbild stand. Sie traten gruppenweise ein und knieten vor der gräßlichen Figur nieder. Diejenigen, die warteten, bis sie an die Reihe kamen, traten wütend von einem Bein aufs andere und hörte nicht auf zu murmeln. Nachdem die erste Gruppe eine beträchtliche Zeit vor der Statue gejammert, geschmeichelt und sich entschuldigt hatte, wechselten die Gruppen die Plätze.

Die von der Zwiesprache mit ihrer Göttin Gestärkten wimmelten rastlos vor der Tür herum, und ich richtete mich vorsichtig auf den Fersen auf, um sofort in den Dschungel zu fliehen, wenn mir einmal alle gleichzeitig den Rücken zukehrten und den Blick

auf die neue Gruppe von Andächtigen richteten. Aber es kam nicht dazu.
Durch die menschlichen Stimmen gellte ein Affenschrei, sofort vom Geschrei weiterer Affen gefolgt. Zwei der wartenden Pilger lösten sich aus der Gruppe und traten an die Tür. Sie schauten zuerst nach dem Fluß, dann nach rechts hinüber und verschwanden dann draußen. Man vernahm das Geräusch ihrer nackten Füße, die durch den Schlamm patschten und durch Pfützen spritzten. Als das Patschen und Spritzen kaum noch zu hören war, verstärkte es sich plötzlich wieder und die beiden Männer kamen hereingetrabt, winkten ihren Kumpanen heftig zu und brachen in erregtes Flüstern aus. Die Mienen der andern wechselten von feindseligem Desinteresse zu aktiver Feindseligkeit, und der ganze Trupp einschließlich derer, die gerade noch das Götzenbild umringt hatten, folgte den beiden ersten hinaus und den Pfad entlang. Als sie so weit fort waren, daß ich mich sicher in den Dschungel zurückziehen zu können glaubte, um ihnen dann in sicherer Entfernung zu folgen, war es schon zu spät.
Kaum hörte man sie nämlich ein oder zwei Herzschläge lang nicht mehr, als sich auch schon in der Ferne die Stimmen der zornigen Gläubigen wieder erhoben und ich einen erstickten Aufschrei, den Lärm eines allgemeinen Handgemenges und ein vertrautes, herzzerreißendes Gebrüll hörte.
Dieses Schreien ließ mich mit einem Satz auf die Füße springen. Meine Hand flog an den Dolch, aber ich hielt an mich und sprang zurück hinter meinen Schutthaufen. Im selben Augenblick geleiteten die Andächtigen den Esel und den schlaff im Sattel wankenden Reiter durch die Türöffnung. Entgegen aller Wahrscheinlichkeit war der Esel tatsächlich Aman Akbar. Und sein Reiter, wie ich erkannte, nachdem man ihn heruntergezerrt und auf den Rücken geworfen hatte, so daß sein blutender Kopf ausgestreckt auf den Steinen lag, war kein anderer als Marid Khan.
»Was sollen wir mit ihm anfangen?«
»Was glaubst du wohl? Die Göttin ist groß. Sie verlangt nicht nur ein Opfer, sondern stellt es sogar selbst zur Verfügung.«

»Ein solches Opfer muß auf ganz besondere Weise dargebracht werden«, meinte der Kräftige, der eine Art Anführer zu sein schien, nachdenklich. »Wirklich auf ganz, ganz spezielle Weise.«
Das Gesicht des Gobind Genannten verzog sich zu einem sanften Lächeln kindlichen Entzückens. Es machte ihn nicht ausgesprochen anziehend. »Ah – – ich glaube, ich weiß es«, erwiderte er und rieb sich lebhaft die Hände. »Du erinnerst dich doch an die Geschichte von jener stolzen Schönen, die versuchte, der Hochzeit mit dem Radscha von Kinjab auf einem Maultier zu entkommen?«
»Nein«, gab der Große knapp zur Antwort, sichtlich entschlossen, jeden Vorschlag zurückzuweisen, der nicht von ihm selber stammte.
»Sie wird dir gefallen«, versicherte ihm Gobind. »Was wir machen müssen, ist folgendes: Wir töten den Esel, schlitzen ihn auf, stopfen den Tempelschänder hinein und zwängen seinen Kopf durch das Spundloch des Esels. Dann lassen wir die Fliegen und Moskitos auf sein Gesicht los, wobei wir natürlich darauf verzichtet haben, den Mist und das Blut des Esels vorher davon abzuwischen.«
»Ich glaube, mir wird schlecht«, bemerkte ein empfindsames Gemüt. »Das ist ja herrlich! Die Göttin wird hocherfreut sein. Wir töten den Esel natürlich am Altar, nicht wahr?«
»Ja. Das wird diese Ausländer lehren, sich mit unserer Göttin einzulassen.«
Aman brüllte, bis ihm der Atem stockte, mit rollenden Augen und zitternden Knien. Er rammte die Hinterbeine in den Boden, als ihn die Gläubigen zum Altar zu schleppen versuchten.
Koste es, was es wolle – ich konnte das nicht zulassen. Sie sollten die Wahrheit hören.
»Wartet!« schrie ich. »Jene beiden sind nicht die Entweiher eures Tempels. Es waren vielmehr drei Divs, die versucht haben – –«
Natürlich kam ich kein Wort weiter, bevor sie mich nicht schon ergriffen und entwaffnet hatten. Tatsächlich hatte ich nichts besseres erwartet. Ich war nicht so einfältig, daß ich ernstlich geglaubt hätte, ein Appell an die Gerechtigkeit würde diese Art Pilger an-

sprechen. Ein Yahtzeni lernt von Kindesbeinen an, daß es zwei Sorten Menschen gibt: unsere Leute – und *die andern.* Man kann nicht einmal allen unseren Leuten trauen, geschweige denn den andern. Immerhin hatte ich nun aber einen jener unzuverlässigen Außenseiter geheiratet und reiste jetzt unter vielen andern fremden Leuten. Nachdem ich so tief gesunken war, schien mir nichts übrigzubleiben, als noch einen Schritt weiterzugehen und den Versuch zu machen, auch diese hier auf meine Seite zu bringen, wenn ich dadurch möglicherweise meinen Herrn vor Schaden bewahren konnte.

Leider änderte ich den Vorsatz der zum Mord Entschlossenen in keiner Weise. Immerhin gelang es mir, die Sache hinauszuzögern.

»Eine ausgezeichnete Idee, Gobind«, sagte der große Kerl und musterte mich verächtlich. »Aber was jetzt?«

Gobinds Begeisterung war nicht so leicht zu dämpfen. »Selbstverständlich töten wir die Frau auch – die Göttin dürstet nach Blut.«

»Ich bin aber keine Jungfrau«, gab ich hoffnungsvoll zu bedenken. »Ich bin verheiratet.«

»In diesen Dingen ist die Schreckliche nicht kleinlich«, beruhigte mich Gobind. »Sie ist ja selbst Göttin und Frau. Deine Qual wird ihr durchaus angenehm sein.«

Oh.

»Das ist soweit alles gut und schön, Gobind«, sagte ein Mann mit einer ziemlich quäkenden Stimme und nervösem Gehabe. »Aber wir haben bloß einen Esel. Sollen wir den Mann hineinstecken, wie ursprünglich vorgesehen, oder lieber die Frau? Ich meine, es macht mehr Spaß, zuzusehen, wie die Insekten den Kopf einer Frau zerfressen, als wenn wir sie auf den Mann hetzen.«

»Hier geht es um die Besänftigung der Göttin, nicht um unser Vergnügen«, erinnerte sein Freund ihn streng.

»Wenn uns die eine Art Opfer mehr Freude bereitet als die andere, ist davon auszugehen, daß die Göttin es ähnlich empfindet«, argumentierte der Quäkende.

»Was wir eigentlich brauchen ist ein zweiter Esel«, sagte jemand anders vernünftig.
»Ah ...« meinte der Große und wackelte lüstern mit seinen schwarzen, wurmartigen Augenbrauen. »Aber wenn es Unterhaltung ist, die hier gefordert wird, dann gibt es wesentlich unterhaltendere Methoden, Frauen umzubringen, als ihre besten Stücke in Tiere hineinzustopfen.«
Nachdem ich für einen Tag genug Böcke auf dem Felde der Ehre geschossen hatte, verzichtete ich darauf, ihnen die Sache noch leichter zu machen und sie darüber aufzuklären, daß Aman Akbar mein Gatte war; denn vielleicht waren sie sentimentale Menschen, die dann beschließen würden, uns für immer zu vereinen.
Sie stießen mich in den Altarraum, luden Marid Khan auf Aman Akbars Rücken und schoben und zerrten die beiden mir nach.
»Die Göttin soll entscheiden«, erklärte Gobind, kreuzte das von mir erbeutete Messer mit seinem eigenen und legte beide vor dem Götzenbild nieder.
»Du weißt, wie ungern sie sich stören läßt«, meinte der quäkende Kerl furchtsam.
»Nur, wenn es um Kleinigkeiten geht. Dies aber ist ihr Opfer. Sie soll selbst die Todesart bestimmen.«
»Ja, nur durch das richtige und geziemende Opfer kann die Entweihung gerächt werden. Diese Eroberer müssen lernen, daß sie nicht einfach hingehen und mit Göttinnen anderer Völker in dieser Weise umspringen können.« Ich konnte ihre Meinung in gar keiner Weise teilen. Im übrigen glaubte ich nicht einmal, daß diese Leute fromme Eiferer waren, jedenfalls keine echten. Es machte ihnen einfach Vergnügen, andere zu quälen; aber weil sie nur Dörfler und weder Soldaten noch Banditen waren, waren sie einfach zu spießig oder zu feige, ihrem Laster ohne irgendein religiöses Mäntelchen zu frönen. Wahrscheinlich hatten sie diese Göttin nur erfunden, um einen Weg zu finden, das zu tun, was wir Yahtzeni immer den Mut gehabt haben, auf unsere Kappe zu nehmen, anstatt den Göttern hinterher Vorwürfe zu machen; wo doch jeder, der ehrlich zu sich selbst ist, weiß, daß die Götter Besseres zu tun haben.

So behielt ich ein tapferes, höhnisches Grinsen im Gesicht, als Gobind das Kohlenbecken entzündete, verschiedene Pulver ins Feuer warf und das Bild anflehte zu sprechen.
Und darum fielen mir auch fast die Zähne aus dem Gaumen, als die Göttin mit einer Stimme, die von den vorschriftsmäßigen, unheilschwangeren Tönen widerhallte, sagte: »Wirf dich in den Staub, wenn du zu deiner Herrin sprichst, du übles Erbrochenes eines mißgestalteten Abkömmlings der Sklavin eines Affen und ihres Gebieters.«
Sofort warfen sich die Andächtigen wie *ein* Mann in den Schmutz. Wenn sie bis jetzt keine wahren Gläubigen gewesen waren – in dieser Sekunde wurden sie es. Mich legten sie gleich mit flach – ein ganz unnötiges Vorgehen, denn ich wäre sowieso vor Angst fast umgekippt. Und doch war an dieser Stimme, trotz aller steinernen, nach Jenseits klingenden Töne, etwas Vertrautes.
»Ist das denn eine Art, o Schreckliche, wo wir dir doch so hübsche Opfer mitgebracht haben?« winselte Gobind. »Wir verstehen ja, daß du natürlich über die Schändung deines Tempels verärgert bist, aber – –«
»Ruhe! Was für Opfer?«
»Nun, hier diese Frau – du siehst selbst, was für eine seltene Opfergabe sie ist mit ihrem hellen Haar, auch wenn sie außergewöhnlich dumm zu sein scheint. Und dieser vorzügliche Esel und sein Reiter.«
»Wie kann ich sie sehen, wenn du direkt davorstehst! Laß die Frau aufstehen.«
Der Mann, der mich gepackt hatte, ließ meine Schulter los und ich erhob mich. Ich hoffte, daß die Göttin sich nicht mit Unsichtbarkeitscreme und deren Eigenschaften auskannte, denn als ich am Boden lag, hatte ich das Töpfchen aus dem Gürteltuch genestelt und hielt es griffbereit.
»Dreh dich um«, befahl die Göttin und ich gehorchte, wobei ich noch dachte, daß sie mir für eine Göttin reichlich pingelig vorkam. Zugleich fuhr ich mit dem Finger in den offenen Salbentopf. Ich kratzte ein kleines bißchen heraus und langte zu Aman Akbar hin-

über. Ehe die neben ihm Liegenden es merkten, bestrich ich ihn rund um die Augen und entlang des Mauls. Plötzlich hing Marid Khan frei, als wäre er mitten in der Luft zusammengebrochen. Keiner der Andächtigen hatte sein Zittern unterbrochen oder lange genug aufgeblickt, um zu merken, daß jetzt statt dreien nur noch zwei Opfer dortstanden.

»Ungenügend«, sagte die Göttin, als ich mich wieder ihr zuwandte. »Tempelschändung ist eine sehr ernste Sache. Wenn ihr glaubt, mich mit einer großen, dummen Blonden und einem toten Mann friedlich stimmen zu können, seid ihr auf dem Holzweg. Nichts Geringeres als das persönliche Opfer von euer aller Leben kann mir noch Freude bereiten.«

»Aber, große Göttin, wer wird dir dienen, wenn wir alle sterben? Wer wird ...«

»Genug. Ich habe gesprochen.«

»Gesprochen hast du«, bestätigte der Kräftige und erhob sich plötzlich. »Aber nicht mit der Stimme der Göttin.«

Und er hatte recht. Die Göttin redete mit Asters Stimme und hatte wie gewöhnlich die Sache übertrieben. Schnell rieb ich mir Augenränder, Wangen und Kinn mit einem weiteren Klümpchen Salbe ein und trat zugleich mit dem freien Fuß kräftig auf die Finger, die meinen linken Knöchel umklammerten. Ich machte einen Satz und war eine Zehntelsekunde vor dem Großen und Gobind bei den gekreuzten Dolchen. Die beiden Männer prallten krachend gegen den Altar und dann, weil ich auswich, gegeneinander.

»Wenn du Wert auf deine Haut legst, streite dich nicht mit ihr!« rief der Mann mit der Quäkstimme, der mein Verschwinden und den Sturz seiner Kumpane als Beweis für den Zorn der Göttin ansah.

Der Große schob sich wütend gegen den Altartrog, und der ganze, scheinbar aus massivem Stein bestehende Tisch glitt leicht beiseite. Sehr trickreich, diese Stadtleute.

»Laßt ab!« schrie eine Stimme, von der schwer zu sagen war, ob sie der Göttin Aster oder einem ihrer Anbeter gehörte; denn die Gläubigen umklammerten die Knie des großen Kerls und flehten

ihn unter Tränen an, die Göttin nicht noch wütender zu machen. Asters Stimme plapperte dröhnend und gebieterisch weiter, ging aber im allgemeinen Wirrwarr unter. Während alles nur auf das Götzenbild und den Altar achtete, tastete ich mich vor, bis ich Aman fand, drehte seinen Kopf und schob ihn auf die Tür zu.
Als wir uns dem Ausgang näherten, wurde der Lärm der erzürnten Götzendiener ein wenig leiser, gerade so, daß man die Schreie der Affen deutlich hören konnte. Deutlich zu hören war auch das Stampfen und Geklirr des Heeres, das im Gänsemarsch den Pfad zum Tempel entlangtrampelte. Gleich hinter den ersten beiden Soldaten, die die Uniformen hochgestellter Offiziere in Emir Onans Leibwache trugen, erkannte ich eine durchnäßte Seidensänfte. Ich vergaß vorübergehend, daß ich unsichtbar war, und das Herz sank mir in die Hosen.
Durch die Kraft des Kopftuchs verstand Aman Akbar, was in mir vorging und rief mir zu: »Hab keine Angst um mich, Rasa, mein Weib, sondern rette meine liebliche Aster. Dieses Pack wird meine Hufe und Zähne spüren, wenn man es wagt, sich dir in den Weg zu stellen; denn so, wie ich dich bisher gerettet habe, so will ich nicht verfehlen, es auch weiterhin zu tun, und koste es mein Leben.«
»Fein«, erwiderte ich trocken. »Vielleicht kannst du mich wirklich vor den beiden ersten retten, Herr, aber hier handelt es sich um ein Heer, während du nur ein Esel bist und noch dazu einen Menschen auf dem Rücken trägst, der sich nicht verteidigen kann. Auf der anderen Seite sind wir beide unsichtbar und können leicht entkommen. Darum eile du in den Dschungel, während ich versuchen werde, Aster von den Götzendienern dort drinnen zu befreien, und vielleicht kommen wir aus dieser ganzen Sache doch irgendwie heraus.«
»Also gut«, versetzte er. »Ich nehme an, es wird dir nichts geschehen, solange deine Schönheit in dieser Weise verborgen ist. Aber wenn du etwas brauchst – –« Der Rest des Satzes ging im Getrappel seiner Hufe unter, als sich die nahen Zweige vor ihm teilten, um den hin- und herschwankenden Körper Marid Khans durchzulassen. Der Kopf des vordersten Soldatenpferdes

war weniger als einen Steinwurf weit vom Tempel entfernt. Ich stürzte zurück nach drinnen, einen Augenblick von dem veränderten Licht geblendet.
Ich kämpfte mir einen Weg durch die Andächtigen, die in abergläubischer Ehrfurcht unter meinen Messern dahinsanken, und erreichte den Altar. Der große Mann war im Begriff, sich durchzusetzen und zog mit aller Kraft an Asters Armen. Bis zu den Hüften hatte er sie schon aus dem offenen Loch gezerrt. Unter ihren Hosenbeinen umklammerten, kaum sichtbar, zwei schwarze Hände ihre Knöchel.
»Laß mich los, Ungläubiger!« kreischte Aster. »Glaubt ihr denn nicht an menschliche Inkarnationen eurer Götter?«
Anscheinend war das nicht der Fall, denn niemand gab ihr eine Antwort, wenn man von einem eindeutig unehrerbietigen, tiefen, knurrendem Geräusch absieht.
Ich erledigte den großen Mann mit einem Messer zwischen die Rippen. Die anderen, soweit sie meinen Einzug überlebt hatten, drängelten sich eilig aus dem inneren Heiligtum.
Aster gab Amollia einen Klaps auf die Hände, damit sie sie losließ, und nacheinander krochen sie aus dem Loch hervor. Die Iris von Amollias Augen war völlig von Weiß umgeben, und sie zitterte.
»Was – wer?«
Aster zuckte die Achseln und zog sich die Jacke zurecht. »Deine Göttin wird offenbar von ihren Gläubigen mißverstanden. Mag sein, daß sie für Schweine wie diese die Göttin von Tod und Leid ist, aber immerhin scheint sie anderen Frauen Schutz zu gewähren. Vielleicht sollten wir ihr ein Brandopfer weihen.«
»Ich werde nur allzu glücklich sein, dich das nächste Mal kochen zu lassen, wenn wir nämlich in Sicherheit sind, und du kannst mir dann deine Verehrung in dieser Form darbringen«, erklärte ich ihr. »Aber im Augenblick müssen wir erst einmal dem Heer des Emirs entwischen, das draußen wartet, und unsern Gatten wiederfinden. Hier entlang!«
»*Wo* entlang?« fragte Aster. »Wo bist du?«
»Unwichtig!« zischte ich. Von draußen hörte man den Lärm ab-

steigender Männer. »Wir können nicht mehr durch den Vordereingang. Schnell! Das Fenster im ersten Stock!«
Amollia schlug uns beide im Laufen und hatte schon ein Bein aus dem Fenster, bevor Aster und ich im Obergeschoß angekommen waren. Vorn in der Ecke an der Tür ertönten kurze Kommandos, und heftige Ablehnungen und Anklagen strömten von den Lippen der abgeblitzten Verehrer der Göttin.
Amollia hing unentschlossen aus dem Fenster. Der Fluß lag tief unten und war lehmig. Kopfüber hineinzuspringen konnte dazu führen, daß man im Schlamm steckenblieb und umkam. Sie zog das Bein wieder zurück und warf Aster einen niedergeschlagenen Blick zu. Aster stand auf einer Stufe weiter unten und spähte über das unterste Sims hinaus.
»Nicht springen«, flüsterte ich. »Ich werde etwas finden, woran wir uns hinüberschwingen können. Verhaltet euch still. Versteckt euch, aber entfernt euch nicht von diesem Fenster.«
Mir war gerade wieder eingefallen, wie vorteilhaft es doch war, unsichtbar zu sein. Ich brauchte mich nicht zu verstecken, ich war bereits verborgen. Ich konnte sie ausspionieren, ihre Pläne hören und nach Belieben kommen und gehen. Ich beschloß jedoch, auf das Spionieren zu verzichten und mich aufs Gehen zu konzentrieren – und zwar schnell. Aber zuerst mußte ich die Affen wiederfinden.
Draußen vor der zerstörten Türöffnung war die Dschungellichtung völlig verstopft. Es wimmelte von Pferden, mit Seide und Troddeln geschmückten Kamelen, von Kharrakeshianern in langen Gewändern und gezückten Krummsäbeln. Mitten darunter stand eine helle Sänfte, daneben mehrere Träger vom selben Menschenschlag wie die, die ich gerade besiegt hatte. Und eben diese Männer, beziehungsweise diejenigen von ihnen, die noch dazu imstande waren, zitterten gerade heftig vor keinem andern als dem Emir, dessen in Brokat gehüllte Gestalt, fleckenloser, edelsteinbesetzter Turban, wohlgesalbter Bart und Schnurrbart einen gewaltigen Eindruck machten und dessen Parfüm an Gestank alle Blumen des Dschungels übertraf. Zwischen den Soldaten, dem Pöbel und den Tieren sah er ehrfurchtgebietend aus wie ein König.

Ich war ganz sicher, diese erleuchtete Persönlichkeit würde auch etwas Aufklärendes und Allgemeinbildendes zu sagen haben; aber so gerne ich gelauscht hätte, für den Augenblick verzichtete ich darauf, um lieber eine Liane zu suchen, an der sich meine Mit-Gattinnen über den Fluß schwingen könnten. So überließ ich die Soldaten und den Emir ihrer Beschimpfung der Eingeborenen und setzte meinen Weg in die Tiefen des Dschungels fort. Dort war es merkwürdig still. Vergeblich hatte ich die Bäume nach Affen abgesucht und dachte gerade nach, ob ich versuchen sollte, einem der Soldaten irgend etwas Geeignetes zu stehlen, als mich ein spitzer Finger auf den Schädel klopfte und ich beim Aufsehen den großen, besorgten Augen und dem runzligen Gesicht eines meiner früheren Gefährten begegnete. Ich zog das Kopftuch hervor, das trotz seiner Unsichtbarkeit den Geruch beibehalten hatte und machte mit seiner Hilfe dem Tier klar, was ich brauchte. Gemeinsam umgingen wir das Gebäude und wählten schließlich eine Liane von der von den Soldaten am weitesten entfernten Wand. Dann kletterte der Affe an den erotischen Skulpturen hoch und gab Amollia die Ranke. Sie hielt das eine Ende für Aster fest, während ich das andere sicherte. Aster schwang sich nach unten und hinüber zu mir auf die Mauer, direkt oberhalb des Flußufers. Amollia verankerte nun die Liane an einem der Eisenringe und glitt zu uns herunter.

Die Affen verfügten, besser als alle anderen Tiere, mit denen ich zu tun gehabt hatte, über ein Nachrichtensystem; und was ein Affe wußte, das wußten bald auch alle andern Affen im jeweiligen Abschnitt des Dschungels. Kaum war Amollia unten angekommen, als uns auch schon ein Affe eine Liane von der anderen Flußseite überreichte, so höflich und zuvorkommend wie eine Braut, die ihrem Gatten das erste Mahl vorsetzt.

Amollia legte Aster die Ranke in die Hand. »Du bist die leichteste«, zischte sie ihr zu.

Aster erhob keine Einwände, sondern packte die Liane und schwang sich über den Fluß. Amollia betrachtete den Dschungel hinter sich und links von ihr mit großem Mißtrauen. »Was hast du vor, Barbarin? Du solltest als Nächste gehen.«

»Ich kann nicht«, fauchte ich. »Ich muß Aman Akbar und Marid Khan auf die andere Seite helfen.«
»Ich bleibe hier und helfe dir.«
»Du bist aber nicht unsichtbar, und ich kann keine Salbe mehr entbehren.«
»Also gut. Aber wenn du nicht in kürzester Zeit drüben bist, komme ich zurück und hole dich.«
»Dann versuche doch gleich, ein paar von Marid Khans Räubern mitzubringen«, schlug ich vor. »Ich kann mir nicht vorstellen, was du allein wohl helfen könntest.«
»Dein Vertrauen zu mir rührt mich.«
»Los!«
Der Affenbote brachte nochmals die Liane, und sie klammerte sich fest, schaukelte zweimal und schwang sich dann glatt hinüber.
Für den Augenblick war Aman Akbar in Sicherheit, wobei ich freilich nicht wußte, wie lange Marid Khan seine Verletzungen überleben würde. Ich wagte auch nicht, den Khan unsichtbar zu machen, denn von der Salbe war kaum noch etwas übrig, und wenn der Rest ausreichen sollte, um den Plan auszuführen, mit dem ich uns alle von dem befreien wollte, was der Emir und sein Verbündeter, der König der Divs, mit uns vorhatten, brauchte ich jeden einzelnen Salbenklecks. Ich konnte nur hoffen, daß das Zeug, einmal aufgetragen, seine magischen Fähigkeiten so lange beibehalten würde, bis der Gesalbte es abwischte. Ich würde wirklich außerordentlich vorsichtig sein müssen.
Der Emir schritt in den Tempel, ohne weiter auf das Flehen der Anbeter der Göttin zu achten, die wimmerten, die Schreckliche wäre heute gar nicht in guter Stimmung, und ob es nicht dem Erleuchteten beliebte, den Tempel ein anderes Mal zu besichtigen Ihre Fürsorge galt dabei weniger dem Emir als sich selber, denn falls ihm irgend etwas zustieß, fürchteten sie – und ohne Zweifel zu Recht –, daß die Wache blutige Rache an ihnen nehmen würde. Inzwischen redete der Emir mit jemandem, den er beschimpfte und der ihm in vertrauten, öligen Tönen antwortete.

»Und was ist mit unseren Verbündeten und ihrem Auftrag, Djinn? Ich dachte, du hättest meinen Herzenswunsch hier für mich aufgebaut, hübsch verpackt und meiner harrend, außerdem den Gegenstand, den sie bei sich trägt und der dich dazu bringen wird, dich mir endlich ganz zu unterwerfen, so daß ich von dir denjenigen Gehorsam geboten bekomme, den du mir als dem Inhaber der Flasche schuldest.«

»Mein Gebieter! Ich weiß nur, daß die beiden Frauen hier an den Haaren aufgehängt waren, als du mich zu dir riefst; und die, welche du begehrst, war eingesperrt und dachte über das Schicksal ihrer aufsässigen Schwestern nach. Hätte ich mehr Zeit gehabt, die Art und Weise zu prüfen, wie diese Djinns deinen Wünschen nachkamen, so würdest du wohl eher mit dem Ergebnis zufrieden sein. Wie oft muß ich dich anflehen, mich nicht andauernd durch den ganzen Kosmos zu schleifen?«

Die Andächtigen schwatzten ängstlich aufeinander ein, und der Emir drehte sich um, warf ihnen einen scharfen Blick zu und sagte zu dem Djinn: »Es wäre zu unserm beiderseitigen Vorteil, wenn man diesen pesterregenden Abfall hier danach befragte, was sich eigentlich abgespielt hat.«

»Soll ich diese Bemerkung als Wunsch betrachten, o mein Gebieter?« erkundigte sich der Djinn listig.

»Du sollst begreifen, daß wir beide davon profitieren würden, das Ergebnis einer solchen Befragung zu erfahren.« Der Emir klopfte leicht auf eine Ausbeulung seines Gürteltuchs. »Es wäre schade, wenn mir aus Mangel an Wissen etwas zustieße und ich versehentlich das eine oder andere *zerbrechen* würde.«

Der Djinn seufzte und blickte gekränkt. »Ich höre und gehorche.« Eilig fragte er die Männer aus.

Gobind stellte eine Gegenfrage. »Sage mir, o Mächtiger, war es deine Idee und die Idee deines erhabenen Gebieters, daß kleine Teufel unsere geheiligten Skulpturen zerstörten und jene Dämonin, die sich als unsere Göttin ausgab, zusammen mit ihrer Phantomdienerin auf uns losließen?«

»Mitnichten«, erwiderte der Djinn. »Aber sowohl ich selbst als

auch mein erhabener Gebieter wären höchst erbaut, von dir zu hören, was du von solchen Erscheinungen zu berichten hast.«
Gobind lieferte ihm eine verleumderische und wenig schmeichelhafte Vision der Ereignisse.
Der Djinn gab diese Mitteilungen an den Emir weiter, der einen Augenblick nachdachte und dann verkündete: »Sag ihnen, daß die Erscheinungen, die sie gesehen haben, hinterlistige Dämoninnen sind, die ein ruchloser Fischer auf sie gehetzt hat. Sag ihnen, daß diese Dämoninnen mir einen Gegenstand von großem Wert gestohlen haben.«
»Was mag es für ein Gegenstand sein, der dem Fürsten aller Fürsten entwendet wurde?« wollte Gobind wissen, wobei seine Stimme vor Gier geradezu trillerte.
Der Emir verstand, wenn schon nicht den ihm nicht übersetzten Sinn der Worte, so doch die Gier; denn seine Antwort, wenn auch scheinbar beiläufig gegeben, zeigte Rücksicht auf das äußerst zweifelhafte Zartgefühl seines Zuhörers. »Sag, daß es ein Zauberding ist, das dem, der es mißbraucht, großen Schaden zufügen kann. Erkläre weiter, daß man sich das beim bloßen Anblick des Gegenstands kaum vorstellen kann, denn sein Äußeres ist das eines schlichten Flaschenstöpsels, der mit einem kunstreichen Siegel versehen ist. Sag ihnen, daß der Grund meiner Suche danach weniger sein tatsächlicher Wert ist als die Furcht, die armen, dummen Frauen könnten sich selbst oder anderen schaden, wenn sie das Ding in die Hand nehmen.«
»Das Licht der Welt braucht sich doch wegen dieser Frauen keine Gedanken zu machen!« bemerkte Gobind mißmutig.
»Das Licht der Welt«, erklärte der Djinn und hörte sich stark danach an, als würde er an den Worten ersticken, »sagt, daß es ihm nicht allein um die Frauen geht; daß sie aber die Macht des Gegenstands dazu benutzen werden, andere Stätten, die eurem Volk, das er verehrt und achtet, heilig sind, zu zerstören. Er bittet mich, euch zu sagen, wie sehr ihn diese Situation schmerzt und heißt mich euch mitteilen, daß er gerade heute auf dem Weg ist, den jungen König aufzusuchen und ihn davon zu überzeugen, daß

eure Götter neben den seinen geehrt werden sollten. Darum ist die Angelegenheit dieser Dämoninnen doppelt schmerzlich für einen Mann von ...« – der Djinn versuchte zu schlucken, konnte es nicht und hustete die letzten Worte nur so heraus – »... so großherziger Gesinnung. Er muß die Frauen finden.«
Gobind, vom Inhalt dieser Ansprache gerührt und ohne auf den Ton zu achten, in dem sie vorgetragen wurde, kroch zu dem Emir hinüber und küßte den Boden vor ihm. »Der Sieg wird dir gehören, o Gewaltiger. Was die Frauen angeht, so können sie gewiß nicht weit sein. Auch wenn meine Brüder und ich den Schmutz ihrer Gegenwart schließlich von unserem Altar verscheucht haben, lauern sie vielleicht doch noch in der Nähe und warten darauf, den Altar von neuem zu schänden. Höchstwahrscheinlich haben sie sich aus Angst vor unserm Grimm im Dschungel verkrochen.«
Ich hatte die größte Lust, ihm zu zeigen, wie sehr ich mich vor seinem Grimm fürchtete, aber ich hatte Besseres zu tun. Mitten im Dschungel einen unsichtbaren Esel zu finden, der einen bewußtlosen Mann schleppt, noch dazu, wenn man von Feinden umringt ist, deren Aufmerksamkeit man ungern erregen möchte, ist keine leichte Aufgabe, nicht einmal für eine Frau, die keiner sehen kann. Als der Unterführer des Emirs seine Männer anbrüllte, auszuschwärmen und den Dschungel abzukämmen, wurde ich hochgradig nervös – so nervös, daß ich durch die Büsche zu der Stelle stolperte, an der ich Aman zurückgelassen hatte und dabei fast über ihn und seine Ladung fiel, bevor ich begriff, daß ich ihn wiederhatte.
An sich hatte ich gehofft, mehr über die Pläne des Emirs zu erfahren und mir vielleicht sogar die Flasche des Djinns anzueignen, solange ich mich der Vorteile der Unsichtbarkeits-Salbe erfreute. Aber die Fahndung nach uns und Marid Khans mühsames Atmen und bleiches, blutiges Gesicht, einst so glatt wie Milch, jetzt von Insektenstichen geschwollen und höckrig, überzeugten mich, daß keine Zeit zu verlieren war.
Ich flüsterte Aman Akbar zu: »In den Fluß, Geliebter, und zwar

schnell. Ich halte deine Last auf dem Rücken fest, und deine Kraft wird uns hinübertragen.«

Das Wasser war träge und seicht. Es reichte mir an der tiefsten Stelle nur bis zur Brust, hatte aber eine starke Unterströmung, mit der ich allein wahrscheinlich nicht fertiggeworden wäre. Nervös sah ich mich nach der großen Echse um, aber sie und ihre Verwandten belästigten uns diesmal nicht. Ich warnte Aman Akbar, unbedingt den Kopf aus dem Wasser zu halten, damit die Salbe an seinen Augen nicht abgespült würde. Das Kopftuch band ich mir um den Hals, um eine Verwässerung seines geheiligten Duftes zu vermeiden.

Wir waren kaum zwei stattliche Mannslängen vom Ufer weg, als uns die Soldaten erblickten und riefen: »Seht dort! Da drüben ist jemand im Fluß.«

Ich wagte mich nicht umzudrehen, aber kurz darauf klang das Geräusch eines Schlags über das Wasser.

»Tölpel! Kannst du eine lebendige Frau nicht von einem toten Mann unterscheiden?«

»Trotzdem sollten wir Seine Erhabenheit benachrichtigen.«

Ich lenkte Aman Akbar in das hohe Uferschilf, wo ich Marid Khans schlaffen Körper so verstecken konnte, daß es aussah, als wäre er dort angetrieben. Vorsichtig ließ ich den Nomadenhäuptling vom Rücken meines Gatten gleiten, damit es vom andern Ufer aus nicht so wirkte, als schwebe ein Körper in der Luft. Die Äußerungen, mit denen man drüben auf eine derartige Erscheinung reagiert hätte, hätte ich allerdings gern gehört. Er war schwer und glitschig, als ich ihn durch das Gestrüpp schleifte, mit dem der Boden bedeckt war, aber sobald wir gut versteckt waren, fanden uns auch Amollia und Aster, die mir halfen, ihn wieder auf Amans Rücken zu setzen. Hierauf flohen wir, so schnell wir nur irgend konnten, und hackten uns mit dem Opfermesser der Götzendiener quer durch den Dschungel, wobei wir uns solange rechts hielten, bis unsere Schneise einen Weg kreuzte.

Als die Nacht anbrach, ohne daß etwas auf eine Verfolgung hindeutete, glaubten wir uns schon in Sicherheit. Die Affen spähten vor und hinter uns alles aus und berichteten, daß in beiden Richtungen kein Mensch zu finden wäre. Das Übernatürliche unseres Verschwindens hatte das feindliche Heer zweifellos in Unruhe versetzt und davon überzeugt, daß wir uns, was ja bei zwei Personen auch wirklich der Fall war, in Luft aufgelöst hätten.
Tatsächlich waren es nicht nur unsere Feinde, denen diese Dinge aufs Gemüt gingen. Zweimal trat mir Aster auf die unsichtbaren Hacken, und ich bekam dauernd Peitschenhiebe ins Gesicht, wenn Aman Akbar sich mit dem unsichtbaren Schwanz die Fliegen vom unsichtbaren Körper wedelte.
»Kannst du dich denn jetzt nicht wieder zeigen, Rasa?« fragte Aster und rieb sich die Zehen ihres rechten Fußes, mit denen sie mir gerade ein großes Stück Fleisch aus dem Knöchel gerissen hatte. »Schließlich befindest du dich unter deinen Freundinnen. Es ist unfair, daß Aman Akbar uns andere mit zerzausten Haaren, schmutzigen und blutigen Gesichtern und zerfetzten Kleidern sehen muß, während du dich praktischerweise versteckst.«
»Aster«, bemerkte Amollia ruhig, aber energisch.
»Es ist doch wahr! Ich weiß nicht, für wen sie sich eigentlich hält – einfach zu verschwinden und dann herumzukommandieren, ohne einem wenigstens in die Augen zu sehen.«
»Ich werde nicht noch mehr von der Unsichtbarkeits-Salbe verschwenden, um deine verletzte Eitelkeit zu befriedigen, Schwesterchen«, bedeutete ich ihr. »Ich versuche, den Zauber aufrechtzuerhalten, bis wir wieder in der Höhle der Divs sind.«
»Höhle? Was für eine Höhle?« Wir waren so damit beschäftigt gewesen, uns mit lautloser Angespanntheit vor den Truppen des Emirs in Sicherheit zu bringen, daß wir kaum gesprochen hatten. Erst jetzt berichtete ich ihnen, was ich erlebt hatte, nachdem der Vogel mich entführt und ich Hyaganusch und die entthronte Königin der Divs kennengelernt hatte.
Aman Akbar schnaubte, er sähe keinen Grund für uns, uns noch-

mals in Gefahr zu bringen, indem wir die Höhle ein zweites Mal aufsuchten. Von ihm aus könnte man seine treulose Base Hyaganusch kopfüber an den Zehen aufhängen, ohne daß es ihn weiter berührte.

»Wenn du es befiehlst, o Herr und Gebieter«, sagte ich wie eine gute, gehorsame Ehefrau, »werden wir natürlich einen anderen Weg einschlagen. Aber worauf es ankommt, ist, daß wir dich ohne die Hilfe deiner Base nicht von dem Zauber befreien können. Außerdem schulden wir dem Mann, den du auf dem Rücken trägst, noch etwas, und ich denke, daß die Königin der Divs ihm wahrscheinlich besser als jeder andere helfen kann.«

Aman Akbar machte eine rohe Bemerkung – einen Eselsausdruck, den er sich bestimmt bei den Packtieren angewöhnt hatte. Das bestürzte mich, denn ich haßte den Gedanken, daß er einem wirklichen Esel immer ähnlicher werden könnte, je länger er so aussah. Immerhin bekam ich den Eindruck, er würde sich, wenn auch ungern, meinen Überlegungen anschließen.

Das Geschnatter der Affen überraschte uns völlig, aber auch sie waren überrascht worden, denn sie hatten auf Anzeichen von Menschen in unserer Nähe geachtet, und das schnelle Trappeln hinter uns stammte von vier Füßen. Amollia, die unsere Nachhut bildete, fuhr herum, das Messer in der Hand, um sich der neuen Bedrohung zu stellen. Aber bevor sie noch ihre Abwehrhaltung eingenommen hatte, schoß das Tier aus den Büschen und sprang auf sie zu. Erregt peitschte sein Schweif die Luft, und aus der Kehle drang lautes Brummen und Grollen.

In letzter Sekunde lenkte Amollia das Messer zur Seite und umarmte ihre alte Gefährtin. Beide führten sich auf wie sentimentale Waschweiber, was der Katze aber ebenso peinlich zu sein schien wie mir, denn das Tier gab einen ungeheuren Rülpser von sich und stieß eine Rauchwolke aus, die Amollia so zum Husten brachte, daß sie die Katze dabei fast am Boden zerquetschte.

Der Geist raffte sich zusammen und verneigte sich mit gewohnter Hochnäsigkeit. »Gnädige Herrinnen, früherer Gebieter, welcher Balsam ist es für meine Augen, euch wieder vereint zu sehen und zu wissen, daß ich in nicht geringem Umfang zu eurem Glück beigetragen habe.«

»Und dazu, es zu verhindern!« rief Aster empört. »Wie kannst du es wagen, uns erst in deiner Schlangengestalt zu erscheinen und dann zu verschwinden, ohne auch nur einen Finger zu unserer Hilfe krumm gemacht zu haben! Hätte der Vogel nicht Rasa entführt und unser armer Elefant nicht eingegriffen und die Unholde verjagt, die du auf uns gehetzt hast, wären wir jetzt alle tot.«

»Ich habe immer gesagt, das Schlimmste beim Umgang mit Frauen, o alter Gebieter, ist, daß sie übertreiben und alles bis zur Unkenntlichkeit verdrehen. Sie sind viel zu phantasievoll und zu leicht zu beeindrucken, um schwierige Situationen zu begreifen.«

»Hast du vor, den ganzen Tag hier herumzustehen und aufgeblasen aufzusehen, o Rundlicher«, erkundigte ich mich, »oder wirst du dich noch näher erklären?«

»Tz, tz, tz. Ungeduld. Ein weiteres Problem von euch Frauen. Aber das eine will ich für euch drei sagen: Treue Gattinnen seid ihr.« Als dieses Lob weniger enthusiastisch aufgenommen wurde, als es sich seiner Ansicht nach gehörte, fügte er mit einem Seitenblick in die Luft zwischen Marid Khan und dem Erdboden hinzu: »Wenn sie vielleicht in Wahrheit auch ein bißchen lange gebraucht haben, um die Annäherungsversuche jener Dämonen zurückzuweisen, die ich heraufbeschworen und auf sie angesetzt hatte, o ehemaliger Gebieter. Immerhin haben sie sich besser benommen als die meisten ihres Geschlechts, und darum will ich eurer Gesellschaft die Wohltat aller Hilfe zuteil werden lassen, die ich gewähren kann, ohne meine Berufsehre zu kompromittieren.«

»Wenn wir aber diese deine Billigung finden, o Fetter, so beginne ich mich zu wundern, was ich wohl falsch gemacht habe«, bemerkte ich. »Ich habe nicht feststellen können, daß mir deine Hilfe zur Verfügung gestanden hätte, als der Vogel mich fortschleppte, nicht ohne mir vorher fast alle Haare auszureißen. Das einzige, was du getan hast, war, mir ins Gesicht zu zischen.«

»Ein Gesicht, das durch deine neuartige Schminke jetzt erheblich verschönt ist, wenn ich mir die Bemerkung erlauben darf, liebe Dame«, versetzte er boshaft. »Natürlich warst du als rohe Barbarin außerstande, die verwickelten Windungen des Schicksals zu begreifen. Doch denke hierüber nach: Hätte der Vogel dich nicht den Händen der Quälgeister entrissen, hättest du dann die Höhle der Divs gefunden? Hättest du sonst das Mittel der Unsichtbarkeitscreme erlangt und mit seiner Hilfe deine Gefährtinnen und deinen Gatten von ihren Bedrängern befreien können? Was für ein selbstsüchtiges Geschöpf du doch bist, das vor der Angst und Unbequemlichkeit eines kurzen Augenblicks zu fliehen versucht – zu Lasten deiner Nützlichkeit für jene, die dich brauchen.«

»Vielleicht erläuterst du dieses Schicksal, von dem du da sprichst, auch uns anderen törichten Weibern, wenn es uns so an Verständnis fehlt«, schlug Amollia mit einer sanften Liebenswürdigkeit vor, die in scharfem Gegensatz zu dem Funkeln ihrer kohlschwarzen Augen stand.

»Ja, und auch, worin all diese Hilfe bestand, die du uns angeblich zuteil werden lassen wolltest.«

Das Antlitz des Geistes war so umwölkt wie sonst sein Auftreten.

»Ich sehe, daß man mir nicht glaubt, und doch spreche ich die Wahrheit. Niemand könnte über das Ungemach, das eure Familie unter den Händen jenes listenreichen Fürsten erduldet hat, betrübter sein als ich, und doch habe ich verhindert, was irgend verhindert werden konnte. Ihr dürft nicht vergessen, daß selbst ein Djinn nicht die Fähigkeit besitzt, an mehr als einem Orte gleichzeitig zu sein, und ihr leichtsinnigen Frauen habt mich endlos zurückgeworfen, als ihr den Weg über das Salzwasser nahmt, das wir vom Geschlecht der Djinni nicht überqueren können, und hierher in dieses Land kamt. Ich mußte über Land und um das Meer herumreisen, um euch einzuholen, und das war weder eine kurze, noch eine leichte Aufgabe. Zugleich aber konnte ich euren Gatten nicht im Stich lassen, verzaubert, wie er durch meine eigenen Zaubersprüche war, und in den Händen von Menschen, die ihn nicht kannten. Außerdem mußte ich aber auch noch ständig eurem

Feind, dem Emir, zur Verfügung stehen, in dessen Gewalt sich die Flasche befindet, in der meine Seele ist. Wie ich euch schon erklärt habe, könnte ich euch nicht so helfen, wie ich es getan habe, wenn ihr nicht das Siegel der Flasche bei euch trügt.«

»Wenn das so ist, werde ich es sofort ins Gebüsch werfen«, sagte Aster scharf und griff in ihren Gürtel. Ich wußte, daß sie nur drohte, aber der Djinn wußte es nicht. Er hob die Hände, als fürchtete er, sie wollte es ihm an den Kopf schleudern.

»Tu das, Herrin, und nie wieder wirst du deinen Gatten in seiner wahren Gestalt erblicken. Laß mich nur weitererzählen, und ich werde darlegen, daß niemandem von mir Übles widerfahren ist. Um euretwillen habe ich mich aufs Äußerste angestrengt, und das ist nun der Dank dafür.« Sein Ton war so düster, daß ich fast vor spöttischem Mitgefühl mit der Zunge geschnalzt hätte, aber ich beherrschte mich. »Denn wisse, nachdem ich euch im Zelt der Nomaden verließ, rief mich der Emir, der ungemein zornig wurde, als ich ihm mitteilte, ich könnte euch drei nicht dazu zwingen, mit mir zurückzukommen, und gerade wegen des Siegels, das er so heiß begehrte. In der Regel wäre es so, daß der Besitzer des Siegels auch mein Gebieter wäre, denn das Siegel ist es, das meine Seele an die Flasche bindet. Wie ich vorhin versucht habe, dir und deinen Gefährtinnen zu erklären, o Inhaberin des Siegels, versetzt mich in diesem Fall dein Besitz des Siegels, während die Flasche sich in der Hand des Emirs befindet, in inneren Widerstreit. Ich kann keinem von euch beiden vorbehaltlos zu Diensten sein, ebensowenig aber meine ganze Macht einsetzen, um dem einen zum Sieg über den andern zu verhelfen.

Als der Emir begriff, daß er mich nicht völlig beherrschen konnte, bekam er einen Wutanfall und hätte am liebsten die Flasche zerbrochen und meine Seele vernichtet. Jedoch überzeugte ich ihn davon, daß es besser wäre, es mit dem Plan zu versuchen, an dem die Divs mitwirkten. Zudem wurde in die Wege geleitet, daß, während die Divs euch mit Schäkereien (oder mit allem, was sich darüberhinaus als erforderlich erwies) ablenkten, der Emir und seine Männer aufbrachen, um dann im Tempel mit den Bündnistruppen

der Divs und euch wieder zusammenzutreffen. Sollte es den Divs nicht gelingen, das Siegel von euch zu erhalten, würde es euch der Emir persönlich abnehmen, da er ja keinen magischen Beschränkungen unterliegt. Weil mein Plan mit seinem eigenen Vorhaben zusammenfiel, hierher zu reisen, um an der Hochzeit des Divkönigs mit der Herrin Hyaganusch teilzunehmen, wobei er beabsichtigte, im Anschluß daran den magischen Einfluß seines Verbündeten dazu zu nutzen, den jungen König vom Thron zu stürzen, konnte ich ihn dazu beschwatzen, meinem Plan zu folgen. Ich meinerseits durfte ihn aber nicht merken lassen, daß ich ihm irgendeinen Widerstand entgegensetzte. Darum schlüpfte ich in die Schlange, um mit dir, o Rasa, zu sprechen, solange die Schergen deiner Feinde in der Nähe waren.
Und ebenso bediente ich mich, als ich sah, daß die Nomaden euch ausgestoßen hatten, weil ihr mit mir in meiner wahren und entsetzlichen Gestalt Umgang hattet, und daß mein einstiger Gebieter hilflos und ohne euren Schutz bei ihnen zurückblieb, von Zeit zu Zeit des Körpers deiner Katze, o Schwarze, um dafür zu sorgen, daß deinem Gatten unter den Wanderern nichts Übles zustieß. Allerdings blieb er bei den Wanderern nicht lange. Sobald nämlich der edle Marid Khan entdeckte, daß ihr Frauen fehltet und so das *Ar* gebrochen war, bestieg er den Esel und begab sich, von mir im Körper der Katze geführt, sofort hierher, um euch seinen weiteren Schutz anzubieten. Darum dauerte es auch so lange, bis ich auf dem Landweg bei euch war. Ich mußte immer wieder zurückgehen und warten, bis sie mich einholten.«
»Du bist so gut zu uns«, fauchte Aster.
»Als nächstes wird er uns erzählen, daß es nicht der Elefant war, der uns vor seinen Bütteln rettete, sondern er selbst im Inneren des Elefanten.« Amollia rümpfte die Nase.
»Welcher Elefant?« fragte der Djinn. »Typisch Frau – sich mit unbedeutenden Einzelheiten einzumischen und meine Geschichte durcheinanderzubringen!«
»Der Elefant, den wir aus dem Dorf der weisen Frau hatten«, erläuterte Amollia. »Diese Versucher, mit deren Hilfe du uns über-

listen wolltest, damit wir das Siegel aus der Hand gaben, waren im Begriff, mich umzubringen, als sie sahen, daß Rasa fort und Aster nicht bereit war, ihnen das Siegel auszuliefern. Sie quälten mich mit ihren Zaubereien, zersetzten mir den Schmuck am Körper und warnten mich, daß meine Haut als nächstes an die Reihe käme. Zum Glück ist unsere jüngere Schwester von zartem Gemüt. Als es so aussah, als würden sie tatsächlich damit anfangen, begann sie zu schreien.«

Aster zuckte die Achseln. »Ab und zu ist es nur vernünftig, wenn man losschreit. Wie soll man sonst hören, daß jemand in der Klemme sitzt?«

Amollia tat einen tiefen Seufzer und nickte. »Das ist wahr. Unser Elefant hörte sie und griff mit furchtbarem Trompeten an. Unter seinen gewaltigen Füßen erzitterte der Boden, und sein mächtiger Leib brach mitten durch die Wand. Er hob den einen Div hoch und schmetterte ihn an die Mauer. Den, der dir ähnlich war, Rasa, trampelte er nieder. Nur der, der Aster den Hof gemacht hatte, war schneller als die andern und schleuderte den Speer nach dem armen Tier. In schrecklichen Schmerzen rannte es fort und trat dabei mit seinem vollen Gewicht auf den Mann, der es verwundet hatte. Aster und ich flohen in den Dschungel und versteckten uns. Später in derselben Nacht landete ein Schwarm riesiger Geier vor dem Tempel, die sich in Männer verwandelten. Als sie wieder fortflogen, trugen sie die drei Divs auf dem Rücken mit.«

»Das erklärt König Sanis schlechte Laune«, warf ich ein, denn ich erinnerte mich an den Grimm des Divkönigs.

»Als sie verschwunden waren und es stärker zu regnen begann, gingen wir zurück zum Tempel und suchten nach etwas Eßbarem. Dabei entdeckten wir das Götzenbild.«

»Wir wußten ja nicht, was für eine Art Göttin es war«, setzte Aster den Bericht fort. »Aber ich dachte mir, daß sie vielleicht müden Reisenden günstig gesinnt wäre und deshalb die Speisen auf ihrem Altar auch für solche Leute dalagen, nämlich für uns, so wie die Opfer in Fatimas Schrein den Affen, Schlangen und Tigern geschenkt werden. Darum, auf mein Drängen hin, aßen wir alles auf.

Ich irre mich natürlich ab und zu auch. Während ich einer Garbanzo-Bohne nachjagte, die heruntergefallen war, fand ich zufällig die Grube unter dem Altar. Man kann in dem Standbild aufrecht stehen und durch die kleine Röhre sprechen. Ich glaube, der dicke Mann wußte darüber Bescheid.«

»Wo wir gerade vom Essen reden«, sagte ich zu dem Djinn. »Wir haben heute alle noch nichts zu uns genommen. Ich nehme nicht an, du könntest vielleicht ...«

»Das wäre unmoralisch«, gab der Djinn zur Antwort. »Zu hilfreich. Wenn der Emir entdeckte, daß ich euch so direkt geholfen hätte, würde er sofort hingehen und mir Glassplitter in die Seele kippen.«

»Tatsächlich?« fragte ich und war auf einmal froh, daß ich unsichtbar war. Der Gedanke, vor so viel Leuten vor Wut zu zittern, war mir unangenehm.

»Und was glaubst du, daß er mit unseren Seelen tun wird, wenn du uns nicht hilfst? Er hat nicht nur sein Heer und alle Divs mit ihrer ganzen Macht, sondern auch noch dich. Deine sogenannten freundlichen Gefühle uns gegenüber sind einen Dreck wert. Nun gut«, schloß ich unheilverkündend und dachte gar nicht an die Wirkung meiner körperlosen, wütenden Stimme auf meine Begleiter.

»Was willst du tun?« fragten Aster und Amollia wie aus einem Munde. Aman Akbar zwickte mich scharf in den Arm.

»Unverzüglich die verfluchte Flasche zurückholen«, erwiderte ich. »Ich hätte es schon früher getan, wenn es mir nicht wichtiger gewesen wäre, uns alle am Leben zu halten.«

»Bitte fahre noch eine Weile fort, das für wichtig zu halten, o Schwester«, sagte Amollia. »Denn der Zauber, über den wir verfügen, ist ein Nichts im Vergleich zum Zauber der Divs. Und wir können es nicht länger hinausschieben, Hilfe für Marid Khan zu finden.« Sie blickte auf die zuckenden Schultern und den von Fliegen gepeinigten Körper des einst so flotten Räuberfürsten hinunter. »Schon jetzt ist er dem Tode nahe.«

»Ausreden!« Ich kochte. Mein Zorn über die Widerborstigkeit des

Djinns war stärker als der in Amollias Argumenten enthaltene, gesunde Menschenverstand. »Eine Kriegerin der Yahtzeni verzichtet auf solche Ausreden!«
Doch bevor ich mich zu einem noch größeren Esel als Aman Akbar machen konnte, wurde meine Rede von einem Gejodel unterbrochen, das aus den Wipfeln der Bäume hervorbrach und zu uns herunterschallte. Ich blickte auf und sah schwarze Schleier, die über uns hinsegelten wie die Schwingen einer überdimensionalen Krähe. Das Kreischen zahlloser Affen begleitete die Erscheinung. Zuerst sah es aus, als schwänge sich die verschleierte Gestalt an Lianen zu uns hinunter. Ich war auch nicht die einzige, die diesem Trugschluß zum Opfer fiel, denn die Vorstellung von Leuten, die sich mit den Affen durch die Bäume schaukeln und dabei laute Schreie ausstoßen, hat sich in dieser Weltgegend erhalten und sogar bis in Amollias Heimat verbreitet. Wer würde zu träumen wagen, daß eine Geschichte dieser Art ihren Ursprung in dem eher komischen Anblick einer ganz normalen, älteren Mutter hätte, die auf einem durch religiösen Eifer aktivierten Gebetsteppich zu ihrem Sohn hinflog, oder daß die affenartigen Schreie, die sie angeblich von sich gegeben haben sollte, nichts weiter waren als das traditionelle, halb freudige, halb klagende Trillern der Frauen der Wüste, das Zaghariit?
Der Teppich landete in unserer Mitte und sie schaute sich verwirrt und ungeduldig um. »Wo ist er?« fragte sie und blickte von dem Djinn hinüber zu Amollia und Aster. »Wo ist mein Aman? Was habt ihr mit ihm angestellt? Fatima sagt, die Affen hätten ihn gefunden und würden mich zu ihm führen, wenn ich von diesem Teppich aus zu Gott betete. Er muß in der Nähe sein.«
Aman hastete an mir vorbei und hätte dabei fast Marid Khan abgeworfen, so eilig hatte er es, seine Mutter zu trösten.
Der Djinn war inzwischen ganz außer sich geraten und verbreitete heftige Rauchwolken, wobei er rief: »O du törichtes Weib! O Verräterin meiner Seele! Jetzt hast du alles ruiniert. Warum können die Angehörigen eures schwachen und geistig minderwertigen Geschlechts sich nicht aus solchen Dingen heraushalten?«

»Was schwatzt du da?« fragte Aster. Sie schien auch nicht glücklicher über Um Amans Anblick zu sein als ich.

»Dadurch, daß sie direkt hierhergeflogen ist, hat sie dem Emir den Weg gezeigt. Diese Art Teppich erkennt man meilenweit, vor allem aber vom Tempel aus. Ihr müßt euch beeilen, oder eure Feinde werden uns überfallen wie Schakale, bevor noch der Mond am Himmel steht.«

XII

Am Vormittag des folgendes Tages, kurz nachdem wir zum fünftenmal nach rechts abgebogen waren, donnerten die stampfenden Hufe der Rosse des Emirs hinter uns heran. Wir waren die ganze Nacht weitergewandert, und zwar zu Fuß, denn wir wagten nicht, den Gebetsteppich zu benutzen und so noch mehr aufzufallen. Das letzte schwache Klirren der Zaumzeuge verklang auf der Straße zur Linken, kaum einen Pfeilschuß weit von der Stelle, an der wir uns befunden hatten, als das erste Pferd sich näherte.

Ich fluchte, der Djinn machte einen leidenden Eindruck und Aster schluchzte leise: »Wir sind verloren!«

»Nein, nein«, beruhigte ich sie. »Ich gehe hinein, wie ich herausgekommen bin, nämlich durch den Zitronenhain. Ihr anderen wartet hier, bis ich mit Hyaganusch wiederkomme.«

Aber als wir auf der Felsplatte oberhalb des Zitronenhains standen, drehte Amollia sich zu mir um und sagte: »Rasa – du hast irgendetwas Tollkühnes vor, hm?«

»Ich habe vor, die Flasche zurückzuerobern«, antwortete ich. Der Djinn, der neben uns hergeschwebt war, während wir rannten, studierte mich sorgfältig. Ich warf ihm einen harten Blick zu, und er löste sich diskret in Rauch auf und verwehte.

»Ich komme mit«, erklärte Amollia. »Du wirst Hilfe brauchen.«

Ihre Miene war gefaßt und entschlossen, die schwarzen Augen blickten ruhig und nüchtern, auch wenn sie leicht seitlich über meine Schulter starrten.

Ich zog den Salbentopf hervor und tauchte ganz leicht den Finger hinein. Eine Sekunde zuckte sie zurück, als sie meine unsichtbaren Finger über ihre Augen und Wangen streichen fühlte, dann verschwand sie. Leider jedoch nicht völlig. Ich konnte aber keine Salbe mehr entbehren, denn ich brauchte noch genug, um Hyaganusch zu verstecken. Amollia flimmerte vor mir her. Ihre durchsichtige Schwärze verlieh ihr den Anschein eines farbenfrohen Gespenstes. In der Dunkelheit der Höhle würde sie nur schwer zu erkennen sein.

»Bleib eng neben mir«, warnte ich sie, als wir durch den Hain schlüpften und vor dem langen, grünschattigen Gang stehenblieben.

»Hier«, sagte sie und reichte mir das Ende ihres Gürteltuchs. Wo sich das Kleidungsstück zwischen uns erstreckte, war es sichtbar, nicht jedoch dort, wo wir es am Körper trugen. »Ich kann mich nicht neben dir halten, wenn ich nicht weiß, wo du bist.«

Vom Felsensprung über uns brüllte Aman Akbar. Aster und Um Aman sprangen hinzu, um Marid Khan aufzufangen, der vom Rücken unseres Gatten herunterrutschte, bis er auf dem Boden neben dem Teppich lag. Aman trabte in den Hain hinunter, und wir eilten sofort zurück zu ihm.

»Was tust du, o mein Gemahl?« fragte Amollia und streichelte ihm die Ohren.

Ich gab ihm das Kopftuch, und er schüttelte sein Haupt. »Keine von meinen Frauen soll um meinetwillen ihr Leben riskieren, wenn ich nicht dasein kann, um ihr zu helfen.«

»Aber, mein Gemahl«, antwortete Amollia sanft, »wir sind verantwortlich für Marid Khans Leben. Er und der Rest der Familie werden dich dringend brauchen, wenn unser Plan fehlschlägt. Zwingt dich nicht die Ehre dazu, sie zu schützen? Und kannst du an zwei Orten zugleich sein?«

Aman schnaubte und legte die Ohren an. »Mach Einwände, soviel du willst, Geliebte, aber es muß nach meinem Willen geschehen, denn eine Frau hat ihrem Gatten gehorsam zu sein, weil Gott ihn ihr überlegen geschaffen hat. So steht es geschrieben.«

Amollias Hand fiel an ihre Seite, und sie betrachtete ihn mit leichtem, fragendem Stirnrunzeln. »Wirklich?« fragte sie in eher amüsiertem als eingeschüchtertem Ton. »Mein Volk sieht das so: Der Mann stammt vom Nashorn ab, die Frau aber vom Krokodil; und das eine hat mit dem andern nichts gemeinsam, und keines spricht die Sprache des andern. Deshalb kann es nicht nur keine echte

Beziehung zwischen ihnen geben, sondern auch weder Über- noch Unterlegenheit – allenfalls Mißverständnisse.«
Die äußerst besorgt aussehende Aster war hinter uns den Abhang hinuntergeklettert. »Das hört sich doch ganz vernünftig an«, meinte sie. »Nicht daß *der Meister* unserer Philosophie auch dieser Ansicht wäre, aber der hat für Frauen sowieso nie ein gutes Wort übrig.«
»Bis wir diese Flasche haben, ist der Emir uns sowieso allen überlegen«, bedeutete ich ihnen. »Willst du, daß ich es auf meine Art versuche, o mein Gatte, oder sollen wir uns einfach jetzt und hier seiner Gnade unterwerfen?«
»Niemals!« Aman schüttelte die Mähne, rollte die Augen und entblößte die Zähne. Als keine von uns darob vor Furcht erzitterte, schüttelte er sich nochmals und seufzte tief, worauf er erklärte: »Also gut. Ich nehme an, ein Dungverkäufer braucht keine Schlachtenjungfrau zu heiraten, wenn er sich wie ein Esel aufführt, sobald sie das tut, was sie gelernt hat. Handle, wie du willst, meine furchtlose Geliebte. Ich werde die anderen beschützen.«
Damit drehte er sich um und trottete betrübt den Hügel wieder hinauf, Aster ihm nach. Unter ihren Schritten sprühten Schauer kleiner Tropfen von den Blättern der Zitronenbäume.
Der Boden des Ganges glitzerte unter einer fast knöcheltiefen Schicht Schlamm und Wasser. Wir waren schon zweimal rechts abgebogen und zwei weitere Gänge abwärts gelaufen, ohne auf irgend jemanden zu stoßen, als der Lärm einzusetzen begann. Nur eine Sekunde hatte ich Zeit, mich darüber zu wundern, wieso ein Vogel in diesen Höhlen herumflog, als auch schon 999 andere Vögel einstimmten und die angekündigten tausend Gongs vibrierend und dröhnend von den Wänden der Gänge widerhallten, aus allen Ecken tosten und uns mit der Wucht von Keulen angriffen. Der dünne Schatten, der Amollia war, sank gegen die Wand, die Hände über den Ohren. Ich folgte ihrem Beispiel und hoffte nur, daß wir, wenn wir uns immer wieder rechts hielten, möglichst bald zurück in die Frauengemächer gelangen würden.
Der schwere Tritt rennender Füße platschte durch den Gang vor

uns, direkt auf uns zu – und vorbei. Die Füße trugen keine Schuhe und ähnelten denen des Elefanten, gehörten jedoch zu Ungeheuern in der silbernen Tracht des Divkönigs. Sie waren ohne Waffen, dafür aber mit Hörnern in der Mitte ihrer langen, stumpfen Schnauzen, mit langen Hauern, die aus den grauen Lederlippen hervorragten, und mit großen, gelben Zähnen wohlversehen. Ihre heraushängenden Zungen waren breiter als eine Männerschulter, die Leiber nur wenig größer als menschliche Körper, denen sie in den Grundzügen ähnelten. Sie fuchtelten mit den krallenbewehrten Klauenhänden und peitschten mit gegabelten Schwänzen im Vorbeieilen unsere Beine. Noch nie hatte ich eine so vielfältige Sammlung von Mißgeburten erblickt.
Diese Ungeheuer rasten an jeder Biegung an uns vorbei, bis die Gänge von ihnen so bedeckt zu sein schienen wie vorher mit Wasser. Und die ganze Zeit über hörte das Gongen und Vogeltrillern keine Sekunde lang auf. Jetzt ging es einen letzten Gang hinunter. Dort wurde das Wasser auf dem Boden seichter und war an einer Stelle völlig ausgetrocknet, nämlich die ganze lange Strecke einer durch nichts unterbrochenen Wand entlang. Das mußte die Wand zum Harem sein, aber wie war sie damals aufgegangen? Amollia prallte gegen mich, während ich noch dastand und grübelte. Aus dem Tunnel zur Linken kam das gewichtige Aufstampfen von acht Krallenpfoten. Ich preßte die Finger gegen die Wand, jedoch vergeblich.
Dann fühlte ich Finger am Gürtel, und Amollia wedelte mit dem nunmehr durchsichtigen Kopftuch vor sich her.
»Sei gegrüßt, o du Geist des wundervollen Duftes«, grollte der Doppeltiger.
»Sei gegrüßt, o größter Tiger sämtlicher Dschungel«, erwiderte Amollia höflich.
Aus der Eingangshalle kam das Echo hohler Stimmen. »Hört ihr, wie die Bestie grollt und brummt? Was meint ihr, hat sie etwas?«
»Könnte etwas gefangen haben. Wir sollten doch besser nachsehen.« Und wieder stampften Elefantenfüße über den Höhlenboden.

»O großer Doppeltiger«, bat Amollia kläglich, »laß nicht zu, daß diese Geschöpfe mich finden.«
»Bis auf deinen Geruch gibt es nicht viel von dir zu finden«, knurrte der Doppeltiger. »Wer bist du? Bist du mit jener anderen verwandt, die auch so gut roch?«
»Nein, großer Doppeltiger. Ich bin nur ein schlichtes Gespenst, der Geist von einer der früheren Frauen des Königs. Ich kann keine Ruhe finden, bis ich einen Talisman wiederhabe, der nicht mit mir verbrannt worden ist, als ich starb.«
»Nun – mit Vergnügen«, bemerkte der Tiger und brüllte die Tür für uns auf. Sofort huschte Amollia an eine dunklere Stelle, und ich schloß die Tür vor dem gestreiften, schnurrhaarigen Gesicht des Doppeltigers, der mit gierigen, goldenen Augen auf den gefangenen Inhalt von König Sanis Harem starrte.
Waren die Damen schon das letzte Mal damit beschäftigt gewesen, sich aufzutakeln, so feierten sie jetzt eine wahre Orgie dieser Kunst. Schminktöpfe, Stifte, Krüge und Flaschen flogen von Hand zu Hand; Spinnen schleppten Tabletts mit funkelnden Edelsteinen herum, in denen das Licht glitzerte und sich brach; dazu prächtige Gewänder, reich mit üppiger Stickerei besetzt, und Rollen mit goldenen und silbernen Borten, verziert mit Juwelen, Federn, Bändern, Münzen, Fransen und sonstigem Aufputz aller Art.
Noch immer nahm Hyaganusch den Mittelpunkt des Harems ein, aber sie hatte sich verändert. Zuerst einmal war sie zurückhaltender gekleidet als das vorige Mal, in vielen Schichten von Gewändern und Kleidern unterschiedlicher Farbe und Musterung, mit Blumen über Vögeln über tropfenförmigen Wirbeln, aus rauhen und weichen Geweben, edlem Pelz und schimmernder Seide, durchsichtig wie Schmetterlingsflügel. Und zweitens war ihr Haar jetzt höchst einfach frisiert, abgesehen von einer dünnen Diamantenkette, von der ein daumennagelgroßer Anhänger zwischen ihren Augen herunterhing. Die Enden ihrer Flechten waren hinter ihr an einem der eisernen Ringe befestigt. Außerdem zeigten ihre Augen jetzt einen verängstigten und verwirrten Ausdruck; die Selbstgefälligkeit war verschwunden und hatte einer gewissen

Stumpfheit Platz gemacht, die dem Ausdruck der anderen Frauen glich.
Ich umging sie und zupfte an Amollias Gürtelende, um sie zu der Peri hinüberzuziehen.
Diese sah uns mitten ins Gesicht, und ihre Facettenaugen glitzerten. »Da hast du aber mehr als schlampig gearbeitet, als du deine Freundin unsichtbar machtest«, sagte sie zu mir. »Warum bist du zurückgekehrt? Willst du mich ins Verderben bringen, nachdem ich doch bereits deinen Tod bezeugt habe? Ich warne dich – ich werde persönlich dafür sorgen, daß ich neulich die Wahrheit gesagt habe, wenn du mich in Gefahr bringst.«
»Nein, o Königin«, erwiderte ich respektvoll. »Wir wollen nur deine Rivalin so lange mitnehmen, bis sie unseren Gatten von ihrem Fluch erlöst hat.«
»Und ich vermute, ihr habt nicht das geringste Interesse an der Flasche, die diese Schleimschnecke von einem Emir hierher mitgebracht hat?«
Amollias Grinsen, wenn auch halb durchsichtig, strahlte in der Dunkelheit. »Wir würden diesen Gegenstand nicht verschmähen, so er uns in die Hände fiele, o Königin«, antwortete sie. »Aber es gibt noch etwas, wofür wir deine Hilfe erbitten, nämlich die Heilung eines jungen Mannes, der uns früher einmal geholfen hat und jetzt schwerverwundet darniederliegt.«
»Und das alles soll ich mit der großen Kunst vollbringen, von der ihr so sicher seid, daß ich sie besitze?« erkundigte sich die Peri grämlich. »Ihr verwechselt Gestaltwandeln mit Heilen. Diese beiden Dinge sind so verschieden wie Granatäpfel und Trauben.«
»Das mag sein, Herrin«, begann Amollia in ihrer allüberzeugendsten, vernünftigen Säuselstimme. »Aber nach dem, was Rasa berichtet hat, bist du weit mehr als nur eine einfache Gestaltwandlerin, hast du doch gar viele Jahre das Amt der Königin und Herrin dieses mächtigen Volkes innegehabt, das zu dir aufgeschaut hat, um von dir gelenkt und versorgt zu werden. Gewißlich war auch das Heilen ein Teil deiner Pflichten.«
»Nicht unbedingt«, erwiderte die Peri, deren Augen unentschlos-

sen flackerten. »Zwar sind die Divs nicht unsterblich wie mein eigenes Volk, aber sie leben lange und werden schnell gesund.«

»Ah, aber sie sind verletzbar!« rief Amollia, »denn ich habe gesehen, wie drei von ihnen von einem Elefanten fast umgebracht wurden.«

Die Peri zuckte die Achseln und sah zur Seite. »Davon weiß ich nichts.«

»Und doch weißt du von der Anwesenheit des Emirs und der Flasche«, bemerkte ich.

Ihre Facettenaugen blitzten mich streng an. »Mein Gatte war mißtrauisch gegen die Geschichte, die ich zu deinem Schutz erfand. Er hat seine kleine Favoritin noch vor der Hochzeit angekettet und gedroht, mir die Haare kurz zu schneiden, wenn auch nur die kleinste weitere Unregelmäßigkeit vorkäme.«

»Und das würdest du dir gefallen lassen?« fragte ich.

»Was kann ich tun?« versetzte sie. »Mein Kräfte, abgesehen von ein paar rein äußerlichen Dingen wie dieser Salbe, schwinden täglich.«

»Aber wir können dich befreien«, erinnerte ich sie.

»Nur wenn ihr mein Haar abschneidet. Das aber würde mich vernichten.«

Amollia schüttelte den Kopf. »Keineswegs. Wenn mir Rasa nach oben hilft und du es aushältst, habe ich dich in wenigen Minuten befreit.«

Die Peri zögerte nur einen Augenblick, ehe sie einwilligte. Amollia sprang von meinen Händen auf ihre Schultern, packte gleichzeitig das Haar ganz weit oben und kletterte Hand über Hand daran hoch. Mit den Beinen umklammerte sie die Locken, deren Farben durch ihre Glieder hindurchschimmerten, bis sie den eisernen Ring erreicht hatte. Regenbogenfarbene Strähnen glitten über und durch ihre Finger, bis das lange Haar nachgab und herunterfiel. Amollia, deutlich sichtbar, baumelte einen Moment an dem schweren Ring, schaukelte dann zweimal hin und her und sprang. Sie landete mit einer Rolle vor meinen Füßen.

Im Nu war die Peri verwandelt. Ihr Haar ringelte und wand sich

ohne Pause, von geheimnisvoller Energie geladen. Aus ihren Augen sprühten Funken. Sie streckte sich und lächelte, aber das Lächeln war nicht sonderlich freundlich. Ihre Knöchel knackten, als sie die Finger dehnte, und zum ersten Mal fiel mir auf, wie lang und krallenartig diese Finger waren. Sie deutete auf Hyaganusch und sagte: »Ihr habt eine Viertelstunde Zeit, sie und euch aus den Höhlen zu entfernen, bevor ich euch Sani übergebe. Nun, da meine Kräfte wiedergekehrt sind und diese Frau den Harem verläßt, werde ich wieder Königin sein und darf meine Pflichten nicht vernachlässigen. Geht!«
Ich erhob keine Einwände. Plötzlich begriff ich, wie vernünftig diese Verbindung im Grunde war, König Sani und seine Peri-Gattin, demütig und hilfsbereit, solange sie gefangen, und arrogant und barsch, sobald sie wieder obenauf war, schienen für einander geschaffen.
Amollia klopfte sich den Staub ab und machte einen Satz hinüber zu Hyaganusch, die die Knöchel an die Zähne preßte und sich duckte, während die unsichtbaren Finger ihr Haar aufknoteten. Ich redete sie ganz ruhig an. »Wir brauchen nur einen Augenblick deine Hilfe. Ich werde jetzt dein Gesicht mit etwas einreiben, das dich unsichtbar macht. Wenn du leise mitgehst und uns hilfst, den Schaden wieder gut zu machen, den du angerichtet hast, kannst du jederzeit hierher zurückkehren. Wenn du uns aber verrätst, werde ich dich töten. Ist das klar?«
Sie nickte und schluckte. Ich trug den letzten Rest der Salbe auf ihre Augenlider und Wangen auf. Bevor sie vor unseren Augen verschwand, hatte Amollia sie von dem Ring befreit, das lange Haar jedoch um ihr eigenes Handgelenk und den Arm gewunden.
»Nun komm, Schwesterchen, komm mit uns, dann wirst du bald wieder hiersein, rechtzeitig zu deiner Hochzeit. Hab keine Angst.«
Hyaganusch sah alles andere als beruhigt aus, bevor sie verschwand und wir, mit ihr in der Mitte, die Tür ansteuerten.
Noch ehe wir diese erreichten, schwang sie von allein auf. Eine würdevoll und königlich aussehende Gestalt stand in der Öffnung.

»Sani!« hauchte Hyaganusch. Ich preßte ihr das Messer in die Rippen. Der Mann blickte in die Runde. Dabei wechselten seine Augen von Grau zu Braun zu Schwarz zu Gold zu Grün zu Blau und wieder zu Grau.

»Sei gegrüßt, o Beherrscher der tausend Formen«, sagte die Peri gewandt. Ihr Haar knisterte hinter ihr wie vom Blitz geladen, und ihre Augen warfen farbige Funken durch den Raum.

Der Divkönig versuchte erfolglos, so auszusehen, als wäre er überhaupt nicht überrascht, stolperte dabei jedoch leicht über seine Füße, die denen einer Kröte ähnelten. Zweifellos hatte er sie praktisch gefunden, um damit durch die vom Wasser überfluteten Tunnel zu panschen, während er die Gongs und Triller untersuchte, und hatte dann vergessen, sie passend zu seinem neuen Gesicht zurückzuverwandeln.

Seine Vorwärtsbewegung ermöglichte es uns, an ihm vorbeizuschlüpfen, zugleich auch an den Wachen, die vor dem Harem, zu beiden Seiten der Tür, standen und so intensiv geradeaus stierten, wie Wesen, deren Augen in den Mundwinkeln liegen, das überhaupt können. Mitten im Tunnel, den Kopf in Richtung Haremstür, erblickten wir den Emir Onan. Ich riß mich von Hyaganusch los und schob sie und Amollia vorwärts. Ich konnte nichts sagen und hoffte nur, daß Hyaganusch nicht schrie, bis ich wieder bei ihnen war, und Amollia soviel Verstand besäße, sich immer rechts zu halten, bis die beiden wieder aus dem Palast herauswaren.

Als die Stimmen im Harem lauter wurden, schlich der Emir näher.

»Und was hast du mit ihr getan, meine Taube?«

»Ich? Gar nichts«, antwortete sie und fügte rätselhaft hinzu: »Warum fragst du deinen Gastfreund, den Emir, nicht, wohin sie gegangen sein könnte?«

Ich glaubte zuerst, sie meinte nur, der Emir könnte erklären, warum wir Hyaganusch entführen wollten, so daß sie, indem sie die Frage an ihn weitergab, Zeit gewann, ihre Macht wieder zu etablieren und sich etwas auszudenken, um sie zu bewahren;

aber damit hatte ich sie zu gering eingeschätzt. In Wirklichkeit schaffte es die listenreiche Königin mit dieser einzigen Andeutung, den Verdacht ihres Gemahls von sich selbst auf den Emir zu lenken und damit nicht nur ihre Rivalin, sondern auch den Mann in Verruf zu bringen, der das junge Ding hier eingeführt hatte, von dem sie verdrängt worden war.
Als der König den Harem wieder verließ und die Tür sich vor dem selbstgefälligen Gesicht der Peri schloß, nutzte ich die Saat der Zwietracht, die sie so schnell gesät hatte.
Der König wechselte die Gestalt und wurde wieder zu der Kreuzung aus Eber und Löwe, die ich schon früher gesehen hatte. Er sprach zu seinem Gast.
»Ich sehe, du Hundeschwanz, daß du meine Unterredung mit der Königin belauscht hast, die deine Falschheit entdeckt hat. Was hast du zu deinen Gunsten vorzubringen? Du, der Tribut bringt und ihn wieder mitnimmt, bevor man ihn probieren kann?«
»Mein Gebieter, ich versichere dir, ich ...« begann der Emir. In diesem Augenblick, als der Divkönig ihm gegenüberstand, schob ich den Arm zwischen die beiden und teilte die Falten des Gürteltuchs, das den Bauch des Emirs umspannte. Ich packte den Hals der Flasche und zog sie heraus. Dann schlich ich lautlos an die Seite des Tunnels und hielt den Atem an. Das Gesicht des Emirs zeigte ein Farbenspiel, das eines Divs würdig gewesen wäre, als er auf seinem Bauch herumklopfte und -hämmerte, wobei er die Worte hervorstieß: »Aber sieh das doch ein, Herr! Wir mögen ja Verbündete sein, aber ich habe das Mädchen nicht mehr gesehen, seit ich sie zu dir sandte, und du hast keinen Grund, mir mein Privateigentum vom Leibe zu stehlen.«
»Stehlen? Ich, stehlen? Achte auf deine Zunge, Dieb!«
»Darf ich deine Majestät daran erinnern, daß wir Verbündete sind!« rief der Emir. »Und daß mein Heer nicht weniger mächtig – wenn auch etwas weniger unbeständig von Gestalt – ist als das deinige. Wenn du nur die Güte hättest, mir meine Flasche wiederzugeben, würde ich dir mit Vergnügen bei der Suche nach der verschwundenen Frau helfen.«

»Verbündete! Ha! Was ist das für ein Verbündeter, dem man nicht trauen kann?«

»Das weiß ich nicht. Ich würde ja den Vater deiner Königin danach fragen, großer Sani, aber ich habe gehört, daß er – –«

An dieser Stelle kroch ich aus dem Vorraum und überließ es ihnen, ihr Bündnis zu brechen oder auch beizubehalten, ganz wie ihr treuloser Charakter es ihnen empfahl.

Ich hatte die ersten drei Rechtsabzweigungen schon hinter mir, als die Gongs und Triller wieder anfingen. Soldaten stampften auf ihren Elefantenfüßen an mir vorbei, aber sie hielten sich immer nach links und ich wandte mich immer nach rechts. An einer Stelle hörte ich ein achtpfotiges Platschen und ein wütendes Fauchen. Ich schaute mich um und erkannte, daß das Fauchen auf Widerwillen und Enttäuschung zurückzuführen war, denn das Tier verabscheute Wasser. Sobald es einen Schritt hinein getan hatte, setzte es sich sofort wieder hin und versuchte, den einen Rumpf trocken zu halten, indem es ihn auf den andern stützte und alle acht Pfoten ableckte, bevor es wieder aufstand. Außerdem beeinträchtigte das Wasser seinen Geruchssinn. Darum gelangte ich ein zweites Mal unangefochten hinaus in den regnerischen Nachmittag, wo mich Hyaganusch und Amollia – jetzt beide sichtbar – zusammen mit den anderen erwarteten.

Ich wischte mir ebenfalls mit dem Ärmel die Salbe vom Gesicht, damit alle meine triumphierende Miene und die Flasche, die ich in der Hand hielt, erkennen konnten.

Flasche und Siegel waren schnell vereint. Ich war so vorsichtig, beides festzuhalten, als Hyaganusch gehorsam ihre Hände auf die Flasche legte und den Korken herauszog, den wir gerade erst hineingesteckt hatten.

Aman Akbar drängte die Nase zwischen Um Aman und Aster, die sich nach vorn schoben, als der Djinn herausrauchte.

Der Dämon legte den Finger ans Kinn, verneigte sich und meinte neckisch: »Und nun würde ich nur allzugern wissen, liebe Damen, was ich für euch tun kann.«

»Sag es ihm«, befahl ich Hyaganusch.

»*Was* soll ich ihm sagen?« rief sie in ihrer quängelnden Art. »Ich weiß nicht, was ich ihm sagen soll. Ihr habt mich entehrt und gezwungen, einen fremden Mann anzuschauen, ohne Schleier oder sonst etwas!«

»Fürchte dich nicht, o Schatz der Fürsten«, bemerkte der Djinn galant, »denn ich bin kein Mann, sondern ...«

»Sag ihm, er soll Aman Akbar zurückverwandeln.«

»Aman Ak – aber – aber – –« stotterte sie und sah flehend Um Aman an, die sie finster anstarrte.

»Tu, was man dir sagt, Nuscha.«

»Also gut, von mir aus, aber ich begreife nicht – –«

Um Aman packte sie so fest am Ellbogen, daß sich die Haut unter ihren Fingern weiß färbte.

»Verwandle Aman wieder in einen Mann«, sagte sie nachdrücklich. Das Mädchen plapperte die Worte so schnell herunter, daß ich sekundenlang dachte, sie hätte sich versprochen. Aber der Djinn nickte und ließ seinem Zeigefinger eine Rauchwolke entquellen, die den Esel einhüllte. Als der Rauch sich verzog, stand Aman dort, wo eben noch der Esel gestanden hatte, auf zwei menschlichen und nicht mehr auf vier Eselsbeinen. Er war gekleidet wie damals, als er im Palast des Emirs verschwand. Seine Ohren waren wieder klein wie Muscheln. Seine Augen waren von großen braunen Eselsaugen zu großen braunen Menschenaugen geworden. Aster warf sich ihm natürlich sofort an den Hals, aber Um Aman war vor ihr dort und umschlang ihn. Amollia lächelte ihn voller Freude und Zärtlichkeit an. Aman selbst sah einen Augenblick lang recht verwirrt aus. Er strich mit den wunderschön geformten Händen, die er gerade zurückbekommen hatte, über seinen Körper und sah mit einem Ausdruck von so unermeßlicher Tiefe der Empfindung zu mir herüber, daß es schmerzhaft war, diesem Blick zu begegnen. Ich grinste ihn töricht an, und er grinste zurück und strahlte auf die drei andern hinunter. Dann stöhnte hinter ihm Marid Khan. Aman blinzelte und schüttelte mit einem noch leicht eselhaften Zurückwerfen des Kopfes das Wunder ab. Er wandte sich seinem verletzten, bisherigen Reiter zu.

»Als zweiten Wunsch«, erklärte ich Hyaganusch schnell, »kannst du dem Djinn sagen, er soll Marid Khan gesundmachen.«
Dieses Mal zögerte sie nicht, sondern wiederholte meine Forderung sofort. Anschließend meinte sie schmollend: »Wenn es stimmt, daß ich nur drei Wünsche habe, sollte dieser hier nicht zählen. Eigentlich war es doch deiner.«
Ich lächelte sie hämisch an.
»Wenn ihr Frauen euch wirklich ausgesprochen habt«, schaltete Aman Akbar sich ein, »haben wir noch eine ernste Sache, um die wir uns kümmern müssen. Wenn der Emir und der Divkönig Pläne gegen den Sultan schmieden, muß ich ihn unverzüglich warnen. Darum muß mich der Djinn sofort – natürlich in der passenden Kleidung und Ausstattung – in den Palast befördern, wohin ihr mir folgt, damit wir uns gemeinsam der Gnade und Dankbarkeit des Königs erfreuen.«
»Darf ich dich daran erinnern, o einstiger Gebieter, daß alle deine Wünsche verbraucht sind?«
Um Aman riß die Flasche aus Hyaganuschs schlaffen Fingern und meinem Griff. »Tu, was mein Sohn sagt, Ifrit. Hast du nicht gehört, daß es um eine ernste Sache geht?«
Der Djinn rollte die Augen zum Himmel, und im Nu war Aman in lindgrünen Satin, mit Gold verziert, gekleidet und gleich darauf nicht mehr zu sehen.
»Und nun, Djinn, mußt du den zweiten Teil des Wunsches unseres Gatten erfüllen und uns in Sicherheit bringen«, fing Aster an, bevor Amans Spiegelbild noch völlig aus ihren Augen verschwunden war.
»Einen Moment, Schwesterchen«, unterbrach sie Amollia. »Warte noch, bis ich die Zitrone gepflückt habe, die wir versprochen haben, dem König von Fatima mitzubringen.« Und sie trottete den Hügel hinunter, Kalimba zur Seite.
In diesem Augenblick grollte unter uns die Erde. Marid Khan stieß einen Warnruf aus. Ich rannte den Hang hinunter, um Amollia fortzuziehen, gefolgt von Aster, die irgendetwas Unverständliches faselte. Ein tropfender Doppeltiger trabte in den Hain, ihm nach

Soldaten in der Tracht des Emirs, die die Katze mit den zwei Körpern zu jagen schienen. Kalimba sträubte die Nackenhaare und blieb stehen, alle vier Füße in den Boden gerammt.
Dann erschien der Emir selbst, und Hyaganusch gab ein leises Aufkreischen von sich. Um Aman brüllte: »Ifrit, gehorche den Wünschen meines Sohnes wie meinen eigenen!« und stürzte sich auf Hyaganusch.
Selimas Teppich klappte ruckartig auf und sammelte zuerst Aster und mich, dann Amollia ein; sie hatte bereits eine Frucht abgerissen und war auf dem Rückweg.
Kalimba sprang ihr auf den Teppich nach. Hyaganusch und Um Aman rollten ineinander verschlungen den Hang hinunter, während der Teppich stetig zu den Berggipfeln aufstieg. Marid Khan stand sprachlos da und starrte uns nach.
Ich sah, wie sich etwas Glänzendes aus der Umarmung der beiden Frauen löste und der Rauch des Djinns blitzartig danach griff, es einhüllte und in die Höhe wirbelte, hoch über unseren immer weitersteigenden Teppich hinaus und weit fort in die benachbarten Berge. So wollte der Ifrit sicherstellen, daß niemand ihn mehr damit belästigen konnte, uns Wünsche zu erfüllen.

XIII

Noch als wir schon über Dschungel und Felder nach der fernen, regennassen Stadt segelten, sah sich Amollia immer wieder nach dem Hain um. Ihr Gesicht war traurig und still.

Aster nörgelte. »Wenigstens hätte der Djinn für einen Sonnenschirm sorgen können«, meinte sie und wrang sich Haare und Ärmel aus.

Amollia und ich beachteten sie nicht. »Arme alte Dame«, sagte Amollia. »Sie war so fest entschlossen, dieses wertlose Mädchen vor Unehre zu bewahren! Und wenn man dann denkt, daß sie ihren letzten Wunsch für uns verbraucht hat.«

»Wenn dieser noch viel wertlosere Dämon getan hätte, was man ihm sagte, hätte der Wunsch sie gerettet und das Mädchen dazu«, bemerkte ich säuerlich. »Ich weiß gar nicht, wie wir das Aman beibringen sollen. Wie kann ich ihm erklären, daß wir seine Mutter in den Händen der Feinde zurückgelassen haben?«

»Also wirklich, Rasa«, warf Aster ein, »du benimmst dich, als wärst du für alles allein verantwortlich. Ich würde mir über diese zähe alte Henne keine Gedanken machen. Wenn sie dem Emir in die Hände fällt, wird er sehr bald wünschen, sie wieder los zu sein. Außerdem hat vielleicht Marid Khan die beiden gerettet. Schließlich warst du nicht der einzige Krieger am Platze, weißt du. Nun los, ihr beiden, laßt euch nicht so hängen! Seht doch, die Kuppeln der Stadt liegen vor uns. Bald schon werden wir in unserem duftenden Garten sitzen, der von exotischen Blumen überquillt. Wir werden an süßen Getränken nippen und uns Musik zur Laute vorspielen lassen, während wir Seiden- und Brokatstoffe anprobieren und auf Aman warten, der an der Spitze eines langen Zuges von Sklaven nach Hause kommen wird, und sie alle werden Körbe, Körbe und nochmals Körbe schleppen, gefüllt mit herrlichen Geschenken des Königs.«

Wenigstens mit dem Garten behielt sie recht, hatte dabei jedoch das Mißtrauen des Djinns gegenüber alleinreisenden Frauen und

seine Prüderie nicht berücksichtigt. Der Teppich landete weich inmitten eines ganz besonders lieblichen Gartens, den hohe, durchbrochene Mauern und gewölbte, muschelförmige Türen und Fenster umgaben. Die Blumen waren zu phantasievollen Mustern gepflanzt, die Bäume zu Fröschen, Pilzen, Pferdchen und allen möglichen lächerlichen Formen gestutzt, wie kein natürlicher Baum sie je annehmen würde. Aber es gab auch viele, die man gelassen hatte, wie sie waren, hoch und breit und schützend, mit kühlem Moos, das an ihnen emporwuchs, und mit langen, wehenden Zweigen, die wie Frauenhaare mit silbrigen Münzen geschmückt waren und in der Brise fächelten. Blaue, grüne, rote und goldene Fliesen umrahmten funkelnde Wasserbecken voll goldener Springbrunnentiere und pflasterten die Pfade zwischen den Zierbeeten mit Rosen. Heckeneinfassungen leuchteten von kekken, flammenden tropischen Blumen, bei denen eine einzige Blüte größer war als ein ganzer Strauß unserer kleinen Steppenveilchen oder wilden Gänseblümchen. Und mitten in all dieser Pracht, umgeben von tief herabhängenden Bäumen, stand ein vergitterter und geschnitzter Pavillon.
Aster warf uns Blicke zu, die deutlich ausdrückten, daß sie es ja gleich gesagt hätte, und trat vom Teppich herunter.
Kalimba knurrte warnend, so daß wir das Lachen und die Stimmen hörten, bevor sie uns überraschten und uns hinter eine blühende Hecke ducken konnten. Aster schaute empört. »Wahrscheinlich nur unsere Sklavinnen, die nachsehen wollen, ob wir etwas brauchen«, murmelte sie. Aber das erwies sich leider als Wunschdenken.
Wir waren inzwischen an so viel Ärger gewöhnt, daß wir uns immer sehr vorsichtig benahmen, und sie sah genauso besorgt zu wie Amollia und ich, als sechs Wächter, gegen deren Leibesumfang der Djinn geradezu verhungert wirkte, den zierlichen Pfad hinunterstapften. Ihnen folgte ein halbes Dutzend weißgekleideter Frauen mit Bronzeeimern auf dem Kopf. Kein Tropfen Wasser lief über. Hüftenschwingend wanderten sie auf den Pavillon zu. Hinter der letzten kamen reihenweise lachende, schwatzende Weiber, alle in

reichen und farbenfrohen Gewändern. Die meisten dieser Damen wirkten ungewöhnlich klein.
Ihr Gelächter und die hohen, zirpenden Stimmen füllten den ganzen Garten. Zwar hatte der Pavillon keine Fenster, aber die luftige Kuppel ruhte auf einem Holzgitter, das sie von den Wänden trennte, und durch die diamantförmigen Löcher drang jeder Laut nach draußen.
Aster fluchte wieder in ihrer Heimatsprache, das Gesicht von der Heftigkeit ihrer Verwünschungen zu einer Affenfratze verzogen. Wir starrten sie an.
»Seht ihr denn nicht? Dieser mißgeborene Sohn einer Ziege von einem Djinn hat uns nicht in unseren eigenen, sondern in einen fremden Palast gebracht! Bestimmt den des Königs, weil er sich ausrechnet, daß wir dort nicht hordenweise fremde Männer empfangen können, solange wir auf Aman Akbar warten. Dieser Idiot! Uns hier abzusetzen, in diesen Fetzen und Lumpen! Er bringt uns ja in Lebensgefahr – die Wächter werden uns für Diebinnen halten!«
Amollia lächelte zum ersten Mal, seitdem wir Um Aman, umarmt von Hyaganusch, den Abgang hatten hinunterrollen sehen. »Nun, dann müssen wir eben einen Weg finden, wie wir uns den Damen vorstellen können, ohne die Aufmerksamkeit der Wächter zu erregen. Sicher wird eine darunter sein, die bereit ist, uns zu helfen. Laßt mich sehen, ob mir einfällt, wie wir es am besten anfangen.« Sie winkte uns zu, ihr zu folgen, zeigte dabei aber mit der Hand zur Erde, so daß wir uns kauernd hinter den Hecken hielten, die Augen stets auf die Wächter geheftet. So schafften wir es, den Schutz der hängenden Bäume zu gewinnen, die um den Pavillon standen.
Schneller als man es erzählen kann, hatte Amollia einen davon erklettert. Aber als sie versuchte, auf den Ast hinauszukriechen, der der Schnitzerei am nächsten lag, bog er sich gefährlich nach unten. Sie kroch zurück und holte Aster, die sofort hinauf- und dann an ihr vorbeikletterte. Der Ast trug willig Asters leichteren Körper, und indem sie sich mit den Fingern am Gitter festhielt,

konnte sie sich vorbeugen und durch die Löcher spähen. Ausnahmsweise schwieg sie, lehnte sich aber bald zurück und grinste uns an.
Dann zog sie vorsichtig an dem Gitterwerk, und die zierlichen Stäbe brachen unter ihren Händen ab. Schließlich hatte sie ein Loch gemacht, das nicht größer war als mein Kopf. Der Ast protestierte, stöhnte und schwankte, hielt jedoch. Als sie die Stäbe, die vom feuchten Wetter verzogen und morsch waren, hinuntergeworfen hatte, schlüpfte sie aus Kleid und Untergewand und zwängte sich durch das Loch, splitternackt.
Amollia haschte nach ihrem Knöchel, aber zu spät, denn sie glitt ihr aus den Händen, schlüpfrig wie eine Schlange, und Amollia war zu groß, um ihr nachzuklettern. Kalimba knurrte und sprang bis zur halben Höhe des Baums, um sich anzuschließen, aber Amollia verscheuchte die Katze mit einer Bewegung. Mit einem geschnalzten Ruf, der sich nach Abscheu anhörte, kam sie vom Baum herunter und stellte sich neben mich. Wir betrachteten das Loch und warteten auf Asters Rückkehr.
Es dauerte nur wenige Augenblicke. Aster steckte den Kopf aus der Tür, machte mit den Händen eine schöpfende Bewegung und winkte uns zu sich. Vorsichtig folgten wir ihr und betraten eine Art Vorraum, wo zahlreiche Eimer, Handtücher und verschiedene Stöße mit Kleidern warteten. »Es ist ein Badehaus«, kicherte Aster, »schnell, verkleidet euch!« Sie half uns dabei, auch unsere Sachen abzulegen und begleitete uns dann ins Innere des Gebäudes.
Ich kann nicht behaupten, daß ich sehr begeistert davon war, sozusagen splitternackt das feindliche Lager zu betreten. Zweifellos war dies das private Badehaus des königlichen Harems, aber die Frauen hier glichen den gelangweilten und üppigen Schönheiten in den Gemächern des Emirs so wenig wie sie untereinander ähnlich waren. Keine von uns wirkte ungewöhnlich, denn hier gab es mehrere, die dunkler waren als Amollia und von gleicher Statur, und ebenso mehrere, die noch viel heller waren als ich und auch lichtere Haare hatten. Aster war wie immer unauffällig, und der

einzige wirklich wesentliche Unterschied lag darin, daß die Frauen, die uns umgaben, entweder etwas älter oder sehr viel jünger als wir zu sein schienen. Zuerst dachte ich, der König müßte wohl viele Töchter gezeugt haben, denn die meisten weiblichen Wesen in den Becken waren kleine Mädchen, nicht älter als zwölf Jahre. Sie kreischten und spitzten und tauchten sich gegenseitig unter. Wie die älteren Frauen stammten auch diese Mädchen aus verschiedenen Rassen, was mich verwirrte, bis ich mich erinnerte, daß der König ja noch kein Mann, sondern ein Knabe war. Diese Kinder hier mußten seine Gattinnen und Verlobten sein. Oder vielleicht die zukünftigen Konkubinen? Und die älteren vielleicht seine Mutter, oder Tanten und Schwestern, oder frühere Insassinnen im Harem seines Vaters? Weil der Besitz von Frauen bei diesem Volk als Zeichen von Reichtum und Macht galt, vermutete ich, daß auch ein Kinderkönig die kleinen Mädchen als Statussymbole brauchte, selbst wenn er zu jung war, irgend etwas anderes mit ihnen anzufangen.

Kinder sind neugierig. Es dauerte nicht lange, bis eine dieser Miniatur-Houris sich mit uns angefreundet hatte. Aster erzählte ihr, wir wären die Gattinnen eines einflußreichen Mannes, unterwegs zu einer Audienz beim König. Listig erläuterte sie, daß unsere Lastkamele mit dem Gepäck im Sandsturm verlorengegangen wären und unser Gemahl sich auf der Suche nach ihnen verspätet hätte. Wegen seines Reichtums und seiner Macht wären wir – sie verschwieg, von wem – eingeladen worden, bei den Damen des Königs zu wohnen; und sie erkundigte sich mit geziemender ehefraulicher Besorgnis, ob das Mädchen ihr sagen könnte, bei wem sie nachfragen dürfte, ob unser Gemahl in Sicherheit wäre.

Das Mädchen, Zarifa, unterbrach diese Geschichte unzählige Male mit Anekdoten über die possierlichen Streiche ihrer Ponys und Goldfische. Amollia horchte sie bis an die Grenze des Erträglichen aus, indem sie ihr scherzhafte Fragen stellte. Im Endergebnis lohnte sich jedoch diese Mühe, denn unsere neue Bekannte entpuppte sich als niemand anders als die Lieblingsschwester des Königs und Nichte des amtierenden Sultana. Sie war ein ganz nettes kleines Ding, trotz ihrer erhabenen Stellung und ihrer schwatzhaften Zunge. Als wir die Bäder verließen, gab sie uns schöne Kleider zum Anziehen. Sobald sie dann auch noch Kalimba entdeckte, bestand sie darauf, daß wir in ihren persönlichen Gemächern untergebracht wurden. Amollia brachte Kalimba dazu, sich streicheln zu lassen, und das Mädchen erwiderte diese Gunst damit, daß sie ihre Tante beschwatzte, uns eine Audienz zu gewähren.

Der Hof der Sultana war groß genug, um vierzig Ziegen und ein Pferd eine Woche lang darin zu weiden. Allerdings machte keine der erwachsenen Damen den Eindruck, als würde sie etwas so Übelriechendes wie eine Ziege überhaupt in ihrer Nähe dulden. Ich war sehr froh darüber, daß wir von den Bädern Gebrauch gemacht hatten, zum Glück auch so spät am Tage, daß der Regen schon wieder eingesetzt hatte und die Luft abkühlte, so daß die wohltätigen Auswirkungen von Seife und Wasser lange erhalten blieben. Trotz allen Prunks am Hofe standen hier und da Schüsseln, um das von der Decke tropfende Wasser aufzufangen. Einmal huschte auch ein Salamander über die Fliesen, ohne daß ihn jemand verscheuchte. Entweder war so etwas unter ihrer Würde, oder sein entschiedenes Auftreten hatte sie davon überzeugt, daß er das Recht hatte, sich hier unbelästigt zu ergehen.
Prinzessin Zarifa erklärte die Baufälligkeit der Bäder und Wohnräume damit, daß der Palast nur ein Behelfsheim wäre, auf den Ruinen des Palastes jenes einheimischen Fürsten errichtet, der hier geherrscht hatte, ehe der Vater des jetzigen Sultans ihn überwand. Die Bäder, die sehr alt waren und von natürlichen heißen Quellen gespeist wurden, hatte man mehr oder weniger so, wie wir sie gesehen hatten, stehengelassen, denn für Rechtgläubige ist das Baden von großer Wichtigkeit. Den Haupt-Audienzsaal und die Gemächer des Königs hatte man renoviert, andere Teile des Palastes waren noch im Bau. Die Frauengemächer hatte man sich jedoch bis zum Schluß aufgehoben, weil man zuerst

fachkundige Handwerker finden mußte, die Eunuchen waren, oder die Frauen ausquartieren mußte. Ich überlegte mir, warum nicht alle einfach den Schleier anlegten, aber offenbar wäre das nicht ausreichend gewesen.
Die amtierende Sultana war in dieser Fassung der Hauptedelstein, schien aber nicht recht hineinzupassen. Sie war selbst eine königliche Prinzessin, eine Tante des Königs väterlicherseits, der in Wirklichkeit nur Zarifas Halbbruder war. Aus dem Herrschen schien sie sich nicht viel zu machen, denn bei den Audienzen vor unserer gähnte sie laufend und hatte irgendwie auch die Sache nicht richtig im Griff. Dauernd unterbrach sie die Bittstellerinnen mit unwichtigen Fragen – woher sie den Stoff zu ihren Kleidern hätten, oder ob sie einen guten Schuhmacher am Ort kennten. Ich hatte das Gefühl, daß sie diese Fragen hauptsächlich stellte, um sich wach zu halten. Zarifa flüsterte, man hätte sie zur Sultana gewählt, weil sie unfruchtbar war und man deshalb hoffte, daß sie als Unbeteiligte kein Interesse daran haben würde, wer welche Gunstbeweise und Vorrechte erwarb. Ihr Gesicht war rund, mit etwas mehr Kinn, als eine Frau der Yahtzeni je so glücklich sein wird zu bekommen. Die spärlichen Brauen wölbten sich über großen, ein wenig vorstehenden Augen, die leicht starr blickten, als sähe sie nicht gut. Unglücklicherweise betonte sie sie noch durch Umranden mit Khol, das bei den Frauen der Wüste sehr beliebt und angeblich gut für die Augen sein soll, in ihrem Falle aber das Problem noch auffälliger machte. Natürlich war sie schön gekleidet. Ihr Gewand war von dem schimmernden Blau, das man auf Pfauenschweifen findet, mit einem scharlachroten Untergewand, und ihr Haar, von dem ich von unserm Warteplatz am Springbrunnen aus nicht erkennen konnte, ob es grau war, war geflochten und mit einem Juwelenmützchen bedeckt.
Endlich waren wir an der Reihe, mit ihr zu sprechen. Zarifa, die großen Spaß daran hatte, uns drei Erwachsene zu belehren, hatte uns angewiesen, uns auf den Knien dem Podium zu nähern, nur zu reden, wenn man uns dazu aufforderte, und uns rückwärts zu entfernen, sobald wir entlassen waren.

Die Augen der Sultana traten noch etwas weiter hervor, während sie uns musterte. »Meine Nichte sagt mir, daß ihr, meine Damen, meine Hilfe und durch mich die Hilfe des Königs erbittet? Ist das richtig? Ich glaube, ihr hattet einige – äh – Unersprießlichkeiten?«

Die Prinzessin hatte uns das Gefährliche ungefragten Redens so eingebleut, daß wir wie *eine* Frau die Köpfe senkten, um anzudeuten, daß die Sultana völlig recht hätte.

»Ach du meine Güte«, meinte sie und beugte sich nach vorn, wobei sie uns zuflüsterte: »Wollt ihr den ganzen Nachmittag lang Verbeugungen und Kratzfüße machen, oder wollt ihr mir alles erzählen? Ich habe nicht die leiseste Ahnung, was ich euch fragen soll.« Laut sagte sie: »Falidah, bitte hol ein paar Kissen für diese Damen und – und ein paar Kuchen und Sorbets, bitte.« Diese letzte Bemerkung verbesserte meine Laune erheblich.

Angespornt durch das in Aussicht gestellte Essen, gab Aster eine stark geschönte und ungemein farbige Version unserer bisherigen Abenteuer zum besten, wobei sie die Tatsachen sorgfältig so zurechtstutzte, daß sie zu der Geschichte paßten, die sie Zarifa von verlorenen Lastkamelen und einem einflußreichen Gemahl erzählt hatte.

Den Damen gefiel vor allem der Teil, in dem wir laut Aster alle (natürlich außer ihr) sehr viel näher daran waren, von Marid Khans Männern entehrt zu werden, als es in Wirklichkeit der Fall gewesen war. Marid Khan selbst ließ sie in der Rolle des Befreiers auftreten, was ja mehr oder weniger stimmte; dadurch schonte sie seinen Ruf für später. Den Frauen quollen fast die Augen aus dem Kopf, als sie unseren Flug zum Tempel auf dem Zauberteppich beschrieb, vor allem, als sie mit großer – vorher mit uns abgesprochener – dramatischer Geste der Sultana den Zauberteppich zu Füßen legte und sie bat, ihn im Namen Fatimas als Geschenk für den König anzunehmen.

Aber kaum war der Name Fatima gefallen, als die Atmosphäre im Audienzsaal sich spürbar abkühlte. Mit nur einem kurzen Seiten-

blick auf den Wundertreppich gab die Sultana durch ein Fingerschnippen das Zeichen, ihn wieder aufzurollen.
»Eine höchst unterhaltende Geschichte«, sagte sie und erhob sich. Sie hatte den Unterkiefer vorgeschoben, und ihre Stimme klang eisig. Sie hörte sich alles andere als amüsiert an. »Ich fürchte indessen«, fuhr sie fort, »daß wir mit dem Rest bis morgen warten müssen. Ich bin müde und muß mich ausruhen, bevor mich heute abend mein Neffe besucht. Verlaßt mich.«
Wir wurden in die Gemächer der Prinzessin Zarifa zurückgeleitet und sprachen erst dann wieder, als wir allein waren.
»Ich begreife es nicht«, erklärte Aster. »Sie haben mir aus der Hand gefressen!«
»Du hast zu dick aufgetragen«, vermutete ich. »Warum sagst du der Sultana nicht einfach die Wahrheit? Du hast nicht einmal darum gebeten, daß sie jemanden losschickt, um Um Aman und Hyaganusch zu retten.«
»Es ist zu schade um die alte Dame, aber wahrscheinlich hat man sie sofort getötet. Und seit wann machen wir uns Sorgen um Hyaganusch? Man muß sich in dieser Welt um sich selber kümmern. Was mich viel mehr interessiert, ist, warum die bloße Erwähnung des Namens Fatima solch einen Aufruhr verursacht hat.«
Amollia streckte sich neben Kalimba auf einem rubinroten Kissen aus und verschränkte die Finger über dem Kopf. »Ich habe da eine ganz bestimmte Vorstellung, Aster, aber solange wir uns innerhalb dieser Mauern befinden, will ich sie dir nicht sagen. Aber ich glaube, wir dürfen Fatimas Weisungen nicht vergessen, nämlich ihre anderen Geschenke dem König persönlich und nicht durch diese Frauen zu überreichen.«
»Aber man wird uns gar nicht mit dem König selber sprechen lassen!« protestierte Aster.
»Dann sollten wir die Schätze vielleicht zu Aman bringen. Ich wünschte, der Djinn hätte, als er selbstherrlich unsere Wünsche abwandelte, um uns dadurch, daß er uns im Harem des Königs landen ließ, vor unseren eigenen, unmoralischen Anwandlungen

zu bewahren, mehr daran gedacht, uns auch sonst zu beschützen; er hätte uns Visitenkarten oder Ausweispapiere geben sollen, anstatt uns einfach hier auszusetzen wie Vagabundinnen. Unsere gesellschaftlichen Beziehungen scheinen unsere Gastgeberin jedenfalls nicht in der gewünschten Weise beeindruckt zu haben.«

XIV

Die junge Prinzessin behandelte uns an diesem Abend wesentlich kühler. Daraus schloß ich, daß man ihr die Schuld an unserer peinlichen Gegenwart aufgebürdet hatte. Es wäre nicht mehr als höflich gewesen, sich bei ihr zu entschuldigen, und ich konnte sehen, daß Amollia das auch gern getan hätte; aber wir schafften es nicht, ihre Aufmerksamkeit lange genug auf uns zu lenken, um mit ihr sprechen zu können. Sie und ihre Mädchen waren in ihre Gemächer geströmt und hatten pausenlos von einem Geschenk geschwatzt, das ein hochgestellter Vasallenfürst an den Hof vorausgeschickt hatte, um sein Kommen anzukündigen und eine Audienz für den folgenden Tag zu erflehen. Das Geschenk bestand aus einer Truppe von drei Dutzend Tanzmädchen, alle von außergewöhnlicher Schönheit, Anmut, Geschmeidigkeit, Üppigkeit und Vielseitigkeit. Sie waren plötzlich in den Audienzsaal hineingetanzt und hatten dem König die Grüße des Fürsten zugewogt. Der König, jung genug, um sich verzaubern zu lassen, und alt genug, von solchem Zauber entflammt zu werden, hatte ihr Eindringen nicht bestraft, sondern die Tänzerinnen in den Räumen untergebracht, die früher die Dienerinnen seines verstorbenen Vaters bewohnt hatten. Zarifa hatte die Tänzerinnen gesehen. Sie und ihre Frauen verbrachten einige Zeit mit einer komplizierten Debatte darüber, welche Art von Verschönerungskur sie wohl brauchen würden, um so wie diese Tänzerinnen auszusehen.

Endlich kam das Kind zur Ruhe und nahm Platz, um sich die Haare bürsten zu lassen. Nun konnten Amollia und ich unsere Entschuldigungen vorbringen. Das Mädchen zuckte die Achseln, lächelte ein Lächeln voll frühreifer Falschheit und begann, uns ganz hinterlistig über Fatima auszufragen. Wir sagten ihr die Wahrheit. Fatima wäre eine fromme Frau, die sich uns freundlich erwiesen und Geschenke für den König mitgegeben hätte; sie hütete den Schrein Sankt Selimas.

»Natürlich sind diese Heiligen sehr weise«, bemerkte Zarifa mit einem wahrscheinlich nicht einmal geheuchelten Gähnen. »Aber manchmal können sie auch ein bißchen verrückt sein. Hat sie denn nie etwas davon erwähnt, daß sie Geschenke hierherschicken wollte, weil sie früher einmal hier lebte?«
Aster ließ sich an Gerissenheit von einem jungen Ding wie der Prinzessin nicht übertreffen. »Sie hat erzählt, daß sie einmal irgendwo in einem Palast gewohnt hat, aber sie hielt nicht viel davon. Offenbar findet sie Affen und heilige Reliquien schöner. Das Palastleben kann nicht angenehm für sie gewesen sein. Nach dem, was sie uns gesagt hat, war sie ja auch kaum etwas besseres als eine Sklavin.«
»Ach, das hat sie euch erzählt? Daß sie eine Sklavin war? Sie hat nicht erwähnt, wie sie dazu kam, den Palast zu verlassen?«
»Sie wollte ihrer Heiligen nachfolgen, das hat sie gesagt, glaube ich«, warf ich ein. Ich sah keinen Anlaß, von dem Kind zu sprechen. Offensichtlich war das eine ganz persönliche und noch dazu schmerzliche Angelegenheit für Fatima. Unnötig, eine Fremde einzuweihen, die überdies noch viel zu jung war, um zu wissen, woher Kinder kommen.
Zarifas Gesicht wurde milder und ein Teil ihrer früheren Freundlichkeit kehrte zurück. »Macht euch darüber keine allzugroßen Sorgen. Meine Tante nimmt großen Anteil an eurer Geschichte, aber sie ist die viele Verantwortung, die jetzt auf ihr ruht, nicht gewöhnt und wird schnell müde. Sie wird den Rest morgen anhören. Achtet darauf, ihr alle diese faszinierenden Einzelheiten zu berichten, die ihr mir gerade mitgeteilt habt. Wir hören hier immer gern etwas über neue Leute. Diese Tänzerinnen beispielsweise ...«

Ich meinerseits war über die Ankunft der Tänzerinnen und des Mannes, der sie gestiftet hatte, eher verärgert. Zweifellos würde er es schaffen, den König den ganzen Tag zu beschäftigen und so Aman daran hindern, die gewünschte Audienz zu erhalten. Hübsche Kleider und ein oder zwei schöne Pferde konnten es nicht mit

drei Dutzend Tanzmädchen, einem Königstitel und Gott weiß was noch allem aufnehmen.
Nun gut. Vielleicht würde es uns inzwischen gelingen, einen Weg zu finden, wie wir Aman die Geschenke zukommen lassen könnten, die Fatima dem König zugedacht hatte. Wenn wir erst die Verantwortung dafür loswaren, konnten wir in verhältnismäßiger Bequemlichkeit abwarten, bis sich die Dinge auf die eine oder andere Art klärten. Wir mußten nur mit allem sehr vorsichtig sein, was wir über Fatima sagten.
Ebenso wie Amollia hatte ich meinen eigenen Verdacht, warum die fromme Frau hier ein so brisantes Thema war. Offensichtlich war dies der Harem, in dem sie gelebt hatte, bevor sie sich Selima anschloß. Bestimmt haftete ihr noch irgendein Skandal wegen des Kindes an, wenn ich auch nicht begriff, wie ein solcher Skandal Fatimas Namen in Verruf bringen konnte, wo sie doch das arme Opfer gewesen war. Aber welche Schwierigkeiten auch zwischen Fatima und den Damen des Königs bestanden, sicher mußte die Sultana doch einsehen (sofern Aster es schaffte, ihr den Rest unserer Geschichte zu vermitteln, ohne das Gegenteil der Lügen zu erzählen, die sie bereits von sich gegeben hatte), daß wir uns nichts anderes wünschten als Gerechtigkeit und die Wiederherstellung unserer Familie. Vielleicht würde sie sich sogar beim König dafür einsetzen, daß der Emir für den Mißbrauch seiner Stellung als Statthalter bestraft würde.
Beim Gedanken daran, daß ein derartiger Gegner noch immer frei herumlief, war ich beinahe doch noch dankbar dafür, daß der Djinn uns an einen Ort geschickt hatte, wo wir sowohl durch Bewaffnete als auch durch die Stellung des Königs so gut geschützt waren. Hätte ich nur Aman Akbar in ebensolcher Sicherheit gewußt, so wäre ich restlos zufrieden gewesen.
Der Angriff begann in Etappen, während der Palast still und niemand wachsam genug war, rechtzeitig, bevor noch das Schlimmste passiert war, einzugreifen. Ich merkte es dadurch, daß ich mit einem Ruck erwachte und ausschlug, weil meine Fußspitze wie Feuer brannte und juckte. Mit allen zehn Fingernägeln harkte ich

über die Stelle, um das quälende Jucken loszuwerden, aber es brannte dadurch nur noch mehr. Sofort folgte ein zweiter Juckreiz am Knöchel, und noch einer am andern Fuß, so daß ich mich gar nicht schnell genug bewegen und auf beiden Seiten gleichzeitig kratzen konnte. Rechts von mir fluchte Aster unverständlich vor sich hin; steil aufgerichtet umklammerte sie ihre Mitte und grub die Fingernägel in die Haut. Auch Amollia fuhr jetzt unter wütendem Kratzen in die Höhe.

Aster fluchte von neuem. »Was ist das für ein Land, in dem die Wanzen selbst den Harem des Königs überschwemmen?«

Im Nebenzimmer wimmerte Zarifa, und ihr Schnüffeln und Kratzen gesellte sich zu dem unseren, noch verstärkt durch das Bimmeln des Glöckchens, mit dem sie der Dienerin läutete. Leider war jedoch das Klingeln nicht von sofortigem Erfolg gekrönt, so daß sie kreischte: »Jamila! Jamiiiila!!!«

Ich merkte gar nicht, daß die Dienerin kam, so beschäftigt war ich damit, die Flammen zu ersticken, die das Ungeziefer in meinem eigenen Fleisch entfacht hatte. So sehr ich auch an die Plagen gewöhnt war, mit denen mein eigenes Volk lebte, so hatte ich doch noch nie ein derartiges Jucken erlebt. Inzwischen konnte ich schon nicht mehr unterscheiden, welche Feuer von den Bissen und welche von den mir selbst zugefügten Kratzern stammten. Die Magd erschien und kullerte fast in das Gemach herein, bearbeitete ihren eigenen Körper mit den Fingernägeln und schrie.

Weinend und klagend erhob sich ringsum ein Chor weiblicher Stimmen, als sie die Tür aufstieß und sofort wieder einen Schritt zurücktrat, um sich am Türrahmen eine Stelle auf ihrem Rücken zu scheuern, wobei sie sich rieb wie eine ganz ungemein gereizte Katze.

»G-G-Gebieterin!« stammelte sie.

»Hilf mir!« kreischte Zarifa. »Tu etwas!«

»Ich bemühe mich ja, Herrin, aber es nützt nichts. Könntest du bitte dort kratzen?«

Ich machte kurz eine Hand frei, um das betroffene Schulterblatt zu versorgen, zog die Frau dann ins Zimmer und schob sie auf Zarifa zu, während ich selbst in den Vorraum stolperte. Es ist schwer zu laufen, wenn man bei jedem Schritt mittendrin anhalten und sich am Fuß kratzen muß, damit er ohne Zuckungen seinen Dienst verrichtet.

Die Lautstärke des Stöhnens und Jammerns und das beständige Kratz-Kratz von tausend hennagefärbten und manikürten Nägeln auf sorgsam gepflegtem Fleisch machte mir die ungeheure Gewalt dieses Überfalls erst richtig deutlich. Ich hätte den anderen Haremsbewohnerinnen gern Fragen gestellt, aber ich hatte das Gefühl, selbst wenn ich diese Fragen trotz meiner Qualen verständlich formuliert hätte, wären die Frauen im Harem uns Angehörigen Aman Akbars gegenüber nicht allzu freundlich gesinnt. Darum hinkte ich wieder nach drinnen. Amollia hatte den Weg zu den Nischen gefunden, in denen Schönheitsmittel und Salben aufbewahrt wurden. Wie wahnsinnig bestrich sie sich den Körper mit allem, was feucht aussah. Die Dienerin, sicher durch Zarifas ununterbrochenes Kreischen erschöpft, nahm die Gelegenheit wahr, ihrerseits auf jemanden einzukreischen:

»Schmutz! Straßenkot! Verunreinige die Salben der Prinzessin nicht, indem du sie dir auf deine elende Haut schmierst! Gib sie *mir* – ah! Gott, wie das juckt!«

Amollia umging die Dienerin und begann, kaum daß es ihr auch nur ein bißchen besser ging, Duftwasser, Salbe, Badeöl, Henna und was immer zur Hand war, auf die rosigen Striemen und Hökker zu reiben, die Zarifas Körper bedeckten. Das Kind versuchte ihr alle schmerzenden Stellen zugleich zum Behandeln hinzustrecken und schlug dabei derart um sich, daß sie Amollias Treffsicherheit eher minderte. Ich kam zu Hilfe, natürlich auch, um mir selbst etwas von den Salben anzueignen. Auch Aster hatte einen Krug gefunden und verdrehte sich nach allen Richtungen, während sie sich anstrengte, an Körperteile heranzukommen, die zu berühren der Mensch nun einmal nicht geschaffen ist.

Amollia wandte sich zu der Dienerin. »Es muß doch bestimmt noch Vorräte von so etwas geben. Wo sind sie?«

Die Mittel zum Einreiben waren verbraucht, Flaschen, Phiolen

und Krüge lagen auf den dicken Teppichen verstreut wie welke Blätter, und wir waren alle völlig ausgepumpt. Zarifa weinte, wie nur ein Kind weinen kann, das man ohne jede Erklärung verletzt und enttäuscht hat, die Augen so rot wie ihre Kratzwunden. Amollia fielen die Augen zu, und ihre Finger zuckten krampfhaft. Aster kratzte immer noch. Die Dienerin rannte aus dem Zimmer und betupfte sich mit den Resten aus einem fortgeworfenen Krug. Es schien mir sehr lange zu dauern, bis sie wiederkam, was aber, ihrem erleichterten Gesichtsausdruck nach, wohl daran lag, daß die treulose Kreatur die Zeit dazu benutzt hatte, sich selbst zu behandeln, bevor sie ihrer Herrin weitere Hilfe brachte. Kaum war sie jedoch wieder erschienen, als sie auch schon begann, unsere Mühe zu bekritteln. »Ungeschickte! Was denkt ihr euch dabei, die Haut der Herrin mit Henna einzureiben! Sie wird diese Farbe für immer behalten! Ich schaudere bei dem Gedanken, was der Obereunuch bei diesem Anblick sagen wird. Keiner von den andern geht es so schlecht wie uns, aber alle sind betroffen.«
»Warum hat man denn nichts unternommen, wenn diese Plagen hier so schlimm sind?« erkundigte sich Aster. »In meinem Land sind Damen von Stand viel zu stolz auf ihren Teint, als daß sie eine solche Schlampwirtschaft in ihrem Haushalt zulassen würden.«
»Wie kannst du es wagen!« rief die Magd. »Glaubst du denn, so sei es jede Nacht? Wahrlich, selbst die Prinzessin Zarifa sähe aus wie eine alte Hexe, wenn jede Nacht so wie diese wäre. Ich sage euch, es ist eine Heimsuchung, die ihr Üblen über uns gebracht habt. O meine Herrin, mein Kind, habe ich dich nicht gewarnt, daß deine Vertrauensseligkeit Unheil über dein Haupt bringen würde? Und jetzt auch über unser aller Häupter?«
»Sei nicht albern, Jamila«, schnaubte Ihre Hoheit. »Unheil juckt nicht so.« Sie kratzte sich am Kopf, was uns alle sofort veranlaßte, das gleiche zu tun, und wir kratzten uns so taktmäßig, daß Zarifa noch unter Tränen anfing zu lachen.
Während die Dienerinnen herumrannten und Wasser und weitere Einreibmittel holten, schmerzten meine Bisse nach und nach weniger. Ich hielt den Vorfall schon für erledigt, als plötzlich eine

neue Scheußlichkeit fürchterlich juckend quer über meinen Bauch wanderte. Ich riß mir das Kleid hoch und kratzte. Amollia hielt meine Hände fest, und Aster beschmierte die Stellen mit Salbe.
»Götter! Was ist das?« stöhnte ich und versuchte, weiterzukratzen. Keine Laus, kein Floh hatte je einen solchen Biß gehabt.
»Es – es sieht aus wie ein Schmetterling«, sagte Aster, pflückte etwas von mir ab und hielt es in die Höhe, um es zu untersuchen. Die Flügel des Geschöpfs waren so vielfarbig gesprenkelt wie die Haare der Peri, aber seine Schönheit hinderte mich nicht daran, zu wünschen, ich könnte es zu Staub zertrampeln. Aster ließ es fallen, weil sie dachte, es wäre tot; aber erstaunlicherweise hatte es mein ganzes Kratzen und Klatschen überlebt und flog davon. Jetzt starrten Aster und Amollia beide wie gebannt auf meinen armen Bauch. Bevor ich selbst auch nur einen Blick darauf werfen konnte, riß mir Amollia das Kleid nach unten.
»Was ist?« fragte ich. »Habe ich mir alle Eingeweide herausgerissen?«
»Da steht eine Botschaft«, antwortete sie.
»Eine Botschaft?«
»In die Haut gekratzt.«
»Und was besagt sie?«
»*Hütet euch vor Sanis Rache*«, sagte Amollia.
»Und der Schmetterling?«
»Die Peri-Königin hat uns einen letzten Gefallen getan.«
»Ich wünschte, sie hätte einen etwas direkteren Weg genommen«, knurrte ich und strich noch etwas Salbe auf.
»Und einen etwas eiligeren«, ergänzte Amollia.

Wir Frauen hatten uns in den Audienzräumen der Sultana versammelt, während die Eunuchen die Wohngemächer ausschwefelten. Einen Großteil des Nachmittags verbrachten wir damit, einander mit Balsam einzureiben und uns zu kratzen. Die Sultana verkündete, daß der König durch Gottes Gnade von unserer nächtlichen Heimsuchung verschont geblieben wäre. Ebenso wären auch die Quartiere der Männer unberührt geblieben. Um uns ein wenig für unsere Qualen zu entschädigen, würde uns der König gestatten, den Elefantenkämpfen beizuwohnen, die er gewöhnlich nachmittags abhalten ließ. Es fiel mir schwer, Begeisterung dafür zu entwickeln. Viel lieber hätte ich selber gegen irgend etwas gekämpft.

Der Vormittag verging, und es wurde immer heißer, was das Jukken verschlimmerte, obwohl wir immer wieder neue Heilsalben auftrugen. Einige der Kinder weinten und zankten sich. Ich saß auf meinem Hinterteil, hatte die Knie an die Brust gezogen, legte den Kopf darauf und grübelte, warum die Sultana, nachdem ihre Vorbereitungen alle getroffen waren, sich hinter die Vorhänge ihres Podiums zurückzog und uns andere allein weiterkratzen ließ. Warum ließ sie Aster nicht fertig erzählen? Vielleicht wäre die Ablenkung denen, die ihre Geschichte – oder jedenfalls ihre Version der Geschichte – noch nicht gehört hatten, durchaus angenehm gewesen. Allerdings – die gelegentlichen Seitenblicke, die ich auf Gesichtern erspähte, die sich eilig abwendeten, sobald sich unsere Augen trafen, und der viele Platz ringsum, der uns in diesem Gedränge gewährt wurde, sagten mir, daß es vielleicht doch kein glücklicher Gedanke wäre, gerade an diesem Morgen die Aufmerksamkeit darauf zu lenken, daß wir ein bißchen anders waren. Als Außenseiterinnen waren wir verdächtig, obwohl unsere Kratzer und Schwellungen so offensichtlich waren wie bei allen anderen, vor allem bei mir mit meiner hellen Haut (jetzt freilich nicht mehr hell, sondern von lauter Fingernagelspuren rötlich). Es war sehr gut für uns, daß unsere Gastgeberinnen, die König Sani, weil sie uns aufgenommen hatten, zugleich mit uns bestraft hatte, von unserer Begegnung mit dem Divkönig bisher nicht gehört hatten und mir auch nicht nahe genug gewesen waren, um die in meine Haut gekratzte Warnung zu lesen.

Nach dem Mittagessen holten uns sechs der Eunuchen ab, jener Entmannten, denen man die Bewachung von Frauen unbedenklich anvertrauen zu können glaubt. An ihren Gürteln klirrten Krummsäbel, und in den Fäusten hielten sie Hellebarden, die keineswegs nur zur Zierde dienten. So geleiteten sie uns durch einen

Irrgarten von Tunneln, Gängen und Geheimtreppen, die so miteinander verbunden waren, daß wir vom Harem in den Hauptteil des Palastes gelangen konnten, ohne daß uns Fremde begegneten oder uns sahen.

Der Balkon, auf dem wir uns dann drängten, wurde von einem seidenen Baldachin überspannt, von dem ein fast durchsichtiger Schleier herunterhing. Zur Rechten gab es einen weiteren Balkon, von dem aus der König dem Spektakel zusehen würde. Ich konnte ihn nicht erkennen, weil die anderen Frauen mich zurückschoben und ich es für unhöflich hielt, sie mit dem Ellbogen beiseite zu stoßen, wie ich es gern getan hätte. Dagegen hatte Aster keine derartigen Skrupel und machte reichlich Gebrauch von ihren Ellbogen und dem harten Köpfchen. Ich folgte ihr und spähte über ihren Kopf nach dem jungen Mann auf dem Thron. In seiner Jacke aus Goldbrokat, Hosen und Turban über und über mit Perlen und Topasen bestickt, gekrönt mit einem Paar riesiger, roter Federn, war er durchaus beeindruckend. Er konnte nicht über zwölf Jahre zählen, aber das Gesicht hatte nichts Kindliches, wenn man von dem Schmollmund und der Rundlichkeit der Wangen absah. Auch die Hände waren noch kindlich rund. Zu beiden Seiten seines mit reichen Teppichen und Kissen belegten Hochsitzes fächelten ihm zwei Diener mit Pfauenfederfächern, deren Griffe aus Gold und deren Augen mit Saphiren, Türkisen und Smaragden besetzt waren.

Der Hof bedeckte eine weite und ebene Fläche, etwa so groß wie der innere Hof der Sultana, und fiel dann in marmornen Stufenterrassen zum Fluß ab. Durch den Schleier, der sich, wenn ihn der heiße Wind erfaßte, klebrig gegen uns legte, erschien alles etwas verschwommen rosa gefärbt; aber das Rosige verdeckte doch nicht völlig das Grau des von den bevorstehenden Regengüssen des Nachmittags angeschwollenen Himmels. Die hellen Kleider der Hofleute, die goldenen Baldachine und scharlachroten Teppiche hoben sich mutig von diesem Himmel und dem trägen, schmutzigen Fluß ab.

Die Menschen unter uns waren nur ein bunter Fleck – so viele

Turbane und prächtige Gewänder, ein paar Speere, die daraus hervorblitzten, das Funkeln von Juwelen. Die Leute standen meist ruhig da und machten nur ab und zu kleine Bewegungen, um eine Fliege zu erschlagen oder lose Teile ihres Gewandes zu richten. Ein leises Murmeln war durch die Menge gegangen, plötzlich aber wieder verstummt. Ein Gongschlag. Zwei Elefanten marschierten aus verschiedenen Toren in den Hof.

Man konnte sofort erkennen, daß es dem einen Tier alles andere als gut ging. Während der linke Elefant mit angezogenen, rundlichen Knien und erhobenem Rüssel hereinstolzierte, ließ der rechte alles hängen; die großen Füße schlurften mühsam durch den halbgetrockneten Lehm, die Ohren schlappten, der Rüssel baumelte schlaff herab. Als die beiden Tiere eine Wendung machten, um den Monarchen zu begrüßen, gab der letztere Elefant auf und kippte auf die Seite, ohne auch nur einen Schnaufer zu tun. Die Mahouts – das sind die Elefantenwärter – rannten vor und stachen das arme Tier mit ihren Stöcken, wobei sie heftig zitterten. Von meinem Standort konnte ich sogar durch den Schleier erkennen, daß sie eine Gänsehaut hatten und ihre Nackenhaare sich sträubten.

Nach mehreren Minuten vergeblichen Bemühens sank der älteste Mahout, ein Mann, der aussah wie einer, der viele Jahre damit verbracht hat, auf Anzeichen von Gefahr bei Tieren, die einen zerquetschen können, zu achten, auf Hände und Knie und kroch zu dem Balkon hin.

Die Stimme des Königs war ungeduldig und er sprach möglichst tief, wahrscheinlich, um etwas männlicher zu klingen. »Sprich, o Hüter der Elefanten. Was fehlt dem Tier?«

»Es ist tot, Majestät.«

»Offensichtlich ist es tot. Was ich wissen möchte, ist, warum es tot ist. Es waren zwei lebendige Kampfelefanten befohlen, nicht ein lebender und ein im Sterben liegender.«

Das Rückgrat des Mannes zuckte, als spürte er bereits die Peitsche, und er sagte etwas mit erstickter Stimme.

»Hm«, bemerkte Aster, »man sollte meinen, eine so erhabene Persönlichkeit wie der König würde diese Dinge von jemand anderem erledigen lassen.«

Mit leichtem Naserümpfen über diese Andeutung von Kritik erwiderte eines der jüngeren Mädchen: »Seine Majestät hängt ganz besonders an seinen Elefanten. Außerdem hat er den bisherigen Wesir erst letzte Woche enthaupten lassen.«

Der Mahout murmelte etwas so Leises, daß man hätte glauben können, er fühlte seinen Kopf bereits nicht mehr fest auf dem Körper sitzen.

»Was war das?« forderte der König ihn auf. »Sprich lauter.«

»Ich habe gesagt, Majestät, daß der Elefant erst krank wurde, als er durch das Tor schritt. Als ich ihn auswählte, war er genauso gesund wie das andere Tier.«

Eine der älteren Frauen neben mir streckte die Finger ihrer Hand waagrecht in die Luft, die Geste gegen den bösen Blick.

Mit geheuchelter Geduld sagte der König: »Elefanten sterben nicht grundlos zwischen Tor und Hof.« Der Mann vor ihm zitterte nur noch heftiger. »Nun gut. Entfernt den Kadaver und bringt das andere Tier in den Stall zurück.«

Im Hintergrund der Menge entstand leichte Unruhe. Während der Mahout und ein Heer von Sklaven, das plötzlich auftauchte, den großen, grauen Leichnam umschwärmten wie riesige Fliegen, marschierte ein Trupp Soldaten in der purpurnen Uniform des Königs vor, gefolgt von anderen Soldaten in unangenehm vertrauter Montur. Zwei davon trugen eine Sänfte, die sie in gebührender Entfernung vom Balkon des Königs niedersetzten. Der Emir von Kharristan stieg hinaus und warf sich auf die Erde. Er kroch nach vorn und beugte vor dem Thron die Knie.

»Onan Emir, früherer Wesir meines Vaters, was hast du zu sagen?« fragte der junge Sultan. Er schmollte noch immer, aber obwohl sein Ton gegenüber dem Emir nicht wesentlich einladender war als zuvor gegenüber dem Mahout, beugte er sich auf seinem Kissen doch ein wenig vor und seine Augen verloren an Starrheit, während er das Gesicht des Emirs mit einer gewissen Spannung betrachtete.

Der Emir war prunkvoll in silberne Hosen und eine rosa und silberfarbene Jacke mit violettem Gürteltuch gekleidet. Auf dem Kopf trug er einen violetten Turban mit rosenfarbenem Federbusch, befestigt mit einem ungeheuren Amethyst. Er preßte das Gesicht tiefer auf den Boden und sah dann mit einem traurigen und schmelzenden Blick, als habe er gerade seinen besten Freund verloren – sofern er je einen besessen hatte –, zu seinem König auf.

»Ich bin verzweifelt darüber, daß die Lustbarkeit deiner Majestät gestört wurde. Ich wollte eigentlich eine Audienz für später am Tage erbitten, um dir ein paar amüsante Kleinigkeiten zu überbringen; aber vielleicht würde es deiner Majestät, wenn man den traurigen Ausgang dieser Zerstreuung bedenkt, besser gefallen, die Geschenke gleich jetzt entgegenzunehmen?«

»Geschenke?« fragte der königliche Knabe, dessen Stimme sich mit der Gier aller Kinder hob, denen man eine Gabe verspricht. »Aha! Du warst es also, der die Tanzmädchen geschickt hat?«

Der Emir sah vorübergehend aufrichtig verwirrt aus und zog die Stirn in tiefe Falten. Dann glättete sich seine Miene, er lächelte schmeichelnd und vollführte eine verwickelte Handbewegung. »Nur eine Kleinigkeit, Majestät. Ich hoffe, sie gefielen dir. Aber was ich heute habe, ist vielleicht von höherer Qualität und nützlicher als Tanzmädchen. Es ist ein Teil des Tributes, den dir deine treuen Untertanen in Kharristan schicken. Wie du weißt, Majestät, wurde diese Stadt von Seiner Verstorbenen Majestät, deinem Vater, meiner Fürsorge besonders anvertraut. Einen kleinen Teil der Reichtümer, die ich zu deiner Erbauung gesammelt habe, möchte ich dir jetzt zeigen, um dich ein wenig aufzuheitern. Mit deiner Erlaubnis?«

»Gewährt.«

Die Menge teilte sich, und ein kleiner Pavillon, den ich schon in der Ferne bemerkt hatte, erhob sich und bewegte sich auf uns zu. Darunter schritt ein Elefant mit juwelengefaßten Stoßzähnen. Gesicht und Rüssel waren mit Gold- und Purpurmustern bemalt, der Rücken mit Seide bedeckt und mit Quasten verziert. »In der

Howdah, Majestät, ist ein zweites kleines Geschenk. Zwei Sklavinnen – eine Schönheit, von der ich hoffe, daß du sie deiner Aufmerksamkeit würdig finden wirst, und ihre alte Tante und Dienerin. Dazu dieser edle Kampfelefant als Ersatz für den verlorenen. Und wenn du für heute Nachmittag noch weitere Unterhaltung wünschst – es ist mir gelungen, einen berüchtigten Banditenhäuptling zu ergreifen, der unsere getreuen Untertanen geplagt hat. Vielleicht könnte seine Hinrichtung dafür sorgen – –«

»Ist das alles?« fragte der König mit deutlicher Enttäuschung in der Stimme.

»O nein, Majestät. Da sind noch Juwelen und Früchte, Gewürze, Teppiche, Seidenstoffe, Brokate und alles sonst übliche. Mit deiner Erlaubnis werde ich dir den Räuber vorführen.«

Der König nickte und nach einem kleinen Handgemenge marschierten ein paar Soldaten auf, die die zerzauste Gestalt Marid Khans vor sich herstießen. Als sie ihn, weit hinter dem Emir, zu Boden schleuderten, rollte ihm der Turban vom Kopf. Die Vorhänge der Howdah bewegten sich und von ihnen ertönte ein schwacher Schrei.

»Wie ist der Name dieses Mannes?« fragte der König.

»Er nennt sich Marid Khan, Majestät.«

Die Sultana, die, zwei Damen hinter Aster, auf ihrem eigenen Hochsitz thronte, neigte sich zu ihr und fragte mit leiser Stimme: »War nicht Marid Khan der Name eures Gatten?«

Aster verbeugte sich so tief, wie es ihr im Gedränge der anderen Damen möglich war. »Nein, Herrin. Der Name meines Gemahls ist Aman Akbar. Marid Khan, den man hier als Verbrecher anklagt, war zweimal unser Retter. Der Emir Onan ist das Ungeheuer, das uns Familie und Vermögen entrissen hat.«

»So also verhält es sich«, erwiderte sie. Es klang nicht sonderlich mitfühlend. Sie sprach kurz mit einer ihrer Dienerinnen, und die Frau schlängelte sich zum hinteren Teil des Balkons.

Der König beäugte Marid Khan ohne viel Wohlgefallen. Dann sagte er zu dem Emir: »Es hat den Anschein, als hättest du diesen

Mann schon beinahe selber hingerichtet. Er würde kein sehr munteres Schauspiel mehr bieten.«
Der Emir zögerte mit der Antwort, und der König seufzte, rutschte unruhig hin und her und bemerkte dann: »Wenn er sich über Nacht im Verlies ausruht und etwas Ordentliches zu essen bekommt, wird er vielleicht wieder etwas lebendiger.«
»Deine Majestät ist wahrhaft weise«, stimmte der Emir zu und beugte nochmals die Knie.
»Jaja. Wir werden deine anderen Geschenke später entgegennehmen. Jetzt sind wir hungrig.« Er schnalzte mit den Fingern, und ein Diener kroch zu seinem Ellbogen. »Der Emir wird eine Erfrischung mit uns einnehmen.«
Von den Damen um uns herum wurden Seufzer der Enttäuschung ausgestoßen. Ihrem Geschwätz nach zu urteilen, fanden sie Marid Khans Äußeres anziehend und freuten sich darauf, ihn sterben zu sehen. Statt dessen schickte man uns jedoch wieder die Stufen hinunter und dann durch die Gänge und Tunnel zurück in die Gärten, in denen es von der Feuchtigkeit des bevorstehenden Regengusses heiß und drückend war.
Ich versuchte zu fragen, wohin man die neuen Sklavinnen bringen würde, aber Zarifa, die unsere Neuartigkeit nicht länger interessant fand und die von der langen Nacht, der Hitze und der Enttäuschung des Tages erschöpft war, übersah mich einfach. Wir saßen da und schmorten in der Hitze, während die Nachmittagsaudienz begann. Die Sultana sah aus, als wüßte sie gar nicht, was sie mit den vielen zusätzlichen Frauen anfangen sollte, nachdem der König jetzt die Spiele abgesagt hatte.
Aber Zarifas fruchtbarer junger Kopf war um Ideen nicht verlegen. »Bitte, Herrin«, sagte sie, nachdem diese sie wahrgenommen hatte, zu ihrer Tante. »Wir haben so viel von den Tanzmädchen gehört, die der Emir gestern Seiner Majestät geschickt hat, aber gesehen haben wir sie noch nicht. Wie haben sie die Widrigkeiten der letzten Nacht überstanden? Geht es ihnen gut? Vielleicht würden sie, wenn sie keine Verletzungen haben, auch für uns tanzen.«

Alle schienen das für einen glänzenden Vorschlag zu halten, aber als die Botin zurückkehrte, brachte sie die Nachricht, daß sich in den ihnen zugewiesenen Gemächern keine Spur der Frauen gefunden hätte. Andererseits schienen die Räume aber auch nicht von Ungeziefer befallen zu sein, so daß vielleicht der König und der Emir nach den Mädchen geschickt hatten.
Nun winkte die Sultana Aster zu sich und bemerkte: »Das, was du mir vorhin erzählt hast, hat mich sehr bestürzt. Der Emir scheint ein Mann von kultiviertem und ausgezeichnetem Charakter zu sein, während der, den du euren Beschützer genannt hast, wie ein Schurke aussieht; und euren Gatten müssen wir uns auch erst noch anschauen. Ich muß zugeben, daß mich das alles recht verwirrt, aber ich werde mich aufrichtig bemühen, gerecht zu sein. Bitte beende also deine Geschichte und laß nichts aus.«
»Erleuchtete Herrin«, begann Aster und holte tief Luft, »deine Güte und Freundlichkeit, überhaupt solch unwürdigen Fremdlingen dein Ohr zu leihen, spricht auf das Eindrucksvollste von der Gerechtigkeit, die in diesem meinem neu erwählten Land den Hilflosen zuteil wird. Meine Mit-Gattinnen und ich sind dir für deine Gnade und Gastfreundschaft ebenso dankbar wie für deine Bereitwilligkeit, dir das Unrecht anzuhören, das man uns, den niedrigsten deiner Untertaninnen, angetan hat.« Sie leckte sich die Lippen und beobachtete das Gesicht der Sultana, um zu prüfen, ob diese Schmeichelei sie dazu bringen würde, ihr aufmerksamer zuzuhören. Die Sultana kratzte sich unauffällig am Knie.
Wieder tat Aster einen tiefen Atemzug und fing an. »Wenn ich mich recht erinnere, war ich dabei, dir zu berichten, wie wir uns von der weisen Frau verabschiedeten« – klugerweise unterließ sie es diesmal, Fatima beim Namen zu nennen – »und die Mutter unseres Gatten in ihrer Obhut zurückließen. Dann brachen wir auf ins Dorf, wo wir von einem gewissen Mann einen gewissen Elefanten mieteten und dann auf dem Rücken dieses Tiers den Weg in den Dschungel einschlugen.«
Die Sultana lehnte sich in ihre Kissen zurück, den einen Mundwinkel zwar noch immer gereizt verzogen, die Augen jedoch jetzt

auf Asters Gesicht geheftet, deren anmutige Gesten in Verbindung mit ihrer ausdrucksvollen Stimme die Aufmerksamkeit des Hofes von neuem zu fesseln begannen.
Sobald unsere Mit-Gattin erst einmal richtig in Fahrt war, achtete kein Mensch mehr auf Amollia und mich. Amollia tippte mir auf den Arm, und sie, ihre Katze und ich schlüpften so unauffällig wie möglich hinter den Springbrunnen und hinunter zu den Stufen, die in den Garten führten.
»Wir müssen Aman Akbar unbedingt warnen«, erklärte sie, wobei ihr Schmuck leise klirrte, denn sie erschauerte trotz der Hitze.
»Ein ausgezeichneter Gedanke«, stimmte ich zu. »Wir brauchen ihn nur zu finden. Warum habe ich nur das Gefühl, daß man uns nicht erlauben wird, von hier fortzugehen?«
»Ich weiß nicht. Bisher hat uns niemand wegen irgendeiner Sache angeklagt, aber ich bilde mir auch ein, daß das Klima hier für uns nicht mehr so gesund ist. Vielleicht sollen wir als Zeuginnen im Verfahren gegen Marid Khan auftreten?«
»Vielleicht sollen wir auch mit ihm hingerichtet werden«, antwortete ich. »Fällt dir etwas ein?«
Eine ganze Weile saßen wir schweigend da. Das Summen von Asters Stimme und ein gelegentlicher Ausbruch von Gelächter oder Gerede von drinnen mischte sich harmonisch mit dem Plätschern der Springbrunnen und den Liedern der vielen Vogelarten, die in diesen Gärten lebten. Ab und zu veränderte einer der Wächter seine Haltung, und ich hörte den einen fluchen. Am äußersten Ende des Gartens sah man den Gärtner, der auf Händen und Knien ein Beet mit Ringelblumen vom Unkraut befreite.
»Auch wenn wir hier nicht wegkönnen – ich glaube, Kalimba können sie nicht aufhalten«, meinte Amollia schließlich.
»Wenn wir das Kopftuch nehmen und mit ihr sprechen, könnte sie Aman Akbar warnen.«
»Aber nur, wenn wir ihr das Tuch mitgeben, damit sie sich untereinander verständigen können.« Sie warf mir einen strengen Blick zu und ich begriff plötzlich, daß ich nur ungern bereit war, auf die Macht des Tuchs zu verzichten. Ich zuckte die Achseln und zog es

aus dem Gürtel. »Wahrscheinlich gibt es hier sowieso nicht viele Tiere, bei denen man es benutzen könnte.«

»Ich habe das Gefühl, daß wir ihm noch etwas anderes schicken müssen«, fuhr Amollia vorsichtig fort. »Und zwar das Amulett, das Fatima Aster für den König mitgegeben hat. Ich komme nicht von dem Gedanken los, daß der König das Kind ist, das man Fatima damals weggenommen hat. Wenn ihm das Amulett etwas bedeutet, soll es unser Gatte sein, der von diesem Einfluß profitiert.«

Es war sehr viel von einem Tier verlangt, zwei Schätze durch eine von Menschen wimmelnde Großstadt zu tragen und dort einen ganz bestimmten Mann aufzuspüren. In der Wildnis wäre es der Katze vielleicht nicht schwergefallen, Amans Geruch unter allen anderen Gerüchen herauszufinden, aber im Gestank der Stadt?

Amollias fester Blick begegnete dem meinen. Ihr Mund war entschlossen. Ich gab ihr das Tuch.

Als sie kurz darauf wieder auf den Balkon zurückging, um auf Aster zu warten, blieb ich sitzen und starrte in den Garten hinaus. Ich sah dem spritzenden Wasser zu, den Lilien und dem Lotus, die sich in den Teichen wiegten. An drei Seiten des Gartens trugen Säulenreihen ein vorspringendes Dach. Mir gegenüber traten zwischen zwei solchen Säulen gerade drei Gestalten ins Freie – ein riesenhafter Eunuch der Wache, neben ihm zwei dicht verschleierte Frauen. Die eine davon war Um Aman. Ich erkannte sie trotz der Schleier sofort, denn selbst in den Falten dieser Umhüllung verriet sie sich durch ihre charakteristische Art, sich darin zu bewegen. Die andere mußte dann wohl höchstwahrscheinlich Hyaganusch sein, denn auf wen hätte meine Schwiegermutter sonst so einkeifen sollen.

Ich überlegte noch, ob es gescheiter wäre, ihnen entgegenzugehen und sie zu begrüßen, oder mich unauffällig wieder nach drinnen zu schleichen und abzuwarten, wie sich die Dinge entwickelten, als plötzlich die Säulen aus der Dunkelheit in den Pfeilernischen sich veränderten. Gerade erinnerten sie mich noch an die gemeißelten Verführerinnen an den Mauern des Dschungeltempels – unglaublich vollbusig, mit schmaler Taille, üppigen Hüften und geschmeidigen Bewegungen (denn sie bewegten sich) – und dann, während das Trio von drüben sich der Mitte des Gartens näherte, verwandelten sich diese Figuren auf einmal, fielen herab, wurden ganz lang und krochen davon. Aus ihrer Schwärze wurde ein Braun, flüsternd glitten sie durch das hohe Gras und die bunten Blumen. Hinten an der Mauer stieß der Gärtner einen Schrei aus und schwenkte die Arme. Eine der Schlangen wandte sich in seine Richtung.

Schlangen. Noch mehr von diesen verdammten Schlangen! Wer hatte sie im Garten losgelassen? Ich brüllte dem Eunuchen eine Warnung zu, und er sah dümmlich in die Runde, ließ die Augen über Säulen und Springbrunnen schweifen und übersah völlig die Bedrohung in Höhe seiner Knöchel.

Hyaganusch, die den Blick gesenkt hielt, weil sie dauernd ausgeschimpft wurde, war gescheiter und schrie, als hätte man sie bereits gebissen, wobei sie auf den Boden zeigte. Jetzt bemerkte auch der Eunuch die Schlangen, zumindest einige, und zog den Krummsäbel. Hyaganusch und Um Aman fingen an, geräuschvoll, jedoch mit einer gewissen gewohnheitsmäßigen Beherrschung, mit ihren Schleiern zu wedeln, zu brüllen, mit den Füßen aufzustampfen und in die Hände zu klatschen. Sie machten soviel Krach, wie sie nur konnten, um die Schlangen zu verjagen. Damals kam mir das sehr tapfer und ziemlich albern vor, aber inzwischen habe ich oft gesehen, daß man Schlangen mit solchem Getöse in die Flucht schlagen kann. Landfrauen wie Um Aman und ihre Nichte taten genau das, was in einer derartigen Situation normal war. Nur daß die Schlangen keine normalen Schlangen waren.

Anstatt zu fliehen, griffen sie an. Die vordersten ringelten sich zusammen und richteten sich mit gespreizter Haube auf. Immer zwei oder drei Schlangen umzingelten einen Menschen. Auch der Gärtner machte einen Heidenlärm, der jedoch plötzlich verstummte, gefolgt von einem Entsetzensschrei.

Ich hatte so intensiv auf das geachtet, was dort drüben vorging, daß ich die Bewegung vor mir auf den Stufen gar nicht bemerkt hatte. Plötzlich aber begegnete ich dem Blick geschlitzter Augen

und eine rote Zunge schnellte vor und zurück. Ich zog so schnell die Beine an, daß ich gar keinen Gedanken darauf verschwendete, ob die Schlange vielleicht schneller wäre, ergriff den nächsten handlichen Gegenstand, ein verziertes Bronzegefäß, und schmetterte ihn auf den Kopf mit der Haube. Er sank mit einem letzten, scharfen Zischen zusammen und die Kiefer prallten mit einem unerwartet harten Knall auf die Marmorstufen.
Hinter mir ertönten wieder Schreie und keuchende Laute, als die Damen vom Balkon heruntersahen und zum Treppenabsatz rannten. Ich stürzte in den Garten und erschlug alles, was ich an Schlangen fand. Der Eunuch schwang den Säbel im Kreise um sich herum, während Hyaganusch und Um Aman, die sich ja außer Reichweite seiner Klinge halten mußten, ungeschützt danebenstanden. Ich holte mit meinem Gefäß kräftig aus, und die Schlangen, die ich nicht tötete, schienen dadurch doch nach und nach den Mut zu verlieren, denn sie zogen sich feige zu den Säulen zurück. Inzwischen waren die Torwächter oder wenigstens einige davon zu uns gestoßen, und Kobrastücke und Spritzer kalten Blutes flogen durch den Garten. Der Gärtner stand heulend in seinen Ringelblumen, seine Schaufel lag unbeachtet neben ihm. Ich legte die Entfernung zwischen ihm und mir in drei Sprüngen zurück, wobei ich unterwegs vier Schlangen ganz und zwei weitere teilweise erledigte. Das Gesicht des Gärtners war weißer als die Marmorstufen, und zwei lange Streifen liefen ihm am linken Bein hinunter – der eine war der zuckende Körper der Kobra, die ihre Fänge in seine Wade geschlagen hatte, der andere ein blutiges Rinnsal, das aus der Wunde sickerte. Ich mußte den Kopf der lebendigen Schlange erst von ihm wegzerren, ehe ich sie mit der Schaufel enthaupten konnte. Als mich der Schwanz umpeitschte und das blutige Maul nach mir schnappte, dachte ich, mein letztes Stündlein wäre gekommen, bevor ich noch die Sache hinter mich gebracht hätte. Aber zum Schluß lag dann doch die Schlange in Stücken vor einer unversehrten Rasa, an die sich schutzsuchend der schlaffe Körper des Gärtners lehnte.
Keine weiteren Schlangen bedrohten uns. Die Eunuchen, Hyaga-

nusch und Um Aman standen da und starrten wild um sich. Die Kobrastücke schienen sich vor unseren Augen in Luft aufzulösen, und die restlichen kompletten Schlangen ringelten sich zu Schatten zusammen, so wie die, die ich am Anfang gesehen hatte, und wichen zurück – ich habe genau gesehen, wie eine zur Spinne wurde und fortkroch; aber da der Gärtner sich noch an mir festhielt, konnte ich sie nicht verfolgen.
Die meisten der Damen auf dem Balkon waren ins Haus geflohen, aber ein paar Mutigere, darunter Amollia und eine Dienerin der Sultana, kamen uns zu Hilfe gerannt. Vier Frauen umringten Um Aman und Hyaganusch. Zu diesen schleifte ich den Gärtner. Amollia lief uns entgegen und wollte etwas zu mir sagen. Als sie aber das Bein des Gärtners sah, sank sie in die Knie und verlangte ein Messer, das sie verblüffenderweise auch sofort erhielt, Gott weiß woher. Sie schnitt den Stoff weg und schlitzte das Bein des Unglücklichen an der Stelle auf, wo die Schlange ihn gebissen hatte. Dann fing sie an, ihn auf dieses Bein zu küssen. Ich versuchte, sie wegzuziehen, weil ich dachte, daß die Leute hier, die ja schon die Stirn runzeln, wenn ein fremder Mann eine Frau ohne Schleier sieht, wahrscheinlich Zustände bekommen würden, wenn sie sie seine Knie küssen sahen. Dabei vergaß ich wie immer, daß die Männer im Harem angeblich keine richtigen Männer waren. Als Amollia den blutverschmierten Mund hob, zuckte ich zurück und überlegte einen flüchtigen Augenblick, ob diese Frau, die ich inzwischen als Freundin ansah, nicht vielleicht doch ein Ungeheuer war wie jene Bluttrinker, von denen ich durch herumziehende Geschichtenerzähler gehört hatte. Aber als ich Amollia festhalten wollte, schlug mir Um Aman die Hand zur Seite. Amollia spuckte das Blut aus und machte sich an die zweite Portion.
»Sie saugt ihm das Gift aus. Misch dich nicht ein. Sie kann dabei leicht selbst umkommen, aber es ist das einzige Mittel.«
Aber während alle anderen zusahen, mußte ich mich abwenden, und die Kollegen des Gärtners stützten ihn, solange Amollia mit ihm beschäftigt war. Darum war ich wohl auch die einzige, die

die gefleckte Katze mit dem Lumpen um den Hals auf das Palastdach springen und forttrotten sah. Etwas Goldenes glitzerte in ihrem Pelz.

Obwohl Hyaganusch und Um Aman jetzt die Sklavinnen des Königs waren, Amollia, Aster und ich aber als »Gäste« galten, auch wenn man uns bewachte wie Gefangene, schien alles viel zu sehr von dem Problem in Anspruch genommen zu sein, wie die Schlangen auf den Balkon oder in die Schlafräume der Frauen gelangt waren, als daß man uns große Aufmerksamkeit gewidmet hätte. Zarifa schenkte uns ein kleines, müdes, aber ganz betont freundliches Lächeln und ließ uns in Ruhe, und auch mehrere der anderen schienen uns gegenüber jetzt milder gesinnt zu sein. Allerdings hörte ich auch, wie eine Gruppe von Frauen darüber diskutierte, ob wir an den Schlangen und Wanzen schuld waren und ob man uns nicht hinauswerfen oder noch besser töten sollte.
Mit Zarifas Unterstützung wurde uns ein kurzes Zusammentreffen mit Hyaganusch und Um Aman ermöglicht. Sie ließ sie in ihre Gemächer bringen und besaß dann den Anstand, uns dort mit ihnen alleinzulassen. Um Aman sah erschöpft und müde aus, umarmte uns aber alle, was uns völlig überraschte. »Arme alte Mutter«, sagte Aster. »Dieser Divkönig scheint nicht zu wissen, auf wen er eigentlich wütend ist. Gestern dachte ich, wir wären es, aber heute hat er sich schnurstracks auf euch gestürzt.«
Hyaganusch lehnte sich leicht nach vorn und erläuterte im Tonfall eines Sachverständigen, der andere an seinem Wissen teilhaben läßt: »Divs ändern sich eben dauernd, wißt ihr. Dazu sind sie ja da. Sie sind die *Beherrscher* der Veränderungen, und das macht sie so schrecklich. Immer, wenn einem alles nach Wunsch geht, langweilen sich die Divs und machen es anders. Sie würden auch die Menschen viel mehr quälen, wenn sie nur ihre Entschlüsse schneller fassen könnten. Darum hatte auch die Peri soviel Macht über Sani. Peris sind nicht so wankelmütig wie Divs.«
»Aber verändern tun sie sich auch«, bemerkte ich trocken.

»Nun ja – ich nehme an, es muß euch so vorkommen«, fuhr Hyaganusch fort, »aber natürlich war sie zu euch viel netter als zu mir. Ich bin überzeugt, sie ist wahnsinnig froh darüber, daß ihr mich von Sani weggeholt habt. Ich bin es übrigens auch, nachdem ich jetzt hier bin und gesehen habe, wie gräßlich eifersüchtig er sein kann. Meine Güte! Jemandem Schlangen nachzuschicken! Und dabei kann ich nicht einmal etwas dafür.«

Wir erzählten ihnen von dem Ungeziefer in der vorigen Nacht und der Warnung auf meinem Bauch.

Hyaganusch war nicht beeindruckt. »Diese Peri hat zwei Gesichter. Vielleicht hat sie euch gewarnt – aber was glaubt ihr wohl, wer ihm gesagt hat, wo ihr steckt? Allerdings bin ich ziemlich sicher, daß sie geglaubt hat, ich wäre auch schon hier.«

»Und das hätte ja auch der Fall sein sollen«, ergänzte Um Aman. »Denn der Emir verfügt über einen Zauber, der seine Pferde dreimal schneller laufen läßt als es natürlich ist. Aber auf halbem Wege stießen wir auf einen wilden Elefanten.«

»Ach, so wild war er gar nicht«, meinte Hyaganusch. »Er hatte sich bloß verlaufen und mochte keine Männer. Du warst ihm dafür gleich besonders sympathisch, Tante Samira.«

Um Aman schüttelte entmutigt den Kopf. »Ungeziefer. Schlangen. Was wird das nächste sein? Ich wünschte bei Gott, Aman hätte diese verfluchte Flasche nie gefunden. Ihretwegen wurde er in ein Tier verwandelt und ihr, meine Töchter, werdet vielleicht fern von eurem Volk in fremdem Lande sterben – ich übrigens auch, weit weg von meinen Freundinnen und meinem Zuhause. Meine Nichte« – sie warf Hyaganusch einen Dolchblick zu – »ist entehrt, der ehrenhafte Marid Khan, der nur versucht hat, Hyaganusch und mich vor den Männern des Emirs zu verteidigen, ist gefangen und soll hingerichtet werden, und sein Volk wird einen ausgezeichneten Anführer verlieren.«

Es hatte den Anschein, als hätten wir jetzt, nachdem sie uns für dem Untergang geweiht hielt, doch noch alle ihre Billigung gefunden.

Am nächsten Morgen war Amollia krank. Sie erbrach sich und zitterte. Ich erinnerte mich an Um Amans Warnung und fürchtete, das Gift aus dem Bein des Gärtners wäre in ihren Blutkreislauf eingedrungen. Aber alle anderen waren sich darin einig, daß das Gift viel schneller gewirkt hätte.
Im übrigen fühlte ich mich selber auch nicht ganz wohl. Ich war im Kämpfen ziemlich außer Übung, und Vipern einen Bronzetopf auf die Schädel zu knallen, ist eine anstrengende Sache. Mein rechter Arm schmerzte, in Schultern und Hals zog es, und bei der Erinnerung an die Kobra, die sich ihr Abendessen aus dem Bein des Gärtners schnappte, befiel mich eine gewisse Übelkeit. Ich hatte vorher keine große Erfahrung mit Schlangen gehabt, schon gar nicht von dieser Sorte, begann jedoch, sie nicht für vertrauenswürdig zu halten. Beim bloßen Gedanken an den Ausdruck in den Augen der Schlange auf den Marmorstufen schlotterten mir die Knie.
Inzwischen machte der ganze Harem einen etwas mitgenommenen Eindruck. Nicht nur die eigenen wirren Träume störten meinen Schlaf, sondern auch das Gemurmel und die gelegentlichen Aufschreie Zarifas und ihrer Dienerinnen. Überall auf dem langen Gang hörte man, wie sich Körper von rechts nach links, vom Bauch auf den Rücken wälzten, zusammenrollten und wieder ausstreckten, versuchten, es sich bequem zu machen und in ihren Alpträumen gespenstische Schlangen von sich wegzutreten.
Darum war ich mehr als dankbar, als Zarifas Heilkundige sich bereiterklärten, bei Amollia zu bleiben, während Aster und ich uns mit den anderen in die Bäder begaben.
»Die Sultana findet, daß das Baden heute allen ganz besonders gut tun wird«, sagte die Pflegerin Sula höflich. Aber es lag noch irgend etwas anderes in ihrem Blick und ihrer Stimme, als sie hinzufügte: »Und da heute der dritte Tag eures Aufenthalts ist und ihr sicher zu euren eigenen Familien und Pflichten zurückkehren müßt, wird euch gewiß daran liegen, eure Reise reinlich anzutreten.«
Als wir hinter den anderen durch den westlichen Garten zum Badepavillon schlenderten, gesellten sich auch Um Aman und

Hyaganusch zu uns. Ich erwähnte die Bemerkung der Pflegerin, und Um Aman nickte ernsthaft.

»Drei Tage ist die gewöhnliche Dauer eines Besuchs, wenn auch diese Regel keinesfalls starr und unverbrüchlich gilt.« Ihre schwarzen Augen funkelten wütend, als eine Gruppe Verspäteter an uns vorbeirauschte und sich an der äußersten Seite des Pfades hielt, um uns auszuweichen. Sie rafften die Röcke eng an die Beine und wandten die Köpfe ab, bis sie bei den anderen weiter vorne angekommen waren. Zwei machten kleine Spreizbewegungen mit den Händen, als sie uns passierten.

Aster spuckte hinterher und murrte: »Wenn Aman nicht bald mit dem König redet, kommen wir hier erst dann heraus, wenn man uns zu Marid Khan ins Gästehaus des Verlieses schafft. Ich fürchte, ich habe bei meinem Versuch, diesen Hohlköpfigen das Verwickelte unserer Umstände zu erklären, irgendeine kleine, unbedeutende Mücke erwähnt, die unsere Feinde zu einem gewaltigen Elefanten aufblähen werden, zu unser aller Schaden.«

»Außerdem würdest du natürlich niemals ohne mich zu Aman zurückkehren«, warf Um Aman ein. »Was hätte er davon, all seinen Besitz zurückzugewinnen, wenn er dabei seine Mutter verlöre?«

Aster blieb einen Schritt zurück und schnitt mir eine Grimasse, die andeutete, daß sie sich auf die Zunge biß. Hyaganusch bedeckte ihr Gesicht unterhalb der Nase mit dem Ärmel und gab ein ersticktes Geräusch von sich, das ein Schluchzen sein konnte, es aber nicht war.

Der von den Bädern aufsteigende Dampf war von Duftwasser, Schweiß und dem stechenden Geruch des grünen Moosteppichs parfümiert, der an den Seiten und dem unteren Ende des Beckens wuchs. Dienerinnen liefen an den Rändern entlang, schleppten Tabletts mit Ölen und Salben und brachten Eimer mit frischem Wasser zum Ausspülen der Haare. Das Becken kam mir wesentlich belebter vor als letztes Mal, und ich fand auch, daß heute viel mehr erwachsene Frauen da waren. Wirklich erheblich mehr. Ich überließ Aster ihrer hitzigen Diskussion mit Hyaganusch, watete hinein und schlängelte mich unauffällig in die Ecke hinüber, in der die meisten größeren Frauen standen. Schon von der Beckenmitte aus merkte ich, daß es Fremde waren, und an ihrem ungewöhnlich üppigen Aussehen erkannte ich auch, welche Fremden: dies waren die Tänzerinnen des Emirs. Als meine Neugier gestillt war, wollte ich mich gerade zu meinen Gefährtinnen zurückbegeben, aber eine der Frauen fing meinen Blick auf und winkte mir stehenzubleiben. Sie glitt auf mich zu und trug dabei etwas in den Fingern.

»Du bist Rasa, die Ausländerin, die gestern gegen diese fürchterlichen Schlangen gekämpft hat?« fragte sie. Ihre Stimme war seltsam heiser und sie hatte sehr merkwürdige Augen, wenn auch kein Mann an ihrem sonstigen Körper irgend etwas merkwürdig gefunden hätte. Sie und ihre Gruppe waren die ersten Frauen aus Fleisch und Blut, die ich je gesehen hatte, deren Schönheit der jener Tempelskulpturen beinahe gleichkam. Plötzlich hätte ich am liebsten einen Mantel gehabt, um mich zu verhüllen. Als hätte sie meine Gedanken gelesen, sagte sie: »Ich fand, das war das Wundervollste, was ich je gesehen habe. Wir sind alle so behütet, von Kind an im Harem des Emirs aufgewachsen, und wir haben entsetzliche Angst vor Schlangen. Mir kam der Gedanke, daß du von der ganzen Kämpferei heute vielleicht ein wenig wund sein würdest, und darum dachte ich – das heißt, meine Schwestern und ich dachten –, daß wir dir gern etwas von diesem Balsam abgeben würden, den wir Tänzerinnen für schmerzende Muskeln nehmen.«

Ich nahm die kleine Phiole von ihr an und bedankte mich, wobei ich mir überlegte, daß ich manchmal wirklich zu schnell über andere Leute urteilte – bloß weil sie andere Augen hatten und so schön waren, daß ich daneben aussah wie ein Knabe. Diese Geste schien mir die freundlichste zu sein, mit der seit unserer Ankunft hier überhaupt jemand auf unsere ganze Gruppe reagiert hatte, und ich neigte kurz den Kopf, murmelte einen Dank und wandte mich verlegen ab.

Als ich den anderen davon erzählte, rümpfte Um Aman die Nase und sagte, es gäbe eben Leute, die für einen ordentlichen Gewinn andern Leuten das Unrechte verkauften und sich darum leisten könnten, großzügig zu sein; aber da ich mich ja schließlich in den Bädern entspannen könnte und Amollia nicht, könnte ich ihr vielleicht etwas von dem Balsam aufheben, anstatt alles für mich allein zu verbrauchen. Ausnahmsweise fand ich diesen Tadel berechtigt. Ich schämte mich so, daß ich beschloß, mich wieder anzuziehen und den Balsam sofort zu Amollia zu tragen, damit es ihr, wenn wir anderen vom Baden zurückkamen, vielleicht doch schon ein bißchen besser ging. Außerdem konnte ich immer noch nicht richtig glauben, daß nicht doch das Gift an ihrem Zustand schuld war, und nachdem nun auch Um Aman von ihr sprach, hatte ich irgendwie das Gefühl, nach ihr sehen zu müssen.

Jedenfalls hielt ich das für die Ursache der Unrast, die mich quälte.

Die regenfeuchte Morgenluft, die erfrischend nach Gras und Blumen duftete, war nach dem erstickenden Dunst der Bäder angenehm. Ich trabte munter vom Pavillon zu den Schlafgemächern, und meine Haltung war energisch genug, Fragen und Störungen abzuschrecken.

Trotzdem begegnete ich beidem, wenn auch weder von den Wächtern noch von anderen Inhabern von Haremsämtern.

Kaum nämlich hatte ich zwei oder drei jener munteren, abschrekkenden Schritte getan, als der große Weidenbaum zwischen Pfad und Mauer sich schüttelte und mich mit einer solchen Dusche übergoß, daß es aussah, als hätte ich mit allen Kleidern gebadet. Tropfnaß und wütend schoß ich herum und kam mir geradezu lächerlich vor, als ich zwei Augenpaare bemerkte, die mich aus den Blättern anfunkelten. Ich fluchte innerlich, weil ich unbewaffnet war.

»Rasa«, sagte Aman vom Baum herunter.

»Aman? Mein Gebieter? Was tust du da oben?« fragte ich flüsternd und teilte die triefenden Zweige, um ihn zu sehen. Er lag auf einem oberen Ast, und über ihm streckte sich gemütlich Kalimba aus. Aman sah allerdings alles andere als gemütlich aus. Seine neuen Brokatgewänder – djinn-eigene Herstellung – waren durchnäßt und beschmutzt.

»Ich versuche, meine Familie wieder zusammenzubekommen, was sonst? Seid ihr die ganze Zeit hiergewesen? Wahrscheinlich war es zu viel, von dem Djinn zu hoffen, er würde euch wirklich in Sicherheit bringen. Ich war außer mir vor Sorge, bis Amollias Katze mich fand und mir – äh – die Situation klarmachte.«

»Ja«, versetzte ich aufgeregt. »Ach, Aman, ich bin ja so froh, daß du uns gefunden hast. Der Divkönig hat Schlangen und Flöhe geschickt, um uns zu plagen, und die Götter allein wissen, was er als nächstes versuchen wird. Amollia ist krank, und deine Mutter und Base hat man gefangengenommen und dem König als Sklavinnen geschenkt!«

»Ja, ja. Das weiß ich alles. Und dieser arme Marid Khan, der gar kein schlechter Kerl ist, solange er nicht hinter anderer Leute Frauen herschleicht, soll heute hingerichtet werden, weil er versucht hat, uns zu helfen. Ich war gestern unter der Menge, als der Emir nicht nur mir, sondern auch dem ganzen anderen einfachen Volk, das die Gerechtigkeit des Königs erflehen wollte, zuvorkam, nur um ihm *meine* Familie als Tribut zu präsentieren. Ach, Rasa, was soll ich tun?«

»Tun?« fragte ich, ebenso verdutzt darüber, daß ich um meinen Rat in dieser Sache befragt wurde, wie außerstande zu jeder vernünftigen Antwort. »Tun? Nun – äh – du solltest wohl am besten dem König das Amulett geben, ihm alles erzählen und darlegen, daß der Emir gar nicht das Recht hat, deine Mutter und Hyaganusch zu Sklavinnen zu machen, und ...«

»Sei vernünftig, ja? Wie soll ich das denn machen, wenn ich den König gar nicht zu Gesicht bekomme, und ich habe dir schon gesagt, daß mir das nicht gelingen wird. Nein, ich muß euch dabei helfen, von hier zu entkommen, und dann müssen wir aus dem Land fliehen und anderswo wieder von vorn anfangen.«

Auch wenn ich nicht wirklich damit gerechnet hatte, daß er irgendeinem Vorschlag, der von mir kam, zustimmen würde, ärgerte ich mich doch über diese sofortige Ablehnung. Trotzdem bemühte ich mich um Geduld. »Nun gut, Herr, wenn du darauf bestehst, werden wir wohl nicht umhin können. Aber eine heilige

Frau hat uns das Amulett gegeben, damit wir es dem König überreichen, und dazu sind wir verpflichtet. Wenn du also keine Möglichkeit siehst, es ihm zuzustellen, dann gib es mir, und ich werde versuchen, mich darum zu kümmern, daß er es erhält, bevor wir diesen Ort verlassen.«

»Eine heilige Frau, sagst du? Es wäre sicher von Nachteil, sie auch noch zu beleidigen – ich habe in der letzten Zeit soviele Leute gekränkt, nicht wahr? Einen Augenblick.« Er schaukelte auf seinem Ast und versuchte mit beiden Händen und gesenktem Kopf, den Anhänger abzunehmen. Der Ast schwankte.

»Aman«, begann ich.

»Ich habe es ja schon, ich habe es«, erwiderte er ungeduldig, und er hätte es auch gehabt – – wenn nicht in dieser Sekunde der erste schrille Aufschrei aus dem Badepavillon erschollen und die riesige Echse – das Krokodil – zur Tür hinausgerutscht gekommen wäre. Sie klappte die Kiefer auseinander und schaute sich um. Die bösartigen kleinen Augen glitzerten triumphierend, als sie mich entdeckte.

XV

Aman fiel vom Baum herunter, und Kalimba sprang ihm nach. Das Krokodil schob sich auf mich zu und schnappte. Sein kräftiger Schwanz peitschte das Gras und zerschmetterte den Fliesenpfad. Ein schriller Schrei nach dem andern zerriß die Luft. Aman zog das Schwert und hackte auf das Krokodil ein. Das Schwert zerbrach am hornigen Rücken des Tiers. Die Scherben klirrten auf die Fliesen. Die Echse vergaß mich für einen Augenblick und klappte mit einem Knall die gewaltigen Kiefer zusammen, genau dort, wo Amans Bein gewesen wäre, hätte er nicht einen Sprung nach rückwärts gemacht. Ich bückte mich hastig nach dem abgebrochenen Schwertstück, während Aman auf den Baum kletterte. Aber er schaffte es nicht einmal bis zum untersten Ast und umklammerte nun mit weit aufgerissenen Augen den Stamm. Das Krokodil, das sich Zeit ließ, kletterte mit den stämmigen Vorderbeinen halb am Stamm hoch, wobei es mit den Kiefern schnappte und mit dem Schwanz schlug. Ich paßte die Bewegungen des Schwanzes genau ab. Als er nach links peitschte, sprang ich von rechts hinzu und trieb dem Tier die Klinge in den Bauch. An der scharfen Schneide riß ich mir die Hand auf, verletzte die Echse aber so schwer, daß sie vom Baum herunterstürzte und zur Seite rollte. Ich wich zugleich Schwanz, Klauen und Kiefern aus, polsterte die blutende Hand mit einem Streifen meines Kleides, riß dann die Klinge nach oben und erledigte das Tier.

Amans Hände zitterten, als er wieder herunterkletterte. Aber als ich mich umdrehte und zum Badehaus raste, blieb er mir dicht auf den Fersen.

Die vielen nackten Damen, die jetzt schreiend daraus hervorrannten, versperrten uns zunächst den Eingang. Ich sah, daß etliche bereits bluteten, und mir graute vor dem, was ich drinnen vorfinden würde.

Aman zeigte sich von seiner besten, gebieterischsten Seite, als er hinter mir an der Kante des Beckens entlangrannte, Befehle brüllte und Mädchen und Frauen mit den Händen packte und sie aus dem Bereich der schnappenden Kiefer zur Tür schleuderte. Die meisten Frauen waren nicht mehr im Wasser, aber nicht weniger als fünf Krokodile hattten Um Aman, Aster und Hyaganusch in eine Ecke des Beckens gedrängt, während auf der anderen Seite drei andere, die den fliehenden Frauen nicht einmal einen Blick nachwarfen, am oberen Beckenrand entlangschlichen – glitten – krochen, um den drei im Wasser Eingekesselten auch diesen Fluchtweg abzuschneiden.

Aman schob gerade das letzte glitschige Hinterteil zur Tür hinaus und rannte das stumpfe Ende seiner Klinge einem Krokodil ins Maul.

»Aman, dein Messer!« schrie ich, denn ich war völlig unbewaffnet und konnte auch vor lauter Dampf und dem Wasser, das die dröhnenden Schwanzhiebe der Echsen aufwirbelten, nichts als Waffe Verwendbares entdecken.

»Ich – es ist in meinem andern Anzug!« heulte er, und die Schnauze des Krokodils schloß sich über seinem zerbrochenen Schwert. Es verschwand im selben Augenblick, als das Tier tot zurück ins Becken klatschte.

Die drei Krokodile, die von oben auf Um Aman, Aster und Hyaganusch zugesteuert waren, machten kehrt und krochen jetzt auf uns zu. Aman entfernte sich von seinem toten Gegner. Die fünf Krokodile im Becken hörten auf, sich im Wasser zu aalen und schwammen nun im Ernst auf Um Aman zu, die sie mit Verwünschungen überhäufte, auf Aster, die abwechselnd das Gesicht in Um Amans Haaren verbarg und den Krokodilen Unverständliches zubrüllte, und auf Hyaganusch, deren Kopf lustlos auf dem Hals schwankte, während ihr das Haar über das Gesicht strömte. Ich würde jetzt gern erzählen, daß ich die Echsen attackiert und dadurch meine Freundinnen gerettet hätte, aber leider geschah es nicht so. Zwei von den Echsen am Beckenrand glitten gleichzeitig auf mich zu. Ich versuchte, beiseite zu springen und entging dadurch zwar momentan dem Verschlingen, aber der Körper des einen Tiers zog mir die Füße weg, und ich fiel ins Wasser.

Die fünf Krokodile, die bisher Um Aman und Genossinnen bedrängt hatten, bedrohten jetzt mich. Meine Hand blutete stark. Das Schwert war weg und ich halb ertrunken. Der einzige Gegenstand, den ich zur Hand hatte, war die kleine Flasche mit dem Balsam, die die Tänzerin des Emirs mir gegeben hatte. Ich zog sie aus dem Gürtel und warf sie ungeschickt nach den Tieren, in der wilden Hoffnung, daß wenigstens eines davon an ihr ersticken würde. Sie prallte an den Tierrücken ab, und der Stöpsel flog heraus. Eine zischende Flüssigkeit verbreitete sich über die warzigen Häute. Welle auf Welle öligen Wassers überflutete mich, bis ich dem Ertrinken nahe war, denn plötzlich schäumte die Mitte des Beckens von brodelnden, um sich peitschenden Krokodilen über. Ich weiß nicht mehr, in welchem Augenblick sie ihre Gestalt änderten und hörte auch die Stimmen der Wächter nicht, die hereinstürzten und die restlichen Krokodile totschlugen. Ich wurde von einem Wächter halbtot aus dem Wasser gezogen, in irgendein Gewand gewickelt und mit den ganzen andern Frauen in den Hof der Sultana geschafft. Wie im Traum nahm ich noch wahr, wie die Krokodilleiber zerflossen und kurze Zeit zu menschlichen Frauenkörpern schrumpften, denen der Tänzerinnen, dann zu Kobras; wie sie dann wieder zu Menschen wurden, kurz verschwanden und als etwas auftauchten, das weder Tier noch Mensch war, sondern jener Mischform glich, die die Wächter Sanis des Ewig-Wandelbaren bevorzugten. Ich wandte den Blick ab, als man mich zur Tür hinaustrug und schaute nur noch einmal meinem Retter über die Schulter. Da schien mir, als lägen dort überhaupt keine Körper mehr.

Der König wollte Aman Akbar an Ort und Stelle entmannen lassen, noch ehe man ihn folterte oder hinrichtete oder ihm sonst eins von den Dingen antat, die der König als für einen Mann angemessen betrachtete, der widerrechtlich in seinen Harem eingedrungen war und sich die nackten Leiber seiner Frauen angeschaut hatte. Die Sultana und Zarifa, die sich ebenfalls im Bade befunden hatten, als plötzlich die Krokodile wie aus dem Nichts auftauchten, überzeugten jedoch den König davon, daß diese Handlungsweise eine unnötige Grausamkeit bedeutete. Zusammen mit dem anderen Verbrecher, Marid Khan, von Elefanten zertrampelt zu werden, erschien ihnen als Strafe mehr denn ausreichend. Dem König gefiel das zwar nicht, aber Zarifa, an der er hing, schwor, sie würde nie wieder ein Wort mit ihm sprechen, und die Sultana erklärte, sie würde sich gewiß ungern gegen ihn stellen, aber in diesem Fall hätte sie wirklich das Gefühl, es gäbe mildernde Umstände, von denen er noch nichts wüßte, nämlich zum Beispiel die Tatsache, daß der Mann unzweifelhaft nur hergekommen wäre, um seine eigenen drei Gattinnen wiederzufinden.

Die vier Eunuchenwächter, die Aman Akbar am Boden festhielten, die Messer bereits erhoben, um ihn zu einem der ihren zu machen, entspannten sich, und man gestattete ihm, das gleich zu tun und sich in eine lediglich liegende, aber nicht mehr fest an die Erde gepreßte Haltung aufzurichten. Der König schmollte, wurde aber bald wieder vergnügt.

»Wenn dieser Mann seiner Frauen wegen in meinem Harem war, so müssen sie ihn hereingelassen haben. Darum sollen sie auch mit ihm sterben.« Das schien ihn ungemein zu erheitern. »O ja! Das wird großartig! Und ihr sagt, die Sklavinnen des Emirs sind seine Mutter und seine Base? Sie sollen auch sterben! Dann haben wir ... eins, zwei, drei, vier, fünf, sechs, sieben ... wenn wir den Burschen von gestern mitzählen. Ja, *sieben* Hinrichtungen heute, anstatt nur einer! Sieben! Eine glückverheißende Zahl, nicht wahr, Tante? Ach, es wird bestimmt toll! Die Leute werden noch jahrelang davon sprechen. Sagt meinem Scharfrichter, er möge dem Hüter der Elefanten mitteilen, daß ich meinen allergrößten und allerneusten Elefanten dazu haben möchte. Erst die Frauen, eine nach der andern, dann ihr Gatte und zuletzt dieser andere Kerl, wie heißt er doch noch?«

Ich muß zugunsten der Damen des Königs sagen, daß sie sich des Unrechts, das uns geschah, durchaus bewußt waren und bitterlich dagegen Einspruch erhoben, mit Jammern und Klagen und Ab-

schieds-Zaghariits, als man uns in die Verliese schaffte, wo wir auf unsere letzte Stunde warten sollten. Als wir dort angekommen waren, erschien einer der Eunuchen, der frühzeitig auf dem Schauplatz gewesen war und wußte, daß wir die Wahrheit sprachen, und brachte einen großen Stapel reicher Kleider und Juwelen als Abschiedsgeschenk unserer Gastgeberinnen, die wünschten, daß wir schön geputzt sterben sollten. Hyaganusch suchte sich feierlich das prunkvollste Gewand von allen aus und erklärte, ein Mädchen sollte immer so gut aussehen, wie sich irgend ermöglichen ließ. Wir anderen fanden unsere eigenen Kleider in dem Stoß und zogen sie an. Um Aman war dankbar, auch ihre Abayah darunter zu entdecken, denn sie wollte mit allen ihren Schleiern sterben. Der Scharfrichter war zugleich der Gärtner, eine merkwürdige Anwandlung von Sparsamkeit inmitten solchen Überflusses. Zwar war dieser Gärtner nicht der, den Amollia vom Biß der Schlangen zu retten versucht hatte, aber er erklärte uns, er wäre der Bruder dieses Mannes und stellte sich zu uns in den Kreis der Wächter, die uns umringten und bedauerten. Ich persönlich konnte ihn mir nicht als Henker vorstellen. Er machte einen viel zu sensiblen Eindruck.
Für uns Frauen hatte er eine gute Nachricht. Wir sollten doch nicht zu Tode getrampelt werden, denn der Hüter der Elefanten hatte ihn davon überzeugt, und er hatte mit vieler Mühe den obersten Diener des Königs überzeugen können, der dann wiederum den König überzeugte – daß nämlich ein siebenmaliges Zertrampeln für den Elefanten zu anstrengend wäre. Zweimal genügte auch. Wir Frauen sollten den traditionellen Ehebrecherinnentod erleiden und in Seidensäcke genäht in den Fluß geworfen werden. Was er, da wir so freundlich zu seinem Bruder gewesen wären, von uns wissen wollte, war, welche Seidenfarbe wir am liebsten hätten – er hatte dafür gesorgt, daß wir wählen konnten.
Freundlich fügte er auch hinzu, nach dem, was er von den Damen, die sein verstorbener Bruder in der Vergangenheit beseitigt hätte, gesehen hätte, würde es nicht allzu weh tun; und wenn wir uns ruhig verhielten und nicht wehrten, würde alles gutgehen und wir

brauchten nicht zu leiden. Also gut, jedenfalls nicht lange. Ich wandte ein, man hätte mich dann doch ebenso gut im Becken bei den Krokodilen ertrinken lassen können, wenn man so etwas mit uns vorhätte. Er war erschüttert. Ohne Gerichtsverfahren? Das verstieße gegen Gottes Gesetz. Und ich sollte nicht dauernd von diesen Krokodilen reden. Der König wäre äußerst wütend auf seine Frauen, weil sie ihn damit belogen hätten, denn es hätten keinerlei Leichen im Becken gelegen. Vielleicht würde man später noch mehr Seidensäcke brauchen. Ich warf ihm einen giftigen Blick zu und erklärte, er wäre widerlich, worauf er gekränkt aussah. Er empfand aufrichtige Dankbarkeit, weil Amollia und ich versucht hatten, seinem Bruder zu helfen, und er wollte, daß wir ihn gern mochten.

»Und was machen sie so in deinem Land, Herrin?« erkundigte er sich und schnalzte mit den Fingern nach dem ersten Seidensack, während gegenüber der Elefant auf das Feld geführt wurde.

»Was sie machen? Meistens Schafe hüten und kämpfen«, gab ich zur Antwort.

»Ich meine, bei Hinrichtungen. Irgendetwas Besonderes bei Ehebruch? Hochverrat? Du weißt ja, daß ich neu im Gewerbe bin, und der König hat gern etwas Neues, wie das bei Jungen so ist.«

Ich war von den Ereignissen des Tages und der Einstellung des Mannes ziemlich erschlagen, antwortete aber trotzdem höflich genug: »Nein, nichts Spezielles, nur einfaches Kopfabhauen – du weißt ja. Das Übliche.«

»Nichts Exotisches?« wollte er wissen. Er war enttäuscht, gab sich aber alle Mühe, nicht mißbilligend zu klingen.

»Es tut mir leid. Wir sind einfache Leute.«

»Ich nehme an, da kann man nichts machen. Nun aber fort mit euch. Ihr sollt ja zusehen, wie der Hüter der Elefanten euren Gatten einebnet. Der König wünscht, daß ihr alles genau betrachtet, und es lohnt sich auch wirklich. Der Hüter, Faisal, veranstaltet immer so hübsche Vorführungen, und sicher wird er sich heute besondere Mühe geben, um die Scharte von gestern auszuwetzen. Ah! Ja. Schaut euch das Tier an!«

Als man uns auf das Paradefeld geschafft und unsere Füße bis hinauf zu den Knien in mit Gewichten beschwerte Seidensäcke gestopft hatte, für jede in einer anderen Farbe, hatten wir eine vorzügliche Aussicht auf die ganze Veranstaltung, jedenfalls solange wir am Leben waren und zuschauen konnten. Aman Akbar und Marid Khan waren am Boden angepflockt, mehrere Mannslängen voneinander entfernt, damit sich nicht alles Aufregende auf einmal abspielte. Der König saß auf seinem Balkon. Neben ihm auf dem Kissen lächelte der Emir. Hinter dem rosa Vorhang ertönte immer noch lautes Klagen und Schluchzen. Um Aman betete still für sich. Ich konnte es nicht genau erkennen, weil ihre Schleier sie umhüllten, während von uns anderen keine aufgefordert wurde oder die Erlaubnis erhielt, das Gesicht zu bedecken. Ich vermute, sie fanden, weil sie die Mutter und auch nicht sonderlich schön war, könnten sie ihr diese Zurückgezogenheit am Ende ihres Lebens gestatten.
Hyaganusch und Aster wurden von je einem Arm eines stämmigen Wächters gestützt. Amollia starrte vor sich hin. Ihr Gesicht glich dem eines Götterbildes aus Ebenholz. Kalimba war nirgends zu entdecken. Wenigstens eine war dem entgangen, was der König für Gerechtigkeit hielt. Rundherum drängte sich die Menge, von Reihen prächtig uniformierter Wächter zurückgehalten. Der König zeigte sich in einem neuen, purpurroten Turban mit juwelenbesetzten Pfauenfedern, die zu seinem Fächer paßten. Weiteres fiel mir nicht auf, denn jetzt trottete der Elefant auf das Feld.
Nach dem Schmuck, den es trug, war es dasselbe Tier, das der Emir dem König zum Geschenk gemacht hatte. Sein Rüssel schwang rhythmisch zwischen den in Silber gefaßten Stoßzähnen hin und her, und die Ohren wedelten majestätisch unter einem kleinen Elefantenmützchen mit soviel Glöckchen und Troddeln, daß man daraus bequem einen Mantel für Aster hätte machen können. Der Mahout führte den Elefanten, auf dem niemand ritt, bis an das weiße Tuch, auf dem Aman Akbar lag. Wahrscheinlich hatte man das Laken ausgebreitet, damit der Ra-

sen an dieser Stelle nicht zu üppig gedüngt würde und der Hof die maximale Menge Blut zu sehen bekäme.
Der Mahout klopfte dem Elefanten von hinten in die Kniekehle, und das Tier hob den Fuß über Amans ausgetreckte Beine.
Aman richtete den Kopf auf, den Hals gespannt, und schaute nach oben in das Maul seines Henkers. Er zuckte nicht zurück, aber ich tat es. Gefesselt zu sein, ihn nicht verteidigen zu können, das war mehr, als ich ertragen konnte. Sein Bild verschwamm mir vor den Augen und meine Kehle krampfte sich so zusammen, daß ich dachte, sie würde zerspringen. Amollias Hand flog zum Mund, und sie stieß einen lauten Schrei aus. Der Elefant machte einen Schritt zurück, schlug dem Mahout den Stock aus der Hand und senkte den Fuß sicher auf das Gras nieder. Der Mahout trieb das Tier von neuem an.
Amollia wendete sich zu mir und stammelte etwas. Ich brauchte eine Weile, bis ich begriff, daß sie mir sagen wollte, der Elefant dort wäre kein anderer als *unser* Elefant, der aus Fatimas Dorf. Als er wieder bereitstand, Aman zu zerquetschen, rief sie ihm noch einmal etwas zu. Diesmal aber preßte ein Wächter ihr die Hand auf den Mund.
Der Elefant, der zu uns hinüberschaute, sah das. Er stieß den Mahout beiseite. Dann umging das gewaltige graue Tier Aman mit zierlichen Schritten und donnerte auf uns zu. Die Menge wich hastig zurück, und der Wächter war klug genug, Amollia loszulassen. Der Elefant betastete ihr Haar mit dem Rüssel und blieb dann befriedigt neben uns stehen, wobei er um sich blickte, als warnte er jedermann, uns zu bedrohen.
Der König hämmerte mit den Fäusten auf das Balkongeländer.
»Steht nicht so herum! Holt einen anderen Elefanten! Tötet diesen!«
In die Lücke, die die zersprengte Menge zurückgelassen hatte, sprang mit einem Satz Kalimba, gefolgt von einer weißgekleideten Gestalt, deren Schritte vom Aufstampfen eines Wanderstocks unterstrichen wurden. Die wenigen Leute, die ihr im Wege standen, wichen hastig zurück.

Vorwurfsvolle schwarze Augen richteten sich auf den Balkon, und der König nahm vorsorglich eine sitzende Stellung ein. Derselbe Blick ging über uns alle hin, und sogar der Elefant ließ den Kopf hängen.
»Schau an«, sagte Fatima. »Ich glaube wirklich, wenn man etwas erledigt haben möchte, muß man sich selbst darum kümmern.«
Die Stille, die sich nach dem Seitenwechsel des Elefanten und Fatimas Eintreffen verbreitet hatte, wurde von einer zornig hervorgegurgelten Anweisung des Königs gebrochen: »Bringt die Alte zum Schweigen! Wofür hält sie sich eigentlich?«
Die Wachen zeigten wenig Eifer zu gehorchen. Sie zögerten. Fatima wandte sich mir zu. »Habt ihr ihm das Amulett denn auch noch nicht gegeben? Daß er die Zitrone noch nicht gekostet hat, ist ja wohl unverkennbar.«
»Aman hat das Amulett«, sagte ich.
Eine Stimme hinter dem rosa Vorhang rief dem König etwas zu, und wieder zauderten die Wachen, während alle Blicke sich erneut auf den Balkon richteten.
»Was hast du gesagt, Tante? Muß ich den Balkon räumen lassen?«
»Ich habe gesagt« – die Stimme der amtierenden Sultana war so heiser, als würde sie durch einen unwilligen Mund hervorgezwungen, – »diese Frau ist deine Mutter.«
»Ich habe jetzt genug Weiberunsinn für einen Tag erlebt«, erwiderte der König ärgerlich. »Räumt den Balkon!«
»Wenn – wenn du das tust«, versetzte die Stimme, »werden wir noch vorher den Vorhang herunterreißen und dem ganzen Volk unsere Gesichter zeigen.«
Die Menge jubelte, und der König verfärbte sich scharlachrot. Aber während die Sultana Zeit für sie herausschlug, ließ Fatima nicht das Gras unter ihren Füßen wachsen. Sie stand schon über Aman und hatte ihm das Amulett vom Hals gezogen. Jetzt reichte sie es dem König an der Spitze ihres Wanderstockes hinauf.
»Majestät, Abad, mein Sohn«, sagte sie, für ihre Verhältnisse sehr geduldig. »Du bist der Verteidiger der Gläubigen. Wir, die Frauen, die dich lieben, wollen dir nur helfen, schweres Unrecht zu ver-

hüten. Du sollst deine Pflicht erfüllen und deine Feinde hinrichten, nicht aber deine Freunde. Höre mich nur an, mich und diese Zeugen, die hier anwesend sind, und du wirst erkennen, daß der Mann neben dir dich mit List betrogen hat.«
Der König wußte offenbar nicht mehr, was er sagen oder wohin er schauen sollte. Er öffnete den Mund zu einem Ausbruch der Art, die er für königlich hielt, begegnete Fatimas Blick und fand darin etwas, das ihn innehalten ließ. Noch einmal setzte er zum Sprechen an, schaute wieder zu ihr hinunter und verstummte.
»Aber meine Mutter ist tot«, sagte er endlich mit einer leisen Stimme, die besser zu seinem Alter paßte als alles, was ich davor von ihm gehört hatte.
»Sieh dir das Amulett genau an«, befahl sie ihm. Er nahm es von der Stockspitze und schüttelte den Kopf. Verwirrt klopfte er sich auf die Brust.
»Das ist nicht das Amulett, das du seit deiner Kleinkinderzeit trägst, mein Sohn, das ich dir umhängte, nachdem deine Pflegemutter mir versprechen mußte, sie würde, wenn ich darauf verzichtete, dich zu beunruhigen, dafür sorgen, daß du es niemals abnähmst. Dies hier ist die andere Hälfte, die Hälfte, die ich getragen habe. Diese Hälfte schickte ich mit den Frauen dort zu dir, zusammen mit Sankt Selimas geweihtem Teppich und einem anderen kostbaren Geschenk, als mein Vermächtnis für dich. Aber der Mann neben dir, der Dieb des heiligen Teppichs, der Verbündete der gottlosen Wesen, die deine hilflosen Frauen mit gräßlichen Plagen quälten und meine Botinnen zu ermorden versuchten, hat mein Geschenk nicht zu dir gelangen lassen. Ich bitte dich, es mit meiner Liebe anzunehmen.«
Der Emir flüsterte dem König sanft etwas zu. Der junge Mann schüttelte heftig den Kopf und starrte dann mit großer Willensanstrengung zu Fatima hinab. »Frau, ich kenne dich nicht und weiß auch nicht, warum du Verbrecher und Ehebrecherinnen gegen meinen getreuen Emir unterstützt, aber ...«
»Ach Unsinn!« erklärte Fatima. »Ich wußte ja, daß ich es nicht allein schaffen würde.« Sie drehte sich zu Kalimba um. »Du mußt

es ihm sagen. Mein eigener Sohn, und er will seiner Mutter nicht glauben.«

Die Katze hustete ein paarmal gewaltig, und Rauch kräuselte sich aus ihren Nüstern. Der Rauch verdichtete sich zu einer vertrauten Gestalt. Zwei Wächter fielen in Ohnmacht, und der größte Teil der Menge kreischte auf, als der Djinn erschien, das Knie beugte, so gut er es bei seinem üppigen Leibesumfang und ohne Füße konnte, und dann emporschwebte, um den König anzureden.

»O Majestät – bitte glaube mir, daß ich deiner Haltung gegenüber widerspenstigen Frauen nur beipflichten kann. Trotzdem fürchte ich, daß deine Frauen hier sich nicht mit der sonst so typischen, albernen Hysterie benehmen. Ich habe alle diese Ereignisse von Anfang bis Ende miterlebt. Jetzt nun, als freies Wesen, Angehöriger eines parallel existierenden, euch Menschen ergänzenden Volkes, dessen Pflicht es ist, die Sterblichen zu lehren, wo immer es möglich ist, und zugleich als Rechtgläubiger, sehe ich es als meine ehrenvolle Aufgabe an, mich ein letztes Mal unter die Menschheit zu begeben, um dir mein Wissen mitzuteilen. Frage diesen Schurken neben dir nur noch einmal, in Gegenwart deiner Damen hinter dem Vorhang, nach dem sogenannten Geschenk, mit dem er dir seine Ankunft melden wollte.«

Der König drehte sich zu dem Emir um, der anfing zu stottern. »T-T-Tanzmädchen, nicht wahr, Hoheit? Und besonders reizende, sagtest du. Ich dachte, du wärst erfreut.«

Der rosa Vorhang geriet in heftige Bewegung, und obwohl die Sultana den König nicht wieder direkt ansprach, erschien gleich darauf eine Botin und flüsterte ihm etwas zu. Inzwischen war auch ein Wachtposten neben den Emir getreten.

»Onan Emir«, sprach der König und wendete sich von Djinn und Wächter ab. »Die Herrin, meine Tante, sagt, deine Tänzerinnen hätten sich in Krokodile verwandelt und meinen Harem zu fressen versucht. Was hast du dazu zu sagen? Ich für meinen Teil finde die Geschichte amüsant, denn weder Tanzmädchen noch Krokodile sind jetzt irgendwo aufzufinden.«

»Amüsant?« Aster war wenige Augenblicke zuvor mit einem

Ruck aus ihrer Schreckensstarre erwacht und betrachtete jetzt neugierig das Geschehen. Jetzt rollte sie ihren Ärmel auf, zog ein gelbes Oval hervor und rief dem Djinn zu: »Alter Onkel, fang!«
Ungeschickt schnappte der Djinn danach und stierte nicht ohne Abscheu auf die Frucht, bevor er sie dem König anbot. Dieser wehrte sie mit flach erhobener Hand ab.
»Mein Sohn, diese Frucht ist mein anderes Geschenk. Iß sie nur, und du wirst sehen, wo hier die Wahrheit liegt.«
»Du willst mich vergiften«, erwiderte der König. »Wachen!«
»Unfug!« gab sie zurück. »Ich würde ja selbst davon essen, aber ich bin eine Seherin. Es wäre Verschwendung. Bitte deinen Freund, den Emir, sie zu versuchen. Er könnte es gebrauchen.«
Das Gesicht des Königs wurde listig und nahm den Ausdruck eines Kindes an, das gerade einem Falter die Flügel ausreißen will. »Nein. Ich habe eine bessere Idee. Probiert sie an dem Gefangenen aus. Bei dem, dem ihr Frauen und sogar meine Elefanten offenbar so dringend das Leben retten wollt. Wenn er es überlebt, werde ich auch davon essen.«
Der Djinn schnippte mit den Fingern Amans Fesseln entzwei, und unser Gatte setzte sich auf. Der Djinn winkte Aman mit der Hand herbei. Aman schaute uns an. Wie *eine* Frau nickten wir allesamt wortlos, und er marschierte hocherhobenen Hauptes nach vorn, nahm von dem Djinn die Zitrone entgegen und biß hinein. Sein Mund verzog sich säuerlich, er schluckte mühsam und sagte eifrig »mmmmmm«, wobei er dem König anfeuernd zunickte. Dann aber änderte sich nach und nach sein Mienenspiel, und er sah staunend den Djinn, Fatima und uns an und verkündete: »Gott sei gepriesen, ich habe das früher alles gar nicht begriffen.«
»Was hast du nicht begriffen?« fragte der König ungeduldig. »Stirbst du jetzt?«
»Nein, Majestät«, antwortete Aman. »Ganz im Gegenteil. Tatsächlich fühle ich mich – ich weiß nicht, wie ich es beschreiben soll, Majestät.«
»Ich befehle es dir aber«, gab der König zurück. Aman schüttelte wehmütig den Kopf und reichte die Zitrone dem König, der sie

wütend in zwei Teile riß und anfing, sie auszusaugen und mit den Zähnen zu zerfetzen.

Er stand mit über der Brust verschränkten Armen da, einen trotzigen Ausdruck im jungen Gesicht. Kurze Zeit. Dann wies er mit einer ungeduldigen Gebärde mit dem Finger auf uns, öffnete den Mund – und ließ plötzlich den Finger wieder sinken. Vom Kragen zum Haaransatz stieg ihm Röte ins Gesicht, und ein schüchterner Blick trat an die Stelle des aufsässigen, zornigen Funkelns, das er in den Augen gehabt hatte, seitdem der Elefant nicht bereit gewesen war, Aman Akbar zu zerquetschen.

»Hauptmann der Wache«, sagte er schließlich.

»Majestät?« Der Hauptmann rannte und machte dabei Kniebeugen, die er zuletzt mit einem Kniefall vor dem Balkon abschloß.

»Schick meine Untertanen nach Hause und führe alle Beteiligten in den Audienzsaal. Sorge dafür, daß meine Damen hinter ihrem Vorhang sitzen und laß einen Wandschirm neben den Divan stellen, damit meine Mutter und ihre Freundinnen in der erforderlichen Abgeschlossenheit ihre Aussagen machen können.«

Als er die Berichte Aman Akbars, Marid Khans, seiner Tante, Zarifas, Um Amans, Fatimas, Hyaganusch und des Djinns angehört hatte – auf unsere wurde verzichtet, weil wir keine Rechtgläubigen waren –, befragte der König den Emir.

»Wir wollen für den Augenblick vergessen, Onan Emir, daß du nach dem Zeugnis von nicht weniger als vier Personen aus Kharristan deine Macht mißbraucht und meinen Untertanen ihren Reichtum abgenommen und zu deinem eigenen Vergnügen verbraucht hast. Die dringendere Frage betrifft jedoch ein viel ernsteres Problem – das des Hochverrats. Warum hast du mir Hexen als Tanzmädchen geschickt, die sich in Krokodile verwandeln und meine Damen auffressen sollten? Ich muß glauben, daß es sich nicht um einen ungezielten oder rein zufälligen Zauber handelte, denn wenn es stimmt, was Aman Akbars Gattinnen mir durch meine eigene Schwester erzählen, so geschah es nicht weniger als dreimal; und beim dritten Mal gab eine dieser Tänzerinnen der

Herrin Rasa eine ätzende Flüssigkeit, die sie als Balsam bezeichnete, damit Rasa dadurch den Tod finden sollte, bevor die Tänzerinnen dann meinen Harem überfielen. Durch den Versuch, die einzige Frau auszuschalten, die fähig war, die anderen zu verteidigen, zeigten die Tänzerinnen unwiderleglich, daß ihre böse Absicht auf Vorsatz beruhte. Ich muß annehmen, daß du sie dazu angestiftet hast.«

Der Bauch des Emirs quoll seitlich über den Teppich, als er sich mit einem feurigen Salaam noch flacher auf den Boden preßte. »Majestät, ich bin keines so scheußlichen Verbrechens schuldig, nur des kleinen und wertlosen Wunsches, vor deiner Majestät in günstigerem Licht zu erscheinen. Als du mir sagtest, die Tänzerinnen wären dir in meinem Namen geschickt worden und gefielen dir gut, nahm ich das Verdienst für mich in Anspruch, ohne in Wirklichkeit etwas damit zu tun zu haben. Wenn du mir nicht glaubst, kannst du die Herrin Hyaganusch und die würdige Matrone, die sie aus dem Palast des Divkönigs herbegleitet hat, befragen, ja sogar den Banditen Marid Khan. Wenn sie die anständigen Menschen sind, für die du sie hältst, werden sie dir bestätigen, daß ich keine solchen Tänzerinnen zu dir geschickt habe. Auch trennten Sani der Ewig-Wandelbare und ich uns in solchem Unfrieden, daß er mir keine seiner Untertanen als Geschenk für dich zur Verfügung gestellt hätte. Ich glaube vielmehr, daß er selbst dir die Tänzerinnen geschickt hat, und zwar in meinem Namen, um mich in die Sache hineinzuziehen und so nicht nur mich, sondern auch die Herrin Hyaganusch zu bestrafen, die vor ihm floh, als er mein Geschenk ihrer Person dazu mißbrauchte, sie übel zu behandeln; und bestrafen wollte er auch die Familie ihres Vetters, die ihr zur Flucht verhalf.«

So sehr ich den Widerling auch in jeder Hinsicht verabscheute, war ich doch in aller Aufrichtigkeit gezwungen, die auf meinen Bauch gekratzte Warnung der Peri zu erwähnen, und Aster ergänzte mich ausführlich. Der König seufzte und nickte traurig. »So viel Vergnügen es mir auch bereiten würde, die Exekution wie geplant durchzuführen, so muß ich doch zugeben, daß es oberflächlich betrachtet den Anschein hat, als seien die Verbrechen der Tänzerinnen nicht von dir ins Werk gesetzt worden. Allerdings ist deine Anwesenheit im Hause meines königlichen Bruders, des Königs der Divs, damit noch nicht erklärt.«

Der Emir stotterte etwas von einem alten Freund der Familie, Austausch von Geschenken und der gleichen mehr. Der Emir hätte nur kurz vorbeigeschaut, um zu sehen, wie Sani seine neue Braut gefiel. Natürlich wollte er, der Emir, dann die kurze Strecke nach Bukesh weiterreisen und seinen Tribut abliefern.

»Also wurde die Herrin Hyaganusch mir nicht als erstem angeboten?« fragte der König mit gekränkter Miene.

»Nun – nicht direkt, Majestät – aber ...«

»Und ihre Tante, Um Aman, war eine freie Frau und keine Sklavin, die man einfach verschenken kann?«

»Sie war eine Gefangene, weil sie versucht hatte – äh, nein, Majestät – ich meine, ja Majestät: sie war eine freie Frau.«

»Dann kann ich die beiden nicht annehmen. Um Aman mag in das Haus ihres Sohnes zurückkehren und die Herrin Hyaganusch, wenn sie es wünscht, hier wohnenbleiben, bis mein Obereunuch eine gute Partie für sie findet.«

Der junge König rieb sich mit dem Handrücken die Augen und einer der Sklaven unterbrach sein Fächeln, um ihm den Nacken zu massieren, eine vertraute Geste, gegen die der frühreife König keinen Einwand erhob.

»Nun zu Marid Khan«, fuhr er gleich darauf fort. Marid Khan kroch wieder nach vorn und kniete nieder. »Du gibst doch deine hochverräterischen Räubereien zu?«

»Wenn es deiner Majestät gefällt: nur gegen den Emir von Kharristan, den ruchlosen Tyrannen, der mein Volk ausgeplündert hat. Wir haben lediglich versucht, das Unsere zurückzuholen. Mit allen möglichen Zauberkunststücken hat er Gott und die Welt bestohlen und beraubt und ...«

»Ich habe deine Anklagen bereits gehört, Marid Khan. Aber es gibt keine Beweise dafür.«

Fatima beugte sich vor und sprach durch ein blattförmiges Loch in dem duftenden Sandelholzschirm, der uns vor den Augen der Männer schützte. »Doch – Sankt Selimas Teppich.«

»Meine Mutter hat bereits vorhin diesen Teppich erwähnt. Ich möchte ihn sehen.« Ein leises Gemurmel erhob sich hinter dem durchbrochenen Marmor, wo die Sultana und der übrige Harem saßen, und wenig später brachten ein paar Eunuchen den zusammengerollten Teppich herein. Sie breiteten ihn zu Füßen des Königs aus. »Und ihr sagt, daß er fliegt?«

»Ich selbst habe es gesehen, Majestät, als der Djinn ihn dazu benutzte, Aman Akbars drei Gattinnen damit in die Zuflucht deines Serails zu befördern«, bestätigte Marid Khan.

»Normalerweise schafft es nur ein sehr frommer Mensch wie Um Aman oder ich selbst«, fügte Fatima hinzu.

Der Djinn schwebte vor und verbeugte sich. »Mit deiner Majestät Erlaubnis: *Ich* bin sehr fromm, wenngleich kein Mensch. Es war mein Gerechtigkeitssinn, der mich zurückkehren ließ, obwohl ich die Menschheit doch endgültig hinter mir gelassen und meine Flasche weit fort in die Berge geschleudert hatte, wo sie jetzt korkenlos und ungestört in einem Vogelnest liegt und vor unbefugten Händen sicher ist. Aber auch wenn ich mich jetzt den Djinni anschließen kann, die durch den Äther tollen, erinnerte ich mich doch daran, daß ich den Wunsch der Mutter meines früheren Gebieters noch nicht ganz genau erfüllt hatte, denn dem Teppich, mit dessen Hilfe ich alle Frauen, um die es hier ging, fortschaffen wollte, war es nicht gelungen, auch noch die alte Frau und ihre Nichte einzusammeln. Darum kam ich in die Stadt, lieh mir die Gestalt der gefleckten Katze und gebrauchte deren natürliche Kräfte, um die Herrin Fatima zu finden und hierherzubringen. Der Teppich ist von großer Heiligkeit, und ich kann bezeugen, daß der Emir ihn gestohlen hat und er sich im Besitze des Emirs befand, als ich zuerst in dessen – äh – Dienste trat.«

Der König nickte, aber inzwischen hingen seine Federn unter dem Gewicht aller Beweise und Zeugnisse, die er verarbeiten sollte, fast bis auf den Boden. Es ist eben anstrengender, ein weiser und gerechter König zu sein als ein launenhafter und grausamer.

»Also erklären wir uns damit einverstanden, daß der Teppich heilig, der Emir ein Dieb und meine Mutter wiederum heilig ist; aber wahr bleibt, Marid Khan, daß ich nicht erkennen kann, wie das die Tatsache entschuldigt, daß du ein Bandit geworden bist.«

»Majestät, mein Volk betrachtet unsere Handlungen nicht als Räuberei noch uns selbst als Verräter. In den Zeiten deines und meines Vaters waren wir eine selbständige Nation, einer der Wüstenstämme, die sich mit deinem Vater verbündeten. Unsere Allianz wurde durch das Geschenk der eigenen Schwester meines Vaters an deinen Vater besiegelt. So hat man es mir erzählt, denn ich war damals noch nicht geboren. Als uns jedoch die Nachricht erreichte, daß meine Tante sich nicht länger im Harem aufhielt und wahrscheinlich von Rivalinnen ermordet worden war, fühlte sich mein Vater begreiflicherweise beleidigt. Trotzdem ehrten wir das Bündnis, bis dieser Schurke von einem Emir eingesetzt wurde, um über Kharristan zu herrschen, und er meinem Volk am liebsten alles geraubt hätte, was es besaß. Statt dessen haben wir einfach ihn und seine Untertanen selber besteuert.«

Fatima neben mir stieß mit einem scharfen kleinen Puff die Luft aus, und ihre runde Hand flog zum Mund. »Ach du meine Güte! Ich wollte mich ja wirklich immer melden, aber es ist so fürchterlich mühsam und umständlich, weil das Meer zwischen dem Dschungel und deiner Wüste liegt, Marid. Und nachher, als ich mich dann im Tempel eingelebt hatte, glaubte ich, dein Vater wäre sicher längst gestorben, und es kam mir auch nicht mehr so wichtig vor, weil Selimas Werk so dringend war. Bitte verzeih mir – und – äh – Majestät, Sohn, darf ich dir deinen Vetter vorstellen, den Fürsten meines Volks, des Volks, das ich dir vermacht habe; und wenn es ihnen wirklich so miserabel geht, mußt du einfach etwas für sie tun.«

Der König versank noch tiefer in seinen Samtkissen und wischte sich mit dem Handrücken die Stirn, trotz der Pfauenfächer und der kühlen Monsunbrise, die durch die offenen Bogenfenster hereinwehte.

»Ich denke, unter diesen Umständen können wir Marid Khan ver-

zeihen und seinem Volk die frühere Stellung zurückgeben. Damit wäre dann auch alles abgehandelt bis auf den Punkt, der mir die größte Sorge macht: daß ich nämlich immer noch keine Möglichkeit sehe, sowohl die Ehre meiner Frauen als auch das Leben Aman Akbars zu retten. Denn durch dein Eindringen in meine Haremsbäder, auch aus den edlen Beweggründen heraus, die du behauptest, hast du meine Frauen mit Schmutz beworfen und damit indirekt auch mich. Ich könnte dich einfach kastrieren lassen und dir dann wohl ein Regierungsamt geben, denn als Eunuch – wenn auch erst *nach* der Tat – würdest du keine schwere Verfehlung begangen haben.«
Aman, der ebenfalls vor dem König kniete, erbleichte. Seine schmelzenden braunen Augen irrten sehnsüchtig und Verzeihung heischend nach dem Wandschirm. Um Aman bohrte die Fingernägel in ihre von der Abayah bedeckten Ellbogen und verfärbte sich weiß. Ihre Lippen verschwanden in einem schmalen, runzligen Strich, die schwarzen Augen starrten geradeaus. Amollia senkte die Lider und sah aus, als würde sie gleich in Ohnmacht fallen. Mir stiegen eine brennende, bittere Flüssigkeit im Hals hoch und erstickte mich. Sie verschwand erst, als ich Aster packte, die gerade aufsprang, um den Schirm fortzustoßen und auf den König einzuschreien – jedenfalls hatte ich nach der Röte, die in ihre Wangen schoß, und dem wilden Glanz in ihren Augen diesen Eindruck.
Aman sprach. »Majestät, auch wenn ich verstehe, daß ich deine Ehre gekränkt habe, so muß ich dich doch bitten, zu bedenken, daß auch die meine beleidigt war: man hatte mir meine Gattinnen geraubt. Ich versuchte nur, sie zurückzuholen. Wir waren erst kurze Zeit vermählt, als ich zum Esel wurde. Sie sind jung und treu und fern von zu Hause, und wenn man einen Eunuchen aus mir macht, haben sie keinen Mann, der die Pflichten eines Ehemannes an ihnen erfüllt, so daß sie zur Unfruchtbarkeit verdammt wären. Darum bitte ich dich um ihretwillen, mir zu gestatten, daß ich mich von ihnen scheiden lasse; und wenn du dann gnädig sein willst, so könntest du den Djinn auffordern, mich wieder in einen Esel zu verwandeln. Ich möchte lieber ein ganzes Tier sein als ein

halber Mann, und als Esel würde ich deine Damen genausowenig stören wie als Eunuch.«

Aster setzte sich mit einem Plumps wieder hin. Aber ganz ohne mein Zutun hörte ich meine eigene Stimme sagen: »Majestät, ob Mann, Esel oder Eunuch, mein Gatte bleibt mein Gatte, und nachdem ich bis hierher mit ihm gekommen bin, will ich mich nicht von ihm trennen. Wenn du ihn also in einen Esel verwandeln läßt, so möchte ich auch so verwandelt werden.«

Aster fiel über mich her. »Sei nicht albern, Rasa. Wer sollte sich dann um ihn kümmern? Glaubst du, ich wollte euch beide auf die Weide treiben?« Sie drehte sich wieder zum Wandschirm und erklärte: »Majestät – mit allem schuldigen Respekt – dieser Lösung kann ich nicht zustimmen. Aman Akbar hat deine Frauen nicht geschändet, sondern sie davor gerettet, von Krokodilen verschlungen zu werden. Zitrone der Erkenntnis hin, Zitrone der Erkenntnis her, du benimmst dich wenig verständig. Der Emir, nicht Aman, ist dein Feind. Wenn hier irgend jemand verschnitten, verwandelt oder zu Brei gestampft wird, dann nicht mein Gatte, sondern diese fette Kröte dort.«

»Ein Unrecht löscht das andere nicht aus«, versetzte der König. »Das weiß ich jetzt besser denn je.«

Hinter der Marmorwand nahm die Sultana erneut das Wort. »Und dennoch, Majestät, muß es einen anderen Ausweg geben. Denn was mich angeht, so würde mir eine Hinrichtung, Verstümmelung oder Verwandlung dieses braven Mannes, nur weil er mir das Leben gerettet hat, ebensoviel Unehre bringen, als müßte ich nackt durch die Straßen von Bukesh laufen und mich jedem Mahout und Kameltreiber von deinen Untertanen zur Schau stellen.« Zustimmendes Gemurmel, mit ein oder zwei atemlosen Ausrufen »also wirklich, so weit würde ich doch nicht gehen«, summte hinter der Trennwand hervor.

»Es gibt einen anderen Weg, mein Sohn«, verkündete jetzt Fatima. »Bei unserem Volk, Marid Khans Volk, gehen die Frauen innerhalb des Stammes nicht verschleiert, denn wir sind alle eine einzige Familie. Wenn Aman Akbar nicht in einen Eunuchen oder

Esel, sondern in ein Familienmitglied verwandelt würde, wäre die Schande deiner Frauen ausgelöscht.«
»Aber das ist nicht möglich«, gab er zur Antwort.
»Doch: wenn du die Herrin Hyaganusch heiratest, die seine Base ist.«
Er dachte einen Augenblick nach und schüttelte dann den Kopf. »Aber das kann ich nicht, denn es wäre genauso unehrenhaft, als ließe ich den Flecken auf meiner Ehre einfach stehen.«
»Majestät?« Hyaganuschs Stimme war klein und kindlich und einschmeichelnd.
»Ja?«
»O Majestät, ich weiß, daß es schamlos von mir ist, so etwas zu sagen, aber solltest du in deiner Weisheit beschließen, daß es für mich das Rechte wäre, deinen Vetter zu heiraten, Marid Khan, den großen Wüstenkrieger und Anführer seines Volkes, und wenn es nur daran liegt, daß du mich nicht ein drittes Mal einfach verloben willst, ohne nach meinen Wünschen oder denen meiner Familie zu fragen, so will ich dir nur mitteilen, daß ich glücklich wäre, mich deinen Anordnungen zu fügen, wenn dadurch eine Lösung dieses Problems erleichtert wird. Aman Akbar ist wirklich kein *schlechter* Mensch.«
»Es ist höchst ungehörig für eine Frau, über eine Eheschließung für sich selbst zu reden, ohne daß das Familienoberhaupt vorher seine Einwilligung gegeben hat«, bemerkte der König streng.
»Majestät«, schaltete sich Um Aman ein. »Hyaganusch ist nur ein junges Mädchen. Verzeih ihr stürmisches Wesen. Ihre Eltern wurden von diesem Auswurf von einem Emir umgebracht, so wie er auch den Bruder ihres Vaters, meinen eigenen lieben Gatten, ermordete, der das Mädchen, wäre er nicht gestorben, adoptiert hätte. Ich betrachte mich darum als ihre Adoptivmutter. Aman Akbar ist das Oberhaupt meiner Familie. Darum könnte man sehr wohl sagen, daß er, wenn er schon nicht Hyaganuschs Gatte werden soll, doch gut Bruderstelle an ihr vertreten kann.«
»Diese Verwandtschaft ist nicht eng genug.«
Jetzt griff Fatima ein. »Doch, wenn du, mein Sohn, mir gestattest,

das gleiche für Marid Khan zu tun. Wenn er dein Adoptivbruder wird, ist Aman Akbar dein Schwager, wenn Marid Khan und Hyaganusch geheiratet haben. Er ist zugleich, wie du dich erinnern wirst, der Gatte von drei der beteiligten Damen, der Sohn einer weiteren, und wäre, als Adoptivbruder der vierten, mit dir selbst und der Sultana verschwägert. Der Fleck wäre dadurch schon beträchtlich heller.«

Der König schüttelte langsam den Kopf. »Es ist zu verwickelt. Wir werden es nie jemandem erklären können, der nicht hier im Zimmer sitzt.«

»Es gibt *noch* einen anderen Weg, mein Sohn, der aber auf Außenstehende noch weit seltsamer wirken wird«, meinte Fatima. »Um Aman ist Witwe. Sie wurde dir als Sklavin und damit als potentielle Konkubine geschenkt. Darum könntest du, wie mir scheint, Aman Akbar sogar als deinen eigenen Adoptivsohn annehmen.«

Um Aman zischte und kochte und schien nicht zu wissen, wo sie hinschauen sollte. Dem König stand vor Schreck der Mund offen.

»Da du aber durch diese Adoption von Um Aman einen Sohn hättest, und zwar den einzigen Sohn, den sie dir wahrscheinlich schenken wird, könnte man sie freigeben, wie damals mich, damit sie nach Hause zurückkehren kann, und gewiß hast du das auch schon selbst beschlossen.«

Der König kratzte sich den Schädel, und sein Turban rutschte nach vorn. »Es ist immer noch ungemein verwickelt, und ich weiß, wenn ich noch lange darüber nachdenke, wird mir irgendein vorzüglicher Grund einfallen, warum es so nicht geht. Aber da ich nicht vorhabe, noch viel darüber zu grübeln, sondern mich lieber mit meinen Damen zurückziehen möchte, um die Früchte einiger dieser neuen Erkenntnisse zu ernten, die ich aus der Zitrone gewonnen habe, will ich mein Siegel auf die vorgeschriebenen Dokumente setzen und die Sache als erledigt betrachten. Nur eins bleibt mir noch zu tun, nämlich meinen frisch adoptierten Sohn auf den Thron von Kharristan zu setzen. Ich bin sicher, daß er dort weise

regieren wird – zumindest kann er es kaum schlechter machen, als es bisher ging. Und eine angemessene Strafe für den Emir steht noch aus. Ob der Elefant wohl noch einsatzbereit ist?«
Wieder verneigte der Djinn sich tief. »Majestät, wenn ich mich erkühnen darf . . . Unser Gesetz macht sich ein Vergnügen daraus, immer ganz besonders passende Strafen zu finden. Darum würde ich für diesen Mann, der unschuldige Frauen beleidigt, das Volk, das er zu schützen geschworen hat, ermordet, ehrliche Männer in Esel verwandelt und dabei die prachtvollen Schätze, die er durch den Sturz besagter ehrlicher Männer gewonnen hat, auch noch – äh – mißachtet hat, etwas Ungewöhnliches vorschlagen. Man sollte ihn nicht töten, sondern ihn, wie weiland mich, in eine Flasche einsperren und zwingen, dem ersten, der das Gefäß findet und ihn herausläßt, drei Wünsche zu erfüllen. Er soll nie wieder frei sein, wenn sich nicht jemand aus freiem Willen bereiterklärt, seinen Platz einzunehmen.«
»Oh! Das gefällt mir!« rief der König, und aus seinen Augen funkelte wieder die Begeisterung eines kleinen Jungen. Und ehe er ausgesprochen hatte, hatte der Djinn alles erledigt und war verschwunden.

Heutzutage wünsche ich mir manchmal um ein Haar, Aman würde sich weitere Gattinnen nehmen, denn obwohl wir eine große Dienerschaft haben und es jeden Abend etwas Frisches zu essen gibt, lastet doch die Organisation eines so riesigen Haushalts, in dem wir noch dazu häufig Staatsoberhäupter und Abgesandte verbündeter Völker empfangen müssen, schwer auf uns.
Amollia hat ihr erstes Kind entwöhnt, von dem ihr damals an jenem Tag in Bukesh so übel war, und mit dem zweiten angefangen. Aster ist zur Zeit so dick, daß sie zu nichts anderem mehr imstande ist, als meinen Versuch, unsere Geschichte zu erzählen, zu kritisieren. Wir haben herrliche Stallungen, und mein Gatte holt ebenso oft meinen diesbezüglichen Rat ein, wie er mich wegen der Disziplin und Versorgung seiner Wachen befragt. Ich habe kaum Zeit gehabt, Lesen und Schreiben zu lernen, während ich mich um

alles kümmerte, und ich vermisse sogar Um Aman. Wie Fatima hat sie festgestellt, daß ihr das Haremsleben nicht liegt und ist nun auch eine Heilige geworden, die sich Selimas geheiligten Tieren hier in unserem Teil der Welt widmet: Kamelen, Skorpionen, Schlangen, dem Elefanten – noch immer Eigentum des Juweliers, aber immer noch an uns vermietet – und vor allem natürlich Eseln.

Hyaganusch und Marid Khan besuchen uns oft. Hyaganusch unterhält uns mit Geschichten aus dem Nomadenleben, an dem sie erstaunlich hängt, während Marid Khan sich mit Aman Akbar über die Schwierigkeiten des Regierens berät. In diesen diplomatischen Angelegenheiten ist Amollia unserem Gatten eine große Hilfe, und sie erzählt ihrem kleinen Sohn Anekdoten darüber, wie sein Großvater, der Große Elefant, in ihrer alten Heimat mit dem oder jenem Problem fertiggeworden ist. Ich habe bisher kein Kind bekommen, aber Aman hat noch nichts davon angedeutet, daß er mich wegen Unfruchtbarkeit verstoßen möchte; in der Tat sind wir derzeit viel zusammen und versuchen, meinen Zustand zu lindern, solange Amollia und Aster ihren ehelichen Pflichten nicht nachkommen können.

In seiner neuen Weisheit achtet Aman sorgsam darauf, uns alle gleich zu behandeln. Er hat Amollia, als sie ihren Sohn gebar, ein neues Gewand und eine Schnur aus Tiefseeperlen geschenkt; und jedesmal, wenn sie und Aster schwanger wurden, bekamen sie eine Kette aus Goldmünzen. Ich erhielt meine, als ich die ersten Zuchtpferde für ihn kaufte, und einen Türkisanhänger, als unser Heer die Truppen eines unzufriedenen Wüstenstammes besiegte. Als dieses Bündnis dann besiegelt wurde, sandte mein Gatte Boten zum König und ersuchte um einen Elefanten, den er unter der Bedeckung einer Schar seiner Leibwachen mit den Grüßen des Königs an meinen Vater geschickt hat. Das wird den Vettern meiner Mutter zu denken geben.

fi 460/1

Bibliothek der phantastischen Abenteuer

Sigfridur Skaldaspillir

Die Hexe von Orkney

Band 2708

Eine Wölfin rettet dem norwegischen Wikinger Thorolf im Kampf gegen seinen König das Leben. Ihrer Tochter, Wölfin und Zauberin auch sie, begegnet Jahre später Thorolfs Sohn Atli. Und deren Tochter wiederum, die aber nicht die seine ist, wird er eines Tages heiraten: Swanhild, die Hexe von Orkney. Schön ist das Mädchen, aber eine Zauberin, eine Giftmischerin, eine Totenbeschwörerin, die zudem nicht Atli liebt, sondern den jungen Isländer Erik, den sie nicht vergessen kann. Swanhilds seltsame Ehe mit Atli, ihr Sieg über ihre Rivalin Auga, ihr Liebesverhältnis zu einem Seehundsmann, der nachts in Eriks Gestalt ihr Lager teilt, ihre kühne Fahrt zu der Insel der Toten und zuletzt ihre einzige Nacht mit dem Geliebten, das alles wird mit großer Eindringlichkeit und atemberaubender Spannung berichtet. Swanhilds Geschichte ist die notwendige Ergänzung zu Erik Hellauges Abenteuern, und wer sie liest, begreift, warum die unselige Schöne keine Ruhe findet, ehe sie nicht als einzige Lebendige mit Eriks Totenschiff aufs Meer hinaussegelt.

Fischer Taschenbuch Verlag

fi 461/1

Bibliothek der phantastischen Abenteuer

Maribelle Cormack

Stern unter Segeln

Band 2709

An einem stürmischen Septemberabend hat die Studentin Mercy Goddard aus Rhode Island, Neu-England, eine seltsame Begegnung: ein Fenster zersplittert im plötzlich ausbrechenden Orkan und vor ihr steht ein merkwürdiger, junger Mann, der sich als Kapitän Soule, Walfänger, vorstellt. Aber aus einer alten Seekarte weiß Mercy, daß er schon fast hundert Jahre tot sein muß. Seine Gestalt wirft keinen Schatten und so schnell, wie er kam, ist er auch wieder verschwunden. Mercy kann ihn nicht vergessen. Ein Jahr später begleitet sie eine Forschungsexpedition in die Südsee, auf der Suche nach einer verschwundenen Insel. Das geheimnisvolle Mondriff-Eiland soll zwischen Polynesien und Tahiti liegen. Auf der alten Seekarte ist es eingezeichnet – und heißt dort »Mercys Eiland«. Tatsächlich stößt die Expedition auf die Insel – aber inzwischen haben sich die Sterne verändert, hat sich die Zeit verschoben, man ist im Jahre 1821. Mercy wird in einem Beiboot von der Insel abgetrieben – aber aus den Nebeln taucht ein Schiff auf und nimmt sie an Bord. Es ist die »Bowditch«, Kapitän Soules Walfänger, und er selbst steht vor ihr.

Fischer Taschenbuch Verlag

fi 462/1

Bibliothek der phantastischen Abenteuer

Marcel Brion
Die Stadt im Sand
Band 2707

In den Hochebenen Zentralasiens muß ein junger Forscher vor einem Sandsturm fliehen und drei Tage in einer Höhle aushalten. Als der Sturm vorbei ist, erblickt er ein Wunder: wo vorher eine öde Fläche war, in deren Mitte ein riesiger Sandberg aufragte, liegt nun eine lebendige Stadt an einem breiten Fluß. Zaghaft betritt der junge Mann den Ort, aber zu seinem Erstaunen begegnet man ihm freundlich. Er findet Freunde und Arbeit, verliebt sich in ein schönes Mädchen und denkt nicht mehr an Rückkehr. Immer aber quält ihn das Gefühl, daß das Glück nicht von Dauer sein kann, daß etwas geschehen muß, daß er in einer anderen Welt, in einer anderen Zeit lebt. Eines Tages stirbt sein Freund, der Märchenerzähler, mitten in einem Märchen, und mit seinem Tod beginnt der Untergang der Stadt: der Sand kehrt zurück. Eine geheimnisvolle, rätselhafte Geschichte, doppelbödig und voller Farben, Stimmungen, Eindrücke, gespiegelt in der Ungewißheit des Fremden: erlebt er eine Wirklichkeit, träumt er, ist er verzaubert?

Fischer Taschenbuch Verlag

fi 463/1

CUM GRANO SALIS